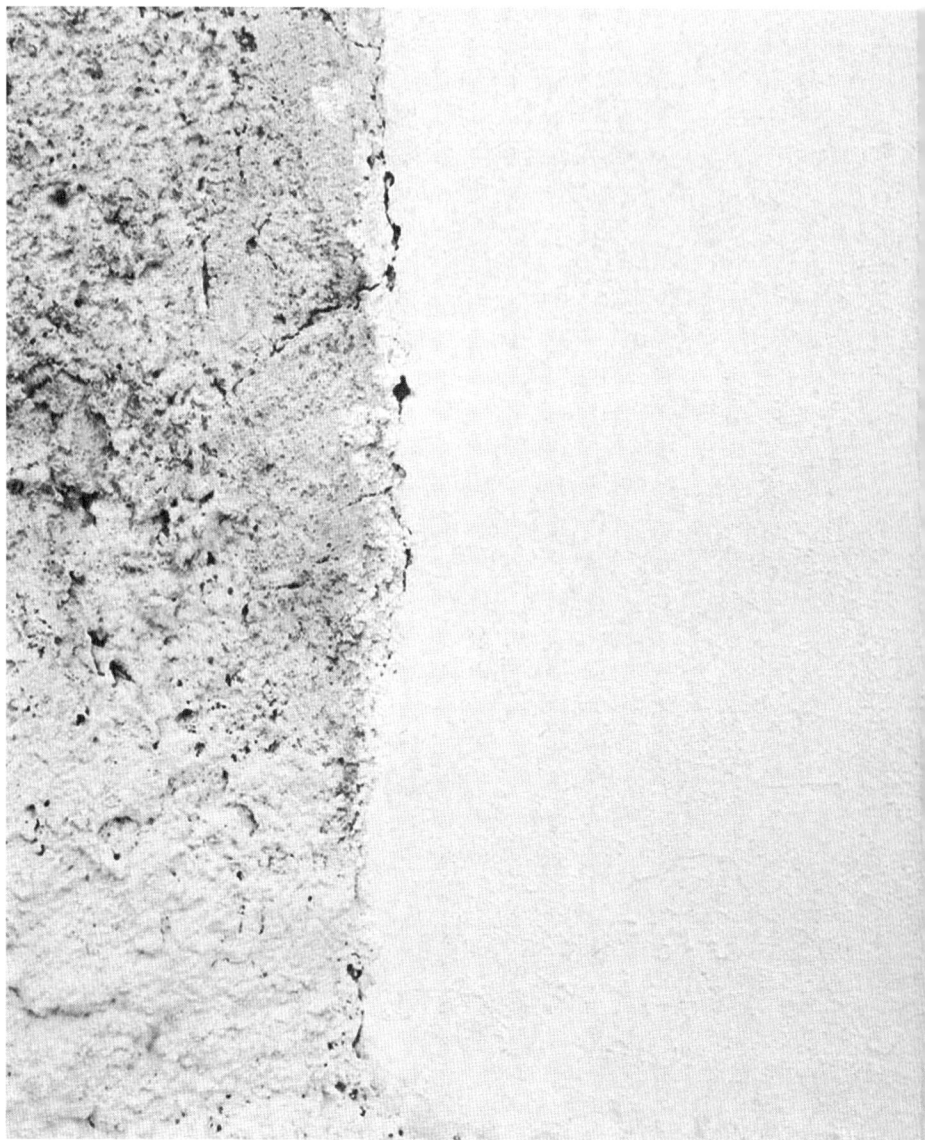

主　编·杨占平

副主编·吕　新　晋原平

统　稿·傅书华

编　辑·阎珊珊　潘培江　王保忠　张荔洁

山西长篇小说史纲

山西省作协长篇小说专业委员会 编

山西出版传媒集团
北岳文艺出版社
BEIYUE LITERATURE & ART PUBLISHING HOUSE

图书在版编目（ＣＩＰ）数据

山西长篇小说史纲 / 杨占平主编. —太原：北岳
文艺出版社，2014.12
ISBN 978-7-5378-4294-5

Ⅰ.①山… Ⅱ.①杨… Ⅲ.①长篇小说—小说史—山
西省 Ⅳ.①I207.409

中国版本图书馆CIP数据核字（2014）第277096号

书　　名	山西长篇小说史纲
著　　者	杨占平
责任编辑	陈学清
装帧设计	阎宏睿

出版发行　山西出版传媒集团·北岳文艺出版社
地　　址　山西省太原市并州南路57号
邮　　编　030012
电　　话　0351-5628696（太原发行部）
　　　　　010-57427288（北京发行部）
　　　　　0351-5628688（总编办）
传　　真　0351-5628680　010-57571328
网　　址　http://www.bywy.com
E－mail　bywycbs@163.com
经 销 商　新华书店
印刷装订　山西臣功印刷包装有限公司

开　　本　787×1092　1/16
字　　数　255千字
印　　张　22
版　　次　2014年12月第1版
印　　次　2015年1月山西第1次印刷
书　　号　ISBN 978-7-5378-4294-5
定　　价　39.80元

目 录

第五章 2000年代

总　论

　　在古代中国，文学的源头是抒情文学，北方的《诗经》与南方的《离骚》这一抒情文学形态与中国自然经济的形成有着密不可分的血缘关系。这一抒情文学形态伴随着中国传统社会结构的沛然生机达到了巅峰状态，这就是唐诗的辉煌；又伴随着新的商业经济形态的兴起而走向了新境，这就是宋词的灿烂。小说，作为叙事文学，则是与商业经济的形成、市民阶层的兴起、印刷技术的发达以及文学创作经验的积累相同步而成长起来的，并在明清之际趋于成熟。其成熟的标志之一，就是长篇小说的出现。第一部成熟的长篇小说《三国演义》则为山西太原人而又有游历江浙经验的罗贯中所作，之所以如此，或许是由于其时山西有着深厚的文化历史底蕴，且商业经济也已经初露端倪，或许是江浙一带商业文明日盛，而罗贯中在那里有着亲身的经历与体验，也或许是这二者的融合造就了罗贯中的这一成就。总之，是历史把这一份殊荣留在了三晋大地，让三晋大地平添一份骄傲。

　　但凡文学名著，总是凝聚了某一民族的心灵密码、价值结构、社会形态、历史演化等等，《三国演义》自然也不例外。在这部名著中，我们看到了中华民族对中国社会、中国历史的理解，那就是所谓"分久必合，合久必分"；看到了中华民族在以群体伦理为社会价值本位中所形成的价值结构，那就是对忠与义、力与智的推崇；看到了中华民族的人际构成，那就是君臣、父子、朋友、兄弟等等；看到了达于极致过分成熟的人际关系的艺术与智慧，那就是桃园三结义、三请诸葛、三气周瑜、刘备摔孩子、曹操杀杨修等等，以及一系列的"计"：空城计、苦肉计、连环计、反间计、美人计等等。人物形象的鲜明，故事情节的引人，细节的丰富与生动，语言的感染力，都是让这部名著百读不厌流传至今的重要原因。这是中国古代文学小说艺术的一座高峰，也是山西古代文学长篇小说的历史性硕果。

"五四"时期至1940年代，山西没有出现在中国文学范围内产生大影响的作品，值得一提的是，李健吾所写的《心病》、高歌所写的《四十万言情书》。前者虽立意新颖，思想、情感的表达均处于时代前沿，读了让人有眼睛为之一亮、心灵为之一震之感，但作为长篇小说，其文体形态毕竟不够成熟。后者虽然在情感表达上汪洋恣肆，让读者得以以此看到一代新青年的情感世界、人生形态，但作为叙事艺术，其叙事性过于薄弱。山西的长篇小说在这一时期，就全国范围看，之所以没有大的建树，原因颇值探讨。"五四"时期，中国文学始行白话文体，其突破口在诗歌、散文、短篇小说，长篇小说由于缺乏积累，一时不能成功，其因不难明了。但至1930年代，当茅盾的《子夜》、巴金的《家》、老舍的《骆驼祥子》、沈从文的《边城》等等已经造就了中国现代长篇小说的高峰时，山西的长篇小说何以不能同步发展？是因为山西的现代文化风气不够浓郁、现代意识不够强大、传统文化与现代文化的冲突不够激烈，还是因为山西传统文化形态过于强大，山西生存形态相对稳定？其因至今不明。

1940—1970年代，山西的长篇小说终于在中国的长篇小说格局中，占有了非常重要的一席之地。这就是赵树理的《李家庄的变迁》《三里湾》，马烽、西戎的《吕梁英雄传》等作品的出现。中国文学在这一历史时段，其占主潮位置的，是工农兵文学思潮。这一思潮兴起、奠基于1940年代，其在创作上的标志性成果是赵树理的《小二黑结婚》及"赵树理方向"下的一批创作成果，其在理论上的标志是毛泽东的《在延安文艺座谈会上的讲话》。工农兵文学思潮的高潮实现于1950年代，标志性成果是作为长篇小说的柳青的《创业史》、周立波的《山乡巨变》、赵树理的《三里湾》、梁斌的《红旗谱》、吴强的《红日》、罗广斌等的《红岩》、杨沫的《青春之歌》，以及马烽、王愿坚等人的短篇小说。其下滑期是1960年代前期，标志性成果是浩然的《艳阳天》、陈登科的《风雷》。其消亡期是1960年代中期至1970年代中期，标志性成果是八个革命样板戏，是浩然的《金光大道》。这一思潮的美学原则是，文艺的民族化、通俗化、大众化；是文艺为工农兵服务、文艺为政治服务；是写英雄、重歌颂、重文艺的教育作用、功利作用；是强调作家的写作立场、写作身份；是从五四时代的"人的文学"走向"人民文学"，从对"人"的揭示，走向对社会"本质"、历史"规律"的揭示等等。赵树理的小说因为被指认为符合这一美学原则，因之，曾经一度被奉为"旗帜"与"方向"。就长篇小说而言，赵树理的《李家庄的变迁》《三里湾》，马烽、西戎的《吕梁英雄传》，胡正的《汾水长流》等，也因此而倍受殊荣。

　　但是，山西这一历史阶段文学成就的标志性成果是短篇小说，与山西这一历史阶段的短篇小说相比，山西这一历史阶段的长篇小说，无论是其地位，还是其艺术成就，均远远不及短篇小说。且不说这一历史阶段，山西出现了一大批以写短篇小说著称的作家，如孙谦、李束为等等，即以赵树理、马烽、西戎、胡正而言，其短篇小说的成就，无论数量，还是质量，抑或是在文学史上的位置，也都远远高于其长篇小说的写作。如赵树理的《小二黑结婚》《李有才板话》《登记》《锻炼锻炼》。马烽的《我的第一个上级》《三年早知道》、西戎的《赖大嫂》等等。就山西文学在中国这一文学历史阶段中的位置而言，这一特征就更为明显：工农兵文学思潮兴起的标志性成果是赵树理的《小二黑结婚》《李有才板话》，其高潮的标志在山西是马烽等人的短篇小说，其下滑期的标志，在山西是对以写"中间人物"而著称的"山药蛋派"的批判。而在这一历史阶段中，工农兵文学思潮在兴起或者奠基期在长篇小说中的标志性成果，是丁玲的《太阳照在桑干河上》、周立波的《暴风骤雨》，而不是赵树理的《李家庄的变迁》、这只要看看当时获"斯大林文艺奖"的是丁玲的《太阳照在桑干河上》、周立波的《暴风骤雨》，而不是赵树理的《变迁》即可了然。工农兵文学思潮高潮期在长篇小说中的标志性成果，柳青《创业史》的位置，是明显地高于赵树理的《三里湾》的。

在这一个历史阶段，山西的长篇小说创作成就之所以不及山西的短篇小说创作，其原因是多方面的：或许是山西的短篇小说，从被指认的角度看，比其长篇小说更符合其时的工农兵文学思潮的美学规范；或许是对山西的长篇小说的成就存在着误读，譬如赵树理的《李家庄的变迁》的艺术成就，其实是高于他的《小二黑结婚》《李有才板话》的；也或许是文学史家的批评尺度存在着问题，譬如，在农民与国家的"紧张"关系中，赵树理的作品是站在农民一方，而文学史家们的尺度则站在国家一方；还或许是文学作品的历史价值与美学价值的错位使之然，譬如，赵树理《李家庄的变迁》的美学价值要高于其《小二黑结婚》《李有才板话》，但其历史价值却远远不及后者。山西的文化形态、文化特征也是我们研究这一问题应该给以考虑的一个角度：山西文化偏重立足于眼前的生存实际，短篇小说可以快捷地反映现实，而长篇小说则需要有一个大的长远的历史眼光、历史视野，这或许也是一个重要原因。

1980年代，山西长篇小说创作的成就仍然不及山西中短篇小说的创作成就，如其时郑义的《老井》《远村》、李锐的《厚土》、张石山的"家族系列小说"、成一的"心态小说"等等，风起云涌，在全国产生了极大的影响，这是山西其时的长篇小说所不及的。其原因除了我们上面所猜测的以外，与其时全国的中短篇小说的成就普遍地高于长篇小说成就也不无关系，这可能是因为，在一个新的时代到来之际，长篇小说的普遍成熟，还需要一个积累的过程。

但这一时期，山西的长篇小说创作也仍然取得了相当的成就。这其中主要的代表性的作品就是柯云路的《新星》《夜与昼》《衰与荣》、焦祖尧的《跋涉者》、成一的《游戏》、冈夫的《草岚风雨》、哲夫的《黑雪》《毒吻》《天猎》等大生态小说等等。

1980年代，被称之为"新启蒙时代"，其时代标志是意欲重新"回到五四起跑线"、重新回到"人的文学"，并将中国纳入新的"现代性"进程。因之，这一阶段，中国文学有两个发展向度：一个向度是从政治文化角度切入对当时社会形态、社会问题的审视之中，并将对人的审视置入其中。这与其时中国刚刚从一个政治时代走出来，中国社会、中国民众还更多地受着政治文化的影响，是在政治文化的形态下，要求着中国社会的变革，要求着中国社会现代化的实现，要求着"人"的解放，有着十分密切的关系。另一个向度是从"人性"

"人"的"存在"角度切入对社会对人的关注，并因而进一步借助西方的现代主义的文学手法，这与其时试图直接回到五四时代"人的文学"并响应改革开放的号召、试图从西方汲取新的价值资源的时代大潮有着十分密切的关系。

柯云路、焦祖尧的长篇小说，是上述第一个向度在山西的代表。《新星》将当时中国农村所面临的改革及改革中所遇到的问题，在当时人们所能够目及的领域内，如干部的品德问题、经济管理的方式问题等等，做了突出的揭示，其主人公李向南的"清官"形象，其与女主人公的情感关系，均因切合当时民众在中国社会改革中对"清官"、对"人性"的需求，从而在社会中产生了极大的反响。其后的《夜与昼》虽然在人性的揭示上，更为深入，但却因为离当时民众的阅读需求有了一定的距离，反而没有受到应有的重视。

成一的长篇小说，是上述第二个向度在山西的代表。成一在1980年代，以"心态小说"而名噪一时。其"心态小说"是对"人性""人的存在"的深层揭示。其《游戏》是从"心态小说"发展而来，是其"心态小说"发展的合乎逻辑的必然结果，只是在《游戏》中，为了深化这种揭示，必然地借助了西方现代主义的表现方式。值得重视的是，成一的这种借助，不是在形式层面上的，不是西方现代主义名作的"副本效应"，而是将西方现代主义的文学，视为是对人的存在形态的呈现方式，并将这种呈现方式，用于对中国人存在形态的呈现之中。

相较于柯云路、焦祖尧、成一在这一时期的长篇小说创作，冈夫、哲夫的长篇小说创作，则因于其时的文学主潮有着一定的距离，因而未能受到充分的重视。冈夫的《草岚风雨》以朴素的写实手法，以中共历史上著名的"六十一人集团"的史实为依据，再现了那一代共产党人在国民党监狱中的斗争经历。这部小说，不仅有着一定的文学价值，也有着相当的史料价值，随着时光的流逝，这种文史兼具的作品，必将受到越来越多的重视，当许多虚构性的文学作品，在历史的长河中，渐渐失去其光彩后，这一文史兼具的作品，却以其真实性而将一再地被人所阅读。哲夫的小说，集中于对生态环境的描写。生态环境，在1980年代，还没有受到社会及公众的高度重视，但随着社会的向前发展，这一问题将越来越不能回避地呈现在社会及公众的面前。哲夫的长篇小说，在这方面，是有着一定的超前性的。但也由于冈夫与哲夫，没有有效地将其时文学主潮所提供的新的文学资源，汲取、化入到自己的作品中，从而影响了自己的作品迈向一个更高的高度。

　　1990年代，无论就全国的小说创作来说，还是就山西的小说创作来说，都是一个长篇小说的时代。在1980年代曾经雄居中国文坛中心的中短篇小说风光不再，其他的文学文体也没有呈现强劲的势头，唯独长篇小说不但数量众多，而且堪称一流的作品此起彼伏，连续不断。这或许是因为1990年代是一个商业经济全面形成的时代，一个旧的时代结束了，一个新的时代正在到来，在社会的转型期，对过去了的时代的回顾、总结，成了一个时代的普遍的精神、情感需求；这或许是因为在经过了1980年代的各种各样的文学试验文学努力之后，作家们积累了相对成熟的创作经验，从而为长篇小说的创作在创作能力上做了充分的准备；这还可能是因为伴随着商业经济大潮的涌动，公众精神生活的分流，文学期刊销路不畅，因而影响了中短篇小说的创作，从而使作家把创作的重点转向了长篇小说的创作。总之，1990年代长篇小说何以出现高潮，其原因说法不一，但作为一种实际存在的历史形态，却是不予争论的事实。山西也同样是如此，长篇小说成为能够体现山西文学创作成就的主要的文学文体，山西并在这一历史时段，举办了"恒泰杯"长篇小说大赛，参赛作品众多，获奖作品中也颇多优秀之作，单单这一大赛本身，或许也就可以说明长篇小说创作在山西的气势与阵容了。如我们在前面所说，山西的长篇小说创作在1990年代之前，一直不是山西文学创作的主力，但在1990年代，却同全国文坛发展趋势一致，成为山西文坛的主要文体。

这一历史时段，能够体现山西长篇小说创作成就的主要作品是：张平的《抉择》、李锐的《旧址》、成一的《真迹》、蒋韵的《栎树的囚徒》、钟道新的《特别提款权》，以及吕新的《抚摸》、马烽的《玉龙村纪事》、李国涛的《世界正年轻》、林鹏的《咸阳宫》、孙涛的《龙族》、晋原平的《生死门》、田澍中的《五汉街》、王西兰的《送葬》等等。虽然学界公认说1990年代是一个"无名"时代，是一个多样化时代，不易从价值指向上对这一时期的文学作品做高度的概括与归类，但就山西的长篇小说创作来看，我们还是大致可以将其归为两大类：一大类是近距离关注社会现实的小说，一大类是在历史的长河中，写个体生命与社会历史相纠结的小说。

张平的《抉择》属于第一大类的小说，且在这一历史时段，是山西文学创作标志性的成果之一。之所以如此，是因为在1980年代，山西文学创作以中短篇小说为主要创作载体，涌现出了一个以成一、李锐、张石山等为代表的被称之为"晋军"的创作群体，并在全国产生了较大的反响。自1990年代之后，这一"晋军"集中的创作高峰成为过去，山西文学界遂以张平的长篇小说《抉择》获茅盾文学奖为契机，提出了自赵树理为代表的"山药蛋派"和成一、李锐等为代表的"晋军"之后，山西第三次文学创作高潮正在形成的概念，而张平的《抉择》则是这一创作高潮的显著标志。张平的这部小说，近距离地直面社会问题、社会矛盾，通过主要英雄人物的塑造，体现社会公众的理想，并且强调情节的可读性，以引起社会公众的普遍欢迎。这样的一种文学形态，与山西以赵树理为代表的"山药蛋派"及"晋军"中以柯云路为代表的从政治文化角度切入对当下社会形态、社会问题的审视的创作有着一脉相承的血缘关系，与山西的区域文化形态、特征，有着一脉相承的血缘关系，因此，成为1990年代，面对新的经济、社会形态而形成的新的多元化的文学形态中的重要一支。山西文学界所倡导的这一文学形态，是自有其内在的历史原因、历史渊源的。这一大类的作品在山西数量颇多，且不乏优秀之作，如孙涛的《龙族》、晋原平的《生死门》等等。

可以归入第二大类的长篇小说较多，且各自的表现形态、侧重点又有所不同：

李锐的《旧址》是他的第一部长篇小说。李锐在1980年代，以短篇小说的形式，以他在山西农村的插队生涯为写作资源，以山西农民的生存形态为载体，揭示"人"的生存、存在形态。但《旧址》则体现了李锐的另一个写作向度的创作追求，即以其祖籍四川自贡的家族为写作资源，通过对现代历史的叙写，揭示个体生命与社会、历史的"紧张"关系，揭示个体生命怎样在社会、历史"神圣"的名义下，被吞噬的悲剧性命运。这样的一种写作指向创作形态，在蒋韵的《栎树的囚徒》中，也有着深刻的别一风貌的体现。

成一的《真迹》也体现了他创作上的大幅度转向。成一在这之前的创作，一直以对人的心灵密码、命运密码的执着解读为重点，且坚持其文字独特的表现形式，不追求可读性，可改编性。但这部长篇，从内容上说，放弃上述执着而重点在于对事物真相的"解构"与"消解"，隐喻着作者对一种认识、把握世界、人生本质方式的理解；从表现形式说，这一理解的沉重与繁复，又潜隐于一种通俗的表现形式之中，使作品具有了较强的可读性。

钟道新的长篇小说，如同他的中短篇小说一样，擅长写高智商的知识分子，通过丰富的知识信息量，写在丰裕的物质生活基础上形成的优雅的生活、智力的优越等等，从而在以侧重写底层生活的山西的文学格局中独树一帜。

马烽、李国涛、林鹏属于一代人，且均在老年期，在回顾、总结自己一生中，以自己一生的经验，著有长篇新作。比较三人的这些新作，我们可以看到那一代人，三种不同类型的人生形态、思想形态。马烽的《玉龙村纪事》仍然是以阶级斗争的视角，写土改时期的农村生活，但较之其青年、中年时代，对农村生活的叙写，却又颇多超越。将这部小说，与马烽同时期发表的叙写建国初期的回忆录对照着看，我们可以看到马烽这一代作家的思想的丰富性。虽然在反思历史时，马烽小说的批判力度不及胡正的尖锐与深刻，但其作为一代人思想形态的代表性，却是胡正所不可相比的。李国涛原本以写文艺批评为主，但步入老年后，却以长篇小说让众人耳目一新。他的《世界正年轻》以自己的人生经历为写作资源，让我们看到了脱胎于民国文化而走进共和国文化的一代读书人所走过的风雨历程。林鹏是"小八路"出身，作为正宗的革命者，历经各种政治运动后，对自己所走过的人生道路及在这其中的社会变革，颇多尖锐的批判与反思。这些，在《咸阳宫》中，借古喻今，有所体现。这三部小说，虽然在文学性上，可能在山西长篇小说中，影响不是太大，但作为研究那一代人的精神产品，却有着其不可估量的作用。

田澍中的《五汉街》、王西兰的《送葬》，前者写出了乡村百年的沧桑，并突出地体现了山西本土作家的优势与局限，理性弱，感性强，情节理念化，细节生活化，忠实于生活而又符合于某种观念。后者受王汶石以抒情笔调写乡村人心人情的影响，以强烈、浓郁的人性人情，写出了一曲催人泪下的乡村悲歌，其抒情性特色，在沉实厚重的山西文坛中，颇为醒目。两部作品虽然还不能称之为大作品，但却以其独特的代表性，而不能被忽视。

新世纪以来，中国文坛提出了"新世纪文学"的概念，试图以此来概括、把握新世纪文学的新的形态、特征。这些新的形态、特征是什么，还有待于进一步研究，但新世纪的长篇小说，无疑是其最具代表性的文体。这一时期，中国文坛的长篇小说创作势头呈进一步高涨之势，山西的长篇小说创作也是如此。其最具代表性的作品是成一的《白银谷》《茶道青红》，李锐的《银城故事》《张马丁的第八天》，张平的《国家干部》，蒋韵的《隐秘盛开》，李骏虎的《母系氏家》，葛水平的《裸地》，陈亚珍的《羊哭了　猪笑了　蚂蚁病了》，以及焦祖尧的《飞狐》，钟道新、钟小骏的《巅峰对决》，张不代的《草莽》，晋原平的《权力门》，毛守仁的《天穿》与《北腔》，刘维颖的《水旱码头》与《血色码头》，韩思中的《死去活来》，张行健的《古塬苍茫》，张雅茜的《此生只为你》等。

这一时期山西的长篇小说创作，较之1990年代，其长篇小说的形态更为成熟，其标志是"史诗"品格的成熟。具体来说，可以体现在这样三个方面：

第一，对历史史实的高度概括力。成一的《白银谷》《茶道青红》、陈亚珍的《羊哭了　猪笑了　蚂蚁病了》等等，均以对巨大、丰富的历史内容的真实叙写高度概括而体现了这一点。

第二，巨大的精神、思想的概括力。如果说，成一、陈亚珍等人的长篇小说，是以对历史的社会生活的纪实性的真实叙写而体现了长篇小说的史诗品格的话，李锐的长篇小说，则以对一个历史时代的精神形态、精神特征的高度概括、把握、洞察，而体现了长篇小说的史诗品格。

第三，对现实生活的典型体现。张平的《国家干部》可以作为这一方面的代表作。作品以"国家干部"这一社会身份作为社会各种矛盾的聚集点，对现实的社会矛盾作了全面的、突出的揭示与剖析。

长篇小说的史诗品格，需要久远丰富的历史内容、博大厚重的文化积淀、深刻复杂的精神意蕴、多姿百态的人生命运以及对此的清晰洞察、真切感受作为支撑。如是，中国今天长篇小说的重镇、代表性作家，往往集中在陕西、山东、河南、山西一带。山西的长篇小说创作，如何在对自身及他人的清醒审视中，使自己更上层楼，步向峰巅，是山西小说作家所应该认真思考并为之付出努力的。相信山西的长篇小说创作，会在此基础上，拥有一个更为辉煌的明天。（傅书华）

第一章　1940年代之前

第一节　概述

在中国文学长达数千年的历史发展长河中，小说一直受到封建正统文人的鄙视。可以说，中国的小说是在诗歌和散文之外的夹缝中慢慢喘息生长的。事实上，一部小说尤其是长篇小说，不仅能体现作者的写作技巧，更能考验个人的时代胸襟，这其中包括了对生活的感悟性和对未来的前瞻性。而优秀的小说之所以能流传千古，经久不衰，更说明小说作品在思想内容和艺术特色上的不凡。《三国演义》便是其中的代表。

追溯中国小说的成长，需要将目光放到先秦两汉时期。这一时期并未孕育出成熟的小说作品，但是当时流传的神话、寓言、史传、野史、传说等却都包含着小说的萌芽，为日后的小说成长做了意料之外的题材储备。同时，由于中国历史波澜壮阔、历史事件纷繁复杂，再加上社会条件的限制，志人志怪小说的分类在当时已经初见端倪。之后的唐人小说被公认为是中国文言短篇小说完全成熟的标志。不过客观地讲，小说的艺术手法的提高并不代表中国小说发展进入成熟期，恰恰相反的是，以刘义庆的《世说新语》为代表的志人小说和以干宝《搜神记》为代表的志怪小说都是在用笔描述一种作者信以为真的事实，"阴阳残殊途，人鬼乃皆实有"，不管这种事实是否真的客观存在，因而说明这种"本无意为小说"的唐小说还是停留在小说发展的幼年时期。不过这也说明，小说的成熟无法一蹴而就，它需要等待经济、文化、政治等多方面条件的一一成熟。

为小说发展带来根本改变的是宋代话本的产生，鲁迅称之为"实在是中国小说史上的一大变迁"。中国小说从宋代开始，以向"市民文学"转变为态度，开始沿着文言和白话两种轨迹分别展开，其间两条线索又交相发展，互相渗透，所带来的火花碰撞可以想象。这样既增强了小说的表现力，扩大了小说的接受群体，从而提高了小说的社会地位，也为明代长篇小说繁荣期的到来做了充分的准备。

元末明初，《三国演义》问世，标志着中国传统社会中第一部长篇小说的诞生，从此中国小说史由原先以短篇小说为主转为以长篇小说为中心。也是从明代开始，小说这种文学形式才真正充分展示出了它的作用和价值，从而打破了千百年来正统诗文不可撼动的垄断地位，在文学史上，取得了与唐诗、宋词、元曲相提并论的地位。

可以说，小说从最初的无意为之到文言短篇小说到长篇小说，经历了漫长的演变过程，最终成熟在明代。这一方面与小说这种文学形式自身的发展特点分不开，更与当时明代成熟的小说发展环境息息相关。

首先，在经济方面，明初朱元璋建立政权后，大力发展生产，采取使人民休养生息的政策，使得经历了元以来动乱的中原经济获得了极大的复苏。到了明代中叶，商品经济因素萌生，手工业者成为一种职业而获得解放，同时商人的实力在与政府合作中增强，更何况之后的明代中国已经不可避免地与全球化进程联系到一起。随着郑和下西洋、民间海外贸易增加，中国的商业进一步发达，最终导致大量的商业性城镇涌现，市民阶层壮大。作为小说的主要接受群体，市民阶层对于小说的需求便无法再遭忽略。

其次，宋元时期的话本小说为明代长篇小说的兴起奠定了基础。话本原是说话人的底本，源于唐而盛于宋。在宋代，出现了专业的"说话人"和"说话人"的行会，随着"说话"职业的需要，话本被进一步地加工润色，而被广为流传的话本便成为白话小说的雏形。明代很多长篇小说即是在话本的基础上发展起来的，如长篇历史小说《三国演义》便是从讲史话本演化而来。

此外，印刷术以及刻书业的发展也从技术角度提高了小说的生产能力和扩散速度，使小说拥有了范围更广的读者群体。

《三国演义》能成为中国文学史上的经典，事实上也是中国传统社会后期小说评价体系转化的结果。被长期称为"小道客观"的小说在中国文学史上的地位一直较为尴尬。到了明代，由于市民阶层对通俗小说的强烈诉求，士大夫阶层开始真正审视小说的作用和价值。如金圣叹就将《庄子》《离骚》《史记》《杜诗》《水浒传》《西厢记》称为"六才子书"，这一说法深刻反映出在中国传统社会的后期，曾经被文人所不屑的通俗小说已然取得了与正统文学相提并论的地位。在这里，文体已经不再成为判断作品是否经典的唯一标准，更多的是要考察作品本身所包含的思想价值和艺术特性。同时，任何一部文学经典之所以能经得住岁月的考验，也与一代代文人对他的评改息息相关。因为这样的评改不仅加强了文学作品的可读性，也在很大程度上扩大了其传播范围。如毛氏父子对《三国演义》的批改"悉体作者之意而连贯之，每回必以二语对偶为题，务取精工"，完善和固定了通俗小说的格式，同时对书中情节做了增删，进一步强化书中"拥刘反曹"的观念，体现了儒家的正统思想，也是毛氏父子维护清王朝统治所必需的资料支撑。在这样的评改中，反映出了时代与历史的契合点，个人思想与大众观点的一致性。虽然此评改也遭到了不同声音的质疑，但是不可否认，《三国演义》在这样的争论中逐渐得到更多人的认同，最终成为中国演义小说的代表而经久不衰。

历史进入20世纪，辛亥革命带来的革命烽火燃烧蔓延至全国各地，中国人民渴望独立、向往和平的呼声越来越高。1919年中国代表团在巴黎和会上的谈判失败直接导致了北京学生五四运动的兴起。很快，北京五四运动的消息传到太原，山西成为响应五四运动较早的省份之一。在省城太原，大中专学生集会游行，声援北京学生的爱国运动，痛斥帝国主义和北洋军阀的卖国行径，这样的一场暴风雨般的洗礼打破了山西过去保守、依附的传统价值体系，为山西的社会变革和思想进步打下了基础。

当时就读于北京大学的高君宇（静乐县人，今属娄烦县）是五四运动的学生领袖之一，他曾在《新青年》发表《山西劳动状况》，反映山西人民水深火热的生活境遇，从而揭露资本家的残酷剥削以及帝国主义的丑陋嘴脸。而后，在高君宇的指导下，1919年8月，王振翼等人创办的《平民周刊》，成为山西宣传新思想的文化阵地。如此，在新文化运动"民主与科学"思想和五四运动爱国主义精神的双重影响下，山西出现了一大批传播新思潮的刊物，山西的新民主主义氛围日益浓厚，在文学界便也产生了由新思想带来的一系列敏感反应。

在社团组织方面，从1919年到1924年短短的五年间，山西便涌现出许多新文化社团：1920年在山西大学成立的"新共和学会"，肩负政治和文化双重使命，创刊《新共和》不定期刊，在宣传社会主义制度优越性的同时还宣传新文学，发表了许多文学作品；1921年成立的"晋华书社"是太原传播新文化新文学的总阵地；同年8月由刘奠基等人创办的"共进社"，以"发展共进精神，研究有用学术，藉文化运动宣传新思想，改造新社会"为宗旨，并且出版了《共鸣》刊物，以宣传新思想；此外还有"青年学会""见闻观摩会"等一批新社团，均对山西新思潮的涌动起到了极大的推动作用。尽管这一阶段的新社团并非纯文学性质，且大多以宣传马克思主义为主，但是社团刊物均大力宣传新思想，介绍外国文学以开群众眼界，并在一定程度上为新文学的成长提供了展示舞台。

1925年前后，山西陆续出现了一批纯文学社团和文学刊物，其中很多在全国产生了极大影响，代表性社团当属"狂飙社"。1924年8月，高长虹同高沐鸿、籍雨农、荫雨、段复生等文学青年组织"贫民艺术团"，并于9月1日创办《狂飙》月刊。而后高长虹只身到北京，在《国风日报》编辑副刊《狂飙》周刊，结识了大量有识之士，共赴狂飙事业。在狂飙社存在的五年时间里，先后有二十二人参加，办过十九种刊物，共出版九十多期；出版过八种丛书，共出书四十六种，为中国新文学运动做出了一定贡献。

在文学创作方面，从《平民周刊》开始，山西便拥有很多文学作品的发表阵地。许多作家借自己的笔抨击社会现实、宣传进步思想，展示出当时中国青年知识分子的精神面貌。这其中取得较高成就的是狂飙社成员及在京山西籍作家，有高长虹、石评梅、李健吾、高歌、冈夫等，他们的创作涵盖了小说、散文、诗歌、剧本等各个方面。

由于当时的小说发展还处于由文言文向白话文转变的初始阶段，因而作家们的创作以中短篇小说为主，在长篇小说方面的作品不多，仅有狂飙社成员高歌的《野兽样的人》《情书四十万字》李健吾的《心病》等长篇小说。尽管作品不多，但这些作品均体现了山西作家在新思想指引下，改变传统章回体写作格式的决心，小说所传递的男女平等等民主思想也都引起了读者的共鸣，体现了他们对山西长篇小说的形成所做出的贡献。（苏春生）

第二节　罗贯中的《三国演义》

不论在山西长篇小说史还是在中国长篇小说史上，《三国演义》都占有举足轻重的地位。作为中国历史上第一部长篇小说，它被称为是跨时代、跨民族、跨国度的"三跨越"作品，不仅在中国家喻户晓，其思想内容和艺术价值还得到了世界公认。这部作品产生于元末明初，而当我国出现像《三国演义》这样结构严谨、内容丰富的鸿篇巨制时，世界各个区域还未有严格意义的长篇小说。

关于《三国演义》的作者罗贯中籍贯、生平的说法向来版本颇多，存在分歧。这是因为在当时的封建帝制时代，小说受到了正统文人的歧视与排斥，通俗小说的传播途径本就显得遮遮掩掩，更不要提被称为勾栏瓦舍下九流的小说作者，正史自然不会为其立传，作者信息也就最终不得而知，这不得不说是中国长篇小说史上的憾事。关于罗贯中籍贯的说法主要有四类：一是太原说，元末明初贾仲明《录鬼簿续编》中提到："罗贯中，太原人，号湖海散人。与人寡合。乐府、隐语极为清新。与余为忘年交。"一是杭州说，明郎瑛《七修类稿》卷二十三云："《三国》《宋江》二书，乃杭人罗贯中所编。予意旧必有本，故曰编。"一是东原（今山东东平）说，明庸愚子（蒋大器）《三国志通俗演义·序》云："若东原罗贯中，以平阳陈寿传，考诸国史，自汉灵帝中平元年，终于晋太康元年之事，留心损益，目之曰《三国志通俗演义》，文不甚深，言不甚俗，事纪其实，亦庶几乎史。"一是庐州说。自从 1931 年，郑振铎等人在江苏发现《录鬼簿续篇》以来，太原说便逐渐得到认可。至于罗贯中生活的时代，也是从"南宋遗民"到元朝人到"明洪武年间"人等众说纷纭。

我们现在只能根据仅存的一些史料推测出：作者罗贯中，太原人，号湖海散人，出生于元末明初，曾游历江浙一带，是一位深谙历史，与"伎艺"为伍的戏曲平话作家。

罗贯中一生笔耕不辍，创作集中于杂剧和小说，除著有《三国演义》外，还另有《赵太祖龙虎风云会》等剧本以及小说《隋唐两朝志传》《残唐五代史演义》等传世。另有说法曰，罗贯中在写作《三国演义》期间，逢师友施耐庵逝世，为纪念施耐庵，对施氏的《水浒传》进行加工修订。这些作品均以乱世为题材，这是由于罗贯中出生在元末明初，目睹战争和分裂带来的社会动乱，经历过种种颠沛流离，对人民苦难了解颇深，用作品来展示自己的政治抱负，是罗贯中写作的最大动力。

三国故事的流传由来已久，并且自唐代以来就在市井间广为相传。罗贯中收集民间传说、艺人话本等，依据陈寿的《三国志》和裴松所做的相关注解，将历史和文学自然结合，倾注毕生心血，才终于完成这部影响巨大的《三国演义》。《三国演义》讲述的历史时段起自东汉末年黄巾起义，终于司马氏统一中国，描写了这百年的历史中封建帝王阶级对农民阶级的残酷镇压以及地方势力之间的相互矛盾和争斗，体现出了"尊刘贬曹"的思想，也为广大人民喊出了渴望统一的强烈诉求。书中包含了深厚的思想精髓和权智谋略，为小说增添了许多现实色彩，不同的读者能从中体悟不一样的人生感受。这也正是《三国演义》成为经典的魅力所在。

在思想内容方面，整部《三国演义》以"拥刘反曹"作为主导思想，将蜀汉作为三国关系的矛盾主导体，集中描述三国之间的军事和权谋斗争，揭示政治斗争的规律，反映社会统治的黑暗，从而表现出

"去乱世、求和平"的愿望。与此同时，作者将社会发展的规律总结为"天下大势，分久必合，合久必分"。作者的这一历史观建立在对中国历史千年发展变化的观察总结中，一针见血地指出万世一统天下的不可能，从而在中国的封建社会具有了深刻的进步意义。在人物刻画方面，《三国演义》通过惊心动魄的政治、军事斗争，为我们塑造了一系列个性鲜明的人物形象。其中很多成为类型人物的代表，影响着民族性格的形成。诸葛亮是作者心目中"贤相"的化身，一生尽心辅佐刘备，鞠躬尽瘁，死而后已。他身为托孤大臣，执掌朝廷大权，面对刘禅的荒淫无度，本可以取而代之，但他依然坚守封建宗法原则，从无二心，为人廉洁，"死后不使内有余帛，外有余财"，高洁品质令世人动容。此外，作者还赋予诸葛亮神机妙算的智慧和才略，在草船借箭、三气周瑜、空城计等故事中展现出其从容不迫的心态和超乎想象的智慧。诸葛亮集忠贞、清廉、智慧于一身，是万民景仰的人物形象，他的处世哲学也成为很多文人竞相效仿的典范。关羽是作者倾注较多心血的另一形象，他是忠义和英勇的化身，"威猛刚毅，义重如山"，面对曹操赋予其的高官厚禄毫不动心，一听到刘备的消息，便不远千里去相投，这种身在曹营心在汉的忠诚千百年来被传为佳话。但关羽并非薄情之人，在后来的华容道违抗军令义释曹操，展现出了他知恩图报、大义凛然的英雄气节。关羽这位"武圣"的形象在中国民间威望甚高，全国遍地可见的关公庙便是《三国演义》在老百姓心目中留下最高信仰的见证。与诸葛亮、关羽等形象形成鲜明对比的是曹操这一人物的塑造。曹操是一位奸雄，秉持"宁教我负天下人，休教天下人负我"的人生信条。作者将反面人物的特点都集中表现在了他身上，他既具有雄才大略，却也野心勃勃、多疑专横、表里不一、凶狠狡诈，作者以此来凸显刘备的宽厚仁爱、礼贤下士，从而反映出作者渴望明君、期待统一的社会理想。

在结构和语言方面，三国故事原本纷乱复杂，但罗贯中紧紧围绕着蜀、魏、吴三国之间的矛盾展开，并且以蜀汉为叙述主体。在长达百年的历史讲述中，将其分为三个阶段：第一阶段为黄巾起义至赤壁之战；三国鼎立至诸葛亮病逝为第二阶段；之后到晋的统一为第三阶段。这期间，再以官渡大战、赤壁之战、彝陵之战这三大战役为主线，描写了一系列的战争场面，汇成了一个战争系统。同时在引出战争中，表现出了大至政治战略、小至权谋法术的文臣武将之谋略争斗，将舌战群儒、草船借箭这样的小故事点缀其中，便构成了前后呼应，复杂统一的章回体小说系统。作者在结构上真正做到了主次分明，线索清晰，使读者在读过之后脑中自成体系。《三国演义》的语言以浅显的白话文为主要特色，文不甚深，言不甚俗，并且人物语言个性化，使小说通俗易懂，大大增强了小说的传阅性。更为难能可贵的是，《三国演义》还为中华成语和俗语做出了相应贡献，如"张飞穿针——粗中有细""说曹操，曹操到"等等，极大地丰富了中华词汇库，且渗透到了普通百姓的日常生活中。

《三国演义》是中国历史演义小说的经典之作，其出色的文学成就使它的影响已深入到了中国文学、艺术以及社会生活的方方面面。

《三国演义》所采用的章回体小说结构法对我国长篇小说的写作产生了巨大影响。后世小说多模仿其首尾一贯、散集结合的手法。在艺术经验方面，粗线条白描的写人方法，对比、夸张、渲染等艺术手法以及描写大型战争宏伟细致的表现方法都成为后世学习的典范。在这之后，产生了一系列《三国演义》的连锁反应，一方面，以历史为题材的演义小说如雨后春笋般涌出，如《全汉志传》《东周列国志》《说岳全传》等均以断代史的历史演义为写作对象，采纳《三国演义》的描写手法，使演义小说一时间风起云涌。在明清时代，诗人们还竞相引三国故事入诗或抒写阅读三国之感受，据记载，只明清时期的咏三国诗便有一百九十七首。另一方面，《三国演义》在小说界的成功也使得民间艺术家们对三国题材兴趣倍增，书中的很多精彩场面大片段地出现在各种戏剧和说唱文学中，甚至有说法，"无三（三国戏）不成班，烂三要饿饭，三国铁门槛，翻过道路宽"，可见三国戏的演出成败已经关系到了戏班能否存活。包括到现在，《三国演义》依旧是影视热拍的题材，三国故事经久不衰。

作为"第一才子书"，在经过了一代又一代读者的考验过后，《三国演义》中的故事显然已经成了中国人精神生活的一部分，对民族性格和社会心理的形成产生了极大影响。在书中，刘关张三结义的"不求同生，但求同死"的肝胆相照成为人们心中对信赖理解的最高标准，很多人用"桃园结义"来表示相互间的以诚相待。人们更加渴望刘备的礼贤下士、三顾茅庐之真诚，关羽、张飞的不离不弃、忠肝义胆之忠贞，而诸葛亮"宁静致远，淡泊明志"的人生信条也是后世知识分子的处世原则。在对这些英雄人物推崇的过程中也促使中华民族仁爱诚信的品格得以树立。

以史为鉴。尽管清代学者章学诚认为《三国演义》"七实三虚"，全书在人物塑造和场景描写上也确实存在夸张和杜撰之处，但不可否认的是，作为一部雅俗共赏的通俗小说，《三国演义》在普及历史知识方面功不可没。它集历史性和文学性于一身，并且以历史性强而著称。它为我们展示了东汉末年以来朝廷黑暗腐朽，人民颠沛流离的历史事实，并且详尽地描述了三国之间的复杂争斗，使历史不再是乏味无趣的事件串接，而是一幅生动可见的人生图景。这样的形象描写，让全世界人民都为之着迷，这段历史中的经典故事也被人们津津乐道。同时，从现代管理角度看《三国演义》，它也是一本富含谋略和智慧的管理学教材。有日本企业家指出，"在当今激烈的商业角逐中，读读《三国演义》，大有裨益"，甚至有人认为松下幸之助在日本商战中的成功就与他借鉴《三国演义》之经验有很大的关系。人们感慨于《三国演义》中战争场面描写的气势恢宏，但这样的战争并不孤立，而是与谋略较量紧密相连。比如诸葛亮积极促成联吴抗曹的形成，在敌强我弱的情况下，唯有团结一切可以团结的力量，用智斗取代武斗，才是唯一出路。再比如刘备三顾茅庐，为请诸葛亮出山，尽管吃尽苦头，但随后诸葛亮的献计献策，却实实在在地证明人才是各国间竞争的关键。诸如这样的例子都为后人所借鉴。

当然，作为中国古代长篇小说的开山之作，《三国演义》在人物描写上难免有种种瑕疵，最突出的地方就在于人物性格的定型化。作者大多数情况下只表现了人物的单一性格，比如刘备的忠厚仁爱，诸葛亮的神机妙算，关羽的忠肝义胆，而没有对人物进行更多的内心挖掘。鲁迅针对此就曾批评说，"欲显刘备之长厚而似伪，状诸葛之多智而近妖"，这应该是中国传统文学的一个共性问题。在中国的戏剧中，曹操白脸、关羽红脸的定性手法就是另一个典型例子。这样描述人物虽不够完整，但是却符合读者的文学期待，这也是这种手法之所以长期流行的主要原因。

在中国乃至世界，《三国演义》足够称得上是一部成功之作，它所带给我们的精神财富是取之不尽的。（苏春生）

第三节　高歌的长篇小说创作

　　高歌，原名高仰慈，1900年生于山西省盂县，是"狂飙社"主将高长虹的胞弟。他在少年时代曾先后就读于家乡清城镇小学和盂县第一高等小学校，并于1917年考入太原山西省立第一师范学校。在太原一师读书时，他学业优异，酷爱文学，思想进步，积极参加学生活动。他曾用脚在学校操场的雪地上画出"革命"两个大字，引起了校方的很大震动。1922年毕业后，高歌回到母校盂县一高任国文教员。任教期间，依旧积极参加反帝反封建斗争，向学生宣传新思想。他的做法遭到了以校长为首的顽固势力的仇视和抵制，遭到排挤的高歌遂决定离开家乡，到北京加入"狂飙社"，并在之后成为当中的骨干人物，由此，展开了他的文学创作生涯。

　　1923年11月23日的《狂飙周刊》第三期登载了高歌的处女作《爱的报酬》，这篇小说的问世，可说是奠定了高歌文学创作的基本风格：反封建和争取婚姻自由的主题以及象征手法的艺术风格。之后，高歌一边办刊物搞创作，一边到鲁迅任教的北京世界语专门学校学习，并结识了鲁迅、张稼夫等人。"大革命"时期，高歌在武汉编辑《革命时报》副刊《革命青年》，"七一五"后高歌被迫离开武汉回到上海，先在中华全国总工会工作，编写宣传材料，刻钢版印刷，和反动派继续斗争，后由于国民党残酷镇压革命，党的地下工作受到摧残，他才又回到"狂飙运动"中去。

　　然而，当1927年高歌到杭州找高长虹商定"狂飙运动"的斗争事宜时，却传来他们的三弟高远征参加"南昌起义"不幸牺牲的消息。

因为弟弟的死，高长虹和高歌之间产生了怨恨。原因是高远征是由高歌介绍而参加周士第的教导团，牺牲时仅仅二十一岁。长虹埋怨高歌不该让弟弟去当兵，高歌自己也倍感自责和痛苦。在有苦难言的情境下，高歌一气躲到了西湖，而把《狂飙》的担子撂给了哥哥。在西湖，高歌结识了一位安徽籍女子，即他的长篇小说《情书四十万字》中所称的"利那"。她有丈夫有儿子，高歌自己也于早年由父母包办结婚，但婚姻不得意。沉浸在爱情甜蜜与事业受挫的双重情感漩涡中，《情书四十万字》便是这一时期高歌情绪抒发的最直接产物。

《情书四十万字》延续了高歌的一贯风格：热情、张扬、抒情性极强。甚至于他的作品在艺术方面并不过多地咬文嚼字，而是从自己的心灵出发，如不加雕琢的璞玉一般原生态地表现情感。这样的情感显得直率无节制却也真实感人。《情》这部小说在内容上没有完整地展现任何的故事情节，他采用了一封封的情书描绘出了"我"对所爱恋人的热情追求，侧面勾勒出一个美丽动人、善解人意又聪慧伶俐的知识女性，并且塑造了"我"这样一个渴望冲出牢笼，收获幸福的热血青年形象，反映出当时"大革命"失败后，青年人心中难以掩藏的抑郁以及内心深处依旧坚持革命、对革命前景充满希望的心理状态。

就整体而言，这部小说前后始终贯穿一条主线索，即"我"对利那的讲述，但同时它的内容却并不单一：它是情书，也是日记。记录了"我"对利那的炽热爱恋，也记录了"我"独自徘徊的生活遭遇；它是"我"对利那的真情流露，然而与此同时，也不经意地流露出"我"和C的深厚情谊：一方面"我"渴望着大胆地表现我的爱恋，一方面我又战战兢兢，生怕自己的一个不小心而错失了这个在面前的爱人。这也可以看出高歌在写作时的复杂心情。他难以抑制自己的情感，在书中这样写着，"我们三个人的眼睛互相默默地看着，我们的眼光便组成一个只有光才能够这样组成的一个大三角形"，"我们是三角形的三边"。无疑，这里所说的"我们三个"即是"我"、利那和C，而C指的便是哥哥高长虹。高歌不止一次地提到C，提到狂飙，可见他的内心从来一刻没有离开过狂飙，即使是兄弟之间怄气，他狠心离开狂飙，但他始终固执地认为他的离开只是暂时的，又或者说这种离开是为了今后更好地开始。于是，他不断地向他心爱的利那诉说他对C的想念，展示他们之间坚不可摧的情感，因为，利那和C都是他最值得信任的人。

《情书四十万字》共分八卷。第一卷《初春的烦恼》用"两个孩子吵嘴的梦境"象征着自己在生活中所遭遇到的信任危机，也象征着自己焦灼的心理状态。然而这样的争吵最终伴着相视而笑的结局让"我"长舒了一口气。"我"的欣喜和宽慰来自生命中爱人的出现。梦境的演绎是高歌最喜爱也最擅长的表现手法。他用肆无忌惮的想象来描写自己内心的苦闷。这种第一人称的叙述方式拉近了作者与读者之间的距离，虽然显得主观性十足。但或许，主观性即是高歌的风格。第二卷《恋爱与创造》，则在情感抒发上明显比第一卷大大加强了一些。高歌采用大量的排比、反复手法再加上省略号、破折号等的大量应用，形式上的不拘一格已经凸显出了"我"下决心冲破封建婚姻牢笼拥抱新生活的勇气，这本身就是一种伟大的创造。事实上，在高歌这样一代青年身上最不缺的便是冲破牢笼拥抱新生的创造精神。因此，提及"创造"，如果仅仅只是主观的表达情感自然不够，形式上的创新才能更好地将自己的才情显露。因而他的热情如火山喷发一般不可收拾，每封情书都是文不加点、一气呵成，读起来甚觉酣畅淋漓。第三卷和第四卷则分别记叙了"我"对C的情感以及我陷于情感和理想两难抉择中的矛盾心理。高歌不止一次地在书中提到"我"对于C的想念，也由此可以看出《情书四十万字》其实在很大程度上是"我"将利那作为倾吐人生不顺的对象，而倾诉的主要内容却与C有很大关系。《情》写作的背景是"大革命"失败后狂飙社的活动遭遇到了前所未有的阻力，但这些困难并未影响到高歌心系狂飙的状态，可以说，狂飙社是他全部生活的精神支柱。这情书四十万字是写给利那的，也是写给狂飙的。最终，"我"毅然决然地选择重返斗争的漩涡中。《情》的最后两卷完成于1931年高歌被捕出狱后。此时的高歌失掉了同党的关系，就如同他在书中写的，"置身在涛涛的洪流中"，带着离别的沉重心情，他不得不同过去再见。知识青年在遭遇挫折之后的迷茫、彷徨、探索的复杂心迹被展露无遗。

从高歌早年的革命经历中不难看出，他是一个乐于接受新思想并且对信仰坚贞不渝的人。个性张扬的他从不拘泥于传统小说的写作形式，而是天才地按照自己的抒情特点来选取不同的切入角度。读高歌的小说，就仿佛是在看高歌自己的生活经历，这种自传体形式的小说创作所建构的世界基本上可以看作是他个人世界的外化。小说中流露出的五四青年人的壮志豪情和苦闷忧郁是那个时代特有的产物，因此，在高歌的小说中，时代和才情这两个因素缺一不可。（苏春生）

第二章 1940—1970年代

第一节 概述

1940—1970年代的中国，从文学活动的发生发展层面来看，是解放区提出"文艺为工农兵服务"这一文学规范，及这种文学规范在长期政治历史生活中逐渐确立其权威地位的过程。这一时期的文学创作，因其所处的特殊时代环境和明确文学规范的指引，呈现出政治书写强化、地域特色显增等独有的特点。其中，山西的长篇小说创作成绩愈渐显著，50年代后60年代中期形成了闻名全国的"山药蛋派"，为推动新文学民族化、大众化的进程发挥了不可忽视的重要作用。

1937年7月7日，卢沟桥上的炮声打响了日本全面侵华战争的序幕，中国从此进入了艰苦卓绝的战争时代。在民族危亡的关键时刻，新文学也顺应时代的召唤，由30年代的众声喧闹、异彩纷呈转向抗日救亡的同声高歌时期，用文学刻画民族风骨，塑造民族灵魂，宣传抗日救国的主张，鲜明生动、贴近生活的现实主义笔触描绘了一幅幅人民奋起反抗、血泪相和的生活图景，歌颂了中华民族生生不息、顽强拼搏、不畏艰险的战斗精神。1942年，毛泽东发表了著名的《在延安文艺座谈会上的讲话》，旗帜鲜明地标示出"文艺为工农兵服务"的大众化创作路线，新文学从此在党的文艺方针引导下向着民族化、大众化、通俗化的道路前进。

以赵树理为代表的"山药蛋派"作家群体就是在烽火战争中成长、成熟的流派。作家站在农民的立场，以农村日常生活为素材，发掘新的历史时期农村中依然存在的落后习俗与旧式农民形象，与此相对地，作品也宣传党的农村政策，赞扬新型农民形象，创作出了一批具有中国作风和中国气派的，百姓喜闻乐见的农村小说，朴素、淳厚的风格与当时党的文艺政策紧密相符，一时名声大振。

新中国成立以后，文学权力与体制发生了深刻的变化。解放区在延安时期所确立的"左翼"文学政策因统治地位的确立而被推而广之，毛泽东的文艺思想成为文艺作品写作与评论的标尺，但受"左"的政治思潮的影响，在文学界，文学批判活动频繁，虽有过短暂的"百花文学"时期，但最终又不可避免地爆发了极端政治性的产物——"十年文化浩劫"。所有的这一切都使得1950—1970年代的文学在继承解放区文学革命现实主义优秀传统的同时，也具有概念化、模式化、图解政治等无法抹去的时代痕迹。在这一时期的山西长篇小说中，我们也可以清晰地看到这一嬗变与断裂。

下面我们具体分析当时产生影响的几部长篇小说作品，其中赵树理的《三里湾》因有专门章节概述，本节略去不谈。

出版于1959年的长篇小说《双喜临门》是晋南作家李逸民的代表作品。整个故事篇幅不长，却曲折生动地讲述了发生在农村合作社时期的乡村故事，充满了浓郁的山间风俗民情。作品采用的是双线结构，一条线索是王梅英与刘石柱的爱情故事，作为附属线索，波澜不惊，发展顺其自然；而另一条就是落后保守的王保全与女儿王梅英、刘石柱为代表的先进分子关于种植棉花之间的冲突，王保全墨守经验，对"毛躁"的年轻人采用的新技术充满怀疑，最后，通过重重考验和努力，王保全消除了自己的偏见，农业社也在先进技术的指导下迎来了棉花大丰收，梅英与石柱的爱情顺理成章地修成正果，结局迎来了真正的"双喜临门"。

作品中对人物形象恰如其分的刻画，真实可感，俗语、歇后语的巧妙运用，不仅增添了语言的韵味，也丰富了情节的趣味性和可读性，使作品成为一篇内容丰富、风格活泼的佳作。

1962年之后相继出版了慕湘《新波旧澜》四部曲，包括《晋阳秋》《满江红》《汾水寒》《自由花》。这是一部体制宏大的史诗性作品，作者通过写抗战全面爆发后，共产党员郭松，领导太原县牺盟会、组织民众建立抗日救国统一战线的重重困难与努力，刻画了从上层官僚、地主阶级到下层民众的各色面孔，其中，尖锐的阶级斗争，危急的民族矛盾，还有每个人面临的不同家庭命运与情感纠葛，都在作品中共同呈现，体现了对革命现实主义与革命浪漫主义相结合这一创作方法的纯熟运用。小说中人物刻画个性鲜明，如主人公郭松的冷静沉着，蓝蓉的坚强聪慧，金玉秀的热情直爽等，都给读者留下了深刻的印象，而书中揭示的郭松与蓝蓉、江明波与李凝芳、高世俊与小娥等人的爱情故事，因为在政治动荡的特殊年代，愈加显得可贵与艰难。作品的最后，郭松与蓝蓉的牺牲带有悲壮的意味，抗日救国的队伍不断壮大，也让人们看到了必胜的曙光。故事中，斗争的复杂性生动再现了当时顽固势力的狰狞与丑恶，人民群众的积极性与抗日热情的深情描绘也让读者心潮澎湃。曲折饱满的情节铺展成了一幅抗日时期中国各阶层社会的广阔画面，传递出只有共产党的领导，只有建立抗日民族统一战线，中国才有希望，人民才有未来的坚定信念。

同样属于抗战题材的，还有1978年由田东照、罗贤保合作的《龙山游击队》。不同于《新波旧澜》的悲剧色彩，《龙山游击队》中虽也有惨烈场面的描写，却整体洋溢着高昂明快的格调。故事讲的是在1943年，由共产党员许方领导的一支吕梁山区的抗日游击队，广泛发动群众，与占领龙山地区的日本鬼子山本及地主官僚牛半川、伪军中队长牛斜眼等反动人物斗智斗勇，最终取得胜利的故事。作品在叙述语言及情节处理上都充满了传奇色彩，继承了中国古代章回体小说的传统笔法，通过设置悬念、巧做铺垫等技巧把故事讲得迂回曲折，游击队长许方的机智勇敢和老松坡人民的坚定顽强在惊险的情节里熠熠生辉，狐狸太君的狡猾和牛半川的伪善也被刻画得惟妙惟肖。另外，小说还打破了"文革"小说淡化主人公情感的僵化模式，在对战斗的叙述中穿插着游击队员的恋爱故事。波澜起伏的情节线索，栩栩如生的人物形象，淳朴善良的吕梁风土人情气息，读来让人精神振奋，倍感亲切。

《长虹》作为另一部田东照在"文革"时期（1976年5月第一版）创作的作品，因为题材的不同，在艺术水准上与《龙山游击队》也存有差异。作品以"文化大革命"为背景，石庄新任党支部书记——石彩虹，积极响应党中央提出的农业学大寨号召，带领石庄群众兴修水利，造福人民，却遭到来自不同方面的质疑。技术上的难关、畏难不前的小农思想、混杂着一些反革命分子企图利用这次运动破坏新生社会主义的阴谋，多种矛盾纠结缠绕，使兴修水利的工程变得纷繁复杂。这部作品在当时的年代看来，既塑造了敢做敢当的光辉英雄形象，又充分渗透了毛主席的革命思想，是一部贯彻了阶级斗争纲领的优秀之作。但现在来看，因为所处特殊时代，作品中所有的问题最后的归结点都成了阶级斗争，以及所有问题（包括科学所认定的不可能）的解决方案都放在了人民的主观努力上，毛主席语录成了改变世界的金科玉律，使作品充满了图解政治、图解概念的强烈的时代特征。

与《长虹》相似，王东满的《漳河春》（1976年2月第一版）也以一位年轻的农村女干部高金凤为主角，讲述的是1960年代初期，漳河岸边的龙泉生产大队，正准备领导社员劈山引水解决村中的旱情的时候，县长突然下达命令要推翻人民公社制度，重新实行包产到户制，这样的"倒退"打乱了水利工程的进度，也打乱了人们的心情。围绕着"要人民公社"还是"要包产到户"两条路线的斗争，展示的是不同的人们对待新生社会主义的态度。高金凤带领的贫下中农与田贵发为首的地主富农阶级展开了激烈的冲突，广大贫下中农在毛主席思想的指引下，不畏强权，坚持维护人民公社制，最终实现了胜利，巩固了社会主义集体经济的根基。语言朴实流畅，情节也翔实生动，但阶级斗争成为作品的主线，毛主席语录则成为阶级斗争的法宝，"贴大字报""批判""个人成分"等有明显时代印记的情节和语词，使作品不可避免地带有"文革"时期文学的硬伤。

综观上述长篇小说创作，题材从抗日战争到新中国成立后的社会主义建设都有涉及，但歌咏人民的顽强斗志，痛斥敌人的残酷无情是其不变的宗旨。那一时期的山西作家，长期与人民群众生活在一起，耳濡目染群众的日常生活，使他们的作品从表到里都充满了朴实深厚的山西地域特点，源于生活又高于生活的典型环境中的典型人物，妙趣横生的方言俗语，沉稳厚实的情感积淀，都是溶解在作品里永恒的精魂。

首先，内容的乡土性，浓郁的世俗气息是这一时期的山西长篇小说创作共有的特点。从新文学伊始，鲁迅就把乡村叙事纳入了小说的表现范畴，随后"乡土小说"、沈从文的湘西世界、废名的京郊文学等逐渐兴起，下层人民的不同风貌和他们长期负荷在生活与精神的双重枷锁下的生存图景，逐渐为人们所熟知。山西的农村小说却与此不同，同样秉持启蒙的功用，作者从一开始就从高高在上的审视角度俯下身来，换成了平起平坐的交流表现。在他们的笔下，农村不仅是悲苦的、受压迫的所在，也是隐忍的、反抗的所在。因此，不局限于灰色调的同情，农村在他们的作品里是五彩缤纷的全景式展现。《长虹》中捏花馍，炸豆腐，用炭块、柏树柴垒的火塔子等新年习俗的简单介绍，既表达了劳动人民在新社会翻天覆地的改变，也为作品沾染了欢快明朗的氛围；《双喜临门》中宝柱从一个不识字的农民，通过虚心学习成长为农业社的技术员；《漳河春》里对秀丽清新山间风景的描写；还有众多作品里那些流传在村庄的古老传说，代代讲述争取幸福的艰难历程等等，千百年来默默沿袭的中华民族传统习俗被置放在了审美的角度，流淌在农民身上善良上进的美好品质也被竭力赞扬，作家饱含深情的笔触蘸满黄土的墨汁，为我们呈现出一幅又一幅喧嚣热闹的乡村巨变图。

其次，语言的方言化，独有的晋语风味也是山西长篇小说创作的另一特色。"语言是存在的家园"（海德格尔语），地域方言正是凝聚了劳动人民生活智慧的结晶。语言，作为文学的形式的一种，在一定程度上也会影响文学内容的阐发。新文学时期，胡适曾把文学革命的宗旨概括为"国语的文学，文学的国语"，当时新鲜灵动的白话文取代了腐朽板滞的文言文，不仅便利地展示了变化万千的时代风云，也使文学与人民大众的心贴得更紧。相比于白话文，方言的平民化与亲切力，又略胜一筹。因此从赵树理开始，山西作家在创作农村小说的时候，无论是叙述话语还是人物之间的对话，都喜欢采用表现力丰富的方言来进行，如《双喜临门》与《漳河春》里都有很多饱含千百年来农民种植智慧的俗语，如，"白露早，寒露迟，秋分种麦正当时"；《龙山游击队》和《长虹》中则有很多民间歌谣来表达对敌人的深恶痛绝，如，"天也愁，地也愁/青龙河里血水流/鬼子杀人如割草/今年的老龙不抬头"等。方言语词虽然并不高雅，却巧妙契合了下层群众的实际生活和审美眼光，无论在言语表达上，还是在文学接受层面，都有其优越性，使山西文学、山西长篇小说创作为新文学的普及与提高做出突出贡献，从而一时间流传甚广。

再次，从文学与政治的关系来看，山西长篇小说创作从一开始就谨严地遵循社会主义、现实主义的创作原则，注重用作品反映波涛汹涌的现实大海，用文学宣传主流政治的新政策、新思想。《新波旧澜》和《龙山游击队》都以抗日战争中共产党的领导为素材，《漳河春》和《长虹》则以无产阶级"文化大革命"为背景，为新生的社会主义唱赞歌，《双喜临门》表现的是农业合作社给农民带来的真正益处，材料的拣择虽然各有千秋，却都未脱离社会生活这座大熔炉。作为同一时期的作品，这几部小说的主人公多为党的基层领导干部，其决策果断，信念坚定，对人民群众有着深厚的情感，对阶级敌人有着清醒的认识，为了渲染其对党的忠诚，作者还往往给他们设定一个高尚的出身——烈士家属身份，从人物形象的塑造上就与党的文学路线紧密相连。在情节的矛盾冲突方面，往往在两个阶级、两条路线的碰撞上反思出历史渊源，用一种忆苦思甜的态度梳理过往，建立起一条中共党史的潜在线索。另外，体现叙述者价值取向的评论性文字，往往穿插在故事里，用叙述人看待事件的观点与看法，表达出作者热爱祖国、热爱人民、热爱社会主义的高尚情操。这些特征充分体现了1940年代提倡的文学的工农兵方向，和建国初期文学"为政治服务，为工农兵服务"的"二为"方向，文学与政治在一定程度上达成高度统一。

但这一特点现在看来大有缺憾。"文学即政治"的创作纲领，造成了大量作品艺术上的美感流失，从而沦为政治话语的传声筒。人物过于线条化处理，英气逼人的同时却缺乏合理性；情节过于注重思想倾向性而相对忽略了真实性；民间画面描写集中于表层现象，深度开掘不深等缺陷都成为特殊时代刻在作品中的伤痕。

但这些长篇小说创作自有其重要的地位与意义。首先，这一时期的山西长篇小说，是大众的、通俗的人民文学。自新文学运动以来，启蒙就成了恒定的主题，无数作家想要用文学承担起时代的使命，用文学扫清民众愚弱的劣根性，改变古老闭塞的中国"百年孤独"的封闭状态。但只有到了1940年代，文学才从艺术的高台走进农民，开始真正与劳动人民息息相关，真正为劳动人民所用。抗日游击队的组建、农业合作社的成立、兴修水利、引进技术等，农村里的细枝末节的变化都成了山西长篇小说里的表现对象，从内容情节，到创作方法，这一时期的山西作家都力图符合劳动人民的审美习惯和生活经验，用劳动人民的话语讲述发生在他们身边的故事，表达劳动人民在新的社会场景里所形成的道德伦理与传统观念的艰难承袭。充分发挥了新文学对人民世界观、人生观的教育引导作用，为党的政策在农村的贯彻落实，为推进文学的民族化、大众化发挥了不可估量的影响力。

其次，这一时期的山西长篇小说创作，还是中国共产党领导下的革命的、历史的文学。自抗战以来，山西作家深入农村，深入生活，化笔为枪，着眼于农村中的暴风骤雨，见微知著地表现着整个家国民族波澜壮阔的沧桑巨变，其中深深渗透的保家卫国的爱国情操、追求幸福的坚定信念、朴素纯真的劳动人民情感等，在战火纷飞的年代，鼓舞了多少人顽强杀敌，鼓舞了多少人憧憬未来，又鼓舞了多少人为这憧憬奋斗不息。这不仅是当时人们一份独一无二的历史记忆，也是留给我们后人的一笔无比宝贵的精神财富。在今后的社会主义建设与发展中，我们还能从中找到当初走过的路，找到继续前进的理由，找到不断努力的方向。

总之，无论时代相隔多久远，我们依然能从1940—1970年代的山西长篇小说创作中，感受到三晋文化厚重苍郁的艺术魅力，感受到农村文学质朴刚健的芬芳之馨。纵然现在看来，他们的作品有着这样或那样的瑕疵，但作为文学与政治历史交融的典范，这一时期的山西长篇小说创作，既承载了"山药蛋派"的乡土通俗化道路，也为1980年代"晋军崛起"中寻根文学的一支做了必要的铺垫，是漫长山西文学史上一股不容忽视的重要力量。（苏春生）

第二节　赵树理的长篇小说

赵树理（1906—1970），山西沁水县人。在现代文学众多杰出作家中，赵树理是非常特殊的一位。他是土生土长的农村作家，热心提倡并积极践行大众文艺工作，他创作的长篇小说《李家庄的变迁》《三里湾》《灵泉洞》（上），都曾在文学界、读者群中引起了热烈的反响。

《李家庄的变迁》写于1945年，1946年1月由华北新华书店出版。小说主要讲述的是发生在李家庄的阶级斗争和社会变迁。主人公铁锁是李家庄的外来户，本想靠着勤劳过一生，却不曾想遭到了地主李如珍、小喜、春喜等人的迫害，导致其破产，为谋生去太原做工，不料又遭到了军阀的欺凌。在共产党员小常的帮助下，铁锁觉悟提高了，与群众团结一致，和地主展开正面斗争，后又参加了八路军，走上了武装斗争的道路。《李家庄的变迁》以抗日战争为背景，将铁锁的个人命运的沉浮寓于整个李家庄的变化之中。小说大致分为四个部分：李氏宗族对铁锁的欺压，表现出封建宗族势力在农村根深蒂固；中原大战时，铁锁的漫游与还乡，展现出中原大战下，乡村无政府状态的情形；牺盟会的建立，暗示出农民的觉醒，为组织农民夺权埋下伏笔；牺盟会与李氏宗族的斗争，反映出农民与地主斗争的阶段性的胜利。赵树理着力描写后两部分，特别是最后一部分，用笔着墨最多。在这一部分，两股势力——牺盟会与李氏宗族的矛盾发生了激化。牺盟会的自卫队缴械李氏宗族护卫队的武装，没有武装保卫的李氏宗族犹如无根的野草随风倒。接下来的抗日战争更是旷日持久，李氏宗族被铲除，但同时牺盟会也付出了血泪的代价。最终，李家庄归于广大外来户，农民在阶级斗争中取得了阶段性的胜利。结尾处，李家庄的人还想要缴更多的枪，可见内战不可避免。牺盟会也随之改成民兵，农村的新势力也已形成，新时代将会被这一群"开了窍"的农民开辟出来。

赵树理长篇小说的代表作是《三里湾》，1955年在《人民文学》连载，由通俗文艺出版社出版。小说的创作灵感来自于1951年赵树理回到家乡晋东南地区，在平顺县川底、羊井底等地参加建立农村合作社的工作经历。小说通过太行山区三里湾的秋收、整党、扩社、开渠等故事情节，描写了王金生、范登高、马多寿、袁天成四个家庭在运动中的变化与矛盾，表现了各个阶层农民的不同态度。小说将农村的改革、社会生产、家庭、婚姻问题交织在一起，展现出农村各个阶层的精神面貌，揭露了封建思想在农村影响依然广泛，赞扬了农民社会改革的积极性，由此反映出改革中尖锐的矛盾冲突，展现了一幅丰富多彩的农村画卷。

小说创作的成功之处在于：首先，生动地塑造了各阶层农民典型的人物形象。其中对落后人物马多寿、范登高、袁天成等描写得惟妙惟肖。比如，马多寿可谓是当时农村里封建落后自私的中农典型。马多寿"糊涂涂"在政治上虽表现的"糊涂"，但在谋私利上却很精明，通过老婆"常有理"的胡搅蛮缠阻碍开渠；固守"马家院"的生活方式，维护着封建的传统秩序，但最终被儿女革了命。其次，在《三里湾》中，赵树理将传统的文学形式与现代小说形式相结合，特别是加入了说唱文学因素，使得小说通俗易懂，深受老百姓的欢迎。小说还体现了我国民间文学的传统特点——故事性和连贯性。整体结构采用大故事套小故事，情节联系紧密，前呼后应，跌宕起伏。此外，赵树理善于将情景的描写融于叙述中，善于通过人物各自的行为表现不同的性格特色。再次，民族风格、地域特色在小说中有着精彩的体现。小说的语言主要以口语为主，地方方言的加入使得整体的语言风格淳朴自然，特别是作品中人物的绰号，鲜明地体现出了人物的性格特点，令人印象深刻。

在赵树理所创作的小说中，还有一部比较特殊的长篇小说——《灵泉洞》（上），之所以说其特殊，有两个原因：其一，《灵泉洞》是赵树理未完成的作品，只有上部；其二，小说连载于1958年8月至11月的《曲艺》。当时，一场全民性质的"大跃进"运动如火如荼地展开着，整个中国处于一种极度亢奋的情绪中。但就在这种很多人处于非理性的状态下，赵树理却沉静下来，采用了不同于以往的创作模式，将想象凸显，创造出一个独特的意象世界。

故事描写抗日战争时期，太行山区人民与国民党和日寇进行的艰苦卓绝的斗争。相比较而言，故事中所写的田家湾、刘家坪的形势比其他地区要复杂严峻得多。那时正处在太行山地区的最黑暗时期：八路军走后，不管是日寇、国民党，还是游匪，只要是来到田家湾，都要展开一场烧杀掳掠，老百姓几乎无活路可言。就在如此混乱的世界中，田金虎传奇性的故事却拉开了序幕。金虎因为摔了一跤，发现了一个新洞，在这个洞中，他不仅保全了自己，还收获了爱情与智慧。他与小兰发现了一个叫"阎王垴"的世外桃源，在那里，不仅与世隔绝，而且有着丰富的物产。金虎回到田家湾后，面对破败不堪的村庄，他将游匪王天庆砸死，收了刘承业的粮食以及散兵扔下的枪，带着全村老小一起搬入了灵泉洞，开始"共产"生活。小说在这里创造出一个没有政治、没有战争，独立于纷扰世俗的"乌托邦"，这种对自然、乡村的想象，在赵树理的作品中鲜有出现。从小说所描写的"世外桃源"中不难看出，赵树理是将传统民间故事中"避难远居"原型移植到现代，描述出动乱年代人们对安逸稳定生活的想象，反映出深厚的生命意识。《灵泉洞》的语言除了沿袭赵树理幽默、通俗化之外，采用了叙、明、暗、惊、掩、缝等多种评书笔法，并曾经上过书场，颇受群众好评。

　　从赵树理三部长篇小说中，我们不难看出其小说创作的特点以及价值：首先，成功地塑造了新、旧两种农民典型形象。背负传统，受封建思想毒害还未觉醒的落后典型，如《三里湾》中的马多寿，作者通过对这类人物塑造意在说明封建传统意识对于农民还具有一定的影响，它并不会随着社会革命结束而消除，从而反映出革命的复杂与艰巨；在革命中成长起来的新人，如《灵泉洞》中的金虎，这一类人代表着农村发展的主流，在不断的磨炼中，他们成为农村的新生力量。其次，在当时政治与群众审美的要求下，赵树理对以说唱为基础的传统小说进行了改造，创造了一种适合农民阅读和接受的现代评书体小说形式。在扬弃传统章回小说结构的基础上，赵树理注重小说的故事性与连贯性，借用评书中的"扣子"，在大故事套小故事中将事件的来龙去脉叙述清楚。再者，赵树理善于将描写与叙事相结合，在情节的矛盾发展中体现人物的个性特点，人物心理和静止的景物描写相对较少，减少了农民的阅读障碍，开辟了一条文艺的大众化与艺术性相结合的道路。小说语言的口语化、大众化以及所产生的幽默效应，也将语言的艺术性与通俗性、民族性与现代性完美地结合在一起。特别是晋东南方言的加入，使得小说语言通俗浅显而富有表现力。三部长篇小说具体而深刻地反映了1940年代到1960年代太行山地区的农村生活，为我们展开了一幅丰富的民俗画卷，也成了文学民族化、通俗化、大众化的典范之作。（苏春生）

第三节　其他经典之作

▶▶ 马烽、西戎的《吕梁英雄传》

主观愿望与客观因素

《吕梁英雄传》的创作，既是马烽和西戎的主观愿望，也有客观因素的促发。1944年底，晋绥边区召开了第四届群英大会，受到表彰的民兵英雄有一百二十四位，他们当中有爆炸大王，有神枪能手，有破击英雄，有锄奸模范等等。参加大会的马烽和西戎已经具备了一定的文学创作能力，深知这是一次积累材料的机会。因此，他们颇有心计，特别注意搜集有典型意义的人物素材，包括汇集文字材料，利用记者的身份采访英雄本人等等。

会后，马烽和西戎所在的《晋绥大众报》编委会，根据上级领导的指示精神，决定要在报上介绍民兵英雄们的事迹。但是，《晋绥大众报》是旬报，每十天才出一期，而且是四开小报，篇幅有限，难以一个一个地分别介绍。怎么办？抗战前曾在上海文坛颇有影响的作家周文（何谷天），此时正在晋绥边区担任宣传部秘书长，并兼任《晋绥大众报》社长，编委会去请示他。周文建议他们，不要完全按真人真事报道，可以用一些虚拟人物，把民兵和武工队在反"蚕食"斗争中的英雄事迹贯穿起来，写成一部长篇连载故事，在报纸上分期刊发。周文知道马烽和西戎在参加群英会期间搜集了不少资料，于是提议由他俩共同编写。编委会采纳了周文的意见，至于具体编写程序，则由马烽和西戎去考虑。

写作过程

接受任务以后，马烽和西戎便全力以赴，翻阅他们参会时搜集下的资料和平时的一些记录，又分头访问了一些受表彰的民兵英雄，剪辑报纸上的有关消息和通讯，多次讨论写作方法。在充分占有材料的基础上，他们便开始动笔了。1945 年 6 月 5 日的《晋绥大众报》首次登出了第一回与读者见面，题名是《民兵英雄的故事》。他们当时并没有计划要写成一本长篇小说，因而也没有预先拟定出非常详细、周全的提纲，只是想把许多生动的民兵抗日斗争故事，用几个人物连缀起来，以传统的章回体方法写作，达到宣传英雄人物的目的，完成编委会布置的任务。

发表了十几回后，马烽和西戎才意识到，这实际上就是在写长篇小说，应当按照一部长篇小说的基本规则往下写。于是，他们排列出一个人物关系表，设计了几个大的故事框架，拟定了较为详细的提纲，并将题名《民兵英雄的故事》改成《吕梁英雄传》。由于马烽和西戎当时还担负着其他编稿和采访工作，不能坐下来专心从事写作，只能挤时间，边写边修改边发表。

《晋绥大众报》社驻在山西兴县北坡村，那里的居住环境和生活条件十分艰苦，工作设施更是非常简陋。据马烽在《回忆〈吕梁英雄传〉的创作》一文中说，他们"天天吃的差不多都是同样的饭——小米干饭，玉茭面窝头，一盆少油没盐的菜汤。逢年过节，才可以吃到一顿白面和一点荤腥。我们报社总共有八九个人，分住在老乡的两孔相通的破石窑里。这两孔窑洞，是宿舍，也是办公室，工作生活都在一起。我们讨论提纲，必然影响别人的工作，于是我们就一人拿一块小木板，跑到村外的山坡上，或是山下的小河边，坐在石头上，把小木板架在两膝上当桌子，进行工作。夜晚，等大家熟睡之后，我们才可以伏在从庙里抬来的那张大供桌上，点着麻油灯写作。那时候，我们都还年轻，精力充沛，又都是在艰苦环境里长大的，因而，对这一切都不在乎"。（见1985年8月15日《文学报》）

1946年4月，吕梁文化教育出版社将前三十七回编成《吕梁英雄传》（上册）出版。到1946年8月20日，《吕梁英雄传》在《晋绥大众报》连载结束，共九十五回。

修改与出版

《吕梁英雄传》的第一版，是马烽和西戎在无法集中时间、无法集中精力的情况下写成的，因此，作品中故事出现漏洞，人物活动时有矛盾，文字显得粗疏等等缺憾，就是在所难免的了。据马烽后来回忆，有一次他去采访，西戎写到敌人来"扫荡"，一位老太太藏到山药蛋窑里被敌人用手榴弹炸死了。到马烽写以后的故事时，没有注意到这个细节，又写出那位老太太提上鸡蛋慰劳八路军去了。发表以后，被一些细心的读者发现，给他们来信指出这个问题，他们才知道，马上做了修改。

对于读者的每一封来信，他们都要认真阅读，妥善保管。1985年马烽整理旧稿时，还从一本旧笔记本里翻出了好几封四十多年前的读者关于《吕梁英雄传》的来信。对于专家和文友们提出的每条建议，马烽和西戎更是反复思考，能采纳的尽量采纳，不能采纳的，也要分析研究。当《吕梁英雄传》在《晋绥大众报》连载完以后，马烽和西戎把各方面的意见做了归类，准备做全面修改时，恰逢根据地土改运动开始，他们都被抽调去做土改工作队队员，修改的事只能暂时搁置。1949年初土改结束后，他们才集中了一段时间，对全书进行通盘校阅、修改，将九十五回压缩为八十回，由北京的新华书店收入"中国人民文艺丛书"出版发行。

新中国成立后，《吕梁英雄传》先后被人民文学出版社、通俗读物出版社、作家出版社数次重印；并且被翻译成日文、俄文、朝鲜文等外文，在国外出版发行。"文革"结束后的1976年底至1977年初，马烽和西戎应人民文学出版社之约，又集中了一段时间，对《吕梁英雄传》再次做了认真的校阅和修改，于1977年底重新出版。此后，每隔几年便重印一次，成为中国书界的"红色经典"之一。

故事概况

马烽和西戎笔下的康家寨，是吕梁山的支脉桦林山下边的一个小村。全村七十来户人家，三百多口人。出村十几里，便有日军和汉奸的据点；另一个方向则是抗日政权和八路军控制的地方，既是抗日根据地的前方，也是日军每次"扫荡"的第一个目标。抗战爆发后不久，康家寨先是受到国民党溃军的骚扰，接着就沦入敌手，遭到日军的烧杀抢掠。后来，八路军一二〇师主力部队挤走了日军，建立起抗日政权。到1942年，敌人发动"大扫荡"，康家寨再次被日军洗劫；之后，日军扶植土财主和汉奸成立了维持会，逼粮、勒捐、抓人。八路军武工队的工作人员也奉命到康家寨进行地下工作，组织民兵，打击敌人。几个月后，经过若干次的明争暗斗，康家寨的秘密民兵得到很大发展，一举打倒了日军扶植的汉奸维持会。但是，他们没有及时发现敌人的阴谋，也就没有能够提高警惕，结果被敌人和汉奸钻了空子，布下圈套，使好几个英勇的民兵战士中计牺牲。民兵组织的领导人在上级派来的工作人员指导下，认真吸取教训，把斗争的重点放在打击敌人的据点上。他们通过各种渠道和办法，发动据点里的群众也组织起暗民兵，采取里应外合和政治攻势等方式，瓦解了伪军，挤走了日军，彻底摧毁了侵略者的据点，获得了初步胜利。

《吕梁英雄传》的故事线索并不复杂，叙述也简洁明了，没有多少深邃的人生探讨和哲学理喻，用当今的审美观点看待这部小说的蕴意，不能不说有许多不尽如人意的地方，比如主题的指向性太明确，引发人们思考的内涵较少等等。这里有一个历史感的问题。笔者认为，研究《吕梁英雄传》的价值，应当与作者创作时所处的特定环境相联系。马烽和西戎写这部作品时，正是抗日战争结束前夕，如火如荼的人民战争已经迎来了胜利的曙光，中国共产党的威信获得了空前的提高，那些对共产党发动民众抗击侵略者会取得胜利持怀疑态度的人，已经被事实打消了疑虑，尤其在抗日根据地，人们对人民群众的威力，更是坚信不疑。文艺作品的主旋律，就是反映人民群众为了保卫家园，打击侵略者而进行的英勇斗争。所以，马烽和西戎创作《吕梁英雄传》也就离不开这个主旋律，让他们用文学作品去讨论人生的价值，或者宣泄意识情绪，或者表现绵缠恋爱之情，显然是不可能的。

民族形式的利用

这里所说的民族形式，主要是指马烽和西戎使用"章回体"进行构思并写作。《吕梁英雄传》全书共八十回，每回都有标题，大多数是七个或八个字的对仗句，个别几回为九字对仗句。这就是中国古代和近代长篇小说的传统方法，即所谓民族形式的体现。马烽和西戎采用这种形式，大概主要是由于两方面的原因所致：

其一，马烽和西戎从小都喜欢阅读传统的优秀长篇小说，如《水浒传》《三国演义》《西游记》等，而且都不止读过一遍。这些小说都是章回体和对仗句标题，对他们潜移默化的影响很大。所以，他们在写长篇小说时，就很自然地想到了这种形式，选择它作为总体结构的表现形式。章回体和对仗句标题的形成，是与古代及近代中国社会的文化环境有关的。那时，人们接受的教育是文言文，不可能用白话文表达。章回体结构的要求较高，必须要达到一定的文字功力才可能运用自如，对于仅有高小文化水平、二十多岁，又是文学新人的马烽和西戎来说，使用这种形式是有难度的。凭着他们的执着、进取和勤奋的可贵精神，他们终于熟练地掌握了这种形式，把传统的形式与新生的内容，顺利地结合为一个较为完整和谐的有机体，避免了"旧瓶装新酒"等形式与内容两张皮的通病，使章回体形式延续了新生命，新生的内容获得了独特表现。

其二，马烽和西戎在写《吕梁英雄传》时，读者对象很明确，即广大的农民群众，要让识字的能读懂，不识字的能听懂。中国农民受传统文化的熏陶，形成了喜欢故事曲折跌宕、人物善恶分明、情节安排伏线的接受心理，想要吸引住他们，采用章回体形式，是最佳选择之一。马烽和西戎针对农民群众的接受心理，每一回都可以成为一个相对独立的小故事，有头有尾；但每一回结束时，又要留下悬念，为下一回设置起因，勾起读者欲罢不能、急于知道"下回分解"的兴趣。

在国统区的反响

《吕梁英雄传》不仅在解放区受到读者的喜爱，在国统区也曾产生过一定的反响。1946年，周恩来和董必武同志率中共代表团去重庆与国民党政府谈判时，带去包括《吕梁英雄传》（上册）在内的一些文艺作品，《吕梁英雄传》在重庆的《新华日报》上连载，受到了国统区读者的欢迎。文化界知名人士如郭沫若等，给予了高度评价，茅盾、杜庸等人还撰文进行了评论。

在北平（北京）的一些书店里也能见到《吕梁英雄传》。据邵燕祥在一篇回忆新中国成立前夕北京旧人旧事的文章中说："另有在东单往南路东的一家小书店，卖的也都是革命和同情革命的书籍，如马烽、西戎合著的《吕梁英雄传》，大开我的眼界。党史资料上不见记载，想来是党外的人开办的，'后遂不知所终'。"①

作为解放区文艺工作者最早创作的长篇小说，《吕梁英雄传》在中国现代文学史上获得了较为重要的一席地位，我们从国内出版的各种《中国现代文学史》中对本书的评价，便可看出。

在国外的影响

新中国成立以后，《吕梁英雄传》曾被翻译成多种外文出版，在国外产生了影响。1951年，由日本学者三好一先生翻译、日本三一书屋出版的日文《吕梁英雄传》的译后记里，三好一先生写道："我在读这部作品时，便想到一定要尽快让日本国民读到这本书。理由之一，是想让日本的同志们再一次认真地反省一下我们日本军过去在中国大陆上究竟干了些什么事。再者，是想让知道中国人民过去对帝国主义的侵略和压迫做了如何英勇的斗争。过去日本帝国主义的军队以及现在我们日本人民在亚洲所处的境地——翻译着这部作品时，我也深深地思考着这些问题。"作为一个曾经给中国人民造成巨大痛苦的日本民族的一员，能够选择表现中国人民抗日斗争的《吕梁英雄传》，翻译给日本人民进行反省，可以看出三好一先生的勇气，也说明了《吕梁英雄传》的价值和影响。（杨占平）

---

①邵燕祥《故人何处·中外出版社》，《收获》2002年第4期第107页。

▶▶ 马烽的《刘胡兰传》

奉命接受任务

1960年代初期，文艺界在极"左"思潮的干扰下，翻云覆雨，政治交锋成为当务之急，强调创作必须为阶级斗争服务，不少作家受到无端批判。在这样的形势下，马烽感觉很难再自如地创作小说和电影文学剧本，于是，写完电影剧本《我们村里的年轻人》续集后，准备休息一段时间。然而，没容他轻松几天，山西省委有关负责人就指派他以文学作品的形式写女英雄刘胡兰。

刘胡兰是一位名闻全国的英雄人物。她十几岁参加了革命运动，在抗日战争和解放战争初期，从事妇救会和支援军队工作。1947年1月，由于叛徒出卖，年仅十六岁就被敌人用铡草刀铡死。毛泽东主席闻讯后，专门为她书写了"生的伟大，死的光荣"的题词。

新中国成立后的十多年中，表现刘胡兰事迹的各种文艺作品，如歌剧、话剧、电影、连环画、长篇叙事诗等，已经出过不少，现在让马烽再写，他感觉很难出新，也没有必要挤到这个题材中去凑热闹，正像他在《刘胡兰传·后记》中所说："尽管烈士生前为党为人民做了不少有益的事情，充分显示了她忠于党、忠于人民的高贵品质，但毕竟由于她年龄有限，所处的岗位不同，她不可能持枪跃马冲锋陷阵，也不可能'筑台点将''运筹帷幄'，而作者又不能也不应该离开当时的事实本身去杜撰一些轰轰烈烈、离奇曲折的故事。"他的一些作家朋友也说这个题材不好写。于是，他想推掉这个任务。但是，没有得到允许。作为一名党员作家，又是在政治任务压倒一切的时期，他只好服从命令，承担下来。

确定写作形式

马烽先后数次到刘胡兰家乡文水县云周西村，向刘胡兰的家人、邻里、亲友、当年的村干部做了广泛的了解，亲身体验了刘胡兰生活和工作的环境。此外，又去"刘胡兰烈士纪念馆"、团省委"刘胡兰生平事迹调查组"等相关单位，查阅了大量文字档案材料。但是，如何写，让马烽很是费了一番思考。最终，他选定以长篇传记小说的形式构思。在本书的《后记》里，他谈到了为什么要选择这种形式写作的想法——

本书题名《刘胡兰传》，严格说来，不能算是真正的传记，而只能算是一本传记体小说。事实上，我也是按传记体小说来写的。虽然大的事件，甚至一些主要情节基本上都是真实的，但不少生活细节、风俗习惯、场景、对话等，则是依据人物性格、情节的需要、可能性和现实性加以安排的。我认为在写真人真事的作品时，进行这种必要的艺术加工是允许的。至于加工得好坏，艺术性的高低，那是另一码事了。要求"完全真实""绝对准确"，看起来是任何人也难以办到的。就连和刘胡兰烈士一起工作、战斗过的那些同志们，在回忆同一件事情的时候，虽然大意相同，说法也并不完全一样。何况我是作为传记体小说来写呢？"完全真实""绝对准确"，不仅不可能办到，也无此必要。就是对一些真正发生过的事件，也不能不有所取舍；表现手法上，不能不有疏有密。

这是马烽首次写长篇传记文学作品。虽然感到有一定的难度，好在他亲身参加过解放战争，所在的晋绥根据地也包括刘胡兰的家乡文水县，因此，比较熟悉刘胡兰一类的基层干部，更熟悉活跃在刘胡兰周围的各种人物。至于生活细节、风俗习惯、人物语言，都与马烽的老家孝义和幼年生活过的汾阳基本一样，使用起来轻车熟路。所以，在这部小说中，他能从大处着眼，细处用笔，恰到好处地处理了真实与虚构的关系，把时代背景、群众力量、领导作用，与可信的环境、合理的细节、真实的事件，糅合成有机的统一体，塑造出了一位"生的伟大，死的光荣"的女英雄形象。

注重表现英雄人物的成长环境

刘胡兰是一位十分令人敬佩的英雄人物，但是，英雄不是从天而降的，她必须有生长的环境和成长的过程。马烽特别注意到了这一点："刘胡兰短短的一生中，不仅度过了艰苦卓绝的八年抗日战争，而且经历了解放战争初期急风暴雨的岁月。……这是一个翻天覆地的时代，也是一个英雄辈出的时代。刘胡兰同志就生长在这样一个伟大的时代里，而且她本身就是这一股革命洪流中的一朵浪花。她尝到了胜利的欢乐，也经受了困难的考验。可以说，战争的过程也是她成长的过程。没有这样一个伟大的时代，也不可能出现刘胡兰这样的英雄人物。基于以上这一理解，我在写作当中，除了尽可能发掘刘胡兰生平事迹本身的意义外，对于当时的战争形势、客观环境等等也花了不少笔墨。"

因此，作品中还写了刘胡兰的爷爷、奶奶、妹妹、父亲、继母等家人，写了她的朋友金香、玉莲等，写了县长顾永田、区长张有义以及武占魁、王士信、李贯山等革命者。通过这些人跟刘胡兰的接触，对刘胡兰的影响与教育，一方面丰富了刘胡兰作为典型人物的内涵和性格特征，另一方面也增强了作品的故事性和可读性；同时，还说明刘胡兰的成长并不是孤立的和偶然的，是在各方人士的培养和教育下才锻炼成为英雄的。她能够在敌人的铡刀面前不低头，不胆怯，大义凛然，视死如归，没有平常的锻炼，是不可能的。

精心设置情节结构

一部长篇作品的成功，除了具有深刻的思想和鲜明性格的人物之外，在艺术表现上，关键是要把情节结构处理好。马烽在《刘胡兰传》里，根据真人真事的特点，以刘胡兰的成长道路为主轴，对大量材料进行了详略取舍，避免了流于平淡。

具体来说，第一，凡是对展示刘胡兰性格起重要作用的事件，予以细致的描写。比如"月昏星暗夜"一章，详细写了她如何向奶奶请求给爷爷、父亲送饭，她在路上的见闻、心理活动，以及对浇水事件的询问，通过这些描述，表现了刘胡兰童年时代就具有的倔强、认真、能干、爱憎分明等个性，为她后来成为英雄，打下了发展的基础。第二，对于刘胡兰的成长有重大影响的事件，也组织到作品中来。比如"软骨头和硬骨头""两个小通讯员的死"两章，并不是刘胡兰自己经历过的，但这两件事对她有着刻骨铭心的意义，因而，具体写出来也就显得十分必要。第三，对于一些相类似的事件，则简单带过；相类似的人物，则合并起来。比如刘胡兰如何发动群众，可能她做过很多次，但作品里只能重点写一次，与她交往过的一些群众和干部，就没有都写出来。

语言特色

《刘胡兰传》的语言，马烽也是认真思考过的。他以往写小说的语言，已经形成了朴实明快、生动形象、幽默风趣、感情强烈的特色；考虑到刘胡兰是个真实的英雄人物，他保留了朴实明快、生动形象和感情强烈这些特点，舍弃了幽默风趣风格。在人物语言上，尽可能做到个性化，比如刘胡兰的话，一定要有别于其他人；而奶奶、妹妹的话，同样跟别人不一样。应当说，作品的叙述语言和人物语言，都具有了较高的文学价值，是经得起时间考验的。

漫长的出版过程及社会反响

二十多万字的《刘胡兰传》，花了马烽三四年的时间，到1964年才完稿。作品先在《火花》杂志上连载发表，不久，中国青年出版社排印出数百册样本，分送给有关单位和领导人以及刘胡兰的家人、生前好友征求意见。马烽又根据各方意见，做了认真修改。出版社根据修改本重新排印，打出了清样，却由于"文革"开始，无法出版。直到1978年，《刘胡兰传》才由中国青年出版社与山西人民出版社联合出版，了却了马烽的一桩心事。

《刘胡兰传》出版后，在广大青少年中产生了一定反响。因为刘胡兰这个名字差不多是家喻户晓的，但对她的具体事迹，许多人只是简单知道一点。马烽的这部书比较详细地记述了刘胡兰的成长过程和牺牲场面，满足了人们的愿望。1980年，中国人民解放军总政治部把《刘胡兰传》推荐给全军指战员阅读，起到了很大的教育作用。《战士报》编辑部专门约请马烽谈谈这部书的写作经过，他以"伟大时代造就伟大的英雄"为题，做了回答。在文章中，他简略介绍了本书的写作缘起，并如实谈了自己的体会。最后，他特别真诚地讲了对本书被推荐阅读的看法："一本文学作品靠行政命令推广，并不是好办法，但有人认真阅读，我总感到了一点安慰。来信说有些战士读了之后，还写了一些热情的读后感，这又使我受到鼓舞。"

1991年9月，首届中国传记文学"东方杯"评奖中，有十二部长篇传记文学作品获奖，马烽的《刘胡兰传》名列其中，这是对本书的一种充分肯定。[①]（杨占平）

①消息见1991年9月6日《中国文化报》。

▶▶ 胡正的《汾水长流》

由人民文学出版社1984年出版的高等学校中文系统编教材《中国当代文学史初稿》，谈到五十、六十年代小说创作时，有这样一段话："像胡正的《汾水长流》、陈残云的《香飘四季》、于逢的《金沙洲》等，都是反映农村生活的比较优秀的作品。"作为"山药蛋派"骨干作家的胡正，正是凭借长篇小说《汾水长流》，在中国当代文学史上赢得了一席地位，该作也成为这个流派的代表性作品之一。

创作缘起

胡正最早产生写作《汾水长流》这部长篇小说的意念，是他1953年从中央文学研究所学习结束，回到山西省文联后，为了获得创作素材，在榆次张庆村下乡的时候。当时，村里正贯彻中央过渡时期的总路线，实行统购统销余粮政策，大办农业合作社。胡正住在一户单身农民家里，轮流到各户吃派饭，真正是融入到了群众中间。他在《昨天的足迹》一文中回忆道：

我和当地县区下乡干部一样，参加村里的各种活动，村干部和农民们也经常找我商量工作和生活中的各种问题，或坐在一起闲谈。同时我也了解他们对文艺作品的兴趣。我要反映农村生活，就要顾及农民的兴趣，为农村读者喜欢阅读。在和村干部、农村青年以及村里小学教员的谈话中，他们都谈到喜欢有故事情节的作品，人物要鲜明，语言要明快、幽默。于是，我在和农民谈话时，不但了解他们所谈的内容，同时注意他们叙述一件事情、评论某一人物，或谈起他们的身世时的表述方式。我努力尊重他们的兴趣和愿望，从生活中获得启示和灵感。

张庆村众多熟悉的人物，特别是土地改革后分到了土地、房屋，但缺乏牲畜和生产投资，或遇到天灾、疾病等困难的贫苦农民强烈要求加入农业合作社的动人情景，和他们热心走社会主义道路、向往美好富裕生活的激情，以及村干部和农民们在合作化运动中的各式各样的情态，经常在我脑子里浮现。于是，我想到要写一部反映全国解放初期，在发展农业合作社这一历史时期晋中平川农村生活的长篇小说。[1]

1954年后半年，胡正结束了在张庆村一年多的生活，回到省文联担任起秘书长职务，忙于组织行政工作。但他已经积累了丰富的素材，科学地处理好工作与创作的关系，写出了一批优秀短篇小说和散文、报告文学，同时开始构思长篇小说《汾水长流》，草拟出一些人物和故事情节。1959年至1960年，他集中精力写作并修改这部作品，1961年初完稿后，先在《火花》杂志连载，之后由作家出版社和山西人民出版社同时出版。

《汾水长流》刚一出版，就"以其特有的鲜美和芳香引起了人们的普遍注意"[2]，顺利地"走入了一九六一年好的长篇行列"[3]，并且很快改编为电影、话剧和地方戏上演，在大众中产生了广泛的影响。如今四十多年过去了，在1960年代众多的长篇小说中，《汾水长流》仍不失为一部有较高认识价值和审美价值的作品。

思想价值

《汾水长流》表现的是农业合作化初期广阔的社会生活画面。对于那个特定时代的农业合作化现在该如何评价呢？中共中央十一届六中全会通过的《关于建国以来党的若干历史问题的决议》中有一段表

---

① 《五人集》，北岳文艺出版社1992年4月版。

② 华频：《〈汾水长流〉初探》，见1961年9月号《火花》。

③ 《侯金镜文艺评论集》第227页。

述："我国个体农民，特别是在土地改革中新获得土地而缺少其他生产资料的贫下中农，为了避免重新借高利贷甚至典让和出卖土地，产生两极分化；为了发展生活，兴修水利，抗御自然灾害，采用农业机械和其他新技术，确有走互助合作道路的要求。"这段表述就为评价《汾水长流》提供了科学的、历史的依据。小说选取汾河岸边的杏园堡村为背景，以曙光农业社的成长和发展做轴心，选择防霜、抗旱、春荒、麦收和扩社等事件，形象地概括了农业合作化运动前期中国农村各种复杂的矛盾冲突，深刻地揭示了在这场变私有制为公有制的革命中，各个阶层人物的精神面貌与心理态势，恰如一幅1950年代初期农村生活真实而生动的万象图。这幅"图"最突出的特征有以下两个方面：

第一，胡正成功地描述了农业合作化逐步壮大的过程。1950年代初期的农业合作化，是中国历史上亘古未有的一件大事，是一场比土地改革运动更为艰巨、更为透彻的革命，它的出现，在每个阶层、每个家族庭院和每个农民心上，产生了很大的震动。就其作为新事件的本身而言，要按照自身的发展规律，从萌芽走向壮大，从稚嫩走向成熟，其间也必然孕育着一个矛盾斗争的演化过程。在这场变革中，多数农民是愿意走合作化道路的，因为像王连生式的农民分得土地以后，由于生产资料的不足，人口多，劳力少，仍然处于窘迫地位，有的甚至卖房卖地卖劳动力，去维持生计。他们不愿意贫困的日子继续延续；而当时解决问题的比较有效的办法，就是抛弃世代因袭的私有制关系，组织起来，依靠集体的力量走向富裕。因此，农业合作化是一种受千百万刚刚翻身的农民拥戴的趋势。但是，富农经济和汪洋大海一样的小农经济所有制，严重地阻碍着这个变革的顺利进行。富农兼工商业者的赵玉昌，不时地煽动一些落后的农民退社；富农路线的党内支持者刘元禄，对农业社不感兴趣，只想走自己获利发家的道路；富裕中农周有富耿耿于怀，要跟农业社来一番"和平竞赛"；小私有者郭守成人虽入社，心却还在个人利益上兜圈子。与此同时，农业社还遇到了霜冻、酷旱、春荒、缺粮等困难。然而，农业社经过郭春海、王连生等人的齐心协力、共同奋斗，终于战胜各类对手，度过了困难时期，取得了夏麦的丰收，给贫困的农民带来了希望。

第二，胡正真实地再现了生产关系和生产力重新组合时期的人际关系。农业合作化不仅彻底改变了传统的生产关系，进行生产力的再分配；更重要的是打破了一系列旧的观念形态，动摇了几千年来人们固有的心灵结构，呈现出新的人际关系。郭春海一家、王连生一家、孙茂良一家、周有富一家、刘元禄一家、赵玉昌一家等已有的人际结构，随着变革的开始而发生裂变，形成以郭春海为代表的贫雇农集团和以赵玉昌、刘元禄为中心的富农思想集团。经过一春一夏的对比、抗争、较量，郭春海得到锻炼成长，群众衷心拥护，贫雇农势力不断上升。其对立集团则不断分解：赵玉昌阴谋败露，仓皇出逃，被绳之以法；刘元禄一意孤行，结果众叛亲离；郭守成遭受暗算，从教训中醒悟；周有富迫于形势，勉强入社，却打坏了牛腿；杜红莲从封建思想的藩篱中脱颖而出。

艺术结构

《汾水长流》的结构艺术颇具匠心，以防霜、度荒、抗旱、收麦、扩社等大的事件，构成情节发展的主线，主线之外又设置了多种多样的小事件和矛盾冲突，形成支线。主线与支线的关系清晰，并且相互支撑，相互作用，使得整部作品的情节既层次分明，又波澜起伏，很好地烘托出鲜明性格的人物，准确地阐释了主题思想。特别值得提到的一点是，作品的结局没有处理成传统的大团圆套子，留下了好些悬念和问题，让读者去思考。六十年代初期的长篇小说能做到这一点的，并不多。（杨占平）

▶▶ 刘江的《太行风云》

刘江是在抗日救亡时期的1938年参加革命工作的，一直从事新闻、文化工作。1946年开始文学创作。由于繁重的工作，作品较少。但由于他丰厚的学识根底，长期的斗争经验，饱满的创作激情和开拓的进取精神，作品很有特色。新中国成立后，刘江进省城太原，继续从事新闻、宣传部门的领导工作，担任过山西人民广播电台台长、总编辑，山西广播事业管理局局长，山西省省委宣传部副部长等职。1960年加入中国作家协会，1962年被选为山西省文联副主席，但他仍然是"兼职"作家。

新中国成立后，刘江虽然行政工作繁忙，但是，抗日战争和解放战争时期太行山根据地人民群众团结战斗的生活情景，为民族解放事业而英勇奋斗甚至献出宝贵的生命的战友形象，仍然历历在目，萦绕心头。强烈的革命友情和历史责任感，激励着刘江创作出不少成功的作品，如短篇小说《"再不能按老脑筋办事啦"》《林书记刚走》，中篇小说《七里铺》等。在1950年代后期，为迎接建国十周年，全国文学界掀起长篇小说创作高潮，刘江也加入其中，于1959年创作出版了影响很大的长篇小说《太行风云》。

故事与人物

《太行风云》描写的是在抗日战争和解放战争时期，太行山中一个普通村落——七里铺，几代农民从自发的"造反"到由共产党领导下自觉的反抗斗争历程。小说真实表现了旧社会农民的痛苦生活，揭露和控诉了日伪汉奸的罪恶，展现了革命老区人民在共产党的领导下同日寇、汉奸、地主等势力斗争生活的场景，显示了农村各阶层人民在历史变革中思想的转化轨迹，反映了党在农村战争时期建立人民政权的政策、方针、路线的正确和深入人心；同时，也揭示了广大农民群众挣脱多年束缚于身的封建意识和小生产者观念的艰巨性。

这部作品最成功之处，是塑造了一位名叫观音保的农村革命战士形象。为了突出观音保的独特身份和性格特征，小说叙述了他家四辈人的遭遇和斗争历史。这四辈人有着不同性格和生存目的，但是都具有仗义执言和见义勇为的精神，具有光明磊落和吃苦耐劳的品格，到了观音保，有了共产党的教育，继承了上三辈人的优良传统，又开阔了眼界，提高了思想水平，终于跳出传统农民相对狭窄的观念境界，克服了诸多旧时代的局限性，比如报私仇的心理以及报仇失败而产生的消极情绪。作品描绘出的观音保由自发转为自觉革命的真实历程，反映了由农民英雄成长为革命战士的飞跃。

元英是《太行风云》里的另一个重要人物。她是七里铺的妇女英雄，但她却有过一段苦难悲惨的人生成长史。她是和观音保一起在苦水中长大并且互相钟爱的贫苦农民，可是，有情人难成眷属。由于观音保家里没权没钱，眼巴巴看着心爱的人两次被人娶走，痛苦万分。而元英无奈地先后两次嫁人，两个男人都死了，引来一群流氓无赖，要把她卖掉分赃，以致元英被逼成疯子。在观音保等人的帮助下，元英觉醒过来，走上了革命的道路。作者对元英遭遇的刻画，充分揭露和批判了封建剥削制度、封建伦理道德的罪恶，阐述了妇女解放的必要性。由此可以看出，要使千百年来压在封建统治下的农民觉醒，自觉地去为彻底解放自己斗争，是要经过艰苦的长期的斗争的。元英这个人物的塑造，从一个侧面反映了大多数农民认识革命的曲折性和复杂性。

此外，《太行风云》对周小五、海生等人的塑造也都比较成功，虽然大都使用粗线条勾勒，但人物的性格却很鲜明，比如周小五的性格是：精明，有心计，同时又倔强、自负，参军八九年竟不给家人写一封信，偏狭的个性，给读者留下深刻的印象。

艺术特点

鲜明的民族特色和浓郁的生活气息，是《太行风云》这部小说的又一特色。作品真实地描写了20世纪三四十年代太行山区所特有的地方生活特点，包括许多民俗、民生习惯，以此反映出中国北方农民在特定的历史条件下的生活方式，散发出强烈的传奇性和浓郁的地方色彩。小说所塑造的观音保、元英、且他娘、周小五、海生等农民形象，都是土生土长的，继承了三晋文化的民族传统，从他们身上可以看到太行人民吃苦耐劳、顽强奋进、敢于斗争的传统性格，看到我们民族的情感、气质，以至整个精神面貌。

这部小说的民族风格，还表现在作品的形式方面。作者大量运用中国古典小说的传统手法，着重通过人物的行动和对话来刻画人物性格，有时是写对话的本人，有时是通过两个人的对话写另一个人物，甚至写景也是用评书口语叙述。比如写且他娘家屋里的情景："扑鼻一股松烟气，墙缝里插的松柴灯照得满家亮。炕头上，靠墙下通天一道黑烟印，房顶上一墨黑，油拉拉的，看起来，倒像是往下滴黑水，可就是不滴。"一幅破败农民家境素描般地描绘出来，显得特别真实。另外，写旦他娘给八路军端开水时，"垫了两块玉茭皮端锅"，十分逼真地描绘了她的困苦状况。这些语言不但来自农民口语，朴实生动，而且具有鲜明个性，字里行间渗透出旦他娘的思想性格。

《太行风云》浓郁的生活气息和细腻的生活画面，非常逼真。比如写光棍有新老汉过年"贴画"的一段，他家有几张陈年老画，年年在年三十贴出来，看画讲故事，然后到二月二卷起收藏好，富有戏剧性，也很形象有趣。再比如写地主李鸿云的母亲下葬的一段，从入殓、装棺到请各种工匠制作各种发丧用具，纸人纸马，引魂幡，开路观音以及陪葬砖木雕刻、各种摆设等等达半年之久，最后是开吊、出殡、入葬、余祭等仪式。这种对地主家奢侈葬礼的描写，既揭示了旧社会贫富悬殊的事实，也表现出了太行山区农村殡葬习俗，同时，也是对伦理道德的一种解释。（杨占平）

第三章 1980年代

第一节 概述

1980年代是思想不断解放的年代，改革开放的大潮奔涌不息，大时代要求文学做出相应的回应。长篇小说作为思想文化领域一支重要力量，适合表现时代重大事件和历史面貌，一样呈现出活力与激情。山西长篇小说在整体上与全国长篇小说保持同一步调的同时，又有着自己鲜明的特色。

作家总是最为敏感的，思想解放的帷幕刚刚拉来，一股股鲜明热切、真实感人的文学浪潮就汩汩而来，伤痕文学、反思文学、改革文学，还有寻根文学，1980年代的文学紧跟社会潮流，紧贴世道人心，具有明显的社会启蒙色彩。

这一时期山西的长篇小说，也一样具有浓厚的社会启蒙色彩。出版于1983年的长篇小说《草岚风雨》是老作家冈夫倾注了巨大精力和心血写成的，这部小说动笔于更早的时候，可小说尚未完稿，就遇上了"十年浩劫"。"浩劫"过后，心头满是斑斑伤痕，重新发而为文时，不仅夹带着饱经沧桑的历史理性，同时也就明显有了伤痕色彩。历史在心灵的透视下，更充分和深刻地说明，所谓"六十一人叛徒集团"纯属子虚乌有，他们不愧为中华民族的优秀儿女。

焦祖尧作为上一世纪五六十年代成长起来的山西中年作家的重要代表，以《总工程师和他的女儿》《跋涉者》两部长篇小说，显示出了这一代山西作家的创作实力。这一年龄段的作家，敢于思考，富有人生阅历，伴随着党和国家在革命和建设中的失误而历经坎坷，所以，其作品也就具有了反思的深度和历史的厚度。

《跋涉者》具有浓重的反思色彩，作者的宗旨正是要带着现实生活的诸多问题，深挖历史深处的积弊，所以将作品看成是反思小说更为贴切些。

创作于1981年的《跋涉者》，曾先后获得《当代》1983年长篇小说奖和首届人民文学奖，是较早在长篇小说创作领域为1980年代山西文学争得荣誉的一部作品，也是对当时热遍全国的反思文学的回应。在短篇小说集《光的追求·后记》中，作者这样表示："长期以来，经济路线上'左'的集中表现，就是无视经济规律，不问经济效果，盲目追求经济速度。"这种认识在《跋涉者》中得到了极为充分的体现。在这个意义上，《跋涉者》完全可以看作是一部优秀的"反思小说"。也正因如此，它才获得老作家韦君宜的高度评价："我觉得这部作品比这两年得到很高评价的一些长篇小说并不差……读这本书，我就常想到现实生活中的事，觉得亲切。"①《跋涉者》当时在全国文坛的影响可见一斑。

一部切中时代脉搏的长篇小说足以引发强烈的轰动效应，虽然时过境迁，可重新阅读起来，依然禁不住心潮澎湃。柯云路的《新星》就是对"改革文学"唱出的黄钟大吕，作品对现阶段物质文化环境中

---

①《读〈跋涉者〉》，载《当代》1986年第5期。

所能提供的推动改革的正面力量做出了全面而集中的开垦与整合。主人公李向南身上几乎凝聚了同时期改革者形象身上的一切优秀品质，其对现实的批判以及对旧有官僚体系的冲击，在当时富有震撼性。

在文坛内部，有关李向南身上表现出来的"青天意识"，曾经引发出激烈的争议。其实，站在今天的立场上看，1980年代的许多问题仍然没有完全解决，李向南的形象尽管理想化色彩较浓，但他深得普通读者的欢迎，有着合理的现实基础和背景。无论如何，柯云路充满政治热情的作品，成为中国改革文学的力作，已是一个不争的事实。沿着这条线索，他围绕李向南写下了《夜与昼》《衰与荣》等背景更加广阔、生活层面更加繁杂的长篇小说。

徜徉于不同文学思潮中的山西长篇小说作家，开放务实，勤于思考，作品在思想内涵和艺术表现上均有鲜明、新颖、独到的特点。1980年代，山西的长篇小说领域，老中青三代作家都有力作问世，比如，老作家冈夫的《草岚风雨》，中年作家焦祖尧的《跋涉者》，青年作家柯云路的《新星》《夜与昼》《衰与荣》，成一的《游戏》等长篇，哲夫的《黑雪》《毒吻》《天猎》等大生态小说等等。尤其是在1985年左右，在全国读者中有广泛影响的大型文学杂志集中刊发了柯云路等青年作家的长篇力作，这些长篇力作一经问世，就引发强烈的反响，长篇小说的繁荣以及所带来的轰动效应，也从一个侧面说明了"晋军"崛起的事实。

山西文学历来就有现实主义的创作传统。山西作家强烈关注现实，真实反映生活，努力寻找普通事件背后的重大主题，是从赵树理、马烽等人开始的，到1980年代的新时期，在"晋军"的青年作家中，又得到进一步发扬光大。思想解放的大潮激发了作家的创作活力，在良好的创作环境和宽松的创作氛围中，作家们锐意进取，不断深化，为传统的文学优势增添了新的内涵和质素。可以说，热烈拥抱和大胆面对现实，深层次思考和揭示改革开放中的重大问题，是这一时期，包括长篇小说在内的山西文学的突出特征。这一特征在焦祖尧、柯云路、成一等人的小说中表现得最为明显，所不同的是焦祖尧钟情的题材是工业战线的改革，透过现实积弊，挖掘深层次的历史根由；柯云路则是以纯粹改革小说家的形象立足于新时期中国文坛的。他创作的《新星》刊发于《当代》1984年增刊第3期，稍后改编为同名电视连续剧，一经播映，就引起了席卷全国的"新星热"，乃至出现了满城争说李向南的热烈情形。一部小说、一个人物能产生如此巨大的反响，确实极为少见。

被视为忠实表现农民生活的作家成一（指1980年代前期），其创作在某些方面也同样继承了山西文学现实主义的传统，却又有新的发展。在中篇小说《陌生的夏天》中，成一确实以明显有别于山西小说传统的情节结构，以心理写作的模式，展开对处于巨大改革变迁中的农民心态与价值观念变化的捕捉与描写。作品隐约触摸到了一条处于改革浪潮冲击下的中国普通农民心态变化的基本发展脉络。成一的这一系列小说，当时并未产生如贾平凹《腊月·正月》那样大的影响，但也由此而赢得了"改革小说"的美誉。这一写作特点在以后的长篇小说《游戏》中，有更深入的发展，当然，写作题材也有了新的开拓与转换。

1980年代长篇小说的作家们还表现出一种独到的对思想深度的追求，这一点在上述对成一论述中已经提到了。新的历史条件，新的人文视野，当然催生出作家们对文本内涵的更高要求。新潮的马尔克斯、福克纳、卡夫卡、弗洛伊德，传统的巴尔扎克、托尔斯泰、鲁迅等一并进入视野，作家们大量汲取中外优秀作家的艺术营养，取精用宏，从而使自己的作品也有了独到的深度。比如，柯云路的《新星》，其深刻性还不在于正面地以中国最基本的权力单位——一个县为对象，近距离、全方位展现改革，而在于深刻地揭示了中国最基层的权力结构是怎样同守旧势力互为因果地交织在一起的。焦祖尧的中篇小说《故垒西边》写的是农村回乡知青靳宝山在逆境中顶住各种压力，开展科学养猪的故事。但作品触及了一种超稳态的类似于某种深层结构性的东西。作者的深刻用意是要挖出那个给主人公带来无穷灾难、巨大厄运的传统势力，以警示世人。这种笔法在《跋涉者》等长篇小说里有进一步的发挥。成一的长篇小说《游戏》触及的是个体行为和社会行为的关系：观念习惯的形成、演进、变异、转化等规律；历史和传统的曲折生成等一系列重大的本身即具有形而上性质的社会和人生问题。所有这一切都被作者高屋建瓴地概括为一场社会历史和人生的人性游戏，审美认识的深刻性、强烈的历史批判性昭然可见。

对文本深度的追求，与艺术上的借鉴创新是同时进行的。西方现代派的写作手法被作家们大胆拿来尝试，表现为方法与文体实验上的积极努力，文学的功能与表现力大大拓展了。焦祖尧的一些作品注重对意识流手法的借鉴，比如《跋涉者》等作品，就大量使用自由联想、内心独白以及跳跃、重叠、自然流动等意识流的技巧与手法，以至于形成了较明显的心理化书写风格。而柯云路的《孤岛》、成一的《游戏》、哲夫的"黑雪三部曲"寓言体"大生态"系列则注重哲理象征手法的运用。《孤岛》中是用"灾变"和特殊的生存境遇来展开对人性以及某种社会历史规律的哲理和象征抒发的，情境的特异性逼露出人们在日常生活中被各种有意设置的虚假道具深深掩盖，正是这种特殊的展露，作品才生动地揭示出了某种形而上的永恒的人性内涵和社会历史规律。哲夫的《黑雪》系列等小说着眼点不在某种深层的文化结构上，而在于人和自然、社会，人的物质和精神、本能和情感等诸种关系的平衡上。他的创作整体而言，还具有现代科学、哲学的深层意蕴，在1980年代的长篇小说中具有独特的美学意义。此外，柯云路的《夜与昼》《衰与荣》等作品还明显借鉴了中国画"全景俯瞰""散点透视"和电影中蒙太奇手法，把大场面中多线索多侧面的社会生活共时态地拼连组接在一起，从而扩大了小说的容量，增强了小说的艺术表现力。（陈坪）

第二节　冈夫的《草岚风雨》

冈夫其人

冈夫的人品和文品，在山西文艺界有口皆碑，是一位深受大家敬重的诗人。1994年7月，时任中国作家协会党组书记、副主席的马烽，在给"冈夫作品研讨会"的贺信中有如下的评价：

冈夫同志是我省当代年龄最长、德高望重的老诗人。无论文品还是人品，堪称我们的楷模。他不仅是文学界的老前辈，而且是老一代的无产阶级革命家。文学创作和革命事业，在他身上水乳交融地结合在一起。

早在20世纪20年代，冈夫就开始了诗歌创作。30年代初期，曾因散发革命传单被捕入狱。反动派胁迫他在反共声明上签字，只要签个名，立即可以释放出狱，但他宁可继续坐牢，决不屈服。其实当时他还不是共产党员，仅只是一名进步青年。他的这一壮举，充分显示了这位青年诗人宁折不弯的高尚品格。这一壮举，震惊了狱中中共地下党支部，他就是在坐牢期间被吸收入党的。他在狱中与难友们并肩战斗，备尝艰辛。直到抗日战争前夕，才由党组织营救出狱。每当人们谈起冈夫同志入党前后经过，无不肃然起敬。

近几十年来，我一直与冈夫同志在同一个单位工作、生活。他给我最深的印象是：艰苦朴素、忠厚善良。可以概括为两句话：对公家只图奉献，不求索取；对个人，躬己厚而薄责于人。他是文艺界最受尊敬的一位老同志。

小说素材

1932年秋天，冈夫赴北平，经友人段复生介绍，参加了北平

"左"翼作家联盟，从事革命文艺的宣传活动，并以诗歌为武器鞭挞腐朽统治。到了12月上旬的某一天，冈夫所在的小组接到通知，为了纪念广州暴动，要搞一次活动。于是，当天晚上他和组员们拿上写好的标语、传单去了市中心。他正在散传单时，北平当局派出的便衣警察逮捕了他。

冈夫被押到区公所、宪兵侦缉队等几处刑讯，但他始终没有暴露自己是"左联"成员。由于有他散的传单为证，当局司法部门判处他为"共党嫌疑犯"，关进了伪北平军人反省分院，即"草岚子"监狱，他的刑期是半年。半年后，狱方要他写反共启事才能出狱，他坚决不从，于是，被继续关押起来。与他一起关押的还有殷鉴、薄一波、刘澜涛、安子文、杨献珍等革命者。

在草岚子监狱的镣铐酷刑和血雨腥风中，冈夫真正经受了革命的锻炼和战斗的洗礼。看到许多革命者坚强不屈的斗争意志，他更加认清了敌人凶残的本质，坚定了走革命道路的信心，并在同志们的帮助下，于监狱里加入了中国共产党。

成为党员后，冈夫的斗争热情更为高涨，表现了一个革命者的耿耿忠心和铮铮铁骨。在险恶的环境中，他没有忘记用诗歌痛斥敌人对革命者的迫害，召唤人民大众起来战斗，表达自己要与敌人斗争到底的坚强信念。这些铁窗诗篇，有的写在石板上，有的写在纸片上，有的发表在监狱党支部办的地下刊物《Red October》（《红十月》）上。这些诗歌让狱中战友传看后，为防敌人发现，大都销毁了。出狱后，冈夫凭记忆整理出十多首千余行，送给在上海的友人准备出版，不料"八一三"淞沪战争爆发，这些诗也在战乱中丢失了。

现在还能见到的冈夫狱中诗歌残篇，主要有《在刑讯中的默句》

《镣之歌》《思乡曲》《露天歌》等。比如《露天歌》写的甚为慷慨悲壮："起来！中华民族的大众，为救祖国，决心牺牲。""我们不怕飞机大炮，我们不怕大刀水龙，个体我们会被消灭，消灭不了我们的群！"这是一首按《国际歌》的格式填写出来的歌词，在狱中很快流传咏唱，极大地鼓舞了革命者同敌人战斗到底的勇气和力量。

抗日战争爆发前夕，经党中央多方营救，1936年冬天，冈夫同薄一波等六十一个同志一起获释出狱，回到太原，领导山西的抗日救亡工作。

创作过程

到了20世纪50年代末期和60年代前期，冈夫在完成大量行政组织工作和进行诗歌创作的同时，萌生了一个强烈的想法：一定要用小说的形式，把30年代自己和战友们住北平"草岚子"监狱时的斗争生活写出来！因为，还在30年代北平"草岚子"监狱中，冈夫亲眼看到了敌人凶残毒辣的血腥罪恶，看到了革命者及爱国青年威武不屈的斗争精神，心中受到强烈的震撼，当时他就想："假如能活着出去的话，我一定要把这所见所闻的血淋淋的事实写出来，向社会作一番控诉。"有不少难友知道他有文学写作能力，也对他说过：我们如果能活着出去，你一定要把我们的斗争经历写出来。

"文革"以后，他在《悼鲁言、子荣、锡奎、锡五、其梅暨"六十一人案"中殉国诸同志》的诗中也说："冤狱昭平君独逝，征途新迈我犹存。……悲痛陈词倍勉力，慰酬亡友未完音。"在冈夫看来，完成这部小说已不仅是他个人的事情，而是向六十一人中的逝者和未亡者清还一笔文债，也是为党和国家撰写革命历史。

从监狱中获释后，冈夫被繁忙的革命斗争和新中国成立后的紧张生活挤去了创作时间，到1960年春天，他终于下决心要完成这件事。他向供职的中国文联领导请了创作假，开始构思并动笔写这部小说，并把小说命名为《草岚风雨》。然而，他刚写出二十万字的初稿，就因为当时的政治风云变幻而不得不中途搁笔。不久，文艺界"整风"，这部未完成的手稿被抄去，当作"反面材料"，从中寻找"修正主义"的"毒案"，很快罗织了一大堆莫须有的罪名。焦祖尧在《一个纯粹的人走了——冈夫老人三年祭》一文中专门谈了这个过程：

> 《草岚风雨》的原稿被要去打印几十份，分送领导和机关"积极分子"。找不出里边有修正主义的东西，某领导最后亲自出马，给这部作品定了一个莫须有的罪名：这是一份由阳翰笙、阿英、王玉堂、张雷共同炮制的"反党纲领"。他急了，跑去质问某领导："这部作品如有问题，我文责自负。怎么能扯上其他同志呢？"某领导厚颜不答。他又跑到中宣部去，说："这部稿子是我在山西独自写的，阳翰笙同志和阿英同志根本没有参与，怎能和他们挂起钩来呢？凡事总得讲道理，讲事实！"中宣部的同志也无以作答。不久，他被调出机关，到基层"深入生活"。①

"文革"结束，冈夫恢复工作后，首先想到的是尽快完成60年代起草的长篇小说《草岚风雨》。于是，他通过有关单位寻找小说的手稿，因为稿子只有一份。值得庆幸的是，这部手稿在"文革"中作为他的"罪证"，由山西省高级法院档案室"特殊保存"，阴差阳错地免于"文革"的浩劫。

《草岚风雨》手稿归还给了冈夫时，他欣喜万分，捧着稿子激动地说：我和你（稿子）一起解放了。他再也按捺不住蓄积已久的创作激情，要把失去的时间补回来。于是，他不顾年事已高，日夜伏案，

①2001年第5期《山西文学》。

续写完了全稿。为了使这部作品尽可能地达到一个较高水平，他所在的省作协指派青年作家燕治国帮助他修改，对全部手稿做了进一步的润色和增删，并由薄一波同志题写书名，才交给出版社出版。

1985年，凝结着冈夫很多心血和精力的长篇小说《草岚风雨》，顺利地由人民文学出版社出版了。《草岚风雨》经历了一番人世沧桑之后，终于了却了冈夫几十年来萦绕在心头的一桩心愿，也是对当年和他一起生活战斗、饱经忧患与劫难而含冤饮恨、赍志以没的同志的告慰。

作品价值

《草岚风雨》是以历史真实事件为基础，进行必要的艺术概括而写出来的。作品着重描写1930年代一群年轻的共产党人和爱国青年在北平军人反省院里同敌人进行的一场殊死斗争，塑造了尹坚、詹英、林陶、齐远山、颜季仁、徐彦等英雄群像。他们舍生取义的浩然正气，终于取得了斗争的最后的胜利，真可谓"时穷节乃见，一一垂丹青"。其中尹坚、詹英的形象尤其显得血肉丰满，令人难忘。对从那个时代走过来的老一辈人，是最好的怀念；对新一代青少年则是震撼心灵的启迪。这种深刻的历史认识价值，随着时间的推移，不仅不会消磨掉，而且会越来越鲜明。《草岚风雨》在写作技巧上也有诸多特色，如叙述简洁传神，笔调明快和缓，对话富于个性，尤其是充满诗质的语言和一些抒情段落，为跌宕起伏的故事情节增添了魅力，读过这部小说的人是会明确感觉出来的。

《草岚风雨》出版后，《文艺报》《山西日报》《山西文学》《批评家》等报刊，都刊发了评论文章，对这部作品给予了充分的肯定。韩石山在《凌云健笔意纵横——评长篇小说〈草岚风雨〉》中说：

它的写作和出版，本身便是一部"革命历史"的小说，或者说是带着小说味的"革命历史"。作者坐牢时，即有此动念，解放后开始动笔，写出多一半又被迫中断。文艺整风中受到审查，"文化大革命"中迭遭批判。也还因了这批判，保留下一份"打印材料"，否则，将片纸不存。"文革"后续写，直到一九八三年完稿。此后两三年内，在一位青年作家的协助下，精心修改，始成今日模样。从构思到出书，断断续续长达三十年之久。这断续中，浸润着作者的血泪，映射着时局的安危。若将作者此前的经历，看作对生活的体验，几乎可以说，老作家一生的心血尽在此一册之中了。

……作者是诗人，多年的铁窗之苦，半生的坎坷蹭蹬，他有的是革命的义愤，人世的浩叹，但不怒形于色，满足于笔纸的挞伐。一生的执着追求，他又有的是对主义的挚诚，对生活的热爱，却不作表面的传布，肤浅的表白。低沉的吟咏，平静的叙述，融入了作者对人生的深沉的思考。①

张雷在《读冈夫的〈草岚风雨〉》中则认为：

小说的主人公就是寻常的中国人，他们各式各样，经历不同，在监狱的斗争中，在时时处于与死为邻的境遇里，他们没有屈服，却变成了强者，变成了擎天柱般的人物。他们谱写了中华民族在危难时期的儿女英雄的乐章，谱写了年轻的共产主义者高尚的情操和理想。他们有着巨大的精神力量，这点是历史的真实。这对于认识昨天，对于今天和将来，都是很重要的。特别是对青年朋友，在艺术的享受之中，可以悟到立人的根本。②

---

① 1986年第6期《山西文学》。

② 1987年4月25日《文艺报》。

冈夫对这些评论文章和一些老同志读了这部作品后给他的来信，非常感谢，他说："这些同志式的关怀，使我在这'风烛'之年的'烛'照之光，还能在摇曳的'风'中冉冉升起，要将自己燃完燃尽。人在不论什么时候都不要把自己封闭起来，要敞开心灵的大门迎接世界。"（杨占平）

第三节　焦祖尧的长篇小说

焦祖尧是以工程技术人员的身份走上文坛的。他1955年从苏南工业专科学校毕业后，就分配到大同国营616厂，所以他熟悉工程技术人员，尤其熟悉煤矿工人的生活，他的作品书写的主要是工业领域的题材。长篇小说《总工程师和他的女儿》《跋涉者》作为他的代表作，所反映的都是工厂的技术革新与企业管理等问题。《总工程师和他的女儿》构思并写成初稿于20世纪60年代中期，1978年修改后由人民文学出版社出版。正因为焦祖尧有丰厚的生活积累，所以写作起来轻车熟路。这部作品是新时期中国文学史上第一部以知识分子为主人公的长篇小说，也可以看成是他创作上的一个飞跃。

故事发生的历史背景是1959年秋天，在党的八届八中全会精神的鼓舞下，塞上古城某动力机械厂，掀起了破除迷信、解放思想、大搞技术革新的群众运动。为了贯彻发展国民经济必须以农业为基础的方针，上级要求他们设计制造一种经济实用的发动机。以设计科的支部书记王志嘉、叶琪、鲁大明等为代表的一批青年技术工程人员，一听说这种发动机是为了方便农民兄弟抽水、除草、脱粒、磨面，就热情高涨，甚至激动得无法入睡。而方斌与他们的看法恰恰相反，他认为搞科学技术应该向着高精尖的方向努力，农业机械总是简单粗糙的。所以他一度态度冷淡。但后来他看到厂党委非常重视，且叶赋章总工程师是主要负责人时，他就又改换了另一种态度。他想借机扬名于世。先前，他曾经设计了一种小型发动机，还写了篇论文寄给了一个刊物，如果把这个设计方案趁此机会投入试制，一旦成功，他的论文就会是一个完整的研究成果。于是，他就采取主动，把自己的设计方案抛出去。可他的方案毕竟以技术资料为蓝本拼凑而成，不符合有关部门的技术要求。王志嘉等技术员们决定另起炉灶，重新设计。这样，两个方案便同时进行。作为总工程师的叶赋章，在发动机的整个设计过程中，始终表现出认真负责和实事求是的态度。当方斌利用亲友关系，企图得到他的支持时，他坚决拒绝了。他说："要发挥集体的力量。""你一个人单枪匹马搞，可不行！"针对两个方案不同程度都存在脱离实际的缺点，他利用节假日带领青年技术员们深入农村，调查研究。王志嘉等人最后在大量翻阅技术资料的基础上，弄出了一个完整的方案。在厂部的方案讨论会上，他在否定方斌的技术方案时，也指出了王志嘉他们的方案，要从纸上的变成现实的机器，必须首先经过部件试验，才能全面投入试制。王志嘉他们的试制工作失败后，他又把自己先前带病设计出来的方案拿出来，这等于是给这些年轻人铺就了一条路子。在此基础上，王志嘉他们集思广益，革新改造，在短时间内建立起了部件实验室，发动机的试制最终成功。作品在重点书写设计方案时，还写了年轻人的生活理想、爱情家庭等，再现了丰富多彩的工厂生活。作者从生活本来面目出发，写出了实事求是的科学精神同反科学的主观盲动之间的斗争，批判了"左"倾思想、路线和作风。整部小说丰满逼真，厚实可信。

人物性格塑造的成功是这部小说的一个突出之处。叶赋章是作者着力塑造的一个人物形象。大学毕业后，面对国家的贫困落后，怀抱科学救国的思想出国留学。全国解放前夕，他满怀宏伟理想返回祖国，决心用自己的知识报效祖国。在设计制造发动机的过程中，表现出他严谨认真负责的科学家精神，他的形象浓缩着那一代科学家的高尚人格。他热爱新生活，尽职尽责，具有实事求是的科学精神；但是他的思想上又有比较重的因袭包袱，办事谨慎，缺乏大刀阔斧的精神。叶赋章这个人物是真实可信的。在刻画人物性格时，作者着意挖掘每个人思想感情上大的冲突，展示他们精神世界的真实面貌。比如，对于叶赋章，作者就着重抓住他严谨认真的科学态度进行刻画；对于他的女儿叶琪，作者突出了她性格上倔强、直率和纯真的一面，这表现在她对待自己的父亲、对待方斌，以及她和王志嘉的爱情过程。而对于方斌，作者又主要通过这个人物自始至终在设计发动机中的态度，揭示了他的个人主义和轻浮的作风。所有不同性格的人物形象都个性鲜明，栩栩如生。

《跋涉者》标志着焦祖尧的创作走向成熟的新阶段。首先值得注意的是小说结构安排上的独特性，它是以二十年前后的两次"跃进"为背景，从历史与现实的结合上生动形象地揭示了改革的必然性和复杂性。作品的主要线索是二十年前老工人吴老明的工伤事故和二十年后杨昭远重返矿山，捅假劳模吴冲的"马蜂窝"，同时辅之以杨昭远与丁雪君的爱情故事。作者采用电影"蒙太奇"手法，巧妙地将历史与现实，二十年前后不同的生活场景、人物事件交错糅合起来，形成富于跳跃感的结构形式。二十年前的那一次是围绕顶板技术的改造而展开的，斗争的一方是矿上一区区长邵一锋，另一方是采煤工程师杨昭远。由于极"左"路线决定了一切。邵一锋略施小计就把杨昭远整成"右派"，赶出矿山。二十年后的这一次，则是围绕吴冲综合队的整顿问题而展开的，冲突的双方还是邵一锋与杨昭远，只是政治形势变了，两个人的身份也发生了变化。虽然杨昭远重返矿山，成了矿长和代理党委书记，而且在与邵一锋的斗争中处于主动（邵一锋退居幕后让吴冲打头阵），可斗争的结果仍然耐人寻味，吴冲这个被吹起来的"劳模"，靠杀鸡取卵的办法，多出煤，居然又得到矿务局党委书记殷洪的支持，这一点与二十年前的那一幕可谓惊人的相似（当时邵一锋就是不顾工人的安危，靠放卫星得到殷洪支持的）。小说结尾，从杨昭远给部、省、市、局党委的一份报告，揭示出这一错误之所以能在二十年后重演，缘由是"左"的思想长期占据主导地位。担负着人民重托和时代使命的改革家杨昭远的对手，不仅仅是邵一锋和吴冲，小说正是从这一点上显示出改革的实质性意义。也正是从这一点来看，杨昭远这一跋涉者形象的塑造是成功的，具有相当的力度和深度，对现实生活有相当的穿透力。

杨昭远与丁雪君的悲欢离合，是小说中一条不可或缺的线索，它穿针引线般把许多事情糅合在一处，从而使杨昭远的形象更加逼真丰满，富有人情味。丁雪君大学毕业后，和杨昭远在煤矿相遇，共同的理想与追求，使他们产生了忠贞的爱情，不料，可怕的政治运动袭来，杨昭远跌进了邵一锋所设的政治陷阱，两人就像滔滔煤海上的两朵浪花，被"河床上突兀的礁石，刹那间击得粉碎"，天各一方。二十年后，杨昭远重返煤矿，两人虽然有了陌生感，有了隔阂，可生活和事业的共同追求，使他们最后还是消除了隔阂，走到了一起。

杨昭远的命运是和国家改革建设的伟大事业紧紧结合在一起的，在二十年的长途跋涉中，他干了好多行当：开采矿石、修水库、养兔养鸡、下窑背煤、当教师、办工厂。可他干一行爱一行，他"感到了自己生命的意义"。最终他变得意志坚强、成熟老练，成为一个改革道路上不畏艰险的跋涉者。杨昭远坎坷曲折的个人命运，折射出历史的曲折复杂，折射出社会主义改革事业的曲折复杂，也折射出那一代知识分子的伟大不凡，他们对祖国深沉的爱，对事业矢志不渝的追求，叫人想起了屈原那句话："路漫漫其修远兮，吾将上下而求索。"小说的结尾这样写道："在生活的激流中，两朵浪花曾被峭岩击得粉碎，变成泡沫，化为水汽；当它们眷恋着长河，眷恋着大地；当太阳把它们蒸腾起来，它们又变成雨点，落向大地，变成长河中的两颗水滴，成为激流的组成部分，和亿万颗水滴一起，前呼后拥，奔腾呼啸，激扬飞溅地一往无前，直向浩瀚的大海奔去……"这是点睛之笔，读着叫人激情澎湃，感慨万端。

在山西当代文学发展过程中，焦祖尧属于介于"山药蛋派"作家和"晋军崛起"之间的作家。在他的身上可以看出某种"中间性"，即传统与现代的交融、连通和转化。他继承了老一代作家忧国忧民、直面社会的传统，信奉现实主义文学的基本表现形式和手法，又不因循守旧。他的创作手法在坚持传统现实主义的同时，更重视心理现实主义。可以说，他的创作代表着现实主义的某种深化，也反映出个性化、主观化的现代性书写对传统文学写作的某种冲击与浸染，他的个性和特色从某种意义上就是"理想化"的追求和"心理化"的呈示。马烽概括他的艺术风格是："有塞北的刚健之气，又带有江南的明丽之情。"（陈坪）

第四节　成一的《游戏》《真迹》

成一，原名王成业。河南济源人。中共党员。1968年毕业于天津南开大学中文系。1969年赴山西省原平神山村插队务农。1978年开始发表作品。1979年加入中国作家协会。著有长篇小说《游戏》《真迹》《西厢纪事》《白银谷》《茶道青红》等，短篇小说集《远天远地》《外面的世界》，系列小说《苦夏恋情》，中篇小说《千山》《悬挂滑翔》《历史试点》《云中河》等。曾获全国首届优秀短篇小说奖等各类文学奖项。

1989年，成一创作出第一部长篇小说《游戏》。这部长篇是成一"形而上体验"与"不求改编"文本的一次典型表现。《游戏》的最大特点是在叙述上进行的一次极为重要的探索，成一尝试不断地转换叙述视角，从人物的内心世界出发，袒露人物的心理过程与潜意识活动。作品每一章都由一个或几个人物出场，并依据此一人物的内心世界来展开叙述。因而，读者接近的即是人物的精神世界，这使成一重视对人物心理描写的表达方式得到了充分的发挥；同时，也使小说中人物的主体感更强。事实上，在这部小说中，读者要想找到或硬性地勾画出一种情节性的发展线索已经比较难。因而，《游戏》是不可复述的，任何复述都将极大地损害它本身具有的深度，当然更谈不上改编。

之后，成一的第二部长篇小说《真迹》问世。成一曾经说过，他创作《真迹》的初衷是要借用这种晋商题材来探寻晋商消亡之谜，他认为，晋商之所以消亡，其根本原因在于没有建构属于自己的文化。

成一把寻找文化的行动寄寓在盗案的侦破与探寻中，他似乎并不是想仅仅告诉读者侦探的失败与行为价值的毁灭，而是向世界宣告人类存在的无目的性、盲目性和虚无性，人类的诸种目的、理想、希冀，仅仅是慰藉自己孤独灵魂和苦难生涯的手段，它的意义只在于支撑着人们走完自己艰难而坎坷的一生，就像侦探企图通过侦破盗案使自己名震南北一样，是一种"心灵的幻象"。《真迹》那种"内心独白"式的叙述方式表现得更为充分，特别是侦探六进老院，几乎令人叫绝。同是一个人，同是老院这一目的地，同是失败的结局，而成一在这漫长的过程中，竟然就能写出某种意味来，这无疑是艺术功力的一种体现。（杨占平）

第五节 柯云路的《新星》

柯云路是1980年代中期山西青年作家的佼佼者，凭着一部《新星》，不仅给山西文学带来巨大声誉和荣耀，而且在全国范围掀起了一股轰动性的"新星热"。

在创作《新星》之前，柯云路其实是有一定的艺术与生活积累的。他的处女作短篇小说《三千万》，就塑造了一个忧党忧国，为改革现状，不惜以硬碰硬的共产党人形象丁猛。而中篇小说《耿耿难眠》的主人公杨林是一个比丁猛更具深度的人物，他深谙中国政治的复杂性，知道"如果光凭愿望就想铲除时弊"，那是太幼稚了；仅靠蛮干硬来的所谓"铁腕"作风，"铁腕弄不好会成为豆腐腕"，自己也会"卷铺盖"走人的。他对付董乃鑫关系网的方法也不像《三千万》中的丁猛那样，怒形于色，鲁莽从事，而是像他的对手一样，不动声色地利用组织的力量，耐心沉稳地等到条件成熟，再各个击破，最后瓦解对方的关系网。《三千万》中的丁猛、《耿耿难眠》中的杨林，都是有胆有识、敢于碰硬的改革风云人物形象，日后出现的《新星》主人公李向南可以说是这些人物的集大成者。

小说《新星》发表于1984年《当代》增刊第3期，改编为同名电视剧后，在全国热播，掀起一股新星热，出现了满城争说李向南的罕见景况。小说的故事发生在古陵县，引言的题记中摘引了一段《古陵县志》："县积而郡，郡积而天下，郡县治，天下无不治。"由于郡县制在中国有几千年的历史，所以一个县往往可以被理解为中国社会现实的一种缩影。小说以年轻的县委书记李向南在古陵县走马上任后所采取的一系列改革措施为情节主线，集中展示了以李向南为代表的改革派和以顾荣为代表的反对改革的旧的官僚主义之间的斗争。改革与反改革构成了整部小说的主线，主人公李向南身上几乎凝聚了同时期改革者形象身上的一切优秀品质，其对现实的批判以及对旧有官僚体系的冲击，在当时富有震撼性。李向南有改革家的政治禀赋和气度胸怀，他深谙中国改革家的处境："在中国，任何一个有宏图大略的改革家，如果不同时是一个熟悉中国国情的老练的政治家，他注定要被打得粉碎。"有鉴于此，他在与顾荣斗法时，尽力避其锋芒，先发动群众，造成了巨大的政治压力，进而再与其摊牌。在取得了一些小小的胜利之后，他依旧头脑清醒，不敢轻易陶醉。因为他深知："你要改革社会，先要用三分之一的力量去化解形形色色的纠葛，去提防各种阴谋诡计、打击报复，必要时，还不得不用一定的技术经验去装备自己……然后，还要用三分之一的力量去为建设最起码的政治廉洁而努力……最后，你才能把剩下的三分之一的力量，用于为社会开拓明天的长远设想和现实实践。"在初入古陵时，他就深知，要使大部分干部对改革有个较为一致的看法，不是仅仅靠开几个会就能奏效的，必须拿出硬邦邦的事实来。于是，在黄庄水库，他摆事实、讲道理，使得龙金生、庄文伊认识到了各自的片面；在庙村公社，他撤了公社书记杨茂山和凤凰岭大队支书高良杰的职务，从而有效制止了乱砍滥伐的现象；在横竖岭公社，他清除了土霸王潘苟世，并扭转了胡晓光与自己的对立。此外，他还发现了被长久埋没不用的人才朱泉山，他还重用小胡，提拔他为政研室主任兼横竖岭公社书记。不仅如此，对顾小莉，他也一样有着身为一个政治改革家的敏锐与直觉。他初见顾小莉，就对这位"上级领导的女儿，政治对手的侄女"确定了自己的应付策略，决心争取她、征服她。凡此种种，都可以看出，李向南的气度胸襟、禀赋见识，都比顾荣们要高出一筹。

历史的积淀与现实的负累纠结在一处，使得社会生活中，不平与冤情层出不穷：陈村的吴嫂对村干部包产到户做法提出自己的不满，就遭到打击报复，半年上访几十次而未果；林虹因为向报社反映几个官员子弟走私银圆而忧虑重重，生活在巨大压力和污言秽语之中；一位农民因为抓住大队长的兄弟偷盗粮食反被诬陷为盗贼，被吊打致死，丈夫冤死了，妻子背着孩子上访五十次，毫无结果；退休教师魏祯合理的住房要求，上访七十七次，仍然毫无结果……这些阴暗面，显然损坏了党在群众中的形象。李向南深知，只有克服官僚主义，才能消除不正之风，于是，他大刀阔斧，短短一天内，就解除了对吴嫂的迫害；三天里就洗清了那位农民妻子的冤情；十分钟解决了魏祯的住房问题，并将走私银圆的干部子弟绳之以法。他还以一天处理十四件积案的高效率，被传为佳话。群众因此而称他为"李青天"。

李向南又是一个坚持原则而富有人情味的政治改革家，他有"适度的耐心，适度的果断，适度的和蔼，适度的严厉，适度的风趣，适度的威严，适度的原则性，适度的灵活随和"。在他的工作周围，人际关系不可谓不复杂，李向南的父亲，省经委主任康乐的妻子，记者刘貌、刘平平等，都联系着北京这个政治中心；顾荣是省委书记顾恒的弟弟，顾恒的女儿顾小莉又是县委宣传部副部长，他们跟省城有着千丝万缕的关系。在他的私生活中，既有他处理案件的当事人，也有省委书记的女儿，世情、人情、爱情交织一处，形成一张网，叫他困扰，叫他困惑。但他能把握住自己，他没有因顾荣的家宴而放弃对其儿子走私银圆的追查，也没有因为林虹是自己旧日的恋人而给她任何的照顾，同样没有同意顾晓莉想回到爸爸跟前为自己说情而因此丧失原则。他还有"求通民情，愿闻己过"的胸襟，这句话是作为对联贴出来的。在与卖凉粉老人的闲聊中，他深深体会到了南墩村人吃水的困难，经过倾心交流，既解除了石老大的迷信，还确定了打井的方案。平素生活中，他喜欢深入市场问长问短，不自觉地养成了好算账的习惯。在他听到卖豆腐的人说黄豆、黑豆一斤换一斤半豆腐，用钱买两毛六一斤，拿粮票两斤换一斤时，马上就算出了豆类的市场价，知道了卖豆腐老人家不缺钱，明白了粮票的流通价，进而知道了城镇居民粮食供应的比例和牌价。在与普通群众的倾心交流中，他汲取到了群众智慧，群众智慧又成为他制定政策、解决问题的力量源泉。

应该说，李向南是一个真实的改革家形象，并不是一个横空出世的神奇人物，尽管有些理想化。当时，农村联产承包责任制正在推广开来，现实社会中的一些阻挠生产力发展的陈规陋习迫切需要革除，顾荣们身上严重的官僚主义习气迫切需要改变，这其实也正是人民群众要求改革的强烈呼声。顺应改革的思潮，顺应人民群众的意愿，改革新星——李向南应运而生了。小说结尾，李向南以一个理想主义政治家的身份，道出了自己的心声："一、我们这一代人都是理想主义者，都始终在为建设一个理想的社会努力在实践、在读书。这也造就了我们富有想象力的品格；二、中国的'十年动乱'生活使我们看到了袒露的社会矛盾、社会结构，这造就了我们俯瞰历史的眼界和冷峻的现实主义；三、在这样一个复杂的几千年来就充满政治智慧的国家里，不断地实际干事情，自然就磨炼出了政治才干。"这充满政治激情的言辞，叫人们更分明地看清了李向南，他身上蕴藏着雷霆万钧般的力量和气势，尽管顾荣、冯耀祖等阻挠改革的保守势力一时占据上风，并成功挤走了李向南，但改革的大势显然是不可阻挡的。前途是光明的，道路是曲折的。改革的新星绝不会就此陨落。

《新星》艺术上的一个突出特点，是擅长从政治的角度来探索人物内心的细微活动，这同作品的内容、主题乃至人物性格是相协调的。李向南说："在历史上——你可以去看看——真正能够使千百万人、一整代一整代最优秀的青年为之献身的，只有政治！政治集中了千百万人最根本的利益、理想和追求，可以说是集中了人类历史上最有生机的活力。"这一充满理想主义政治激情和高度社会责任感的话语，道出了柯云路小说《新星》的整体特征。柯云路善于从政治的角度切入生活，善于表现出类拔萃政治家改革家非凡的魄力和扭转乾坤的巨大能力。所以，整个作品的艺术描绘、人物性格以及言语行为，都有浓烈的论战风格、政治激情和哲理思辨色彩。就此而言，《新星》不仅是对当时社会现实的高度呼应，也是柯云路个人才华的充沛体现，这二者集合起来，成就了柯云路，成就了《新星》。尽管柯云路日后的创作路径有不小的变化，但世人依旧是把他和《新星》放在一处相提并论的。一提到《新星》，提到李向南，自然就会相应地记起柯云路这个名字。他毕竟给那个解放思想改革开放的1980年代留下了一部《新星》。即便在今天，重新提起1980年代，重新提起《新星》，世人或许还会记起柯云路这个名字的。（陈坪）

第六节　哲夫的长篇黑色生态小说

哲夫是20世纪80年代形成的"晋军"作家中多产者之一。他从1977年出版第一部长篇小说《啊》以后，勤奋写作，硕果累累，至今已有小说、报告文学一千多万字的作品问世。长篇小说代表作主要有黑色生态系列《黑雪》《毒吻》《天猎》《地猎》《极乐》《天欲》《地欲》《人欲》等。评论界对于哲夫这个系列的共识是，这些作品开生态小说之先河，领绿色文学之风骚，表达了一位作家义不容辞的社会责任感。

在黑色生态系列长篇小说里，哲夫的环保理念贯穿并渐进到他的创作生涯中，这些小说无一例外地从生态角度，对人类发出警醒：是人类自身的不洁，造成了自然生态世界的破坏和污染。最早的《黑雪》，描述的是千年煤城下了一场黑雪的故事，显示出哲夫的艺术思维比较自由，为读者提供了许多新鲜的感受。在《毒吻》中，哲夫写了一对在化工厂工作的夫妇，因为污染生了一个毒孩子，他周身带毒，碰花花凋零，挨草草枯萎，而他偏偏是一个热爱自然的孩子，最终因为失去了拥抱自然的能力而将自己消灭。哲夫以象征性的手法，暗示人类是一个毒孩子，在亲吻自然的同时却毒害了自然。到了创作《天猎》时，哲夫发出"猎天者必被天猎"的警告，提出善良的建议：人类必须遏制自己无限的欲求，才能有效地保护生态环境资源。哲夫在这部作品中借用主人公语言斩钉截铁地说，我们只有一个地球，要像爱护眼球一样爱护它。他通过小说旗帜鲜明地表示，造成自然生态恶化的正是人类本身，唯一的出路只有人类警醒自救。

　　分析哲夫的这些长篇黑色生态系列小说作品，我们能够领略到，其中渗透了一种人类意识和生命意识，实现着对人类社会的善意的黑色批判，即对人类的生存处境坦诚相告、直言规劝。这样，把这些作品归到环保文学范围，就成为名副其实的了。

　　环保文学是近些年在世界上特别受人关注的一种写作课题，事实上，从18世纪以来，西方的文学就有着环保因素，我们只要看看从浪漫主义一直到现代主义，它们总是对工业革命持某种质疑态度，作品都是对环境保护持讴歌态度，抨击的对象都是工业革命资本主义给人类带来的灾难。其实文学和环境保护以及自然形态构成一种亲和性，像惠特曼这样的作家，作品都属于自然主义的浪漫派又加上自然主义的失落性所构成的。哲夫的环保文学作品，是非常宏伟的叙事，这种叙事是关于自然环境空间的庞大的一种意象，而这个意象又构成了他叙事的一个直接的规范，在这个规范底下，他来看待人类，看待自然，看待环境。在他的作品中可以找到一种非常大的历史与现实交叉空间，采用场景式跳跃的叙事方式，非常富有变化也非常灵活。

　　哲夫这些小说的叙事场景，跨度总是非常大，乡村和城市是他变幻着的两个基本视点，他总是把乡村中非常贫困的带有非常强烈的悲剧色彩的场面，与都市的狂欢节式的场面拼接在一起，这个特点在《天猎》中是最为显著的。《天猎》一方面写一个人走入城市后进行了一系列狂欢节式的活动，另一方面在乡村里却显示着人与动物、人与自然的多种强烈的冲突，各种各样的人物关于人性的悲剧和人类面临的生活困境，让哲夫拼接在一起，表达出了东西方文化哲理的冲突。

　　还有一点值得一提的是，哲夫在他的黑色生态长篇小说里，比较全面地触及了第三世界对于西方世界的一种环保文化的假想，这种想象是非常奇特的，也是很有启示意义的，他为中国读者提供了一种典型的第三世界对西方发达资本主义世界关于环保的假想的文本，反映了中国现实社会所应该面对的许多生态问题，体现出了他对现实生态强烈的忧患意识。

应当说，哲夫集中撰写黑色生态长篇小说和纪实文学，以几百万字的篇幅表述中国生态环境面临的严峻困境，书写人与自然的亲和关系，在中国当代作家中，是最为突出的一个。他虽然写的是环保，但他提出的问题已经深入到了当代社会生活的内核，深入到了现代化与人类关系的哲学层面。他所揭示的现象，令人震惊，发人深省。（杨占平）

第四章　1990年代

第一节　概述

1990年代是中国当代文学的"第三次高潮"，高潮的主要标志便是长篇小说进入一个品质与数量的高峰期。山西文学是中国文学大格局中的一个板块，1990年代山西小说创作与全国十分相像，作家们在长篇小说题材内容选择上更加开阔，艺术表现形式上更加多样，作家的主体个性更加明显，在继承山西长篇小说创作深厚的现实主义传统基础上，尤其注重了对文学艺术规律本身的探索和实践，凭借各位作家深厚的知识底蕴，敏锐的现实观察，展示出开拓进取、与时俱进的品格，继50年代的"山药蛋派"和80年代的"晋军崛起"之后，迎来了第三次创作高潮。

我们先引证一些专家的评价来标示山西1990年代长篇小说的实绩及影响：王德威，现任美国哈佛大学东亚语言与文学系讲座教授，进入新世纪他选择了 二十位当代作家论道，写出专著《当代小说二十家》①，尽管这个选择有它的局限性，所列内地作家未免太少，三地

———————————
①三联书店,2006年8月。

比例让我们感觉是倒置了，王也在前言中说明起初是为台北麦田出版公司做的选题，作品包括内地、台湾、香港，以及马来西亚与美国的华人，"区区的'二十家'怎能尽数当代小说的风流人物？""我的评论原为因应一时一地的出版条件而作"，这样解释应该真实。我也买过读过几篇台湾作品，王的选读可以说有他的喜好，大可不必以大陆标准强求，但我们仍然可以理解这些作家是中国作家的代表人物，他选择的大陆的八位作家是王安忆、苏童、余华、李锐、叶兆言、莫言、阿城、阎连科。不管王德威的选择角度怎样，这些都是公认的中国一流作家。即使换另外的张三李四，也不可能完全彻底列数净尽，毕竟中国太大名作家太多。我们当然也只需借用王著论李锐一章，该论题为《吕梁山色有无间——李锐论》，在众多研究李锐的论著中这也是弱水三千只取一瓢饮，我认为他论李锐的一章值得我们重视。洪子诚先生在文学研究界颇负盛名，他在《中国当代文学》1990年代小说一章设置的第一个子题是"长篇小说的兴盛"，然后按照题材划分，"历史题材""家族题材"，并举出"现实主义冲击波"中的代表作家作品，在这个章节前后共涉及十几部作品，其中就有山西四部，张平的《抉择》《十面埋伏》，李锐的《旧址》《无风之树》。著名评论家雷达在他的对中国1990年代长篇小说做出概括的《90年代长篇小说述要》中，两次谈到李锐的《旧址》与成一的《真迹》，他把这两部作品与轰动的《白鹿原》《废都》等放在一起，来论证他命名的"家族长篇"，他说："此类小说在90年代长篇中所占份极重，是重要而习见的概括模式，取得的成就也最显著。它从中国社会以家族为本位的特点生发而来，也是中国文学的传统结构模式之一。也许作家们以世纪为单元反思历史时，常觉得无处下手，唯有家国一体的

'家族'才是最可凭依的。正因为如此，像《白鹿原》《第二十幕》《茶人三部曲》《旧址》《真迹》《家族》《清水幻象》《缱绻与决绝》《梦土》《最后一个匈奴》《秦淮世家》《英雄无语》《流浪家族》《轮回》《百年因缘》等家族小说大量地涌现了。"

我们知道在对事物做全面评估的时候，在做文学史课题的时候，我们还应该借助一点黄仁宇所说"数字化"的方法，我之所以说山西长篇小说1990年代呈现繁华的盛景，不仅仅是因为拥有张平、李锐、成一以及吕新、王祥夫等在全国颇有影响力的作家，还因为有不俗表现的作家已经成为一个群体，能够称得上雄壮的长篇小说队伍。有必要在这里罗列这个令人惊喜的名单，这里的统计我们尽量完整地搜集，但不能排除仍然有遗漏的可能：马烽《玉龙村纪事》。胡正《明天清明》。张平的创作在1990年代进入一个高潮也是高峰期，《孤儿泪》（1997）、《天网》（1993）、《法撼汾西》、《十面埋伏》（1998）……这十年间的巅峰是1997出版的《抉择》。李锐的《旧址》《无风之树》。成一的第二部长篇《真迹》（1992），十年间还有不少中篇问世。周宗奇《文字狱纪实》三卷本，八十多万字，是纪实小说，是小说家周宗奇历时最久、下功最深、历史价值与社会反响都最大的呕心沥血之作。高产而品种独特的已故小说家钟道新，他的小说大多是知识类题材，名声也很了得，他的代表作是《股票市场的迷走神经》《非常档案》《欲望的平台》《特别提款权》《权利的终端》。高岸由评论转而中短篇小说，而后是接连两部长篇《世界正年轻》《依旧多情》。一位评论、理论成就卓著的学者，1980年代末开始小说创作，1990年代进入长篇创作，社会反响非常好，超出包括他自己的所有人的想象。王东满有长篇《大梦醒来迟》等。柯云路有长篇《龙年档案》。以先锋派艺术著称的吕新，其长篇创作始于1990年代，有《抚摸》等问世。山西女作家领军人蒋韵有《栎树的囚徒》。晋原平1998年发表第一部长篇《生死门》。高产小说家孙涛的十四部长篇小说多数发表于1990年代，且以可读性强、市场看好为特点：龙城系列《龙迹》《龙碑》《龙蚀》三部曲外，还有：《天龙盗宝》《舍利之迷》《云陶真人》《龙族》《麻雀》，以及与人合作的《葫芦迷阵》《金融家》，1990年代占了十部。"龙城三部曲"，影响很大，在艺术追求的同时，也获得了市场收益，成为畅销小说，被列入上海文艺出版社重点作品系列；《龙族》被列入山东省重点图书系列。王祥夫有长篇《种子》。王西兰有长篇《送葬》。陈亚珍，虽然起步较晚，但一上手就是长篇，1999年发表长篇《碎片儿》。张雅茜1999年发表长篇小说《烛影摇红》《豆津渡》。田澍中有长篇《五汉街》。彭图有《野狐峪》。林鹏出手不凡，其《咸阳宫》名重一时。刘维颖《滴翠崖》，出版于1998年，因其积累、准备与写作时间很长，写得辛苦认真，所以第一部长篇就表现得非常扎实、有深度，有特色。郭润生有《残庄》（1996）、《鹿县》（1999）。数量不能说明一切，但没有数量便没有一切。何况数量中也显示着质量。就这意义来讲，可以说，1990年代是山西长篇小说丰收的时代。（孙钊）

第二节　老作家的新作

▶▶ **马烽的《玉龙村纪事》**

创作过程

1997年初，马烽终于把构思五十年并写出过部分初稿的长篇小说《玉龙村纪事》续写、修改完毕，先在《黄河》杂志上发表。听取了一些老同志和读者的意见后，他又做了修改，于1998年交由北岳文艺出版社正式出版。

此前，马烽曾写过两部长篇作品，一部是与西戎合作的《吕梁英雄传》，一部是独立完成的《刘胡兰传》。这两部作品从创作起因看，似乎都有点"受命而作"的味道。《吕梁英雄传》是马烽和西戎40年代做《晋绥大众报》编辑时，根据报社编委会的工作安排，在写民兵英雄系列故事的基础上，经过几次增补、改写、删节，才成为一部长篇小说；《刘胡兰传》则是马烽60年代初接受领导部门下达的任务写作的产物。《玉龙村纪事》却纯粹是马烽在观察生活、分析生活、思考问题的基础上，自己要写的个人创作行为。由此看来，《玉龙村纪事》的创作，更符合文学创作自身的规律。

据马烽在《玉龙村纪事·后记》中说，1947年和1948年，他在晋绥边区参加了农村土地改革运动，闲暇时记录了一些人物和故事片断。工作结束后，整理记录材料时，萌生了写一部长篇小说的想法，以便全面地反映农村土地改革运动，描述农民在这场亘古未有的运动中的种种表现。当时，他草拟出一份写作提纲，却由于种种原因未能动笔，但主要人物和重点情节一直活跃在他脑子里，挥之不去。到1950年代中期，他从北京回到山西老家，专事创作。在创作大量中短篇小说和电影文学剧本之余，陆续写出这部长篇的几个章节。不久，又因政治形势紧张，只得搁置起来。所幸"文革"动乱中这部未完稿没有遗失，使他得以续写、修改，完成了一桩多年的心愿。

主题思想

《玉龙村纪事》恰如题名所示，记述的是一个叫玉龙村的小山村发生的故事。时间是在1947年清明节前后，农村土地改革前夕。玉龙村不同身份、不同性格和不同阶层的人们，在土地改革即将到来时，有的惧怕，有的兴奋，有的冷静，有的浮躁，不一而足。

以冯承祖为首的土地占有者，深知土改会使他们丧失大量土地，影响到他们的生活方式，自然是惧怕，同时，也采取一些行动，力求损失少一些。这些行动包括：明里配合政府政策，暗中则抵御贫雇农积极分子，制造矛盾，分化队伍，达到为我所用的目的。以牛冬生为首的贫雇农，盼望早日进行土改，并实实在在为父老乡亲办实事，与冯承祖等土地占有者展开对抗，只是由于他们都是世代为农者，做起工作来往往缺乏周密安排，对冯承祖等人的暗中活动警惕不够，但最终在上级的正确领导下，提高了工作能力，为土改的顺利开展做好了准备。此外，还有一些思想觉悟不高者和好吃懒做者，或被冯承祖利用，或乘机胡作非为，给牛冬生的工作造成了不少麻烦。这些性格鲜明的人物，在玉龙村的生活舞台上扮演着不同的角色，演出了一幕幕生动且深刻的人生剧。

毋庸讳言，《玉龙村纪事》的主题是反映农村阶级斗争的。如此主题，显然是如今小说创作中较少见到的。那么，马烽是怎样看待的呢？他说："也许有人会说：当今已经不提'阶级斗争'这码事了，现在发表这样的作品还有什么用处呢？这说得也对。可是那时候却经常提'这码事'。有时候，有些地方阶级斗争还相当激烈，这是历史事实。我想，今天的读者，了解一点过去的情况，至少不会有什么坏处。"①

的确，农村阶级斗争在土改前后特定时期，是一个重要的普遍现象。历史事实已经证明，农民跟地主围绕土地进行的斗争，是封建社会的主要矛盾之一。土地作为农民赖以生存的基本条件，在农民心中有着不可替代的重要地位，他们为了土地不惜付出一切。而地主舒适生活的根本，也是占有大量土地，并出租给农民，不劳而获。这样，所谓"阶级斗争"就成为必然现象。作为一位亲身参加过土改运动的工作队员，马烽对这个现象当然是有真切体会的。他希望通过自己的作品，把历史的那一页记载下来，让今天的读者了解一点过去曾发生过的重要事件，是很有意义的，也是这部长篇小说的价值之一。

读《玉龙村纪事》，可以感觉到马烽对土改时期的农村生活非常熟悉。这首先是因为他当年当土改工作队员时，完全把自己置身于农民之中，以一种真诚的责任感看待土改中农村发生的一切事物，真正了解了农民的心灵与思想。他是以一种身临其境的状态写一个一个人物，写一件一件故事，把自己融进了笔下的玉龙村，以玉龙村人的眼光看待人物，认识事件，牛冬生、马丽英、冯二海以及冯承祖、冯金狗等等人物，就活跃在他的周围，得心应手地让他描述。之所以能够做到这样，是与马烽当年做土改工作队员时十分注意联系群众分不开的。他曾在1948年8月间的《晋绥日报》上，以"孔华联"的笔名发

———————
①《玉龙村纪事·后记》，北岳文艺出版社1998年版。

表过一篇题为《关于群众路线的点滴经验》文章。从这篇文章可以看出，作为作家的马烽，在轰轰烈烈的土改运动中，如何十分注意深入探讨与研究生活，强调走群众路线的重要。他正是在这样的理论基础上搜集创作素材的。

可以说，《玉龙村纪事》是用小说的形式，表现马烽对土改运动的理解与认识。这也符合他多年来写小说所坚持的一条原则：从现实生活中发现问题，分析和研究问题。马烽自己也知道这样的创作既要担政治风险，也要招来不是艺术创作的评价；但是，现实主义责任感促使他非这样去写不可，他认为，如实地反映生活中发生的事是他的责任，他的态度是真诚的。

艺术性

从艺术表现上看，《玉龙村纪事》基本上保持了马烽20世纪四五十年代已经形成的风格：结构匀称谨严，格调清朗明快，情节跌宕起伏，语言质朴流畅，很容易同普通读者的阅读心理契合。或许这样的创作风格与1990年代后期中青年作家的艺术追求不太一致。但是，如果让马烽改变自己已经形成多年的风格，按中青年作家的艺术观去写作，那是很不可能的。马烽不会那样做，他也做不来。不过，作为一部长篇小说，《玉龙村纪事》还是有不少应当充实的地方，比如，他可以把一些故事讲得更详细些，更生动些；有些矛盾冲突可以再复杂些，再广阔些；叙述方法在保持已有风格的基础上，可以适当加些心理描写与文化氛围等等。那样的话，作品的艺术性会更强一些。（杨占平）

▶▶ **高岸的《世界正年轻》**

　　高岸乃李国涛先生的笔名，李先生是国内知名的评论家，1930年出生，江苏徐州人。他积数十年心血致力于文学评论事业，曾以率先撰文提出并研究小说文体问题而享誉于文学界，硕果累累，在这一方面做出了很大的成绩。自1989年起始，年近六旬的李先生却忽然写起小说来，先以精致短篇《郎爪子》而一鸣惊人。之后便一发而不收，截至目前，他已先后在《收获》《黄河》《上海文学》《山西文学》等刊物发表了一部长篇、近十部中篇及若干短篇，举凡四五十万言，其中一篇曾经荣获1991年度"人民文学奖"。高岸的小说创作引起了文学界的广泛注意，在山西文学界形成了一种颇值得探究的"高岸现象"。

　　《世界正年轻》是高岸唯一的一部长篇小说。如果承认小说是一种追忆性的虚构文本的话，那么高岸的小说即可被视为典型的小说范例，原因在于他的作品几乎全部是回忆性的，是对已逝岁月时光的重新打捞，忆旧乃是其小说首要的特色。这部《世界正年轻》就是一部典型的回忆性作品。应该注意到文本中不时地出现了这样一些叙事段落，如："一毛钱。也许当今年长的读者会责难，说那时币制没有改革，没有一毛钱的说法。是的，应该说是——一千元。但是，为了适应当今读者的概念，咱们还是用币制改革以后人民币的单位为好""谁也想不到，到1954年底，章元善由于不大的生活问题，受到审查。在审查过程中又发现他动用公款……章元善大约有些什么其他想法，就开枪自杀了。""那时候，每有晚会、庆祝会之类，都要先有一个长长的报告或讲话，主席台上也要有大小首长坐成排"等等。这些带有强烈的对比色彩的叙述话语的出现，表明叙述者是立于当今现实的时空中，追忆建国初期的那一段令人难忘的特别的学校生活的，忆旧是其当然的特色。

众所周知，回忆乃是人类特有的一种功能，是人区别于动物以显示人类文明进化程度的鲜明标志之一，可以说，正是因为有了回忆，才有了人类的历史，历史自回忆中诞生。因而，从某种意义上说，回忆乃是衡量人类存在与否的一种基本向度。回忆总是立足于现在相对于过去而言的，在过去与现在之间必然有一段时间距离，这段时间的过滤就使过去显露了现在看不到的某些东西，失去了现在太多的无聊现象，正因为过去在回忆中的"独立"阻碍了现在的功利目光，于是，真正的"在"就显现了出来。正如海德格尔所言："回忆就是告别尘嚣，回到敞开的广阔之域"（《林中路》）。这样，回忆就以其穿透时间的力量使被实用理性遮蔽的本真重新变得"敞亮"，把被现实功利要求剥夺的历史要素还给了历史，并让窒息的"过去"的生命得以重新复活。笔者认为，对于高岸小说文本中的回忆，我们也应当作如是观。正是由于作家有了几十年丰富复杂的人生经验，所以当他回首往事，重新捡拾那流逝了的漫漫岁月时，才会发现泰山脚下那一所矿工文化学校第三分校内居然潜隐着如此众多性格怪异的教工形象。同时，也才会真切地触摸到那个新旧交替的时代里人生变动的轨迹，并进而深深地体察到那个特殊时代人性的倾斜与变异，最终在回忆中完成对"在"的澄明的领悟与展示，使被历史表象遮蔽良久的本真重新变得"敞亮"。

尽管在不同的文本中采用了不同的叙述方式，但从总体上看，高岸的小说作品在叙述上一个非常突出的特色，就是叙述态度的从容和冷静。由于作家本人生活经历的丰富曲折，由于刻意表现徐州一带普通平民在新旧交替时代的心态与生态的创作主旨和艺术追求，所以文本中的叙述者就被设计为一位饱经沧桑、历尽世事变迁的老者形象。一方面，因为这位老者已有了极其丰富的人生阅历，另一方面，因为文本中故事发生的时间与现实中叙事的时间有了相当长的一段距离，所以，当年或许曾激动人心惊心动魄的事件到了叙述者的话语中，就变得相当平淡而又显得极为客观了。时间的过滤使这位当年或曾置身于事中的叙述者在数十年后回首往事的时候，通过历史与现实的强烈对比，通过功利目光的退缩与审美的历史目光的增加，可以发现已被历史尘封遮蔽了许久的人生与人性的真实，换言之，也即发现了新的历史真实（从一定意义上说，文学存在的意义之一，即是以另一种目光看到被历史本身所掩盖着的历史真实）。这种新的历史真实的发现，就为叙述者提供了以文学语言重新书写历史的契机，因而使读者可以从一个全新的视角重新审视那段已相当熟悉的历史，并对这熟悉的历史产生新的更加本真也更接近于历史真相的认识。因此，反思式的回忆就构成了小说文本的叙述基调，这一点，与叙述者叙述态度的从容冷静是极为一致的。上述这一叙述特色在《世界正年轻》这部长篇小说中的表现相当突出。

《世界正年轻》是一部表现建国初期学校生活的长篇小说。故事发生的时间起自1952年8月24日，即从夏宁芷与司传薪乘火车赴三分校报到开始，止于1953年初学校放假前后，大约不到半年的时间。这是一个充满活力的古老与新鲜交杂于一起的新旧交替时代，作品中出现的人物都带有那个时期所特有的时代特征。其中既有原国民党县党部主任吴天球和旧报纸编辑出身的冷云涛这样一些明显带有旧时代烙印的老教师，也有如同夏宁芷、司传薪一般刚从学校毕业对生活充满希望和热情刚刚在人生道路上蹒跚学步的青年教师，还有如章元善一样工作作风粗暴不熟悉学校工作带有明显的游击干部气息的学校领导。面对新时代和新生活的挑战，这些人物都表现出了各自不同程度的困惑、迷惘与盲目，并依据各自的人生追求和性格逻辑，做出了各自不同的人生选择。半年的学校生活使夏宁芷初识人生的艰难与险恶，当故事结束的时候，这位一心求上进的姑娘无论身心都似乎成熟了许多；司传薪则按照父母与自己的志愿于中途离开学校回上海当医生，实现自己的事业理想去了；吴天球、冷云涛们虽然被新的时代改造了一番，但终未能摆脱旧时代的沉重包袱，依然阴阳怪气怨气十足地度着行将就木的后半生；而章元善这位一贯以思想积极著称，靠私拆教师信件抓别人小辫子的"老革命"，竟然也因生活作风和经济问题而开枪自杀了。在叙述这些人物的故事时，叙述者没有做简单的是非判断，他只是从容不迫地以极为平静的口吻娓娓道来，并且在叙述过程中还不时地从故事中跳出来对故事发生的文化背景，做些简洁而必要的介绍。从叙述学角度看，这些介绍属于叙述过程中的插入语。插入语在这部小说中的出现，一方面可以不断地提醒读者是在阅读小说，从而将读者从审美幻觉中时时拉回现实中来，令其对生活对历史做出清醒冷静的审视；另一方面，插入语的出现，潜在地表现了叙述者对所表现的生活与历史的介入与评价，从而左右影响读者的阅读感受，使他们对作品中的每个具体人物和作品所再现的那段历史做出自己的理解。比如司传薪这一形象，如果以当时社会流行或正统历史的标准尺度进行评价的话，无疑可以被视作所谓革命队伍里的"逃兵"，但如果超越那段具体的生存时空，以另一种全新的历史发展的眼光重新进行评价的话，那么他的种种行为就很容易理解了。对于他的人生选择，不仅不应该加以无端的指责，反而应得到某种意义的肯定，因为他的行为实际上是觉醒了的个性的一种表现。再比如夏宁芷与章元善，依当时社会的流行标准，无疑是值得肯定的两个人物，然而正是在夏宁芷的纯洁、顺从与善良和章元善的粗暴、"左倾"与盲目（尽管章这个人物自有其可爱与令人同情处）中，读者不难嗅到后来登峰造极的十年"文革"的某些气息。事实上，也正是因为有了夏的纯洁、顺从和章的粗暴、"左"倾，也正是因为有了这样普遍的社会与文化土壤，所以才会有后来历史悲剧的诞生。这样，出现于作家笔下与读者心目中的"历史"与我们惯常所理解的"历史"就有了质的不同，而这一切，正是由于高岸设计了这么一位叙述态度从容冷静的叙述者，由于他突破了关于"历史"与"人"的种种先在理念框架，真正地全方位地从本真的"人"的角度出发，来观照人生，进行创作，去表现那段特殊的"历史"所得到的结果。

《世界正年轻》反映表现的是学校的生活，而学校是传授文化知识的场所，教与学的过程，完全可以被视为一种文化活动。在这里，有新旧文化体系的冲突，有新老知识分子的冲突，也有领导者与知识分子的冲突，这若干种冲突交叉融汇在一起，于办校办学的过程中有着或隐或显的表现。作为一位有数十年人生经历的过来人，高岸对其作品所再现的那段学校生活应该说是有着极为深切的体验与感受的，这种体验就使他在创作时既对新时代、对文化的高度重视（开办中国矿工文化学校第三分校，并把徐万福、闵臭孩这样几近文盲的工人送入学校学习文化即是明证）做了充分的肯定，同时也对新时代、对真正的文化和知识的不理解与无端排斥（因汪哲风出身好资历老便让他担任本来难以胜任的初中课教学，因谢秋柳的丈夫是国民党反动军官而不给增加工资，并派共青团员夏宁芷与她同居一屋进行监视等等，这些都是无知的明证）而痛心不已，于是就以春秋笔法而加以微妙的嘲讽。笔者认为，高岸这部长篇小说的创作主旨乃是要通过对这样一个学校办学过程的描写，表现知识分子和文化在那个特殊的新旧交替时代的命运。通过对文化活动（亦即教与学的过程）的描写展示知识分子的命运。通过对知识分子形象的塑造及其命运的再现来表现文化在那个特殊时代的独特遭际。二者相辅相成，相得益彰，极为融洽地结合在了一起，因而使小说成了一个有机的统一体。

必须注意到，与当时出现的其他长篇小说相比较，高岸这部《世界正年轻》一个非常突出的特点，就是对于一种艺术理念化倾向的超越。对于这一点，批评家杜学文有着敏锐的洞察与精辟的论述。作者首先分析了当时长篇小说中一种普遍存在的理念化倾向："除少数几部作品外，大部分长篇都热衷于对某种具体的、功利性目的的表达。这主要表现在：一是通过小说揭示某种社会问题，以其干预现实，干预生活……二是人物性格单一，缺乏立体感，人物形象成为作家表达理念的代言人。三是作品的表述比较单纯，人物关系，故事构架简单，没有生动的细节，缺乏对人物心理内涵的开掘，使作品的完成过程扭曲为情节意义的完成和理念目的的终结。凡此种种，都是1991年长篇小说创作理念化倾向的体现。"与这样一种明显的理念化倾向相比较，《世界正年轻》就显得有点不同凡响了。在对这部小说作品的"文化""情节""人物"以及"情感"进行了相对深入的剖析之后，作者最终得出了如下结论："总之，高岸的《世界正年轻》具有一种深厚的艺术魅力。它不仅超然了某种功利性的理念，也超越了自身现实内容的局限，而达向生命意义的高度。对于它，我们绝不能局限于某种机械教条的剥离、分解，并由此得出一个被概念限定的结论。正像海明威所言，'真正优秀的作品，不管你读多少遍，你不知道他是怎样写成的。这是因为一切伟大的作品都有神秘之处，而这种神秘之处是分离不出来的。……你不会首先感觉到你读头一遍时是如何上技巧的当的。'尽管我们不能说这部小说'伟大'，但我们可以认为这是一部真正的充满了丰富的艺术意蕴的优秀之作。"①我想，杜学文的以上论述，很显然将会帮助我们更好地进入并理解高岸的这部《世界正年轻》。（王春林）

▶▶ 林鹏的《咸阳宫》

林鹏，1928 年出生，河北易县人。著名书法家，散文随笔作家，小说家。著有散文随笔集《平旦札》《蒙斋读书记》《丹崖书论》《东园公记》《目倦集》以及历史长篇小说《咸阳宫》等。

一部优秀的历史小说，绝不应该仅仅满足于对于历史表象的所谓真实摹写，而是应该在真实再现历史表象的同时，以其超卓的史识穿透遮蔽在历史表层的重重迷障，将某种内在的历史实质或者说历史内核挖掘表现出来。而林鹏的这一部《咸阳宫》，就当之无愧地可以被看作是这样一部优秀作品。具体来说，林鹏乃是凭借着一种对于那一特定历史时代中若干重要历史人物比如吕不韦，比如秦始皇等人的深刻认识而洞穿历史迷雾的。要想更准确地了解把握林先生对于春秋战国时期的深刻认识，我个人觉得，他的读书随笔集《平旦札》应该被

———————
①杜学文《对理念倾向的超越——评高岸长篇小说〈世界正年轻〉》。

看作是一部十分恰当的参证文本。比如，关于秦始皇，林鹏在《平旦札》的第四十一节，就做出过这样的一种评价："秦朝为何速亡，秦始皇原想二世三世以至无穷，这就是所谓万世一系，谁知二世而亡……这是两千年来学者们一直在讨论的题目……若让我说，秦不是二世而亡，秦始皇在世就已经亡了。到他老人家一死，二世元年陈胜称王于陈，紧接着六国之后纷纷复起，所谓帝业就算坍塌了。"那么，秦朝为何会速亡呢？"这一切的秘密，就在秦始皇的政策之中。仔细检查他的政策，就可以发现完全是商韩的一套，这是富国强兵的一套，也就是霸道的一套，它既可以把国家引向强大，同时也可以把国家引向灭亡。商韩的药方，不过就是强力的春药罢了。所有后来的帝王，在帝王思想的支配之下，着了急都是这样饮鸩止渴而亡的。"

如果说，林鹏对于秦始皇及其强力暴政所持有的是一种彻底否定的坚决立场的话，那么，他对于吕不韦在《吕氏春秋》中张扬的古代民主思想，所持有的，就是一种毫不犹豫的赞成与肯定姿态。在该书的第三十二节，林鹏写道："他（指秦始皇）是一个狂妄自大，刚愎自用，急功近利，好大喜功的人。《吕氏春秋》对秦之先王的指责毫不留情，而在书中不指名地批判狂妄自大，刚愎自用，急功近利，好大喜功的说辞，就可以看作是针对秦王政（即后来的秦始皇）的，明眼人一看便知。"到了第七十八节，林鹏在引述了羊斟和乐毅攻齐这样两个小故事之后，评述道："这里有一点事情值得注意，这两个小故事都记在《吕氏春秋》中。由此可见，《吕氏春秋》不简单，说它是春秋战国士人文化、士人思想之集大成者，不过分吧。它只告诉你一些具体事情，所谓自由之思想，独立之精神，究竟是什么，你看着办吧。"

当然，说到林鹏对于《吕氏春秋》的高度评价，最值得注意的，恐怕还是《平旦札》的第一一八节。这一节，专门谈论的就是《吕氏春秋》与中国士君子文化之间的关系问题。"秦始皇正是乘着这股突然膨胀的帝王之风，冲上他们贵族老爷们梦寐以求的皇帝宝座的。也正是在这个过程中，在这个时期里，士君子们将自己的理想明确地表达出来，这就是《吕氏春秋》。《吕氏春秋》是士君子文化的伟大创举，吕不韦为它付出了自己的生命。""孔子删定诗书礼乐，作春秋，为后世确立大经大法，世称素王之事业。吕不韦观上古，察今世，为后世立法，作《吕氏春秋》，其与孔子之事业相同。世称《吕氏春秋》'为秦立法'。他既为秦相，可能有这个意思。然则，肆无忌惮的指斥秦之先王，毫不客气地指斥当世俗主，恐怕不像独独为秦立法的样子。而事实上，秦始皇坚决拒绝了吕不韦的这一套。《吕氏春秋》实际上成了汉朝学术思想的主线，这是毋庸讳言的。这是事实，事实不容抹杀。"

从以上的言论中，我们便不难体察到林鹏对于《吕氏春秋》的那种由衷热爱之情。正因为如此，所以，林鹏也才会在这一节有这样一种明确的表示："我爱好《吕氏春秋》。当我写作历史小说《咸阳宫》，初稿完成之后，我又细读一遍《吕氏春秋》，确信我已有所把握，我才将《咸阳宫》初稿定下来。我有《吕氏春秋》的各种重要版本，没事时我喜欢翻翻它，多半是为了解闷。"在这里，林鹏实际上已经透露出了读者理解进入《咸阳宫》的一个极恰当的路径，那就是，既然《吕氏春秋》与《咸阳宫》之间存在着如此密切的关系，甚至可以说，没有《吕氏春秋》，没有林鹏对《吕氏春秋》的激赏，也就不会有《咸阳宫》的出现，那么，要想更好地理解《咸阳宫》，就必须首先对吕不韦主撰的这一部《吕氏春秋》有相当深入的了解。要想透彻地理解把握林鹏这部《咸阳宫》的思想价值，就不能忽视作者在《〈咸阳宫〉新版后记》中曾经说过的这样一段话："要认清现代中国，就应该首先认清古代的中国。关键是认清人，认清关键的人。现代中国的关键人物是毛泽东，古代中国的关键人物是秦始皇。秦始皇一生中的关键时刻，是他冠礼前后的一两年。《史记·秦始皇本纪》所载'八年，王弟长安君成蛟将兵击赵，反，死屯留'，以及与此同时发生的一连串大事件：嫪毐暴乱，攻打祁年宫，战咸阳，尉缭逃亡，韩非之死，郑国被谗，燕丹亡归，樊于期奔燕，吕不韦罢相并在不久后被赐死，李斯谏逐客令，等等，这些事情不能说是小事情，然而从来的历史家不予注意，无论通史、专史概不涉及……这就是上世纪80年代初的情况，这也是我决心写作咸阳宫的初衷。"唐代的大诗人白居易，早就提出过"文章合为时而著，歌诗合为事而作"的文学主张。一般人都把白居易的这种主张，看作是对于一种现实主义文学观念的强调，这样的理解当然没有错。但在我看来，如果把白居易"文章合为时而著"的说法用来谈论历史小说创作，实际上也是很有启发意义的。假若把这句话中"文章"理解为历史小说的话，那么，它所强调的自然也就是历史小说与当下现实之间理应存在的某种紧密联系。这就是说，所谓历史小说的创作，绝不能仅仅只是为历史而历史，而是应该与现实社会之间存在某种内在的精神联系。这也正是寻常我们谈到历史小说创作时所反复强调的，关键并不在于历史表现的时代，而是表现历史的时代。很显然，如果按照这样一种创作观念来衡量考察林鹏的历史小说创作，那么，《咸阳宫》在这一方面的表现就是格外突出的。读林鹏的这部长篇历史小说力作，如果不能在先生对于中国古代民主观念以及对于古代士君子文化的张扬与表现方面有所收益，如果不能从中获得相应的现实启迪，那么，也就很难说我们已经真正地读懂了这部小说。

论述至此，必须特别强调的一点就是，对于一部历史小说的创作而言，虽然我们一直在强调一种超卓的史识，一种突出的思想智慧的重要性，但同时却也应该认识到，仅有这些超卓的思想见识肯定还是远远不够的。有了这些超卓的史识的林鹏，毫无疑问的是一位杰出的历史家，但要想将这些史识转化为小说这种艺术形式，却还需要先生具备一种同样十分突出的运用语言的艺术构型能力。一句话，在具备超卓史识的同时，林鹏还必须具备成为一名优秀小说家的能力。虽然，迄今为止，林鹏也不过仅仅只是写出了《咸阳宫》这一部小说作品。之所以强调林鹏是一位优秀的小说家，首先的一点就是，他把自己那些超卓的史识以一种水乳交融的方式极巧妙地融入到了小说的故事情节和人物形象之中。小说固然应该承载表现深刻独到的思想内涵，但一个必要的前提却是，小说首先必须是小说。如果说，历史家的使命在于以清晰明白的话语把自己的史识告诉读者的话，那么，历史小说家的使命，就是要首先营构出一部具有多重艺术性内涵散发着艺术魅力的小说作品，并且尽可能地把所谓的超卓史识包容在其中。具体来说，林鹏的超卓史识到了小说文本《咸阳宫》之中，就直接地凝结表现在了林鹏笔下那些刻画塑造特别成功的人物形象身上。

对若干人物形象的成功塑造，在林鹏的《咸阳宫》中，实际上具有双重的重要意义。一方面，它确实凝结体现着林先生的超卓史识。另一方面，它同时也可以被看作是《咸阳宫》艺术成就最突出的地方。一部《咸阳宫》，出场人物可谓众多，但细细数来，却也有不少人物都给读者留下了深刻难忘的印象。就我个人的感觉而言，诸如秦始皇、吕不韦、嫪毐、太后、燕丹、李斯、韩非、赵高、夏中期、蔡泽、司空马、黄羊角等一众人物，就都属于个性鲜明者。当然，其中塑造最成功同时也最直接地承载体现着林鹏史识的两位历史人物，还应该是秦始皇与吕不韦。

　　人物形象的成功塑造，当然是林鹏《咸阳宫》的一大成就，但除此之外，也还有艺术技巧的熟练运用。最起码，以下三点是不容忽视的。首先，林鹏的这一部《咸阳宫》应该被看作是优秀的史论小说，可以说，是开创了一种历史小说新的创作路径。我们注意到，柯文辉先生在小说序言中曾经说过这么一段话："作者似乎不大注意发挥自己所具有的写人造境的超乎一般的能力，似乎不屑于描写琐碎事，气势浩大而笔底粗率。他老爱打破自己辛辛苦苦铸造起来的历史的与艺术的氛围，突然自己跳出来发一通题外的空论，然而，仔细阅读这些'空论'，读者会发现在一把豆子里藏着两颗珍珠。不过，我觉得在一把豆子里发现两颗珍珠，那种喜悦的心情比起在满把珍珠里发现两颗豆子要高出不知多少倍。这使我感到，创新之作极容易受到非难，因为她确实存在着缺点或说弱点。……但是我相信，有阅历的读者一定会赏识她。这些人和本书一样，具有常见的缺点和不易遇到的长处，他们完全有条件和本书成为知交。"在这段话中，柯文辉首先十分敏锐地发现了《咸阳宫》的一大写作特点，就是叙事过程中议论的适度穿插。但是，比较遗憾的是，对于小说的这一特点，柯先生却从所谓小说创作的常规出发，认为这样的写作方式或许是一种艺术缺点。对于柯先生的这种看法，我自己有着完全不同的理解。通常，我们总在说"文无定法"，那么，怎样才算是"文无定法"呢？所谓的"文无定法"，就意味着对于写作常规的打破。窃以为，就小说写作而言，如同林先生这样一种适度穿插精辟议论的写法，就完全可以被看作是对创作常规的一种打破。实际上，如此一种写作方式，也是其来有自的。我觉得，此种写作方式，完全能够上溯到司马迁《史记》所确立的那样一种写作传统中去。虽然说《史记》并不是小说，但其中小说因素的存在，却也是十分明显的事情。《史记》的叙事过程中，以太史公曰的方式出现的适度议论穿插，在文本中起到的往往是一种重要的画龙点睛作用。我个人以为，林鹏《咸阳宫》这样的一种历史小说写作方式，就完全可以被看作是对司马迁写作传统的继承与发扬。也正是在这个意义上，我更愿意把《咸阳宫》看作是一部优秀的史论小说。

其次，是林鹏对叙事时间所进行的精妙处理。中国的春秋战国时代，从时间上看，是一个极其漫长的历史时期。要想以小说艺术的方式表现这样一个极其漫长的历史时期，对叙事时间的处理，当然就是十分重要的一个问题。我们注意到，在这个问题的处理上，有的作家采取的就是一种不怎么注意剪裁的方式。比如，最近一个时期出现的，由孙皓晖创作的长篇历史小说《大秦帝国》的情形便是如此。《大秦帝国》一共六部十册，总字数达到了五百万字之多。且不说此书思想上明显的是为专制强权鼓与呼的（请注意作者孙皓晖在自序中的如此一番言论："不幸的是，作为统一帝国的短促与后来以儒家观念为核心的官方意识形态的刻意贬损，秦帝国在'暴虐苛政'的恶名下几乎淹没在历史的沉沉烟雾之中。""这是中国历史的悲剧，也是中国文明的悲剧——一个富有正义感与历史感的民族，竟将奠定自己文明根基的伟大帝国硬生生划入异类而生猛挞伐！"从这样一些言论

中，作者的思想倾向其实就已经暴露无遗了）。即使仅就叙事时间的
处理上来说，孙皓晖的那样一种丝毫不做剪裁的写法，也很难谈得上
有什么艺术性。在这一方面，林鹏的这部《咸阳宫》就和孙皓晖的
《大秦帝国》形成了极其鲜明的对照。虽然说秦国的历史先后长达五
百多年，但林先生却只是从中选取了公元前二三八年作为自己的叙事
时间。正如林鹏在新版后记中所说，这一年，乃是秦国历史上极不平
凡的一年，先后发生了一连串的大事件："嫪毐暴乱，攻打祁年宫，
战咸阳，尉缭逃亡，韩非之死，郑国被谗，燕丹亡归，樊于期奔燕，
吕不韦罢相并在不久后被赐死，李斯谏逐客令，等等。"很显然，抓
住了这一年，也就意味着林鹏抓住了秦国复杂社会矛盾的主要症结所
在，极利于他艺术地展开对秦国总体社会政治状况的描写表现。我们
平时说到小说创作的时候，总在强调一定要以小见大，要真正地做到
窥一斑而知全豹。但在真正的小说创作实践中，要想做到这一点，却
也并非很容易的事情。而林鹏的这部《咸阳宫》，通过作者对小说叙
事时间的精妙处理，却已经毫无疑问地做到了这一点。

第三，林鹏的艺术匠心，还很突出地表现在对于小说故事情节的
营构上。虽然林鹏在新版后记中曾经表示说，自己"主张平铺直叙，
不留悬念，不卖关子"，但事实上，林鹏在《咸阳宫》中却是既留悬
念，又卖关子的。比如，我们前面已经提到过的，在主要故事情节发
生的公元前二三八年，一下子就出现了那么多的大事情。那么，怎样
富有艺术逻辑性地把这些大事件编织在小说文本之中，实际上也就成
为考验林鹏小说艺术构型能力的一个非常重要的方面。先来说所谓的
设悬念、卖关子。我觉得，这一点主要体现在成蛟屯留兵变的描写与
交代上。全书七十六万字共四大册，一开篇的第一章，就已经明确地

向读者交代了长安君成蛟在屯留发动兵变的消息，然后作家的笔墨却一下子就荡了开去，虽然总是在不时地借助于人物之口提及成蛟兵变的事情，但成蛟兵变的实际情况究竟怎么样，林鹏却是一直都按下不表的。事实上，从第二章开始，一直到第三十四章"屯留卒"，林鹏的笔触才又回到了成蛟兵变的具体事件上。在我看来，作者对于成蛟兵变这一关键性情节所采取的此种处理方式，实际上就已经是在留悬念、卖关子了。应该看到，在长达三十多章的文本篇幅中，林鹏所具体展开的，却是对秦国上层统治者内部种种复杂矛盾纠葛的艺术展示。这其中，既有对右相吕不韦政治集团和左相嫪毐政治集团之间可谓是你死我活的激烈政治争斗，也有对吕不韦集团与秦王政的政治势力，以及嫪毐集团与秦王政政治势力之间错综复杂矛盾冲突的精彩描写与展示。说实在话，能够如此清晰地把这么多错综复杂的矛盾冲突有条不紊地表现出来，所说明的，也正是林鹏先生一种不同于凡俗的小说叙事能力的具备。而这三十多章的内容，实际上也正是《咸阳宫》这部长篇历史小说所欲展示的主要内容。待到小说的主体内容都已经充分表达完备之后，林鹏曾经荡出去的笔触就又收了回来，又回到了对成蛟兵变的具体描写上，较为详细地描写了成蛟兵变最终失败的悲剧性结局。从以上的一种情节分析中，敏感的读者确实不难感觉到林鹏在小说情节营构方面的匠心独运。（王春林）

第三节　艺术追求

▶▶ 李锐的《旧址》《无风之树》《万里无云》

李锐，男，1950年9月生于北京，祖籍四川自贡。山西省作家协会专业作家，曾任山西省作家协会副主席。1974年开始发表小说，系列小说《厚土》在文学界曾产生了较大影响，曾获第八届全国优秀短篇小说奖，第十二届台湾《中国时报》文学奖。1993年发表长篇小说《旧址》，以后又陆续发表了《无风之树》《万里无云》《银城故事》《张马丁的第八天》等长篇小说数部。这些小说以其视角的独特、思想的尖锐深刻和叙事的严谨、凝练且富有诗意不断为作者赢来广泛的好评，同时也引起了瑞典诺贝尔文学奖评委的积极关注。他的小说绝大多数已被翻译为瑞典文、英文、法文、日文、德文、荷兰文、越南文等多种文字，在世界范围流传，产生影响。同时，它们也让作者荣获了法国政府颁发的"艺术与文学骑士勋章"等多种不凡奖项。

李锐是一个有着属于自己的"文学之道"的作家，有自己的文学观念、文学目标、文学操守，也形成了带有个人印记的特殊的"小说形态"（我们不妨可将其称为"李氏小说"），其特征大致有这样几条：第一，喜欢刻意营造人的某种生存困境并在此困境中展开人性或人的存在论意义的深度追问，以此来表达某种较具先锋性的理性价值诉求、情感关怀和道义担当。第二，用中短篇小说的思维方式来构思和营造长篇小说，遂使其小说的情节设置大都显得比较刻意、严谨和具有明显的"戏剧性"，同时也失去了长篇小说一般应具有的宏大的史诗性和烟云模糊的流溢、散漫的不确定性。第三，其小说都篇幅短小，都不足二十万字，但却具有比较复杂且深厚的内在意蕴。在总体上属于以小见大、以少胜多、以简驭繁的独特的"思想型""内敛型"小说形态。

为经营好这种独具个性的小说，李锐选择了近乎苛刻的"遗世独立"的写作立场，不趋时尚，不赶风潮，他以《拒绝合唱》作为他的散文随笔集的冠名就非常鲜明地表明了他这种洁身自守的立场和态度。他极其严肃认真地对待自己的小说写作，总是一改再改，不愿有半点宽容和懈怠。他在《旧址》的"后记"里说："别人写长篇是因为篇幅长，我不是，我写长篇是因为时间太长。一部不足二十万字的长篇，从冬天写到冬天，断断续续地花了一整年的时间。"十三万字的《银城故事》也写了整整一年时间。不光写作时间长，而且写完后在推敲、打磨上也肯费工夫。《无风之树》终篇的落款是"1995年3月写，5月、9月增写，1996年1月再增写"；《银城故事》终篇的落款是"2001年5月24日下午完成第一稿，11月27日清晨改定于太原家中"，在"代后记"中他又补了一句："写完之后，又放了几个月，又做了一次通篇的增改。"因此，他的作品虽难说篇篇都是"十年磨一剑"，但也至少是苦思苦吟之作。可见，文学于他是神圣的，他待文学是虔诚的，我们也许可以这样来比喻：文学就是他的《圣经》、他的"宗教"，而他则是文学的一个圣徒，一个目前已为数不太多的纯文学的"麦田守望者"、坚定的"守林人"。

有意持续不断地坚持对人的困境、人性和人的存在意义的深刻追问，是李氏小说的一面帅旗，他在《银城故事》的"代后记"中有这样一段真情剖露："如果做一个简单的表述，可以说，我那些以吕梁山为苍凉背景的小说，表达了人对苦难的体验，表达了苦难对人性的千般煎熬，这煎熬既是肉体的更是精神的，同时表达了自然和人之间相互的剥夺和赠予。当苦难把人逼进极端的角落时，生命的本相让人无言以对。从某种意义上讲，'文化大革命'成为这些苦难追问的中心。我用不同的人物，从不同的角度出发去反复地追问和表达。这追问不是对苦难的控诉，而是对人的自责，对自己的自责。就像史铁生说的那样'从个人出发去追问普遍的人类困境'。而我的银城系列，还是这样的追问，但更多的是从历史的角度展开的。"可见，吕梁山、"文化大革命"、家族历史，不过是他从个人出发追问普遍的人类困境的依托和途径，而寄寓在依托和途径之上的则是其思想或理性的深意。

自然，这样的"短—深模式"是在他的长篇小说中才臻于纯熟之境。开其端者是他1993年发表的《旧址》。《旧址》是李锐的第一部长篇小说，与系列小说《厚土》对吕梁山农民生存困境的揭示不同，在这部长篇中他把笔触伸向了家族历史。他虚构了一个"银城"，在这座城市里有一个号为"九思堂"的大家族李家。到了清代宣统年间，李三公这一门有三个女儿，大女儿不幸夭折，小儿子李乃之刚刚出生。李乃之后来参加了革命，娶了美孚洋行老板白瑞德的女儿白秋云，新中国成立后成了中华人民共和国的一个部的副部长，结果，并没有逃脱厄运，同妻子先后都惨死于"文化大革命"之中。《旧址》就是以李三公的后人、确切地说主要是以李乃之姐弟几人的命运、经历为主线来架构起来的，而它要突出表达的则是生活和人生的悖论。因为父母早亡，姐姐李紫痕为了保护弟妹不为族人所欺，不惜毁容吃斋，留在家里支撑门户；为了保护弟弟，她不管自己是否信仰革命，却毅然参加了党的地下工作；当弟弟被捕要被杀头时，又是她靠智慧和勇敢从军阀杨楚雄的屠刀下救出了弟弟；还是她，不顾个人得失毅然收养了堂兄——新中国成立后被镇压的反革命分子李乃敬的孙子李之生。但天意弄人，历史演绎出了与她的愿望相反的发展轨迹，她的毁容吃斋最终并没有给弟妹们带来如愿的好运：妹妹李紫云，明明已有恋人陆风梧，却不得已嫁给了军阀杨楚雄；弟弟李乃之的那次因她帮助而死里逃生，也成了他一生厄运的根源，最终难免惨死；那个被她收养的李之生以及后来成为她"丈夫"的李家的下人冬哥也没有因为她的"拯救"而保全性命；她自己也死得十分孤独、凄惨——死后多日无人收尸，以致腐烂变臭，为苍蝇群食。这就是困境和悖论，就像古希腊神话中的西西弗思和古希腊悲剧中的俄狄浦斯那样，命运总是把人引向一个尴尬的与他们的意愿相背反的结局。关于李乃之命运的悖谬性，作品中有这样一段话："他没有想到1939年12月的那次秘密枪决，竟会这样穷追不舍地纠缠着自己，从银城追到延安，从延安追到北京，现在它又死灰复燃地追上来把自己置于绝境之中。李乃之终生不会忘记，自己面对冰冷阴森的枪口举起手臂高呼口号的那一刻，如果那一次真的牺牲了，自己将倒在纯粹而崇高的理想之中。但是自己却偏偏没有死，偏偏被固执的姐姐救了出来。可固执的姐姐不会想到，九死一生当中逃出来的弟弟终其一生也没能逃出那次秘密枪决的追踪，没能逃出自己家族对于叛逆者的报复。除了自己的口述之外，没有任何人可以证明李乃之的清白。李乃之没有想到，自己舍生忘死一生追求的理想，到头来变成了一件自己永远无法证明的事情。"这大概可以视为作者关于其理性谜底的一种提示性的剖白了。

在作品中，不光李乃之、李紫痕如此，那个为白家香火考虑，设圈套使表妹成为丈夫的姨太太的白杨氏，甚至那个农民赤卫队队长陈狗儿，都不是一样地显得矛盾和悖谬吗？白杨氏的好心善行却为自己引来了情敌、嫉妒和仇恨；陈狗儿的所谓革命其实比以往的任何反动暴力、破坏并没有什么进步之处。

不难看出，《旧址》的思想蕴涵是深刻的，人物塑造也是鲜明生动的，尤其是李紫痕这个人物，更是一个突出的典型。不足之处是作品的叙述太过刻意和"重复"，那种曾一度十分流行的"颠来倒去式"叙述模式几乎充斥于作品的各个部分，使人感到重复、杂乱、费神。关于这一点，李锐已意识到了，面对采访者他公开坦言："我尤其对《旧址》的语言不满意，总觉得它太浮躁，它甚至没能摆脱当时文坛的流行腔。比如《旧址》那个糟糕的第一句，让我至今不能原谅自己。"①这无疑影响到这一作品的可读性，也影响到它的整体艺术表达。这一缺憾到《银城故事》就看不到了，所以他自己也承认"《银城故事》远胜于《旧址》"。②

在系列小说《厚土》之后，李锐一直在寻求对自我的超越，他在《无风之树·代后记》中谈到了这一段创作上的追求过程："自从《厚土》结集之后，我有三年的时间没有写小说，之所以不写，是因为心里一直存了一个想法，就是怎么才能超越《厚土》。""三年之后，我有意离开吕梁山，用一年时间写了长篇小说《旧址》。然后我才开始又回到吕梁山，开始我这个新的系列——'行走的群山'，写了中篇小说《黑白》和《北京有个金太阳》，虽然有了一些变化，可直感告诉我还是不能满意……直到去年写完了《无风之树》，我才觉得这一次是真正地超越了自己。这中间花了整整六年的时间。"这超越体现在"从

①②《银城故事·代后记》。

原来高度控制井然有序的书面叙述，到自由自在错杂纷呈的口语展现的转变中，我体会到从未有过的自由和丰富。"李锐的话没错。《无风之树》对他来说的确是一个具有战略意义的转变。他虽然又回到了吕梁山"厚土"，回到了他所熟悉的插队生活之中，但在艺术上却同以前有了很大的不同。总的来说，是开始向"内转"，更加重视象征和叙述，走向对人的生存和人性的更加深刻的开掘、探问。

与《旧址》不同，李锐在《无风之树》中用心编织了一个既简单又复杂的故事。说它简单，是说它的人物和故事情节并不复杂，从表面上看只是写了几个"巨人"进入"矮人国"——矮人坪村后，打扰了矮人们的生活，使他们经历了一次生存和人性的严峻考验。再具体点说，"巨人"秦暖玉是全家人逃荒要饭来到矮人坪的，为了换取全家人的活命，她委身矮人，屈嫁到矮人坪，实际上是嫁给了矮人坪的所有成年男性；"巨人"苦根儿（赵卫国）作为烈士的孤儿，是为继承父亲的的英雄业绩主动到矮人坪来"改天换地"的；"巨人"黄土峁公社主任刘长胜到矮人坪是为了贯彻中央指示来部署清理阶级队伍工作的。小说就是以"清理阶级队伍"为中心内容的。而因为替哥哥照看土地被错划为富农的矮人坪唯一的一个阶级敌人拐叔——拐老五（曹永福），则自然难逃厄运。他同秦暖玉的关系无形中成了斗争的外在焦点，而其内在的焦点则是刘主任同秦暖玉的"作风问题"。结果，拐老五为维护秦暖玉的人格尊严和保守矮人坪男人以秦暖玉为"公妻"的秘密不得已上吊自杀；苦根儿到县上告倒了刘主任，并取而代之当上了代理主任；秦暖玉则被迫离开了矮人坪……

以上是作品的显在的外层，其里层的内涵则是非常复杂的。这个表面看起来显得简单的故事，因为被作者有意放置在一个十分特殊的时空条件中而格外地不同寻常。一个十分偏僻而贫瘠的山村，由于自然条件的恶劣，人们不光衣食困乏——如从拐老五身上那件又脏又旧的棉衣，从只有在特殊的时候人们才能吃上一顿因榆皮面兑得过多而发红的玉米面条（秦暖玉的二弟就是在极度饥饿的情况下被这种虽极为粗劣而平时却不易吃上的面条撑死的）便可见一斑，而且还得了大骨节病，一个个都是长不高的"瘤拐"。"矮人坪"之村名正由此而得。这是在外形上畸形或残废的一群人，这是一个有着严重生存缺陷的特殊村落。应该说他们已处于生存的最底层，"生存"就是他们的《圣经》。本来，对生存于矮人坪的人来说已极为苛刻、残酷和不易，但现在还要雪上加霜，又加上了一重"文革之政治之灾"。自然的恶劣，生理的残缺，再加上人为的"文革"浩劫，矮人坪人就被逼到了生不如死的绝境（在作品中，拐老五同牲口交流感情、艳羡牲畜的生存、恨不得也变成四条腿的牲畜、最终以死解脱等就是很好的证明）。这是历史和生活的真实，也更是李锐匠心独运所使然，而他之所以要如此却正大有深意存焉！李锐在小说的《代后记》中写道："我把这些'矮人'放在'文革'的浩劫中，是为了突出人面对苦难和死亡时的处境，这处境当然更多的是精神和情感的处境。""这一切，组成矮人坪的矮人们无法逃避的苦难的处境。当人被挤压到最低点的时候，对于处境和处境的体验才被最大限度地突现出来。"很明显，作者就是要把人的困境极端化，推向极致，使人性得到极度化的展现，以达到对历史和人性双重、深度的开掘和探问。这样，表面上并不复杂的故事便获得了非常深广的历史和人文内涵：

首先是它对历史内涵的拓展，如作品借生产队长曹天柱的梦幻、意识流把眼前的"阶级斗争"残杀同当年日本鬼子侵略矮人坪时的战争屠杀巧妙地对接在一起；刘主任对暖玉的占有、日本鬼子的野蛮暴行、孟姜女哭长城这三者在曹天柱主观中的立体呼应；刘主任当年跟随王政委为革命流血奋战同他今天对权力和女人的占有在他的内心独白中多次被因果性地联结在一起等等，所有这些都有效地加大了作品的历史含量，其中既有古代的封建专制，日本法西斯暴行，还有共产党领导的革命、阶级斗争（"文革"），以及现实中基层干部的权力之争、女人之争。这种历史性的有意对接、强调，无疑极大地开阔了作品对现实质疑、思考的空间，同时也加大了对它的批判、拆解的力度。

其次是作者有意拓展和丰富了"苦难"的内涵。对于这一点李锐有着清醒的灼见："有贫困而没有苦难，再贫困也没有文学的意味。贫困是一种客观现状，苦难是一种人心体验。在'温柔富贵之乡'的荣宁二府，看不到半点贫困，但却让你看到了思接千载的苦难和悲伤，于是，就有了千古绝唱的《红楼梦》。所以我在小说中对苦难做了延伸……"（《代后记》）在这里李锐把贫困的物质性和苦难的精神性做了清醒的区分，有意"以苦难超越贫困"，在矮人坪人的自然苦难、生理苦难的基础上又增加了战争（民族）、政治（"文革"）、道德、情感和心灵的苦难，最终则"以心灵超越本能"。自然、生理、战争、政治等把人还原为动物，而他则在此基础上有意用道德、情感和心灵把人提升为人，即借苦难的多和沉重亦即人的处境的极限化（底线化）来反衬人性的顽强和伟大，从而借以说明苦难虽已无以复加，但人性却终难泯灭，矮人不"矮"。这是一种辩证的艺术追求，人的肉体越是不完整，其所面临的自然和社会环境越是恶劣，其不屈的抗争也就越是不易、越是难能可贵、越是伟大崇高，而其作为人的精神性的本质也就越是显得突出、显得至尊至上。这正是李锐所自觉追求的，于此他的强烈的人本和人道精神已欲掩弥彰，让人顿感眼前如有光亮拂照。

其三是加大了生存状态的多元性及其不同状态间的矛盾冲突。矮人坪人由于生存条件的恶劣和生理上的局限，只能是一种近乎本能性的生存，或者说是仅仅为了维持生存的生存，因而也是一种最底层和最真实的生存状态。拐老五的两句话最有代表性，当苦根儿用"坦白从宽，抗拒从严"的政策逼他交代同秦暖玉的关系时，他有两句真实的内心独白："抗拒不抗拒的太阳不也是照样出来啦，从宽不从宽的到时候天也得黑呀。"可以说矮人坪人所遵从的正是最自然也最真实的生存法则，虽活得平庸，却本真自然。在作品中作者让曹天柱的傻妻子、曹天柱的儿子大狗二狗（孩童）、拐老五饲养的二黑等牲口也分别作为独立的叙述单元反复出现，正是在有意强调矮人坪人生存的本能、本真和自然性质，他们同牲畜、傻子、孩童有着天然的统一性。应该说这是一种表面看起来虽自足自安而实际上却有着严重缺陷的生存状态，其"生态"是很不平衡的，例如因为穷，因为残疾，男人娶不到女人，生产队长曹天柱能以又哑又傻的女人为妻就是很好的证明。因此，矮人坪的男人们非常需要女人，他们不惜以集体的宝贵财力，也不羞于集体共同"娶"回秦暖玉这个"公妻"。他们从这个来自"巨人国"的年轻而又美丽的女性身上找到了慰藉，找到了平衡。他们把她视为自己的"救命恩人"，连丑娃媳妇也这样对着暖玉说："谁不知道是你救了咱矮人坪的男人们哪。"如果说过去矮人坪的男人们在生活中找不到"爱"的对象，那么现在则是把"爱"共同倾注在秦暖玉身上。他们给她担水、劈柴，让她做最轻松的活，记最多的工分，集体供养着她，并用一张"又结实又隐秘的男人的安全网"把她保护起来。而来自"另一个世界"的秦暖玉能进入"矮人国"，其实也是出于生存的需要，矮人坪人用一口袋玉米、一头小毛驴儿"交换"了秦暖玉；而秦暖玉则用自己"交换"了她一家人的活命，她是被逼无奈的，为了家人她愿意做出牺牲。这就造成了秦暖玉的内在矛盾，她坚持"道义"，不得不自觉地为矮人们提供本能的"性服务"，而另一方面又贪恋着从"巨人"刘主任那里获得的性满足，同时还由衷地渴望能嫁给苦根儿这个在她的眼里"特别真"的男人（与自己般配的"巨人"）。很显然这是一种矛盾的生存状态，本能、道义、情感相分离。她既相融于矮人坪，又和它有着极大的矛盾。相融靠的是生存、道义、本能，相异则是因为有情感和"爱"的需要。如果说矮人坪大多数男人对于秦暖玉的爱还主要是本能的，那么拐叔拐老五对于秦暖玉的"爱"则更多的是情感或精神性的了。他不仅把她从失女的巨大悲痛中唤醒，而且为了保护她还不惜牺牲掉自己的生命。正是拐老五这种无私的精神性的"爱"，才使秦暖玉的矛盾性的生存得到了必要的补充和调整，也才能使她在失夫失女之后不动摇地继续在矮人坪生活下来。拐叔的死，实际上也就意味着她已获得的这种精神性的"爱"的被剥夺，于是她也才会真真切切地感到："拐叔一死，矮人坪就空啦。拐叔一死，矮人坪就空得啥也没有了。没有心疼我的。也没有我心疼的。"——是残酷的现实，是被野蛮地剥夺了"爱"的现实最终逼她离开了矮人坪。作品正是通过她从不得已进入矮人坪到最终又不得已离开矮人坪的曲折经历把她身上的矛盾的人性内涵揭示得极其生动、深刻。她是本能的，但她懂得坚持道义；她服从生存的需要，但也更希望能爱和被爱。或者应该说，正是拐叔的"爱"唤醒了她人性中更本质的东西，拐叔以死做代价所昭示出来的崇高之爱最终成为她强大的精神力量，使她能够断然拒绝刘长胜的求婚，能够理性地走出矮人坪去寻找新的未来。作品在这里分明强调了"人性"在不同生存空间的同一性和互补意义：秦暖玉给矮人坪人带来了平衡和抚慰；矮人拐叔又教育和唤醒了她，使她由本能又升华为真正的"人"。双方相互拯救，靠得都是最自然最真实的人性的力量。

这种人性的力量在矮人坪还表现在清理阶级队伍动员会上人们的消极态度，尤其是队长曹天柱那如雷的鼾声上，而更值得一提的是拐老五的丧事。给一个"畏罪自杀"的富农、阶级敌人以生产队集体的名义办丧事，办得又是那样的投入感情，那样的仁义通达（按照死者的遗愿把死者埋在他过去私有的土地上），这在当时要冒多大的风险！这是以曹天柱为首的村民们以绝对的多数压倒少数同政治队长苦根儿勇敢斗争的结果！是来自民间的正义、道德等人性力量的伟大胜利。可以看出李锐在对矮人坪人和秦暖玉这两种不同的生存的审美书写时是倾注了积极的正面激情的，而相反，对刘主任、苦根儿这两位"巨人"却明显多了几分批判意味。在作品中，刘主任可以说是一个居功自傲的"政治油条"和实用主义者。他有着光荣的革命历史，便以此为资本来理解、占有和利用权力，他认为他就是党、立场、原则，是权力的化身。但他又能把唱政治高调同实际的不正当的本能享受（对秦暖玉的性占有）在主观上"合理化"。同样是喜欢秦暖玉，但他的喜欢中却分明多了几分霸气。他不仅霸道地要从矮人们那里夺走秦暖玉，还要霸道地想长期占有秦暖玉。但应该说他的生存态度还是比较现实的，少了些离实际太远的空想，多了些实际的本能享受。

相反，苦根儿却是一个活在"理想"（空想）中的政治狂人。他失父失母是个孤儿，但又是烈士的儿子，因此"他觉得自己在一切方面都应当与平常人不可同日而语"，这在那个政治价值非常膨胀的年代是很自然的。可以说苦根儿在很小的时候就开始生活在一种为理想而活着的生存状态中，到矮人坪"改天换地"则是他的一次自觉的理想大实验。他受长篇小说《山乡巨变》的影响也要用他在矮人坪的生活写一部《山乡风云录》，主人公则是他和他的烈士爸爸合成的"一个叫赵英杰的复员的志愿军英雄"。他正是怀抱着这个英雄的宏愿进入矮人坪的，这注定了他对矮人坪的本能的、缺乏理想的生存的格格不入。他并没有真正融入矮人坪，也没有像刘主任那样很现实地融入本能的享受之中。他虽然已长期生活在矮人坪，但在精神上他一直都是个"贵族""巨人""不食人间烟火者"。"他很激动，每一次看见毛主席亲自批示的文件他都激动不已"；"苦根儿嘴上成天就是这些让人听不懂的绕弯子的话，苦根儿这一辈子也猜不着矮人坪的问题。苦根儿这一辈子也看不见那些骨碌骨碌的大眼睛"；"苦根儿根本就不懂这个。苦根儿就不是老百姓。凡是老百姓的事情他都不懂得"；"苦根儿没有爸，苦根儿没有妈，苦根儿没有孩子，苦根儿没有心疼他的，苦根儿也没有他心疼的"，一句话，他孤身一个，又"根红苗正"，是天生为理想而活着的人。他连做梦都"非想弄出个成绩来"，心里装的就是出奇迹、不同凡响。结果，"改天换地"总是惨败，他只好"同室操戈"，利用"清理阶级队伍"，也利用矮人坪人想留住秦暖玉的苦衷，最终整倒了刘主任，自己"取而代之"。如果说刘主任的"清理阶级队伍"多少还是奉命行事，他想长期占有秦暖玉也更是出于对秦暖玉的由衷喜爱，那么苦根儿的所作所为却更多的缺少人性的意味。他不顾刘主任对他的器重、信任，也更不顾秦暖玉和拐叔的死活，即使是客观上可能会造福于矮人坪的改天换地的斗争，他也从未从是否是劳民伤财，是不是根本就是蛮干、胡闹的方面想过。因为他关心的只是他的理想，而不是人们的真实利益。完全可以这样说，这是一个被严重异化了的空想的政治狂人。如果相对地说刘主任是为本能所囿，那么他则是严重地被空幻的乌托邦理想所惑。矮人坪是他的实验地，"改天换地"和"清理阶级队伍"都是他的实验手段，实验的结果是他当上了公社代理主任，拐叔自杀了，秦暖玉被逼走了。而无疑矮人坪人则更难更苦。用队长曹天柱的话说是"留下暖玉可是咱们矮人坪最大的事情"；"拐叔不在这个世界上了，拐叔没了……这个世界就不是原来的世界了"。矮人坪人的生存处境被这么一折腾无疑是更艰难更惨苦了。当然，希望仍然存在，那就是矮人坪人可贵的人性力量。李锐正是通过特定时空中的不同生存的亲和、互补、对立、斗争，挖掘出了人性的丰富而又深刻的社会历史内涵。

应该看到，生存与人性其实也曾是他的系列小说《厚土》的基本命题，《无风之树》最初的"原型"也正是《厚土》系列中的一个短篇小说《送葬》。不同的是，在《无风之树》中，"文革"已由原来较为模糊的背景中突现出来，"成为一切故事和叙述的中心"，或者说它的"中心化"进一步把人的生存困境逼到了悬崖边、火海口或刀山尖上，生存和人性都面临极限性的考验；不同的生存和人性的交融、斗争使生存和人性的社会历史内涵更其深广、复杂，作品借此也使自己的象征化追求更加浓重和突出。

《无风之树》的象征设计在它的一开头就被作者有意点染出来了，这就是小说扉页巧妙并置的来自六祖慧能、毛泽东、曹天柱、拐老五的几段题记，它指向的是关于世界的根本的认识，这认识"见仁见智"，因人而异。但归纳起来无非两种：或心性的（精神的、意识的），或本能的（物质、自然），这是一对根本的矛盾，正确和科学的态度应是实现两者的和谐统一。这几条题记，虽自呈独立形态，但又极富象征意义，义涉作品的总体意旨，与作品呈现出来的主题意向互补互生，形成主题性张力，极巧妙亦极富力度地开阔了作品的意义蕴含。这是李锐的一个有关象征的精彩创新。而相关联的还有那个别致的小说之名：无风之树，它可看作是小说的总命题，它本身就是象征性的，它是由"树欲静而风不止"反化出来的，"树"在这里明显是指事物自然、本分、和谐的状态，纯真之本性，事物本身的规律、秩序。而"风"显然是指外在的强力、压力、干涉、干扰，在作品中则是指"文革"、阶级斗争（清理阶级队伍），指苦根儿、刘主任等别有用心的"巨人"们。因此，"无风之树"之整体语义所表达的就是对社会、人生的自然、和谐、安定、本真的符合本来规律的美好状态的热情呼唤，同时也是对一切虚幻的主观空想、极"左"意志、强权意识、人为的苦难和浩劫的无情鞭挞与控诉。其实再进一步看，"矮人坪"也是一个巨大的象征，它是一个弱者的符号，它在有意正视人的不健全、脆弱和多灾多难。因此，我们完全可以把它视为是多灾多难的中华民族的象征。同时它又是负载和包含着深刻哲理的符号，在形体上、表面上它是弱的，而在意志或内在精神上它却坚而不摧、顽强不屈。相反，"巨人不巨"，苦根儿、刘主任们才是被某种虚假有害的东西所迷惑、所扭曲、所异化的小丑、矮子、可怜虫、牺牲品。这正是作品通过这一对相反相成的矛盾给我们昭示出来的深刻的辩证哲理。

此外，我们还需特别注意拐叔和秦暖玉的象征意义，他们会让人很自然地想到雨果《巴黎圣母院》中的丑陋的敲钟人和美丽的吉卜赛女郎。在作品中，拐叔无疑是善的化身，代表着崇高的人性和人格。他在日本侵略者的铁蹄踏进矮人坪时，在逃跑中"抱过七岁的曹天柱"；替哥哥照看土地，反被错戴上了富农的帽子（一直代人受过）；只有他真心地爱护秦暖玉，为了秦暖玉也为了矮人坪人他不惜牺牲自己的生命（当然也完全可以看作是阶级斗争把人逼上了绝路）；他爱牲畜如子；他连死也要脸朝里，不想吓着人，尤其怕吓着孩子。他的死象征着善和爱的被剥夺、被践踏。与他相类，秦暖玉则是美丽、温暖、性、道义、生命滋养者的化身，作者有意让曹天柱在意识流中反复把吃奶羊"兰子"的奶和吃秦暖玉的奶联系在一起就很有意味。作品无疑在说，对矮人坪的男人们来说，秦暖玉既代表着性，又同时代表着母性、亲和力、生命的滋养和平衡等复杂的意义。因此，秦暖玉的最终离去对矮人坪的男人们意味着什么也就不言自明。当然，苦根儿最后能取刘主任而代之也颇有深意，它意味着"空想主义者"、极"左"政治狂、阴谋整人者在历史中会不断地主宰社会的命脉。还有，像曹天柱的傻妻子、牲口二黑、大狗和二狗在作品中都有特定的象征意义，作品最后以傻女人的叫声（语言）做结束，就在有意地指示矮人坪又复归于自然、本能的生存之中，历史或许又面临着一个新的开始……

除了象征之法的妙用，以不同人物（也包括拟人化的牲畜）的内心独白为叙述单元的结构，以第一人称变换视角的叙述方法，也是《无风之树》非常显著的艺术特点。李锐说他是从福克纳那里借鉴来的。但不管从哪里借鉴来的，我们认为已是充分中国化了的，这不独是因为写的是中国人的内心世界，更关键的是运用的是中国山西民间老百姓的口语来叙述的，这样就涉及语法、语序、词汇、语感、口音、方言习惯、文化模型，尤其是思维和情感的变化，可以说这种主观结构、叙述语言，其本身就在"叙事"，就在"言志表意"，也就是说它们除了展开故事情节、揭示主题意图以外，本身就具有独立的意义蕴含，同时还特别地强化了生活的原生感，凸现了地域民俗的美学意义。当然，亲切、家常、幽默、真实等都是这种语言的基本特点，而更重要的则是它的质朴本色，或者说原生性，因此它也就更易探入到人物的内心深处，因为它是没有伪装、没有经过文化包装或矫饰的语言，用来负载、展现地域性社会底层和民间人物的"内心生活"、意识脉冲、心理波动也自然就十分本色当行。一点不夸大地说，《无风之树》借这种结构和语言已达到了一种心理化书写的高度，尽管它只有区区十一万字的篇幅，但却达到了内涵容量极为深广和厚重的表意高度。这种以小见大、以少胜多、以显见隐、以浅寓深、以简驭繁的艺术熔炼和表达，不能不说是李氏小说的一个独特创造。

总结起来看，重在象征，以不同人物（也包括拟人化的牲畜）的内心独白为叙述单元的结构，以第一人称变换视角的叙述方法，使《无风之树》的叙述在走向主观化和心理化的同时也更加注意言外的指涉和深层的象征。同时，山西老百姓口语的大量运用，又使其语言有了某种独立的价值，这些都构成了这部作品不同于此前的其他作品的丰饶的创新性。

《万里无云》是写一个乡村教师理想破灭的经历。师范毕业生张仲银以他那个时代的回乡青年的优秀典型邢燕子和苏联影片《乡村女教师》中的主人公瓦西里耶芙娜为榜样，主动要求到贫瘠而偏远的小山村——五人坪当教师。他以此作为自己的人生理想，而且很虔诚、很投入，富有彻底的献身精神。当一同来乡下的北京知青回京的回京，上学的上学，他却依然要坚守这个理想，结果他只能以破灭、失落、惨败而告终。正因为他投入得真诚、彻底，失败也就越显得彻底、惨重，是片甲不留，是意义尽无。而也许正因为他投入得太真、太深，任何背叛和解脱也便都显得杯水车薪，或如火海救干柴，已无所谓价值和意义。陷身太深，超拔自难，而当一切都输光了之后，连超拔本身也便显得多余了，于是，他只好以惨败的坚守来对待坚守的惨败。可以看出，张仲银正是《无风之树》中那个苦根儿形象的进一步展开，所不同的是张仲银的理想是完全失落了，不像苦根儿最后还谋了个"代主任"。

作为教师，张仲银的人生价值无疑应该体现在他的教育事业中，即办好乡村教育，为五人坪培养出一批批有文化的有用人才。结果则相反，他的学生臭蛋别的没学好，却学会了在祈雨中充当"道士"，大搞封建迷信活动，并且正是在张仲银的"文化指导"下，这位假道士的迷信活动才有了更多的花样，不仅增加了"以纸作旱魃，焚于郊野"的内容，而且还要带上两位"金童玉女"到老林沟去装水。结果，雨没祈到，却烧出了火灾，不仅烧光了山野，还烧死了"金童玉女"，连无辜的小孩子也成了封建迷信活动的牺牲品。他的另一位学生——村长赵荞麦也许更有代表性，在他身上有两点很突出，利用职权玩弄妇女和组织、支持封建迷信活动，除此而外便再也没有什么像样的作为了。这就是张仲银教出的学生，这就是他为之奋斗的事业。当这一切都变得平淡无奇且十分滑稽后，张仲银这位为"理想"所扭曲的"狂人"便难耐寂寞，而不惜以蹲八年监狱的代价来再制造奇迹、制造轰动，青春、尊严，甚至连生命都不重要了，他活着似乎就为了这奇迹和轰动。李锐正是力图通过主人公追求理想的悖谬历程来深刻揭示生存的困境、命运的荒诞，进而对历史和人生展开批判和反思。如果说，相对于《无风之树》是以历史内涵的复杂深厚为特色的话，那么，《万里无云》对政治狂热、政治理想悖论的揭示和批判则更集中、清晰和深刻。

当然，同《无风之树》一样，其象征的艺术特点仍然十分突出，例如作品以"万里无云"为名便是一种象征，它是对"理想"的解构和嘲弄。还有，在作品中，庙宇和学校、教书育人和拜神祈雨、"歌颂领袖"和求神，与那张黄表纸有关的皇上下诏和发动"文化大革命"，这些不同事物间有如电影蒙太奇镜头般的拼连、重合，都是很有讽刺和象征意味的。另外，作者把党支部书记赵万金的妻子巧仙设置为哑巴，也大有深意。"巧仙"，是说她灵巧美丽、是个人间仙女，而实际上她也的确"会做饭、会做衣裳、会养娃娃，啥也会"，却"就是不会说话"，是个哑巴。这一人物的有意"残缺"，正象征着被政治和权力占有下的人的某种丧失、背反和扭曲。这和《无风之树》中的矮人坪村生产队长曹天柱的妻子是傻子具有异曲同工之妙。还有，作品是以五人坪的"文革"生活为背景来展现张仲银的"英雄经历"或"朝圣之路"的，但作者并不满足于此，还要特意赋予其深刻的历史象征意义。作品中反复出现的那块石头，使人联想到《红楼梦》中的那块"弃石"，石头上的碑文，还有那个立碑人"永乐三年举人张师中"，并且反复以张仲银和张师中做比，这样，就把思考和批判的维度伸向漫长的中国历史和传统，赋予作品以深刻的历史和传统蕴涵。张仲银的遭遇无疑正是历史和传统的延续，而且有张师中做比照，他的乌托邦追求就更显得可笑、可叹。

从叙述上寻求超越，向叙述求魅力，是李锐从《无风之树》到《万里无云》所表现出来的新的特点。不同的是，《万里无云》还在内心独白式的主观叙述结构的基础上增加了各种语言混合叙述的尝试，而不同语言间的立体拼连、组合，既具有叙述形式上的创新意义，同时还产生了不同语言间相互对立、比照所产生的象征和反讽的意义张力。如把唐诗、宋词、毛泽东诗词、"文革"语言、碑文、书面语、老百姓的口语方言等巧妙地结合在一起，便具有独特的深度象征意义和谐谑、讽刺的黑色幽默意味。把它们放在一起，既是某种巧合，又显得不伦不类，是"牛头对马嘴""关公战秦琼"，是荒诞的"乌合""反串"，显得十分荒唐可笑。这其实是一种非常深刻的艺术拆解或解构行为，即借不同语言荒诞组合的可笑性，实际是要暴露那种准宗教意义的乌托邦追求的荒唐、无意义，要戳穿它的西洋景，使它解构、显形（还原），以向其自身的虚假、无意义回归。无疑，李锐的这一尝试在《万里无云》中已获得了极大的成功。在这种自觉的语言实验中，其实正深含着李锐对语言"主体性地位"的某种的自觉和努力建立当代汉语主体性地位的主观诉求。这也理应成为认识和理解李锐长篇小说的一个重要维度。（杨矗）

▶▶ **蒋韵的长篇小说**

蒋韵，女，1954年3月生于太原，籍贯河南开封。1981年毕业于太原师范专科学校中文系，1981年至1992年在太原师专中文系任助教、讲师，1992年至今在太原市文联从事专业创作，2003年起任太原市文联副主席，2008年后任太原市文联主席，山西省作家协会主席团委员，2013年当选为山西省作家协会副主席。一级作家。1979年开始发表文学作品，迄今已出版和发表小说、散文、随笔等近三百万字。主要作品有：长篇小说《红殇》《栎树的囚徒》《谁在屋檐下歌唱》《闪烁在你的枝头》《我的内陆》《隐秘盛开》《行走的年代》，小说集《现场逃逸》《失传的游戏》《完美的旅行》《心爱的树》等，散文随笔集《春天看罗丹》《悠长的邂逅》等。其作品曾获鲁迅文学奖·全国优秀中篇小说奖、赵树理文学奖·长篇小说奖、《中国作家》大红鹰文学奖、《北京文学》奖、《上海文学》奖、《小说月报》百花奖、《钟山》·新浪网优秀中篇小说奖等文学奖项，诸多作品被翻译为英、法等文字在海外发表、出版。

纵观蒋韵的小说创作，1990年代对她来说，可谓在其文学创作的生命历程中是一个重要的时间节点，是其全方位地走向新的高度的开启。一方面是她的个性风格的开始彰显和成熟，人们一般把蒋韵的创作以1989年为界分成两个阶段，认为她前十年与后二十年的创作是有较大的差别的。前十年多有政治意识形态色彩，个性裹挟于时代话语潮流的笼罩中；后二十年则开始彰显独立的个人意识和特色，即如对她最了解的著名作家李锐说的那样："蒋韵的创作，1989年以前还是跟着新时期文学一点一点往前走……1989年后，她找到了自己的主调。"这个主调是什么呢？据目前研究的一般共识，那就是书写中国文化破碎解体的历史过程中一些漂流者的故事，表达人"在路上"和苦苦寻觅"家园"的苦难、悲凉与执着，最终穿越具体生死，对生命的源头、归宿和意义展开想象和追问。同时，更重要的一方面是蒋韵长篇创作的拓展和爆发。在这之前，蒋韵一直耕耘于中短篇小说地带，精心地、集中地把一个个人物故事特写式地推到读者面前。尽管蒋韵的中短篇小说不无掷地有声的作品，如后来的《心爱的树》获得鲁迅文学奖·全国优秀中篇小说奖，但毕竟容量和艺术高度还是不可与长篇小说同日而语。而在蒋韵来说，十多年间的中短篇写作积累无疑呼唤着一种自我创新。常言道，小说创作最难的在于短篇，只有短篇写好了，才能写好长篇，与其说这是对那些急于写长篇的作者的一句劝告、励语，不如说它揭示了文学创作的一条普遍规律。蒋韵在中短篇小说领域的耕耘自然为她奠定了丰富的艺术经验，更重要的是她在创作观念和审美追求上的成熟，而在她想要表现更广阔的历史生活和思考的时候，走向长篇创作，实在是其文学创作力积聚、成熟而走向创新的自然延伸。当然，这种经历其实又是艾略特说的"非个人化"的，整个从80年代走过来的这代作家中的佼佼者，其实都有一种拓展创作空间的欲求，正像有学者所揭示的："长篇小说的创作热潮是20世纪90年代最突出的一种现象，这其中除了作家们具有写长篇小说的创作经验积累和思考成熟的原因外，恐怕还和世纪末人们想要'清算'记忆、'结账'历史，在世纪末做出成就建立丰碑的心态不无相关。如果说1980年代是中篇小说的时代，1990年代长篇小说开始繁荣。"①蒋韵作为一个极为敏感的作家，虽说她并不是那种赶潮的人，但完全出于自身的感悟、从自我意识冲动出发，便足以让她走在了时代文学的前沿。1990年代伊始，蒋韵的第一部长篇小说《外乡人》刊载于《当代作家》1991年第五期，随后，蒋韵接连创作出了《红殇》（内蒙古人民出版社1995年出版）、《栎树的囚徒》（花城出版社1996年出版）、《闪烁在你的枝头》（湖北少儿出版社1998年出版）和《谁在屋檐下歌唱》（河北少儿出版社1998年出版）等多部长

①徐斌《家族女性命运的悲歌》，《福建大学学报》2004年1期。

篇小说。所以说，1990年代标志着蒋韵的创作全方位地走向了一个新的高度，它不仅呈现为蒋韵美学思想和艺术上的成熟，开始创造了一种蒋韵式的乡愁—苦难—精神至上到孤独—追寻—美丽死亡的一种构筑女性主体精神的悲情叙事风格，而且成为蒋韵由中短篇向长篇小说拓展的时间节点和丰收期。

就这个时期蒋韵所创作的五部长篇小说来看，大体可以分为三种类型。《外乡人》作为最早的一部，主要写"文革"结束后中华民族一切重新开始时一群知青的生活抗争。重阳等不甘平庸和不甘沉沦的"文革"知青们心里又重新装上年轻时的大学梦，为实现梦想，她们或克服拖儿带女的困难，或忍受几度失恋的痛苦，发奋苦读考函大、考托福，竟至远游做了外乡人。或许由于这部小说的写作尚在作者的转型期，无论题材主题还是艺术创造，似处大流之中，个性特色还不是那么鲜明，因而未能引起评论界的特别关注。而后来的《闪烁在你的枝头》和《谁在屋檐下歌唱》均为少儿小说，它们主要写少年儿童成长的心灵轨迹，反映了蒋韵对少儿世界的艺术构建，但毕竟由于其表现对象和阅读对象的限制而难有所为。如果从思想深度和艺术价值来考量，本时期蒋韵最有代表性和艺术张力的无疑是《红殇》和《栎树的囚徒》这两部典型的家族式叙事小说。

出版于1995年的《红殇》，是蒋韵第一部写女性悲情命运的小说，也是蒋韵长篇小说聚焦于女性世界的最初成功。这部作品以两个家族的线索展开叙事，主要写两家女主人公追求梦想和命运变幻的悲情故事。岑雪屏和吴洁梅是两个漂亮而又性格恬静的军官太太，都酷爱《红楼梦》，当她们相会在北方的一个小城之后，很快成为难舍难分的挚友。然而没多久，命运就将她们拆散了。随着国民党军队的溃退，吴洁梅到了台湾，而岑雪屏留在了大陆，一湾海水使她们天各一方。在数不尽的人生坎坷中，亲人离散，情爱失落，故土难觅，历史给她们留下了深深的宿怨和难以抚平的创伤。她们再也无法寻回往日的记忆，再也难寻那美好的红楼之梦了。在历史的舞台上，两个美丽的女人和她们所深爱的男人演出了一幕幕让人痛断肝肠的悲情故事，而四十年后，在海峡两岸聚首的一曲交响乐中，她们又相见了。泪眼相对，多少苍凉的人生体验顿时涌上心头。小说中透露出的历史厚重感，给人以深深的回味和浓郁的艺术享受。

从创作的主题取向看，这部小说表现的显然是人间生活中的"失去""生命悲情"和"苦难"，这是蒋韵从初涉文坛以来不断书写的文学"母题"，但这部小说进一步写出人的漂泊、流浪的情感体验和痛切哀伤。这里看似写两个红颜女子的"失去"，但其实这里的"失去"并非个人的小情小调，而是一个时代的挽歌。在《文学报》记者对蒋韵的采访中，她这样说："一个作家的独立性就在于他对自己内心的忠实，在于他是否能够刻骨铭心地将这种忠实呈现和表达出来。所以，说到底，是看你有没有'心'，看你这颗心感知世界、感知生命的质量和能力。"再说，自己所书写的"苦难""乡愁"和"生命悲情"也并非个人之事，而是人类共同的母题。从情感表达的角度看，西方人可以把"爱"写得超越一切，俄国作家可以把"苦难"写到极致，而中国古代作家把"乡愁"和"生命悲情"抒发得淋漓尽致，超越"具象"，具有普遍的意义。这是中外作家对世界文学各自所做出的杰出贡献，自己所坚持的创作"母题"和创作底色，正是对几千年来中国文学传统的继承。

值得特别一说的是《红殇》的悲凉色彩和悲观主义情调。为何小说中会设置出两个女性读《红楼梦》和梦想追求的破灭？这与蒋韵个人的生活经历和审美经验是分不开的。首先是蒋韵少年时期"文革"经验世界里女性遭受重大伤害的记忆，在她的少年时期目睹了多少个家庭破碎、亲人离散的人间惨剧；其次是文学阅读的影响，特别是《红楼梦》中香消玉殒的古典女性形象的记忆，在散文随笔《悠长的邂逅》中，蒋韵六次谈及她的红楼情怀，她能如数家珍地与人谈红楼——"乡愁和巨大的生命悲情……在《红楼梦》中，表达到了极致"，这些都透露出她的《红楼梦》情结。反映在创作上，蒋韵的小说每每地打上悲情的底色，因为她总看到种种女性悲酸的命运遭际，她要表现美好生命进入社会后的迷失、尴尬、磨难、毁灭，这使得一股悲凉之气几乎弥漫在她的小说中。《红殇》的女性悲情书写显然秉承了《红楼梦》的悲剧特色：其一，两个女主人公富于古典贵族色彩，她们身上都充满书香、墨香，她们骨子里顽强地显示着古典精神贵族气派，古典贵族色彩只是小说的外表，而追求崇高、追求优雅、追求生命的高度张扬才是蒋韵小说的实质和文化内蕴。其二，富于悲剧所必要的紧张、抗衡与冲突。人面对自然、面对社会、面对世俗、面对自己，难免会陷入困境，人要忍受苦难、孤独，有时甚至会牺牲生命。《红殇》中的岑雪屏原是国民党军官太太，"文革"期间受尽了凌辱，女儿弃之而去，她以惊人的生命力苟活着；而吴洁梅则带着爱的遗憾死了。蒋韵曾说"'失去'其实一直是我小说的主题和象征"[1]，"失去"了，她才要把"流逝"的瞬间和过程给呈现出来，不寻常的个人生命史、文学阅读史以及"文化大革命"的亲历，使她成了对爱与美的消失充满忧伤的那茬人的典型代表。因此，她执意以

---

①蒋韵：《我们正在失去什么》，《当代作家评论》2005年第4期。

"悲情"书写唤起人们对爱和美的珍惜。

　　与此相连，在《红殇》中，白菊意象的多处运用颇有深意。"他（叶北刚）有一种凋零的孤独的美丽，就像一朵幽暗中的白菊。""有什么东西像一丛丛白菊在她（白淑芸）身体里四处盛开流香泛彩。"菊花意象在这里其实就是优雅而不凡俗的象征，前者在浊世中叛逆抗争，卓然独立，结果古典败给了现实，饱经现实的击打仍心怀不变的理想；后者娴雅、孤独，永远走不进别人的世界，所以用竹篱茅舍为自己创建了一块精神领地，在现实的龌龊中散发着一股雅致的清香。同时，由对人物本真淳朴的象喻式描写，菊花意象也是蒋韵田园诗情的一个理想。

　　从小说《红殇》的整个故事来看，蒋韵创作的悲剧呈现出一悲到底的结局，将人生有价值的东西毁灭给人看，引起读者的怜悯和恐惧。小说所以取名叫《红殇》，据蒋韵说那是"伤感的落红满地的书名。落红满地，不仅仅是女性、女人，我想我写的是生命美景的凋零，是陨落和毁灭的惨痛。"①蒋韵以情感抒发、形象描绘和心灵感悟的审美方式书写悲情，这源于她的悲剧人生观。在她看来，悲情带给人们的不是悲观，而是"将人生有价值的东西毁灭给人看"。也就是说，其悲情书写的实质是对女性的尊严及存在价值的充分肯定，是从反面来凸显女性精神生命之美。由此，蒋韵开创了其长篇创作女性精神悲情的审美风格。

　　真正代表蒋韵长篇小说创作高度的还是出版于1996年的《栎树的囚徒》。这部作品出来后迅速引来好评，不仅有众多评论家撰文给这部作品很高评价，《当代作家评论》杂志1997年第三期还专门刊发了

———————————
① 蒋韵：《悠长的邂逅》，知识出版社2002年版。

一个有关蒋韵长篇小说《栎树的囚徒》的对话谈，著名作家和著名评论家刘恒、成一、韩石山、张炜、莫言、方方、铁凝、戴锦华、南帆等参与，认为这部小说是"真正地做到了酣畅淋漓地叙述……新时期以来，像蒋韵这样着力描写几个不同时代的、不同背景的、不同性格的、不同生活方式的女性而又这样集中地来表现的作家，是不多见的。"蒋韵的这部小说由此成为1990年代山西的一部厚重的作品，也成为1990年代全国女性作家中最有分量的长篇小说之一。相比较而言，如果说，关注人类的命运和精神价值是人文关怀的永恒命题，但同样是以女性为文本的叙述者、以女性的叙事视点讲述故事，与林白、陈染的小说重心更多放在对个人性的"私生活"展示上不同，蒋韵的讲述是超越个人生活的更为阔大的家族生活，是关于一个家庭的来龙去脉以致最后"消亡和离散"的故事。而正是这样的一种创作追求和美学品格，使她的长篇小说《栎树的囚徒》成为1990年代的一部公认的上乘之作。

《栎树的囚徒》像《红殇》一样，也主要写了一个家族的故事。小说通过天菊、苏柳、贺莲东三个人物的自我叙述，讲述了从现代军阀混战到"文化大革命"历史背景下范氏家族的兴衰和女性命运。天菊是这个故事的主要讲述人。"私生女"的身份注定了她漂泊的命运和对"家园"的渴望与寻找。途经沃城时，她偶然得知"朴园"是自己家族的旧居，"一个一无所有的孤儿和她沉埋的家族历史在某一条陌生的旧街不期而遇"。于是，"朴园"斑驳的大门打开了，天菊从中窥见了久远岁月的隐秘和苦难，外祖父家族中一个又一个的死难者：战死沙场的、中了黑枪的、悬梁自尽的、吞了鸦片的……几代人的孤独和苦难都一一呈现出来，而对于天菊来说，"朴园"并非光环而是一个陷阱，即将到来的1966年使她遭遇了之后"最沉重艰辛的人生长旅"。苏柳和贺莲东是这个故事的另外两个讲述人，苏柳十四岁逃出了窒息她的家"朴园"，通过她的讲述追叙了父亲范福生和女人们构筑起的家族纠葛关系，而她自己则嫁给了一个平庸的人过着无奈的生活，怀揣着革命理想却未曾想在"文革"期间被判入狱，遭遇了巨大的人生挫折和痛苦。贺莲东作为范家媳妇始终坚守"朴园"，这个质朴宽厚的女性是整个家族兴衰的见证人，也成了这个家族最后残局的收拾者，"文革"中她和"朴园"一起遭到了最后的冲击，小说借她及天菊之口将这个家族的衰落和惨烈的命运完整呈现出来。

整个小说主要涉及家族、女性、历史等几个问题。1980年代末以来，开始有小说写到了家族史，但大多常常写到某些历史人物的一生，而在那些历史人物的一生中，家族起到的作用很小，小说家们似乎没有把人类组织中的家族看得太重。但到了1990年代初，似乎不约而同地，很多作家把家族作为历史叙述的视角，包括莫言的红高粱家族等，家族这种微型的社会组织在历史过程中所起的作用获得了重视。但很多家族小说都是男性视角，家族与历史之间的关系是通过男性的眼光联系的。《栎树的囚徒》这部小说则是通过女性的眼光来联系自辛亥革命时期至"文化大革命"时期的家族故事。作为一个女作家的家族故事，明显与男性作家的家族故事不同，譬如本来小说中男性的历史空间，像土匪范老九在战争中间的故事还可以写得更充分，但作者很快地转向了来自女性的叙述，关于她们在朴园里的生活、在"文化大革命"中的遭遇，还有小说开头天菊受苦受难的故事等等。作者站在女性的立场上来审视家族历史，主要书写了在整个历史的演变过程中女性的命运，通过展现范氏家族女人生动的生和浪漫的死来对女性的生存价值进行关注和追问。小说中突出塑造和刻画这样几个女性人物形象，陈桂花、段京钗、关茛玉、贺莲东、小红、芬子，一个个女性形象均打破"沉默"，言说着自己的令人惊异的生命存在，使沉默数千年的女性生命体验"浮出历史的地表"，表现出女性世界的一种悲壮的美。作品的深刻之处在于揭示了历史动荡中生存的人类世相和人性本质，其形象体系和丰富的思想内涵主要表现在以下四个方面：

其一，《栎树的囚徒》对于人类漂流悲剧的本质揭示。小说中写男女主人公在人生的旅途中苦苦寻找家园和来到"朴园"后的生活遭遇，作家李锐、成一将其归结为是中国文化破碎、解体的历史过程中的"一个漂流的故事"，是"悲剧里的悲剧"，"是宏大的历史进程中的生命感受"。[①]"朴园"这个装尽世间繁华的具有象征意味的文化载体，并非范家世代相传、源远流长。它的主人范老九原本是个靠打家劫舍起家的绿林刀客，之后终于成家立业、添丁加口，逐渐成为一大望族，生活得有声有色，然而，等待"朴园"中男人女人的，是命运的多舛变幻和依旧漂流。在历史的风雨摇荡中，这个家族遂之变得四零五落：先是范家男人生命的葬送——以绿林刀客范老九为代表的"阳山九弟兄"多数战死沙场，五哥被腰斩于渔关城楼，六哥不肯做俘虏服毒自尽，范老九中了黑枪；后是范家女人的惨烈之死——范老九的母亲陈桂花眼珠被挖，结发妻段金钗吞鸦片而亡，妻关茛玉悬梁，三姨太的女儿芬子死于枪弹，天菊的表姐范悯生淹死在草海，连幸存的舅妈贺莲东也自剁手指。朴园中演绎出的一幕幕悲喜剧可谓撼

①李国涛、成一、李锐等：《生命与历史：诗意的消解——蒋韵长篇新作《栎树的囚徒》讨论会》，《当代作家评论》1997年第1期。

天地、泣鬼神。然而曲终人散、大幕落下，才发现那舞台原是太虚幻境，所有崇高、壮美的意义，顷刻间全被消解唯剩下活生生的生命漂流体验。

其实，这早已是命定了的。曾经是勇武的樵夫，是山里叱咤风云的寨主的范福生终于受不住繁华诱惑，在一条喧哗街道上建立了自己的朴园——生命枯萎衰败的停留地，段金钗在朴园说的第一句话"咱什么时候回家"就揭示了他和她们悲剧命运的根源。是的，他和她们回不了家，他以朴园为家的错误、无可挽留的对荣华富贵的迷恋，使得他和她们永远丧失了家。但这仅仅是悲剧的开始。慈悲灵巧的小红、洁白纯真的关茛玉、善良宽容的贺莲东，她们像飞蛾一样飞进了朴园，她们都是在找家、找超脱、找彼岸的人，但她们都迷失或者消失在此处。小说里的朴园与衰落是一个巨大的象征。弥漫在这个朴园中的，似乎都是"中国文化的美丽精神"，苍老的名园、轩阁、芭蕉桂花、古瓷名画、唐宋遗韵，但细看起来，这些美丽的东西都不能落地生根，都"活"不下来。朴园里的男男女女人物也是一样，每个人都有传奇的色彩，最终也都被朴园消解了，像陈桂花的死、段金钗的死、关茛玉的死、大哥的死、小红的死等等，这些人都想以死换一种意义，但放到朴园里就什么也不是了，他们的死都成了一种死于非命。这里似乎暗示或象征着什么，让人联想到一种美丽的文化无处可以着落。从这点上说，在中国新时期的小说创作中，蒋韵作为一个作家，而不仅仅是作为一个女性作家，是一个不容忽视的存在。

其二，对于女性与家族关系的思考及对女性命运的终极观照。《栎树的囚徒》比之《红殇》容量要丰富得多，小说讲述了几代女性的命运，时间跨越百年历史，而这部女性史中的女性并非都是以血缘联系起来，更多的是由有血缘关系的范氏父子将她们的命运紧紧地缠绕在一起，于是，除了有血缘关系的母女、姐妹之外，还存在非血缘关系的婆媳、舅母侄女、大老婆和小老婆。她们从各自的人生角落里奔跑出来，向着一个共同的地方"朴园"来实现她们梦想中的幸福。在她们的历史中，家族纽带是无法抹灭的，无论是强悍鲁莽的范福生、脆弱多情的范先琴，还是充满艺术幻想的年轻画家，所有有血缘的、无血缘的女性通过他们联系起来，相互敌对或亲密，但最终仍逃不掉共同命运：死亡。可见，男性中心社会传统以非常坚固的家族形式弥漫于女性的生存空间，制约着她们的生命方式和生存方式，最终决定着女性命运的家庭循环或者说是女性的宿命。所以，无论是充满生命激情与张力的段金钗，还是以永远的宽容屹立于现实的贺莲东，都无可避免地坠入苦难与救赎、爱与恨的无尽驱逐中，这便是家族中永远演绎的故事。正如赵玫在《我们这个家族的女人》中所言："这是一部由血缘而造成的家族的衰史。这衰史中的不幸者又均为女人……家族是一扇巨大的门……只要你走进来，无论你是谁，你都将被笼罩在家族的命运的阴影下，你们中一个也逃不脱。"在朴园的这些女性的意识中，家不仅是生命的来源、生命的终极，家还是她行为和思想的最高准则，一切必须顺从家，一切必须为了家。最典型的是贺莲东，作为《栎树的囚徒》中的旧家族残局的收拾者，她是这个家族所有女性里最为安分的被认为是"范氏家族的第一个清醒的现实主义者"。她充满韧性，以女性的宽容、坚强的意志力，承受命运的无常与苦难。丈夫范先琴秉承父亲沉迷于花街柳巷，虽然贺莲东温柔美丽、善良体贴，但也留不住他永远飘荡而脆弱的心。贺莲东一个人在朴园忍受孤寂、猜忌与冷嘲热讽，但她终究还是要为这个现实的家生儿育女、操劳家事，当朴园的亲人各自逃亡流浪时，她义无反顾地收留照顾每一位前来投奔的人，甚至包括离婚后丈夫和别人的儿子耕香。她以"忧伤的眼睛"看着孩子一点点长大，当她在耕香面前为取红宝戒斩断手指时，也和她的婆婆陈桂花被挖眼睛一样，苦难达到最辉煌。又如小红姑娘，这个最妖艳最圣洁最丰富的女人也是受难最大的人。她是个孤儿，少女时代被舅舅诱奸，被舅母用草药打下孩子后卖给人贩子，之后又贩给"绮春院"，后来再次被卖到"天芳楼"。此时，她的灵魂因为身体受难而更虔诚、更为圣洁。当范先琴这个平凡的人出现在她面前，她善良地认为是上帝拯救她的"好人"，以为朴园是她苦难生命可以寄托的家。结果她再次投入苦难的深渊。当她发现自己短暂的幸福是建立在另一个女人的痛苦之上时，她的灵魂再一次摆脱不掉上帝的审视和良心的拷问。她来到贺莲东面前坦白、忏悔、请求宽恕和共存时，终于上帝让她为了心中的"好人"结束了苦难的一生。"弱小"的贺莲东和小红有一个共同的男人，她们本是冲着那预设的"家"的强大而来的，但预设最后却是虚无，而最终她们只有等待灵魂的救赎。

其三，对历史与人生的紧张关系的写实。在《栎树的囚徒》中，以女性为主要描写对象，置人生命运于整个现代军阀混战时期、"文革"时期的历史沉浮之中，这使小说成为一定历史时代社会生活的真实再现。从小说中不难看出，"文革"时期可谓是蒋韵创作最根本的触发点，是作者刻骨铭心的生命体验和情感记忆。《栎树的囚徒》是蒋韵以自己外祖一族的传奇经历为原型，叙述老祖母陈桂花到曾孙范天菊的女性谱系历史，从小说的副题"谨以此作献给我最亲爱的祖母与外婆"来判断，不难看出范天菊身上凝聚着作家本人或者可以更准确地表述为作家这一代人的生命记忆与情感体验。贺莲东为了对前来抄家的孩子有个交代，自剁手指，拿掉嵌在畸形手指上的红宝戒。贺莲东的原型就是蒋韵的外婆。"文革"到来，外婆为除去一直佩戴的两只翡翠手镯想尽了办法，却因手掌骨变形而除不掉，她把手镯往上捋用衣袖遮住戴了多年。对于蒋韵而言，"文革"是这部长篇小说最根本的触发点，对"文革"的个人化的反省与思考是她写作最根本的潜在动机之一。蒋韵的长、中、短篇小说，十有八九都与"文革"相关联。尽管很少描写当时如火如荼的红卫兵运动波澜壮阔的场景，但在蒋韵的艺术世界中，可窥视那场席卷中国十年之久的动乱梦魇的影响。

其四，作品所蕴含的人类意志、力量和精神的升华。从历史的情怀和思想意义上看，这部小说像蒋韵的其他小说一样，往往有一种深沉的力量让人读后精神升华。一方面是小说中的人文关怀，即一种对人类灵魂深刻思考之后，提出一些根本问题引起人们注意的内在品质。在"文革"给女性带来的诸多苦难中，最大的莫过于对人性的压制、扭曲、异化以及严重的身心的摧残。家庭出身不好的范苏柳，遭受各种批斗且受牢狱之苦，出狱后变得神志不清、处处告密、时时打小报告。另一方面，蒋韵又擅长以浪漫主义手法书写人的执着追求—死亡—精神升华，并将死亡写得悲壮而美丽。《栎树的囚徒》中的段金钗面对自己自由生活的梦想和纯真的爱情被埋葬以及心爱儿子的死，她吞食大量鸦片，死得从容美丽："两百里外洛阳城的牡丹盛开不败。六百里外，阳山的杜鹃盛开不败。牡丹杜鹃遥相呼应，为她壮行。"即使如弱小女子的小红和芬子，她们也以令人惊异的生命毁灭来书写着自己的生命存在，以她们的死实现着自己的心里愿望。陈桂花、段金钗、关茛玉、贺莲东、小红、芬子，小说给我们展现了处在"苦难""孤独""死亡"中的一个个女性形象。苦难，激活了她们的生命意志；孤独，展现了她们与世俗不屈的抗争；死亡，维护了她们个体的自由和尊严。蒋韵的女性悲情书写，礼赞了她们在逆境中超乎寻常的生命之美：为了坚守人生理想，捍卫人的自由、尊严与完美，她们要么在精神上灵魂飞扬而自由，要么在忍受苦难上无比坚韧顽强视死如归。蒋韵以文学构筑的生命终极关怀直指人的精神世界，让人在有限的生命历程中，认识自身以美为最高指向的生命价值与意义。

在艺术上，《栎树的囚徒》显示了蒋韵大胆的探索和多样的艺术手法，其艺术创新在蒋韵小说创作史中抑或"晋军"长篇创作史上可以说有着特殊的意义：

首先是独特的叙事视角和叙述手法。如果说大部分家族叙事以男性作家居多，因而也多以男性视角展开叙事，《栎树的囚徒》则突破这点而采用了女性叙事视角，这是文学界看好蒋韵这部小说的一个重要原因，诚如南帆所说："很多家族小说都是男性视角，家族与历史之间的关系是通过男性的眼光联系的。《栎树的囚徒》这部小说则是通过女性的眼光来联系自辛亥革命时期至'文化大革命'时期的家族故事。……这在以往的家族小说中是没有的。通过女性境遇写作历史，这种视角很独特，从这一点讲，这部小说是很精彩的。"①而在以女性视角展开叙事时，作者又采取了不同角度、不同人物多个第一人称的复调叙述方法，即通过小说中人物天菊、苏柳、贺莲东这三个女性的自我叙述，彼此相互交错，共同推进事件的发展，从而打破了历史纵向叙述的模式，使整个作品显得丰满而深厚，波澜起伏，顿生鲜

---

① 刘恒、戴锦华等：《蒋韵长篇小说〈栎树的囚徒〉谈片》，《当代作家评论》，1997年第3期。

活之气，读起来一点不觉得沉闷。小说第一章是天菊的叙述，由她的叙述交代了自己和母亲范苏柳的漂流并引出了"朴园"的家族故事；进入第二章转为苏柳的叙述时，通过她的叙述展现了其少年时期眼中的"朴园"家族故事；第三章是贺莲东的叙述，续接讲述了苏柳离开后的"朴园"家族故事；之后第四、五章又是苏柳和天菊的叙述，将"朴园"家族的故事和这个家族的飘零展演出来。实际上，小说是倒着的顺时叙述，是错开了的顺时叙述。天菊讲了自己的经历，也就是苏柳的后半生；苏柳讲了家族前面的故事；家族的后半段故事，从苏柳的母亲关茛玉进朴园的故事是由贺莲东讲述的。当然，用很多个第一人称来叙述对作家是个很大的挑战。比如由天菊的叙述进入第二章苏柳的叙述时，小说文字本身未能呈现出对叙述者变化的提示；在转为贺莲东的叙述时，其语言又近乎整个书写的语言风格。如果《栎树的囚徒》在用不同人物的叙述时，能在小说中将各个叙述人的语言反差拉开，表现出不同人物的语言个性，无疑效果更好。

其次是个性化的小说情节结构。蒋韵的小说往往不在于外部客观世界的关联性，而在于自己对外部世界感觉的内在关联性。许多研究者都注意到了蒋韵小说的这个特点，即她的小说总是由看似毫无关联的几个情节、几个故事片断来构成的。譬如在《大雪满弓刀》中，作者讲了大侠孙二与黑衣人、陈家瑞与赵芝庭及邱经理与苏虹三个毫不关联的故事。在《旧盟》中，作者也是讲了几个毫不关联的故事。这种情节设置的方法，在《栎树的囚徒》中亦有鲜明的体现。这部小说实际上是由天菊的故事、母亲苏柳的故事、表姐和英雄排长的恋爱故事、舅妈贺莲东的故事、外公范福生的故事、老祖母陈桂花的故事、外婆关茛玉及段金钗、小红、芬子等人的故事片段联结而成的。习惯于阅读以客观事物之间的逻辑关联来设置情节的小说的读者，在面对蒋韵小说时，往往感到不得其解，其实，蒋韵正是要通过这样的互不关联的故事片断，在相互的烘托、比照映衬之中，来表达自己对世界、人生某种复杂的整体感受。作品中客观世界的片断之间是没有关联性的，但所有这些故事片断的选择、组合又都内在地统一于作者对世界、人生的某种复杂的整体感受。

更突出的是这部作品的语言风格，它在当代女性作家中也是独一无二的一种气质、味道。小说是语言的艺术，蒋韵小说语言的鲜活优雅、明净坦诚、典雅纯粹、富有张力的境界，一般写作者是难以企及的，这是文学界不少作家、评论家和编辑家的共识。很多人谈及蒋韵的语言都说，当代作家中语言有蒋韵这么干净、这么清爽、这么美的很少，她的长篇常常就像一首长诗、散文，语言的节奏感强，用词精美细腻。而《栎树的囚徒》不仅有蒋韵以往这些语言的气质，读来有一种纯净、甘甜的感觉，同时作者似乎有意识地在放纵、增强语言的洒脱，因而这部作品的叙述语言就有了一种酣畅之美，气势饱满，流畅生动，活泼泼地。譬如这样的句子："我们响亮地哭泣。我们不知道又到了蚊子即将猖獗的黄昏，太阳就要落山了，蚊子就要出动了，夜合欢就要开了，晚霞就要烧起来了。这个黄昏和哭泣将给予我海市蜃楼般的温暖。"又如："沃城的秋夜月凉如水，萧瑟秋景使漫游的人生出对于家园的思念。家家后窗透出灯光，万家灯火其实是最孤寂最黑暗的大海。我在沃城漫游，从早到晚，古城的衰亡之气砭人肌骨，像雪后初霁的空气。沃城在我心中的景象就是这样一片白茫茫的荒原。"可以说，《栎树的囚徒》是蒋韵小说语言上的一次成功尝试，是节制、精美和奔涌、宣泄的驳杂统一，就如韩少功的评价：

"蒋韵写作技术的娴熟让我惊讶，语言的自由和控制、丰富和简洁，都达到了新时期长篇小说里罕见的高度。"①

还有就是蒋韵小说充满诗意的意象世界的营造。意象是文学的精魂，它是融入了主观情意的客观物象或借助客观物象表现出来的主观情意，意象的描绘往往形成浓郁的悲情气氛，令人不知不觉地进入到一种精神的、情绪的或美学的状态。蒋韵是个对事物十分敏感的女性，所以在她的笔下也出现了许多空灵的意象，其中出现频率比较高的有：落日和夕阳、河流、树、南方意象以及花的意象。如在《栎树的囚徒》中就有这样多处充满悲情的落日描写：这时又已是夕阳西下的时分。落日在河面上坠落是那样忧伤又美丽的事情。……我到达郑州的时候，是一个日暮黄昏，在黄河大铁桥上我看见了悬在河上的宁静的落日……她们在夕阳下回家，黑色和蓝色使她们看上去有一种单调的荒凉的美丽……杀声动地而来，太阳在河上坠落，长河上的落日是最悲壮的落日，河水猩红如血。

固执地在作品中反复歌咏"落日"和"夕阳"的壮美，似乎成为蒋韵的一个解不开的情结：一是小男孩张建国执着地寻找母亲的鞋时的一段描写——他孤独地走进了夕阳和群山；二是对我（天菊）到达异地时的情态描写，通过夕阳传达出一种安宁、亲切、温馨的心理情感；三是特级英雄瞿排长寻找恋人时眼中的影像，折射出夕阳下女性的孤凉的美丽；四是对激烈的战争场面的景象描写，用残阳衬托战斗中人类生命的壮丽之美。所有这些夕阳和落日的描写不仅交代了时间，还为人物的行为活动和情感心理渲染了气氛。曾有人说"一片风景就是一种心理状态"，在这里，生命的消失和落日西沉之间，显然

_____

① 刘恒、戴锦华等：《蒋韵长篇小说〈栎树的囚徒〉谈片》，《当代作家评论》，1997年第3期。

具有了某种神秘的同态对应关系。

另外是树的意象，蒋韵在她的很多小说中都写到树，而《栎树的囚徒》则更是以树直接命名。树在《栎树的囚徒》中当然首先是一种自然景观："它们分布在一些街道和院落，带给城市四季的诗意。"但除了本身的自然属性外，栎树显然具有象征意义。这里的栎树可以说既是山林、自然精神的象征，又是范式家族及所在地的象征，"栎树的囚徒"无疑表达了这样的暗示：范式家族里那些鲜艳如花的女人们皆为范式家族的一个个囚徒。当然蒋韵在树的意象中还寄寓了某种高贵的品格，栎树的强大的生命力和坚忍不拔的姿态也是她笔下人物品格的象征。由此而来，蒋韵小说的总体风格往往既是写实的又是浪漫的，从表现手法上是写实的，从精神蕴涵上是浪漫抒情的。

蒋韵创作的所有上述特征，无疑是蒋韵个性肌质和审美追求的对应物，带上了蒋韵独特的精神印记。不论《红殇》还是《栎树的囚徒》，其实都凸显出蒋韵式的悲情叙事——对美好的"失去"的一种追忆和对理想、精神的一种永执。这正是蒋韵根深蒂固的文学情结所在。蒋韵的个人生命历程是与新生的共和国历史一起过来的，正是那个精神高昂、信念虔诚的理想化时代孕育了蒋韵这代人，她们心里装着圣洁、崇高与完美，认为世界是美丽不容怀疑的。随着横扫一切的"文革"乱世的到来，成人世界的黑白颠倒，政治高压对人性的压制、扭曲、异化以及严重的身心摧残，使这代人心目中美丽的世界被打碎。在蒋韵的生命记忆里，有过家族分崩瓦散、至爱亲人遭受迫害致死的记忆，她的散文随笔《春天看罗丹》《悠长的邂逅》中对此均有记载：蒋韵眼中亲切慈爱的祖父四爷爷是一位出色的医生，解放后屡遭缧绁，最终于"文革"时在狱中服毒自杀；蒋韵的外祖母一直佩戴两只翡翠手镯，1966年到来时外祖母为除去它们想尽了办法，因手掌骨变形而除不掉，只好把手镯往上捋再用衣袖盖住它们；蒋韵十四岁那年，在她家所在的院子里看到了一位伤心欲绝的梳着白花小辫子的母亲，独坐在树下、独坐在如血的残阳下，思念武斗中死去的儿子；蒋韵十五岁时，结识了生命濒临死亡和毁灭的"小姨"。理想与现实的强烈冲突以及一个个美好的生命被无辜葬送，这或许成了蒋韵追寻人生理想、追忆美好事物流失的一个切入点。每个作家，都有构成自己创作独特性的生命记忆、情感记忆之根，它会长得花繁叶茂、硕果累累，但却都源于、生长于这一根之上。构成蒋韵创作独特性的生命记忆、情感记忆之根正在这里。蒋韵的深刻性、独特性在于她将这样的一种人生形态、情感形态提升到了一种形而上的程度，成为人、人类在自身成长史中的一种存在形态，成为人、人类面对与自己对抗的无法完全认知、把握的外部世界及由此带来的对自身命运的关注的情感形态、审美追求，并艺术化地呈现出来。曾有学者对蒋韵、徐小斌、王安忆三位女作家的家族小说比较分析后说："同样是对女性家族史的追溯，《羽蛇》可以说是一部纯粹关于女人的故事，《栎树的囚徒》是围绕着男人的女人的故事，《纪实与虚构》则是由女人带来的男性故事。如果说，《羽蛇》是关于女人生命灵性和智慧的故事，探讨如何以神性超越现实，是别处的家族，《栎树的囚徒》则是关于女人生命力量和意志的故事，是以意志承受支配现实，是此处的家族，那么，《纪实与虚构》就是关于女人眼中的家族英雄的故事，是女性家族外的故事。"①的确，关注女性命运和情感、写出女人生命

---

① 徐珊：《家族女性命运的悲歌——论蒋韵、徐小斌、王安忆的长篇小说》，《福州大学学报》，2004年第1期。

力量和意志的故事，这就是蒋韵。而联系其一贯的全部文学写作又可说，蒋韵的文学，是弱小者的文学，作者叙述的是为"大"时代和"正史"遗忘的、在生活的裹挟下生存着的人的苦旅，是不同的人在寻找自己的精神故乡历程中的孤独，是对历史、文化、女性的终极思考和审美关怀。（侯文宜）

第四节　关注现实

▶▶ **张平的《抉择》**

张平，山西新绛县人，1953年生于西安，父亲为大学教授，在西北工学院供职，1957年因被力邀"提意见"而被打成"右"派。后来，父亲被劳教三年，全家被遣返到祖籍山西的一个偏僻山村。恢复高考后，张平考入山西师范学院中文系。1981年大学三年级，张平发表第一篇小说《祭妻》，立刻引人注目，由此走上文学创作之路。1984年短篇小说《姐姐》获全国优秀短篇小说奖，后接连推出长篇小说或纪实小说《天网》《法撼汾西》《孤儿泪》《凶犯》《抉择》《十面埋伏》《国家干部》等，引起强烈的社会反响，都是畅销书。先后数十次获得大奖，最重要的有"全国优秀短篇小说奖""山西首届赵树理文学奖""第六届庄重文文学奖""第五届茅盾文学奖"等；1995年至2007年八次获中宣部颁发的"五个一工程"奖；《抉择》被推举为建国五十周年十部献礼长篇作品之一。现为中国作家协会副主席、中国民盟中央副主席。

文学界以及广大读者都视《抉择》为张平最重要的作品，大致有三方面原因。一是因为它获得茅盾文学奖。二是因为它的现实意义与文学价值同时得到极好的体现，在中国当代长篇小说创作中有重要启示意义与代表性。三是在当时没有哪一部作品比《抉择》更能充分体现他的文学理想与主张。正如茅盾文学奖评委会的评语所说："《抉择》直面现实，关注时代，以敢为人民代言的巨大勇气和张扬理想的胆识，深刻地揭示了当前社会复杂而尖锐的矛盾，突出地塑造了在艰难抉择中维护党和人民利益的市长李高成的崇高形象，也比较充分地展现了广大群众和党的优秀干部与腐败势力坚决斗争的正面力量，给读者以正义必定战胜邪恶的信心。小说注意调动操作心弦的情节和细节等艺术手段，在冲突的浪尖去刻画人物，描写生动爽利，语言流畅激越。整部作品正气凛然，具有强烈冲击读者心灵的思想和艺术力量，其启示意义，尤其发人深省。"

评论家，山西省作协副书记、副主席杨占平先生因为工作的关系，他对张平有长期的观察与深刻的研究，他曾以"民众代言人"的角度评价《抉择》，认为"《抉择》是张平最重要的一部作品。在写作之前，张平曾采访了数十个国有大中型企业。他发现，对企业破坏和损害最大的是集体腐败，是权钱交易，是国有资产流失。一些领导人巧立名目，假公济私，大发横财；而那些因停工被迫下岗的工人们，生活困境却惨不忍睹。严酷的现实让张平想到了作家的责任和良知，他决心要替工人们说出心里的话，要揭露那些腐败分子的真实面目，要讴歌立党为公、一身正气的改革者。所有这些，全部浸透到了《抉择》中"。他进一步指出"《抉择》一经问世，便在读者中引起强烈的轰动，出现了近年来少见的纯文学作品销售热潮，并且被上百家报刊转载、电台连播、改编成多种艺术形式；获得第五届茅盾文学奖之前，已经在好几项全国性评奖中榜上有名。最应该提到的是根据这部小说改编的电影《生死抉择》。电影《生死抉择》是所有根据张平作品改编的艺术作品中的最成功的一部，具有强烈的视觉冲击力、思想震撼力和艺术感染力，是近年来现实题材影视作品中非常重要的收获，也是近年来获得观众广泛赞誉的少数几部现实题材影视作品之一。可以说，电影《生死抉择》能够获得如此巨大的成功，最根本的还是得力于原著《抉择》的成功"。

和张平1990年代出版的长篇小说《法撼汾西》《天网》《孤儿泪》一样，《抉择》也是一部快速切入当下生活的小说。它给我们一种近距离感、真切感和一种沉重的内心的震撼。我们读着的是虚构的小说，却如同我们和作者一道在体验着感受着生活本身，令人焦虑不安有之，令人痛恨遗憾有之，最后令人欣慰也有之。我们同万名工人一道饱受了一次忧心如焚的煎熬，我们同市长、市委书记经历了一次战斗的喜悦与灵魂的洗礼。我们同作者一道进入了绝不仅仅是腐败与反腐败问题的深层思考。同时，我们还看到了什么是具有思想者风范、具有壮士般风骨的作家的具体形象。我们不能不说，与那些苦心孤诣埋头钻研小说文本的艺术家们比较，张平这样研究社会问题的作家，无疑是社会、是民众、也是改革事业最迫切需要的。

所以说，张平这部小说和一般小说不同的最大成功之处，正是作品中所向读者向社会提供的思想感染力、政治感染力，它的人物它的故事之所以扣人心弦，也正是凭借了这坚实的思想支点。人物与故事作为小说最起码的要素，可以说在技术上每一个作家并不难达到，而深刻地切入思想内容的理性化、彻底化，却是不容易的，因而也才是更为可贵的。张平正是这样，他以他特有的真诚和热情，以他的艺术表达能力，向读者展示了当下的改革所必须面对的严峻形势，那就是在金钱面前，人性的轻而易举的沦丧，道德的轻而易举的覆没，政治的轻而易举的背叛。在小说中向我们展示的一系列的两极的尖锐对抗中，高尚者更显其高尚，卑劣者更显其卑劣，那是一场怎样惊心动魄的较量啊。

中阳纺织集团公司是各种人性的两极对撞的表演舞台，是和谐—对抗—和谐的一次运动过程。作为一个大型的国有纺织企业，中纺有一流的设备、一流的技术，是纺织品市场上长期称雄的龙头企业，曾于1978年—1984年连年成为同行的利税大户。但是1985年开始走下坡路，1986年以后连年亏损，到1995年底，累计亏损和负债高达五个亿，随后是停工停产，一片死寂。两万工人被迫下岗失业，挣扎在贫困线上。与此极不相称而又可以说极为相称的是，厂长经理们大大小小的头头脑脑们都在大发横财，在一天天暴富起来。在中纺这片说大不大说小不小的社区里，一场史无前例的对撞拉开了序幕。贫穷和富有的两极，绝望和得意的两极，真实和虚伪的两极，信仰和背叛的两极之间的对撞展开了有声有色的表演。

小说一开始就把读者带入这场搏斗的漩涡之中，几千名工人欲往市委门口请愿，揭露中纺腐败问题，要求给工作，要求给饭吃，对撞已到了白热化程度，一触即发。一个原本运转和谐、生活平静、很有活力很有希望的企业，突然间成为激烈对撞的两极世界，成为一个火药桶。它既是一场底层反腐败力量与腐败势力，即广大的贫困工人与极少数暴富阶层对撞的前台，又是省市委领导这场斗争的背景。乍一看，腐化堕落分子和广大的工人双方都有道理，显得扑朔迷离，真伪难辨，使对撞充满了复杂、充满了惊诧。这既是反腐败斗争生活本身所具有的特性，同时又是作家对生活再造的匠心。他在把生活艺术化的同时，也在把艺术生活化。这也是为什么原创文学依然是大多数读者给予支持的主要原因吧。

按照我们善良的国民性来看，只有当基层腐化堕落分子愈演愈烈，工人们实在是到了已经苦不堪言、一无所有的情况下，才会无所畏惧地站出来讨个说法的。中纺成千上万名工人正是在这样的情况下和厂长经理为代表的整个领导集团展开这场公开对撞的，它是多少年形成的隐蔽的对撞的表面化。但是，以省委常务副书记严阵为总根子的这个集团，是一群肆无忌惮的贪婪者，也是一帮有训练有城府的政客，因而他们并不好对付。他们打出改革的旗号，拿出"改革中的失误"的盾牌，疯狂地掠夺国有资财，事发以后又不择手段地逃脱罪责。作为真正维护改革、维护共产党党性原则的李高成、杨诚、万永年等人来说，他们最初与最终都未能弄明白这伙人要掠夺那么多钱财做什么，也不明白这伙人何以会变质到这步田地。他们以自己的诚实去迎战对方的狡诈，以自己的英雄情怀去对付对方的魔鬼心态，这正是转型期反腐败斗争的艰难与险恶。直到这场曲曲折折的斗争进入尾声时，读者才长出了一口气，才为之放下悬在空中的担心。

那个中纺的总经理郭中姚，在小说的开头向市长汇报时言辞凿凿，发誓自己清白无辜，请市长不要轻信工人们闹事，这个说到激动处声泪俱下的企业家，一时间把我们都蒙蔽了。随着小说的深入，其真相逐渐显露，直到小说结尾，省委书记亲自坐镇指挥战斗，从郭中姚家中搜出巨额钱钞、大批财物、三套豪华住宅及其包养着的三个姘妇等等。那个口若悬河、振振有词、拍着胸脯保证自己两袖清风的副总经理冯敏杰，在他家中同样隐匿着巨额现金、存款、出国护照，家人六口居然有高级轿车五辆。在严阵妻弟钞万山家中不仅搜出成千上万的钱物，而且搜出严阵的两份出国护照。虽然故事结束时，严阵的家还未来得及搜查，但已经报请中央得到批准，对他立案侦查，其犯罪事实也将是人们可以想见的。和中纺合作多年的市长夫人吴爱珍，这位城区反贪局副局长，比起他们来，她有所逊色，全部赃款、赃物共二百万元。虽然数额小了点，但极具讽刺意味的是，她就是反贪局领导，她就在市长李高成眼皮子底下。

单纯地阅读一堆阿拉伯统计数字，似乎是一件枯燥的事情，但当它成为统计学的构成的时候，当它与很具体的情节连在一起的时候，它就会让人触目惊心，它的力量绝不亚于语言的力量。《抉择》在许多关键之处经常出现各种统计数字，它既是作家揭示事件的叙述方法，也是向读者提供思考空间的线索和钥匙。这些数字和一个社区的政治、经济联系在一起，它们有宏观经济学、微观经济学，有发展经济学，还有地下经济学。我们分明感觉到了数字的人格化，数字在这里的对撞！这些数字中有贫困职工的生活水平指数，有犯罪分子腐败堕落的指数，有从不同角度作为强烈对比的指数，有可供上层决策而提出的科学数据统计，还有反映社会不稳定的人数、次数、时数、车辆数、停工停产损失数字等等。据不完全的统计，比较重要的数字就有一百〇五处之多。当然，根据情节、人物的必然需要，有些数字多次重复出现，那是在不同情形下的强调或者不同的说明和解释，有着不同的思想和感情的分量。而且即使同样的数字，由不同的人说出就会是不同的语气和不同的意味。这些数字构成了整部小说所展现的这场对撞的来龙去脉，是对撞的原因和对撞的结果，是对撞的全部过程，全部实质性内容的量化。

阅读这些数字，我们感觉到的绝不是"数字化生存"的浪漫和现代与未来的高科技生活气息，不是人们生存方式与电子与数据的高度联系，以及由此而生的兴奋点。我们在这一百多处数字里感觉到的除了个别几处外，绝大多数是令人愤慨令人痛苦的无情现实。我们不妨把小说中至关重要的一些数字抄录在下面，看它们是怎样引发了一场人性的对撞，怎样让事实水落石出真相大白于天下，又是怎样迎接一个新的和谐局面在中纺的即将到来。看到这些数字，你也许不仅看到了一个犯罪集团的罪恶史，也会看到一个大型企业的兴衰史，看到改革的艰难步履：

1978年到1984年之间，中纺的工人由15000人多发展到20000人多，织布机由8000台发展到15000台，年产值由1.1亿元发展到近2亿。年利润由2800万元发展到7000多万元。一年的利润完全可以建成一同等规模的纺织厂。

中纺从1985年开始下滑，到1985年底，累计亏损和负债额已接近6亿元人民币，1995年2月已经发不出职工工资，7月份，离退休职工200元生活费也全部停发；1995年10月份公司全线停产，近3万名职工已10多个月没领到工资！

国家银行每年给中纺贷款，但亏损却越来越大……1993年贷款一个亿，亏损2000万元，1994年贷款8000万，亏损1600万，1995年贷款6000万，亏损2000万。

中纺公司，不包括下属几十个分厂子公司，每年招待费惊人……1993年招待费430万元，1994年470万元，停工停产的1995年招待费仍在400万元以上！加上分厂和子公司，各种名目的招待费1000万元！这个数字意味着一年吃掉两万职工的工资！……吃掉20幢宿舍大楼！吃掉5所子弟学校！

中纺的案子查清以后……这一群暴富集团巧取豪夺、化公为私，将国有资产转变为个人投资的固定资产，他们的盈利所得，共计2.7亿以上，其中现金6000多万元。

当然我们也看到了令人鼓舞生出希望的一些数字，那就是省市机关干部的集资款、中纺职工的集资款、清查所得赃款、国家银行贷款，这就组成了两个亿的启动资金、技改资金。中纺终于起死回生了，三万名职工也终于获得了再就业。这一组数字表明了这场人性对撞、道德对撞、政治对撞的最终结果，是民众的胜利，是改革的胜利，是执政党的胜利。颇有说服力地向读者预示了：我们的改革是有希望的，我们的政党是有希望的。

从一般的人性层面上产生对撞，比如因为一部分人得到满足与幸福，另一部分人被剥夺了满足与幸福，这部分人为了重新获得被剥夺的，就可能发生对撞；又如一部分人对另一部分来说，从最初的不平等，经过累积，发展为累积性不平等，不平等扩大到不能承受时，两部分人发生对撞也便成了顺理成章之事，等等。这都可以算作正常的人性原因。而当我们从另外的侧面，比如从政治层面上（从党内）看到了这样的对撞，去分析这样的对撞，就感到还有不少的困惑弄不明白。这正是《抉择》留给读者的许多追问，这也是作家的诚实之处。作品中十几天发生的故事远没有结束，而是让生活让读者继续完成下去，或者说让读者在阅读中追问下去。如果说是作者回避了它们，毋宁说作者原本就希望读者来回答它们；如果说是作者缺少足够的理论准备，毋宁说作者已经完成了自己的使命，把复杂问题及产生问题的复杂生活如此淋漓透彻地展现在我们面前，它震动了你的感情击打了你的灵魂，这还不够吗？其余的就是社会学家、经济学家、政治家们的事情了。所以张平是有意预设这样的追问空间。还是让我们自己来追问下去吧。权且就把它作为我们对《抉择》的读书别裁。

中纺公司完成了一个和谐—对撞—和谐的过程，小说让你跟着走完了这个过程，让你始终感到一种被激活的思考的兴奋，由对撞的开始到对撞的暂告结束，没有一刻不在迫使你追问着它背后的那些为什么和怎么办，我们能一言以蔽之是转型期特征吗？我们能说它只是一部反腐倡廉的故事吗？

这部小说是一部震撼人心的作品，也是一部伸张正义的政治教科书，一部改革的宣言书，一部共产党宣言书。它并不是作者自谦的"为老百姓写作"的那种可读性小说，它是在为真理与正义写作，为共产党人写作。如果说因为最需要真理、正义与共产党人的就是老百姓，当然也就是在为老百姓写作。近些年有一种流行的时髦说法叫作终极关怀，我以为这固然很诗意，很令人憧憬，但是作为广大民众来说，它远不如给予一些当下的关怀更合实际，更合国情。中纺的工人们追问共产党还要不要工人阶级、反腐败还有没有希望？《抉择》便实实在在地告慰了老百姓，让人们看到希望，让人们鼓起信心。这是小说中直接给予回答的。如果再追问下去，随着市场经济的深入发展，把所有企业都纳入商品化运行机制中，那么中纺工人们能经受得了这个冲击和检验吗？中纺的新班子会不会率领几万工人重振中纺当年大工业雄风呢？他们会不会也落入腐败陷阱而重蹈郭中姚们的覆辙呢？除了用贷款和集资（让中纺职工集资是不是太难为他们了？）挽救一个濒临破产的企业，还能不能探索一种更好的办法呢？

在这场对撞中，工人阶级和共产党人在党和政府领导下终于战胜了腐败集团。但我们在一进入小说时就产生的忧虑因此而彻底打消了吗？这种胜利会不会是我们的作家、我们的读者的一种善良愿望呢？我们不会忘记，在这场尖锐的对撞之中，严阵、吴爱珍、郭中姚们的巨大的能量，他们的失败并不完全因为他们的无能。直到他们败北之前，他们显然是得到了一个良好的生态环境，非常自由自在地成长壮大起来，是我们自己培植了这伙强盗来惩罚我们，否则的话无法解释，他们的腐化堕落为什么会一天天膨胀，一天比一天肆无忌惮？为什么当年也是最优秀最杰出的一群共产党员的觉悟和人性，一夜之间就生出了最卑鄙最恶劣的感情并迅速扩张呢？仅仅是党性的衰落人性的分裂吗？为什么吴爱珍面对丈夫、市长李高成的质问时，表现得那么富于雄辩，那么自信，口若悬河、滔滔不绝呢？仅仅因为她是男人家里的娇妻吗？为什么身为省委常务副书记的严阵居然也做好了逃往外国的准备？难道能说他是误上贼船闪念之错吗？难道能用人的虚伪的劣根性来解释这个利益共同体的长时期的有力的存在吗？

人性的对撞，政治的对撞，为什么越是当我们力图把社会变革推向前进的时候，这样的对撞就来得越是凶猛，其行为之烈，其人数之众就达到一个新的高度呢？是我们重视物质建设的同时没有重视精神的建设吗？是我们对腐败的战斗力太弱吗？这真的只是一个腐败问题吗？一个腐败就可以概括全部问题吗？腐败的根源是什么？腐败的结果是什么——仅仅是国有私人化吗？仅仅是政治商品化、权力商品化吗？腐败带来的仅仅是企业破产、工人失业吗？所有这些都存在、都有着密切的因果和递进的关系。但最终的结果，将可能是比这些更为悲惨更为严重的局面与后果。那就是改革的被葬送，国家的大倒退，这都不是不可能的。《抉择》领我们追问之后，也许帮我们找到了答案的线索：那就是深化政治改革。唯其如此才能解决上述存在的变革时代的尖锐冲突。

我们今天的经济学领域里，资本、资本家、原始资本积累等等术语日见多了起来，而且这样的多起来，绝不再是因为批判的需要，而是为了阐释的需要。是为了能正确地或更接近正确地解释当下的需要。而且这个需要是我们自己的一种主动选择，并非别人的强迫。那么我们能不能用（资本的）原始积累历史来解释中纺以及生活中大量的"中纺现象"呢？

人类社会、自然社会都需要在和谐的状态中共处，对撞就意味着打破和谐，打破和谐就意味着打破了平衡，而失掉平衡的事物就会由此而发生险情。自然界与人类有所不同的是，物种之间的对撞，表面上似乎呈示着失衡的险情，而实际上从整体看，从全球自然生态看，科学家认为如果没有人类的污染和干预，生态平衡的维持是不会有什么大问题的。植物会有害虫的威胁，而害虫无不有天敌的威胁；动物的自然淘汰，弱肉强食，但有庞大而秩序井然的、相对恒定的食物链的组成，等等，这些都可以证实这一点。人类却不是这么简单，因为人类智慧作祟，不时发生社会的对撞，人性的对撞，这对撞总是在寻找机会企图破坏和谐与平衡。即使在一个经过艰苦创建的和谐、完善的社会机制里，有时这样的对撞也不可完全避免。何况一个尚有待完善的、而正是为了这个完善正在实行变革的社会，这样的人为对撞几乎随时随处都有可能发生。对撞有时可能会推动变革向好的方面转化，促进和谐的早日出现，但更多的情况下是造成了难以收拾的沉重后果。也正是如此，国家政体最终谋求的是变革政治，尽可能地消除对撞，或者寻求在对撞——和谐中的发展，以便平稳地过渡到一个新时代。对撞是变革时代必然的副产品，不论它是什么形式，都无不带着时代的烙印。

《抉择》值得我们追问需要我们思考的问题实在很多，一部作品，能够做到这一点，就足够了。

四十多万字的长篇小说《抉择》，在文学市场并不乐观的情况下一炮打响，在发行量排行榜创下新高，1997年8月至1998年1月，短短四个月就四次印刷，印数达三万册，然后是影视改编，之后又是一次发行高潮。还有，由于小说在艺术地反映现实生活反腐倡廉问题的极大影响力，引起中央的注意，这在当下文学潮流此起彼伏的情势下，也是罕见的一件事情。茅盾文学奖第五届评奖委员会根据投票数量绝对领先给予《抉择》第一名的殊荣，或许也有这种影响力的因素。在小说对社会与道德的现实意义社会作用方面，《抉择》是1990年代最为突出的一部作品。

雷达在对1990年代小说进行梳理的时候，很有针对性地专门在文章中谈到《抉择》的获奖。他这样说："《抉择》获得茅盾文学奖并不偶然，除了张平一贯致力于此，其文本自有优势之外，它的获奖还意味着，此类创作路径已得到较为普遍的认可，认为应在今天的文学殿堂占一席之地。这首先是生活本身的严峻性所决定的。然而，问题的麻烦在于'问题小说'本身怎样提高艺术品格的问题，在反贪小说、官场小说风靡一时的今天，已经变得越来越突出了。这似乎是一个两难问题：腐败严重，人们很需要反贪小说；但反贪小说一多，又迅速陷入模式化的泥淖，有的使文学不成其为文学了。历史上不乏由'问题'切入而成为不朽之作的例子，对于此类创作来说，现在是难逢的好时机，重要的是如何向现实的广度和人性的深度拓展。"这番有针对性与代表性的担忧或者期待，是在提醒小说家们，这样的创作之路如何走得更好。评论家阎晶明针对这一问题曾有过如下的意见："我们可以看出，张平在平民立场的确立方面，几乎是出自一种性格中的天然。在当代文坛上，批判政治腐败和社会丑恶现象的各种体裁的作品并不鲜见，歌颂人间正气的主题也并不陌生。但在同一主题的双重性面前，能够从容处理好的作家作品，张平可以说是一个突出代表。他的批判充满激情但并不偏激，他的歌颂发自内心却并不媚俗。如果仍然从创作的角度看，我以为张平的平民立场使他能把刺骨的锋芒，泪眼中的温情，难以抑制的愤怒和发自内心的赞叹，非常从容地、妥帖地融合为一体。平民立场使他在广大普通读者中拥有极好的人缘，更使他的小说无论是写县里、省里哪一级的政治故事和政治'内幕'，都让普通读者有一种亲近感。我以为这是张平创作成功的一个重要因素。张平有自己的坚持和操守，但不能不承认，他是一位能为当代社会多方面接受和承认的作家。"①。应该说，张平的《抉择》对雷达提出的问题上做出了很好的回答，他在"问题"与"艺术"之间寻找到某种平衡，具有一定的示范性与样板性。应该说，阎晶明的上述观点很切合中国当代文学实际，也是对张平小说很到位的评价。（孙钊）

▶▶ **王东满的《大梦醒来迟》**

20世纪60年代毕业于山西艺术学院戏剧系的王东满，起初被分配到山西省文化局戏剧研究室工作，由于他酷爱文学写作，1975年调入山西人民出版社当文学编辑，一边编辑文学作品，一边自己写作，诗歌、小说、散文、报告文学和剧本都有成果。十年后，凭借自己出众的创作成绩，成为山西省作家协会专业作家。

几十年的文学创作生涯，王东满勤奋笔耕，写出了五百万字的作品，主要有：长篇小说《漳河春》《山月恨》《蔷薇之恋》《神秘的

---

① 《虚构与写实的双刃剑 —— 张平小说侧面观》，《太原日报》1999年7月12日。

115》《大梦醒来迟》《风流父子》《活人难》；中短篇小说集《柳大翠一家的故事》《点燃朝霞的人》《唇印之谜》；散文集《岛国行——王东满访日散记》《壮行集》《高扬斋文集》《与天为党——邓小平在太行》；电影、电视剧《点燃朝霞的人》《风流父子》《大梦醒来迟》《老龙口》《大槐树》《吃黑行》《假如都像你》《羊头崖情怀》；戏剧《倒下跪》《男儿泪》；诗词书法《高扬斋诗草》《王东满诗词书法集》；《王东满文集》等。

总的看，王东满的创作比较顺风顺水，没有多少大起大落，而小说是他创作的重点，其中农村题材小说尤为突出。有代表性的《柳大翠一家的故事》和《点燃朝霞的人》两个集子，展现给读者的是一幅幅改革开放以后太行山区农村变革的风俗画，既有生产方式大改革的主旋律，又有风俗习惯、人情世态随之改观的和声重奏曲。从这些作品中读者能够感受到，王东满是坚持面对现实，贴近生活，真实地反映生活的原则，带着一个作家严肃的社会责任感和使命意识去写人物和事件的。

王东满小说的一大特征是对女性形象的刻画颇见功力。柳大翠、孟三妮、秀娥、春梅、马翠花、山月娘、徐双巧等女性形象，都是那样真实生动，性格各异，代表了农村各个层次的女性。比如对柳大翠的描写："那女人不紧不慢，两手分开众人，走上前来，也不打话，'噌'地一下撬开红脸汉的手，厉声斥道：'丢开他！要跳由他跳！'"寥寥几笔，便用柳大翠的动作、语言、神态，把她的大方、泼辣，精明强悍，敢说敢道，厉害能干的性格特征描绘得活灵活现。老作家马烽在一篇关于王东满创作的文章中就评论这些女性："有血有肉，有性格，有棱角，栩栩如生，呼之欲出。"

长篇小说《大梦醒来迟》，是王东满小说创作中思想最为成熟、深刻，艺术冲击力最强的一部，也是山西作家新时期写农村生活的代表性作品之一。

《大梦醒来迟》反映的是改革开放以来农村的真实生活现象。作品通过主人公程必成一生的遭遇和一家人的命运，描述了农民生存的沉浮和爱情生活的矛盾纠葛。读者从程必成和陈二冬这两个人物形象身上，感受到了几十年中，极"左"路线给中国人民身心造成的创伤，从而揭示了无法挽回的悲剧产生的历史和现实原因。

小说首要的成就在于，作家王东满选取了撼人心魄的题材。他借程必成一家的故事，反思的是几十年来中国传统文化现象。小农生产经济与传统宗法观念以及农业社会心理的因袭，使得中国农民不用别人征服，自己就倒在了伦理道德和宗法礼教的桎梏下。他们拖着长长的历史阴影，背着几千年沉重的历史包袱，进入新中国。因此，在只讲政治斗争，只呼唤阶级复仇意识的社会政治生活中，他们中的不少人成为悲剧人物，一点都不足为奇。程必成在遭受非人的政治待遇中，逆来顺受，卑躬屈膝的生涯，一方面揭示了中国农民仍在遗传着封建意识的现象；另一方面则是说明，极"左"观念的影响，在日渐削减着中国农民的独立意识和创新精神。小说的意义在于呼唤农民要敢于解放自己，敢于从封建传统观念中跳出来，在改革开放时代充分体现出自身的价值来，尽快过上幸福的生活。

《大梦醒来迟》在艺术表现上有着明显的独特性。虽然采用的是传统的现实主义表现手法，但却把传奇性融合进来，使得情节跌宕起伏，悬念不断，具有了很强的故事性和可读性。在人物心态描写上，特别真实、细腻，增强了浓烈的感染力。比如陈二冬的家长制权威受到打击时，借殴打妻子发泄心头的苦闷和痛苦的积怨，既符合中国农民的生活习惯，也带有寓意色彩。此外，还采用动作补充完成人物内心世界的剖白与表现的方式，很有创意。（杨占平　孙钊）

▶▶ 孙涛的《龙城三部曲》与《龙族》

孙涛出生于山西太原，1965 年考入山西大学中文系，1970 年毕业参加工作，1985 年调入太原市文联任《城市文学》主编，1993—2003年任太原市作协主席。孙涛是山西文学界公认的写作快手，改革开放三十多年来，他一直是快节奏地写作，以小说为主，兼写散文随笔和影视剧，有四五百万字的作品行世，代表作品主要有：中短篇小说集《不能停止的钟摆》，散文集《人生隔夜茶》《闲话晋商》，长篇小说《朱衣道人》《风流恨》《西部人鬼录》《葫芦迷阵》《金融家》《重返伊甸园》《龙城三部曲》（《龙迹》《龙碑》《龙蚀》）《龙族》，历史小说《天龙盗宝》《舍利之谜》《云陶真人》，大型电视系列专题片《晋魂》《晋颂》。其中《风流恨》获得河南省 1988 年优秀图书奖，《龙族》被纳入《小说界文库》并获得太原市文艺创作优秀作品奖，《晋魂》《晋颂》分别获得山西省委宣传部 1998 年和 2001 年的"五个一工程奖"。

孙涛自己比较满意，同时也受到同行和读者好评的，应当是长篇小说《龙城三部曲》（由《龙迹》《龙碑》《龙蚀》组成）和《龙族》。在《龙城三部曲》系列长篇中，孙涛以内陆中等城市龙城为背景，讲述了生活在其中的一批性格各异的文化界人物的一个个故事，透视出当代文化人精神价值的迷惘与失落，在一定程度上挖掘出了文人浮躁的深层历史与文化原因，颇具时代感。或许是孙涛在透视当代文人精神价值的迷惘与失落时，感觉到精神价值的迷惘与失落并不单单表现在文人身上，其实整个当代社会中各类人都如此。于是，他经过两年多的潜心努力，又写成了四十万字的《龙族》，被上海文艺出版社列入该社展示当代作家长篇小说力作的重点丛书《小说界文库·长篇小说系列》中。

如果把这部《龙族》与《龙城三部曲》连在一起阅读，并稍作比较，就能够明显感到，孙涛把创作的视角已经从文化人扩展到社会人。他继续以内陆中等城市龙城为背景，选择政府官员、经商的文人、外商投资业务经理等当代社会受大众注意的角色为描述对象，设置了一系列并不惊心动魄却意味深长、很有吸引力的故事情节，展示出这些人物是如何成为精神价值的迷惘与失落者的。《龙族》中几位不同身份的人物，正是在各种欲望的驱使下一步一步地走向堕落的。副市长程国庆，是一位很有开拓精神和工作胆识的领导干部。经商的文人李小海，结识了马来西亚华侨富商杨儒荫派到龙城的投资经理贺晓燕及其姐姐贺晓春，与贺晓春建立性欲关系后获得了贺氏姐妹四十万元的投资承诺。贺晓燕的利欲、性欲使程国庆一步步落入其圈套，被贺晓燕骗走三百万元资金，落了个停职反省、妻离子散的下场。贺晓燕贪图金钱，利用杨儒荫给她的权力，靠色相和小恩小惠引诱程国庆，卷走了三百万元投资款另投他方。李小海的美梦在贺氏姐妹的耍弄下化为泡影，还因嫖妓被拘捕。程国庆、贺氏姐妹、李小海，在利欲、性欲面前，精神价值迷惘与失落了，显示着道德规范在人类文明进程中受到的挑战。

政府官员腐败、引进外资、文人经商，这都是近年来社会生活中普遍存在的现象。关注现实的长篇小说作家，自然不会视而不见这些现象，这几年出版的一些长篇小说也触及了：有单刀直入正面揭示者，有旁敲侧击迂回表现者，有铺排尖锐激烈矛盾冲突映证者。孙涛的《龙族》没有重复这些常用的表现方法，而是采取冷静叙述的笔调，着力描写程国庆、贺氏姐妹、李小海以及他们周围性格各异人物的生活方式、价值观念、心灵世界，由此而达到透视当代人精神价值迷惘与失落的目的。这样，整部作品就主要是由事件过程和生活细节组成，很少出现激烈的矛盾冲突和宏阔的大场面，没有多少理论阐释，也没有多少抒情式描绘。但是，每个人物、每个事件、每个细节，都显得非常真实，非常自然，非常合乎情理，我们在现实生活中，随时都可能遇见。读者在阅读《龙族》时，不会有振聋发聩的感受，却能在轻松有味中被深深地吸引住，从作品中各个人物身上体会到当今社会人们的精神面貌和价值取向，同时获得对人生、对社会、对历史，甚至对未来的某些启示。笔者以为，这样的表现方式更符合文学作品尤其是长篇小说的艺术审美特性。

近年长篇小说创作中，历史人物与历史事件让许多作家特别青睐；追求文化揭示与文化营构的写作意识成为时尚；表现个体困惑，强化个人意识、突出个性选择的"先锋"小说渐成气候。从文学本身看，这样的现状的确是进入了百花齐放的时代，是当代作家经过几十年的努力才实现的。从读者方面看，由于目前整个社会体制正处在变革时期，人们关注的焦点是现实生活中的人和事，因此，大多数读者还是愿意读贴近时代、贴近生活的作品。《龙族》就是孙涛直面现实进行创作的一次尝试。（杨占平　孙钊）

第五节　特色写作

▶▶ 钟道新的《特别提款权》

钟道新，北京人，1981年开始文学写作，一级作家。著有长篇小说《豪华客栈》《股票大亨的儿子》《特别提款权》《非常档案》《巅峰对决》（和儿子钟小骏合作完成）等，中短篇小说集《有钱十万》《单身贵族》《欲望的平台》《权力的终端》《情感的链接》等，并创作有多部优秀电视剧，如《黑冰》《天之云，地之雾》《天骄》《登录黑名单》《权利场》《智慧风暴》《督察风云》等。其中，短篇小说《风烛残年》获山西省首届赵树理文学奖；《超导》获山西省第二届文学艺术银牌奖，据此拍摄的同名电影《超导》获全国大学生电影节特别奖；中篇小说《股票市场的迷走神经》获人民文学出版社《当代》文学奖和山西省第三届文学艺术金牌奖；长篇小说《特别提款权》获山西省"恒泰杯"长篇小说征文二等奖；《威比公司内幕故事》获《啄木鸟》第四届文学奖；散文《打火机和小摆设》入选北京大学主编的《百年文学经典》。《特别提款权》是最能体现其1990年代长篇小说创作的代表性作品，也是一部能够体现1990年代中国长篇小说创作成就的代表性作品。自1990年代中国市场经济大潮涌动以来，由于物质享受的诱惑，外部生存环境的变迁，精神生存空间的拓展，1990年代的中国文学中，多有英勇献身的壮烈，生存开拓的苦涩，相濡以沫的温情，攻关夺隘的豪迈；也有对生存困难的无奈，化无奈为一笑以求解脱的幽默等等。于是在中国文学史的画廊中，便多了一些探求真理的斗士，滋润人生的女性，追名逐利的小人，平平常常的庸常之辈等等。这些作品，体现了人的命运、心灵、情感、行动与社会的冲突、碰撞及其作用下的种种形态，令读者随之喜怒哀乐感慨万千。这是社会历史与人的生存格局所决定的。但是，钟道新的长篇《特别提款权》却别具一格。作品写的是几位出身优裕、富有、良好的家庭环境，自身又具有较深厚的文化素养、优越的精神素质、发达的智慧的中年人的故事。作者对以他们为代表的智力、素质、人生格调、情趣颇为喜爱，津津乐道，并在对此的叙述之中，也显示出一种类似的精神情趣，并将这些作为自己写作的中心，从而形成了作品的一种优雅的格调、氛围、气味，令人沉浸其中，在诱人的阅读的呼吸之中，受到了某种感染，诱发唤醒了某种情趣——沉埋心底多年而几乎已被遗忘了。我们知道，一定的精神格调、情趣，只能产生于相应的政治、经济、文化的土壤中，是人的文明程度的一个标志。《特别提款权》这样的小说，在过去的文学作品里是极为少有的。但是，随着和平的经济建设时期的到来，随着人们物质生活、精神文化水平的提高，这种精神的优雅、智力的优越就日益回到了人的精神世界中。这是历史与人的文明进步使然。但是，这种精神的优雅、智力的优越同社会发展形态并不是同步同构对应吻合的，这之间的冲突、碰撞、挤压、变形，就潜含了一种富有时代特征的、体现人类的某段精神流程的意味在里面，读《特别提款权》，会让人时时感到这一点。与之相应的，作品当中的那种类似《茶馆》的散文化的表现方式，那种思想性、知识性、趣味性相结合的艺术追求，在这部作品中，也是十分独特的，其内容、格调、艺术追求，对今天读者的审美趣味的适应，也是颇能体现时代的审美特点的。类似这样的小说，给新时期文学的发展提供了一个新的生长点，这样的一个生长点，是应该引起文坛足够的关注但却远未引起重视的，《特别提款权》的一个重要的意义或许正在这里。《特别提款权》中的三个主人公的家庭出身都是很优越的。彭小彭的父亲是解放军的高级将领，方若石的父亲是大学教授，厉法的父亲通晓党内历史与政治。优越的家庭环境，喻示着他们的生长环境在物质与精神方面是双重富有的。所以，方若石在无事可干百无聊赖之中随意玩游戏也能超过常人而玩得令人叫绝；他的妻子邱圆虽为养家糊口所累，但仍能紧跟世界高科技发展，只因气不忿儿马健飞的卑劣行径，就用最先进的NCFC破译了马所声称的"谁也解不了"的密码；彭小彭在"眼镜风波"中智胜想借丢眼镜讹一笔赔偿的佐佐木寿；厉法在北京城区处于极易得罪各方的分管卫生、绿化、水电、治安的副区长位置上，并极富政治敏感，极富理论意识。作者在揭示这一切时，重点不在于外在的客观的具体社会问题、社会矛盾的揭示，也不在于揭示这些问题、矛盾给人物命运、情感带来的冲突、痛苦、影响，而在于借助这些显示一种人的智力、素质、格调、情趣，让这些弥漫于作品的字里行间，并以此构成作品的魅力。与这样的描写相对应的，是作品时时在这些描写中，穿插进许多类似的人、事的零散片段或者是作者类似的叙述、议论。譬如厉法插队时的一个同学，不相信搞文学需要广泛的准备，认为一支笔一张纸就能开业，没几年就成了北京最好的武侠小说作家，且后来又是校注又是翻译，放在大学，足可以评为教授；譬如娱乐场的南经理，尽管一个游客在赌博活动中极为罕见的一次赚取了游乐场几万元钱，但南经理仍纹丝不动，且具有身居赌场而又能对此进行哲学思考的能力。譬如作者对游洋、邱圆微妙关系的叙、议，对彭小彭等人商场谋略的叙、议，其叙述体现了作者庖丁解牛般的一种居高临下的对社会、人生的洞悉、解析，其议论则往往收画龙点睛之效，使读者由此对所叙事件所蕴含的社会、人生奥秘有了突然的顿悟或深入、精细的回味。特别突出、精彩的则是在整部作品中，无论是人物对话、场景描述，还是背景介绍、行动描写，常常充满着某种知识、典故、人生经验、社会规则等知识性介绍。譬如潘向宁对清代六部体制及其机制、内幕、官场权术的介绍；彭小彭向安静介绍鹿茸知识；游洋向邱圆介绍白灼虾，等等，读起来令人兴味无穷，手难释卷。所有上述这些，都与作品的人物、情节有机地穿插组合成一个整体，使作品充分体现了作者表现人的智力、素质、人生格调、情趣的审美追求。去掉这些部分，对传统小说观念中的情节进展、性格塑造，对社会矛盾的概括和揭示等等固然无妨，但却从根本上有损于作品整体意蕴的表达。因此，读《特别提款权》，时时让人想到《茶馆》的结构艺术。《茶馆》为着表现社会的丰富、复杂、广博，上场人物多达七十多人，有的人只上场一次，只有一两句台词，且与其他人物并没有情节上的关联，然而这些都是表现剧作内容所不可缺少的，都构成了剧本所体现的主题，大有形散神不散的散文结构风韵。读《特别提款权》，也让人时时想到知识性、思想性、趣味性相结合的散文。把这种知识性、趣味性体现于小说中，又成为作品体现其意蕴、主旨、审美追求的"有意味"的有机体，在这些方面，《特别提款权》都是具有开拓意义的。这部小说，满足了一个新的时代的某种精神需求特征。这种精神需求特征就是：随着物质、精神世界的逐步富有，对优越的智力、文化素质和人的品位、情调的喜爱，对作品知识性、趣味性的喜爱，并以此在疲倦、紧张、快节奏的现实生活中，在阅读作品

时，因上述因素而得到一种精神上的洒脱、舒展和回味。（傅书华）

▶▶ 吕新的写作

在山西青年作家中，吕新是一个非常具有个性、创作成就特别突出并且可以进入全国评论家视野的人物。在20世纪90年代，吕新和苏童、余华、北村、叶兆言、孙甘露、马原、格非、残雪等，被评论家称为国内文坛的"先锋作家"，他们喜欢求新求变，对于国外各种现代文学技巧，都拿来尝试，而且学得快，似乎一点隔阂都没有。尽管有不少老作家和评论家指责他们生吞活剥，作品不知所云；但这些"先锋作家"依然走自己的路，以先锋的姿态继续探索。经过十几年的努力，这批作家靠着独特的艺术风格和对社会生活的敏锐揭示，已经成为中国文坛的骨干。

吕新1986年发表第一篇小说《那是个幽幽的湖》，就让山西文学界吃了一惊。他那独特的艺术感觉、独特的叙述方式、独特的语言风格、独特的想象回忆，完全有别于山西传统的文学创作套路。二十多年来，吕新写出了三百万字的长、中、短篇小说，主要作品有长篇小说《抚摸》《光线》《草青》等，中短篇小说《瓦楞上的青草》《社员都是向阳花》《人家的闺女有花戴》《圆寂的天》《一个孩子的传统》等。2014年，吕新的中篇小说《白杨木的春天》获第六届鲁迅文学奖。

吕新的小说很大一部分是写童年记忆、童年印象的，譬如山区的风景、农具、季节、色彩以及农民的衣食住行等等，它们以生活断面的形式组合起来，形成了晋北农村的一幅幅图画。从小生活在那片土地上的吕新，对山区的一草一木，对农民的生存状态，都相当熟悉，因此，他写起来特别顺畅、自然。从作品类型看，吕新的小说一种是写实性比较明显的，他努力揭示现实社会生活中的矛盾，以自己独特的感悟去表现人物的心态；另一种是带有浓重虚幻色彩的，他以奇诡的想象以及层出不穷的比喻，会让读者置身于一种幽深、奇丽而又带有一点神秘的虚幻世界中。吕新的小说常常充斥着错乱的时空关系，人物和故事都被他有意拆成碎片，"像一片随风而散的满地缤纷的落英。"①那些跳跃性很强但又细致描摹的画面，顺着语言之河流淌，向读者展示着吕新眼中的晋北山区。同时，吕新对语言（特别是形容词和定语）的迷恋，使他的作品具有浓重的意象风格。吕新小说中出人意料的比喻层出不穷，甚至有喧宾夺主之嫌。这使读者意识到，我们正在阅读的其实不仅是小说，而更多的是不分行的超现实主义诗，这也许和他早年曾经写诗的经历有关。在吕新的小说中，对话差不多都被纯粹的言说所代替，而山村的风物和人的主观感受交织在一起，形成一张沉重的网。

　　吕新是一位讷于言行而内心却有着丰富想象力的作家。对于走上创作路，他的体会是："对我来说，当初就是想写，不写就觉得过不去。这么多年过去了，现在仍然是这样。除了写作，我不喜欢做任何的事情。换句话说，除此以外的任何工作都不能吸引我，甚至连最基本的认同感都没有。我看很多人从事着他们各自的工作，一直到退休，我不能不佩服他们。比如说，一个人能在一个最没意思的场合坚持到最后，待到曲终人散，这不能不说是一种毅力。"近年来，他的写作速度有所减慢，但认真精神可见，作品越发显得成熟起来了，最有代表性的是2001年问世的长篇小说《草青》。

　　我以为，《草青》最大限度地张扬了吕新的创作风格，让读者又

---

　　①李锐《纯净的眼睛，纯粹的语言》。

一次领略到他别具一格的艺术结构。那种带着诗意的想象描写出的日常生活，在他寓言化的叙说中被提升到异乎寻常的感觉高度。主人公胡佛家庭的历史，尽管在小说中是作为结构线索安排的；然而，这样的历史，一旦被吕新的个体感觉承载起来以后，就成了他本人的一次感觉漫游和想象的宣泄。比如这样的语句："月亮下面的一片银白的地方，现在看上去有些殷红，给人以一种充血的印象。树叶突然发出钱币一样的声音。……从远处的村庄脱缰逃出的马，在月光下跑得像流星一样。""他们站在一条有沙子的路上，望着镇里的黄色的山墙。干燥的炊烟在雨里延续着，生长着，一会儿保持着从前的笔直，一会儿又弯曲得乱七八糟，尽情而无形地改变着方向。为什么雨不能把烟淋湿？"这种虚化的人物和乡村风景，这种人物的超现实意识流动，这种语言的寓意强化等等，显示出一种超出日常生活经验的审美图景，使之成为一个真正意义上的艺术文本。《草青》所蕴含的那些亦真亦幻的民间乡村文化形态，那些生存的本质力量的形而上思索；那些符号化人物及语言的寓意化，都表现出吕新对精神文化内涵和小说形式探索的一次有益且有效的尝试。《草青》还延续着吕新的叙事偏好：故事抽象化、情节淡化、人物符号化，叙述成了一种虚幻如梦的画面拼接，时间的顺序结构被打乱，采取了前后交错的回复安排。

吕新跟别的"先锋派"作家相比，还是有自己明显的个性的，他毕竟生活在黄土高原上，生活在现实主义文学传统深厚的三晋文坛中，作品里自我的成分比别的"先锋作家"要少许多。他的小说中很少有那些表现自我的失落、焦虑、绝望的内容，笔下的晋北山区农民的生存状态，晋北的地理环境和民情风俗，并不是有意展示落后、愚昧，提供给读者的是一种独特的感受。（杨占平）

第六节　乡村风景

▶▶ **王祥夫的《种子》**

王祥夫，1958 年生，祖籍辽宁抚顺。先后出版有长篇小说《种子》《米谷》《生活年代》《百姓歌谣》《屠夫》《榴莲榴莲》等七部，中短篇小说集《顾长根的最后生活》《愤怒的苹果》《狂奔》《油饼洼记事》等五部，散文集《杂七杂八》《纸上的房间》《何时与先生一起看山》等六部。尤以短篇小说与散文的创作而引人注目。其《上边》曾经获得过第四届鲁迅文学奖短篇小说第一名。尽管王祥夫的主要精力基本上都投入到了短篇小说的创作之中，但他的长篇小说创作也同样取得了不俗的成绩，可圈可点之处多多。在他的诸多长篇小说之中，《种子》恐怕是比较有代表性的一部。

《种子》的出版时间是 1996 年，据此判断，王祥夫的创作时间显然要早于这个时间。我们都知道，王祥夫与陈应松、曹征路、罗伟章、胡学文、刘继明等几位，一向被看作是"底层叙事"的代表性作家之一。需要注意的是，尽管说作为一种小说创作思潮的专属概念，所谓"底层叙事"这一概念的提出，还有待时日，是进入新世纪之后才出现的事情，但就王祥夫本人的写作状况来判断，则完全可以说，其实已经非常突出地表现出了"底层叙事"所应具备的若干思想艺术特征。别的且不说，单只是这部《种子》，其"底层叙事"的特质就已经体现得非常明显了。我们知道，所谓"底层叙事"，其主要文学成就集中体现在中短篇小说领域，思想艺术相对成熟的长篇小说，一直到现在都不多见。相比较而言，王祥夫的《种子》绝对应该被看作是一部相对优秀的具有"底层叙事"特征的长篇小说，应该得到相应的理解与肯定。

《种子》所具体讲述的是一个由假种子而酿成的人命事件。所谓假种子，在当下时代，似乎已经是司空见惯的寻常事件了。不要说种子有假，即使是每天都要入口果腹的食品，专门用来救死扶伤拯救生命的药品等等，也都无所不假了。然而，假若时间倒退十五六年，回到王祥夫创作《种子》的1990年代初期，虽然说在现实生活中确实已经出现了一些造假现象，但毕竟还没有发展到后来这样一种几乎无物不假的严重地步。王祥夫的这种题材选择，在很大程度上凸显出了作家的一种写作敏感。

某县种子站在无意中售出了一批假种子。既然是假种子，种下地之后自然就不可能如期出苗。庄稼是农民的命根子，种子不出苗，自然是天大的事。于是，农民的反应就特别激烈。王祥夫在小说中把自己的具体关注视野集中在了农民刘玉山一家身上。在确认种子存在问题之后，包括刘玉山父子在内的农民们，于怒不可遏之际蜂拥而至县种子站，要求县种子站在不耽误农时的前提下，迅速更换提供合格的种子。关键在于，种子站的实际情况也并不够乐观。由于不久之前刚刚进行了县区种子站的合并工作，围绕着权力的重新分派，种子站内部充满了可谓是盘根错节的矛盾冲突。作家的笔触在这里实际上已经在不知不觉间完成了一种悄然的转换，由对于社会问题的高度关注转向了对于人性世界的深度勘探与透视。作家固然应该高度关注社会现实，不能够漠视社会问题的存在，但也应该注意到，对于小说而言，触摸表现真实的人性世界，毕竟是更为重要的使命。因为，从根本上说，小说确实是一门与人性密切相关的艺术形式。

由于种子站内部存在着复杂的矛盾纠葛，所以，面对着怒气冲天来势汹汹的农民，他们各自的应对表现自然也就形成了很大的区别。于站长、李书记唯恐一不小心丢掉脑袋上的乌纱帽，不能够负起领导的责任；直接责任者方玉枝因为担心全部责任都落到自己一个人头上，自然百般推诿；而王金华，则虽然是科班出身，业务可谓特别娴熟，但却因了权力地位的争夺采取了壁上观的姿态。只有身为副站长的陈剑华良心未泯，尽管自己在现实的权力争斗中无论如何都算不上是既得利益者，多多少少显得有些失意，但面对着波及面这样广大性质情况如此严重的假种子事件，唯有他真正切身处地站在受害农民的立场上，真正替农民着想，在千方百计地想方设法四处抽调种子，力图不误农时，尽快解决种子的问题。但事情的实际发展情形，却是不以陈剑华的个人意志为转移的。就在他设法解决种子问题的同时，那些已经丧失了理智的农民却已经无法继续忍耐了。这个地方，就充分地凸显出了王祥夫某种突出的艺术智慧。一方面，他确实极富同情心地描写展示了假种子事件给广大农民实际上造成的巨大损失，当然也包括对于农民身心世界构成的极大伤害。但在另一方面，王祥夫特别难能可贵的一点，就是他并没有由此而把农民神圣化和理想化，他以极其真实的笔触深刻地揭示出了农民这群乌合之众身上的"群氓"性质。

正所谓冤有头债有主，种子站固然不应该闹出假种子事件来，但在这样的事件真实发生之后，作为受害者的农民采取怎样一种理性的态度应对，实际上就成为一件更重要的事情。正如同王祥夫《种子》所具体展示的，实际的情形要糟糕得多。包括刘玉山父子在内的一众农民之所以聚集到种子站门口，本意是要讨回真种子。然而，当这些满腹怨气群情激奋的农民们聚在一起的时候，其实就于无形中凝聚成了某种气场。在这种气场莫名其妙的作用之下，参与者的人性世界就在不自觉的状态下悄然变形了。这一变形的实际结果，就是一场多少带有一点打砸抢性质的群体事件的发生。眼看着真种子得不到，而且索赔无望，内心彻底绝望的农民们已经完全丧失了理智："人们这时几乎已经失去了理智，谁都怕这次再弄不上种子……人们的激动兴奋和野性这时全被煽动起来。"既然如此，一场群情激奋的打砸抢事件的发生也就不可避免了，失控的结果是一位种子站工作人员被打死。具有强烈吊诡意味的是，这位不幸者，居然是那位一心一意努力尝试解决种子问题的副站长陈剑华。不过再想想，结果好像也只能如此。别人都躲在一边，只有古道热肠的陈剑华试图出面阻止农民们不理性的行为。这样，承受不堪后果者，当然就非陈剑华莫属了。很显然，在王祥夫的这部小说中，陈剑华可以说是唯一一位闪现着理想主义色彩的人物形象。尽管说也曾经为自己权力场上的争斗失意而耿耿于怀，但到了关键时刻，他的毅然挺身而出，以及最后不幸弃世的悲剧性结果，就使得他的行为充满了悲壮色彩。有了陈剑华作参照，小说中其他人物人性层面上的蝇营狗苟与猥琐不堪，自然也就更加凸显无疑了。而尖锐地揭示袒露这一切人性世界的丑陋真实，恐怕正是王祥夫小说写作的初衷所在。

人命案一出，曾经喧闹不已一度失控的场面，马上就陷入了一片沉寂状态。那些曾经积极参与酿造事端的农民们，很快就作鸟兽散了。到这里，王祥夫的艺术笔触再次发生转换，由对于群体事件的关注展示转向了人命案件的善后处理。一方面，是如何安顿已然丧命的陈剑华的后事，另一方面则是由谁来承担刑事责任。首先需要注意的是，借助于陈剑华的意外身亡，作家又一次映照出了人性的丑陋与残忍。请看王金华的心理状态："这是王金华的一句假话，实际上他的心里很高兴。他已经盘算过了，陈剑华一死，站里就空出一个位置。这个位置一定要有人来补，最不好的打算就是让方玉枝来补，那主任的位置也空了，到时候主任的位置不是自己的又会是谁的？"同事因公而亡尸骨未寒，王金华却只是一味喜滋滋地打着自己升官的如意小算盘。人性之真实，果然就丑陋不堪到如此一种地步了吗？

王金华的表现固然让人心寒，但整个种子站的表现，其实很有一些闹剧的色彩。照理说，这次事件的根源在于假种子事件。如果没有假种子事件，农民就不会闹事，陈剑华也就不会无端身亡。但种子站的领导是无论如何都要想方设法推卸自身责任的。怎么推卸呢？这些人所惯用的手法，就是转移视线以故意改变事物的性质。具体到这部《种子》，种子站的领导想出来的方法，就是把陈剑华申报为"烈士"："为了咱们种子站好，再说我们还要向上级单位给陈剑华申请'烈士'称号呢"。如此一来，事情的性质自然也就发生根本变化了。"种子，是人民内部矛盾，种子上出的错再大，大到天上去也是人民内部矛盾，杀人是什么罪？陈剑华还是共产党员呢。"只要认真地端详捉摸一下于站长的这番话，我们就会明白种子站为什么非得替陈剑华申请"烈士"称号了。却原来，在经过了如此一番巧妙的转换之后，不仅原来的假种子事件会得到有效的遮蔽，而且还能够让种子站得分不少："陈剑华如果给定了烈士，那么对咱们种子站的工作也是个肯定。"就这样，经过种子站领导的刻意设定操纵之后，本来属于悲剧性质的陈剑华之死，就俨然变成了一出为了捍卫国家财产而勇敢献身的颇具正义凛然色彩的正剧。而这，恐怕也就是俗话所说的"化腐朽为神奇"了。

既然已经认定陈剑华是英勇献身的"烈士"，那么，也就必须寻找杀人凶手，必须认定刑事犯罪的犯罪嫌疑人。这样，故事在经过了一番周折之后，就又一次巧妙地与刘玉山一家牵扯在了一起。关键的原因就在于，陈剑华之死，与刘家的老三存在着直接的关系。按照小说中的叙述，这刘老三也并非十恶不赦之人，他也并非就是要蓄意索取陈剑华的性命。他只是在一片群情激奋之中，失去了理智，一时冲动，拣起地上的一块砖头，击打了陈剑华的头部两下。不料想这两击果然击中了要害，陈剑华居然倒地不起一命呜呼。一场杀人命案，就这样成了一种活生生的现实。杀人当然就得偿命，更何况在经过了种子站领导的一番特别努力之后，陈剑华还变成了一位光荣的"烈士"。这种情况之下，血案的制造者，当然就无法逃脱法律的严厉惩处了。

就这样，小说的故事再次发生了颇具吊诡色彩的峰回路转，最终转向了刘氏家族内部。面对着突然从天而降的这柄达摩克利斯之剑，一贯大大咧咧的刘老三终于陷入了一种莫名的惶恐状态之中而惊惧不已。在死亡的巨大威胁面前，刘老三最后终于跪在了父亲刘玉山面前，请求父亲答应让自己的大哥哑子去替自己顶罪。刘玉山共有三个儿子，老二老三都很正常，只有老大是一个天生的哑子。面对着刘老三的请求，矛盾纠结就转移到了身为父亲的刘玉山这里。正是在这种特定的情境中，王祥夫那犀利异常的人性解剖能力再次获得了充分展示的机会。请一定注意小说中的这样一个细节，那就是刘玉山的老婆曾经建议刘玉山自己去替儿子顶罪。当此情境之下，刘玉山一种本能的回答是："我才四十八。"一句"我才四十八"，就把刘玉山内心深处潜藏着的那样一种自私本能暴露得淋漓尽致了。刘玉山不肯去顶罪，最后的顶罪者，自然就只能是那个永远也不会说话的哑子了。当然，刘玉山不肯替儿子去顶罪，并不意味着他不痛苦。实际上，他所做出的让哑子去顶罪的决定，确实经历了一个艰难的矛盾纠结过程。这一点，非常突出地表现在他在水泵房里放声大哭的那一幕当中，那正是因为内心中虽然不舍得让哑子去替刘老三顶罪，但却又无可奈何，除了让哑子顶罪之外别无选择的矛盾心态的一种真实呈现。

然而，无论刘玉山怎样舍不得，无论他的内心世界如何纠结，都无法改变哑子替弟弟顶罪的必然结果。尽管我们无法知道哑子的真实想法，但心灵世界较之于常人其实更加敏感的哑子，实际上还是感觉到了不幸命运的降临；"老二追出去，哑子已经跑回了自己的屋子。老二去推门，门被哑子从里边关上了。老二还没伸手想从门上的那个窟窿把门从里边开开，就听见了哑子的哭声，哑子的哭声很大，这可能与哑子耳朵听不到有关。"哑子之所以会有如此激烈的异常反应产生，其实与他已经预感到了自己未来的苦难命运有关。但，不管哑子的反应如何激烈，也都不可能改变自己的无常命运。最终，这个无辜的哑子，还是无可奈何地被迫顶替自己的亲兄弟走上了断头台。必须强调，哑子这一形象，是读过《种子》之后最让人难以忘怀的一位人物形象。只要认真地读过小说，你就可以发现，除了先天残疾之外，你几乎很难找出哑子这一人物性格中的负面因素来。可以说，除了勤勤恳恳任劳任怨地干活儿，哑子真的对这个世界无所求。哑子不仅愿意给自己家里干活，而且只要别人有所求，他就会毫无保留地献出自己的劳动。给刘迎新搬石头，就是这一方面一个突出的例证。可以说，只有这个世界伤害哑子的分，而没有哑子反抗的分。面对这个世界带给自己的伤害，作为弱者的哑子只能默默地无言承受。

对于哑子来说，这个世界对他最大的伤害，恐怕莫过于必须替自己的亲兄弟去顶罪。哑子恐怕无论如何都不会想到，对自己最大的伤害，居然会来自于自己最亲的亲人。不只是要替自己的亲兄弟顶罪，更让人难以接受的是，就在临刑之前，就在被短暂关押在狱中的时候，哑子居然还得再次承受被别人鸡奸的痛苦凌辱。"哑子忽然被惊醒了，只觉得自己的手脚忽然被几个人一下子按死了，一下子按得死死的，身子又被一下子脸朝下翻过去。""哑子觉得自己的裤衩一下一下剥了下去，后来，按着哑子的手忽然一下子都松开。"可以说，哑子在狱中如此惨烈的一种遭遇，甚至于比他替自家兄弟顶罪都还要更加损害他的人性尊严。众所周知，"底层叙事"的作品，大多都会描写表现被侮辱被损害的底层民众。王祥夫的这部《种子》自然也不例外。其中，无论是那个意外身亡的陈剑华，还是如同刘玉山这样普通农民，都可以说是被侮辱与被损害者。但如果就受伤害的程度来说，没有哪一个人能够与哑子相比。无论从何种角度看来，哑子都是一个极端的被侮辱与被损害者。

我们注意到，在王祥夫的笔下，其实总是会有如同哑子这样的残疾人形象出现。在这里，需要引起我们深入思考的一个问题就是，王祥夫何以能够用这样一种人道主义的情怀去关注表现如同哑子这样的残疾人？却原来，王祥夫自己就有一个残疾人的弟弟需要照顾。大约正是因为这样一种可谓是感同身受的人生体验，所以，王祥夫才能够如此细微地体察到残疾人那样一种无以言说的精神痛苦，才能够以这样一种人道主义的悲悯情怀来展示表现残疾人的精神世界。说到这里，我们就应该注意到《种子》中的这样一个细节，那就是，因为哑子没有结婚，一直没有尝过性爱的滋味，所以，就在刘玉山一家打定主意要让哑子去顶罪的前夜，刘老二特意花费五十元钱去找了个妓女来陪哑子。很显然，刘玉山他们其实是要通过这样一种方式来对毫无过错的哑子有所补偿。但是，从小说写作的角度来说，王祥夫能够设定如此一种细节，所充分凸显出的，实际上乃是王祥夫作为一位作家一种难能可贵的悲悯情怀的具备。某种意义上，正是因为具备了这样一种悲悯情怀，所以，王祥夫才能够完成如同《种子》这样具有突出艺术感染力的长篇小说。（王春林）

▶▶ 王西兰的《送葬》

王西兰，山西永济人。1972年开始发表作品。文学创作一级。著有短篇小说集《耧铃叮当的季节》，小说散文集《无悔选择》，文学评论集《文学的觉醒与归真》，长篇文化散文《大唐蒲东》等。电视剧剧本《三打运城》（合作）获华北五省市电视剧本创作奖，短篇小说《闸门》《耧铃叮当的季节》分别获1980年、1983年《山西文学》优秀作品奖，散文《守灵的日子》获山西亲情散文征文一等奖。但能够体现其创作高度的，则是长篇小说《送葬》。

《送葬》1998年由中国文联出版公司出版。小说以一位乳名叫心娃的副县长回忆其少儿时代为叙述视角，以回到其久别的故乡，在同一天同时遭遇两场让其为难的老人葬礼为主要线索，讲述了一个在外游子难归故土的辛酸故事：心娃的父亲，是一位出身于传统农耕文化根基深厚的晋南的农家子弟，他在西安、兰州等地，长久浸泡于现代商业文明，习得一身商业文明之气，且以自主意愿，娶了一位心仪的浑身上下同样散发着现代商业文明气息的女子为妻，并生了一子，即心娃。但在建国之后，由于现代商业文明已在新的社会土壤中没有立足之地，他不得不回到久别的充满了传统农耕文明的故乡，而在他的故乡，他还有着一位他非常年轻时，由父母做主给他娶的他并不满意的正妻，且有两个孩子。所有的矛盾与冲突由此展开：

首先，心娃的父亲，在现代商业文明中，虽然如鱼得水，但在传统农耕文明中，却如虎落平川龙困浅滩：干农活不及农村女性，而他擅长的现代商业知识与能力，却又没有丝毫可以发挥运用的空间，尤其是他的现代商业文明的生活形态、习惯、品味等等，与他所处的传统农耕文明浓郁的生存环境格格不入。由此，带来了他所身处的群体对他的整体排斥、挤对，使一位曾在现代商业文明中风流倜傥的人物，却因此而变得风度尽失，了无生气，最终积郁成疾，精神失常，投井而死。

其次，是心娃的母亲，这是作者着墨最多的一个主要人物。同心娃的父亲一样，这样的一位充满现代商业文明风情的生命形态鲜活的女子，一旦落入传统农耕文明根深蒂固的厚土，在严苛的打压下，其生存、存在的困境可想而知。作者通过其与作为家族统治者的奶奶的冲突，通过二者地位不对等状态下的被欺压，通过其"妾"的身份所带来的羞辱，通过其丈夫在家族文化下对自己爱的能力的失去，通过对奶奶用膳时的跪请、给心娃做油夹馍时所受到的羞辱、棉籽事件等等一系列的情节与细节的描写，对这种严苛的打压，做了充分而又生动的展示。但与心娃的父亲不同的是，心娃的母亲在这种打压下，却体现了一种顽强的女性的生存的坚韧及这一坚韧给荒凉、枯涩的生活所带来的滋润，并由此使她的生命在一片灰暗、沉闷中，放射出动人的光彩与灵动的声响。这是因为心娃的父亲，是把自己的生命价值置入社会价值体系的是否认可之中，所以，当社会价值体系对其不再认可时，就濒临绝望之境。而心娃的母亲，则把自己的生命价值置于自身，由此，在与社会价值体系的冲突中，让我们看到了生命形态的另一片明亮的天空。

围绕着心娃一家回归乡里之后的遭际，小说还塑造了一系列性格丰富且富于深度的人物。如作为家族统治者形象的奶奶，其对心娃一家所带来的新的不同于传统农耕文明的气息，有着最为敏感的直感与排斥，由此带来了她对心娃一家的冷酷，中国传统文明"吃人"的一面，在她的身上有着集中而鲜明的体现。与奶奶类似的是三叔的形象。这是一个奶奶的代言人，或者说，是传统乡民的代表者，传统乡民作为整体而对心娃一家的排斥与打压，在他的身上做了充分的体现。再如心娃同父异母的大哥温娃，虽然从小生长于心娃家，受恩于心娃的父母，且因此而受到现代商业文明的浸染，回到乡下后又做着教书的工作，也算是一个乡间知识分子，但在切身利益的支配下，在乡村强大的传统农耕文明的压力下，不但对心娃母子没有援之以手，反而在事实上起到了落井下石的作用。其性格的复杂性及在这复杂性里面所包括的社会、历史与人之间关系的丰富内涵，也使这一人物虽然着墨不多，但却不容忽视。

与奶奶、三叔、温娃等不同的，是另一类给予心娃一家以温情呵护的人物形象的塑造，如被称之为三奶的老人，如同样因为家庭出身的原因而不被传统农耕文明所接受的如玉姨，有着传统乡间善良禀性的万利叔、六叔与八叔、社长等等。在这其中，写得最感人的是三奶，她让读者感受到了人性的博大情怀；写得最有光彩的是如玉姨，两种文化激烈冲突中她的仗义执言，构成了对心娃母亲形象的丰富与补充；写得最耐人寻味的是社长形象，他让我们看到了政治这一力量对中国传统乡村的直线冲击，如何在类似社长这样的人物的转换、兼容下，成了一种独特的社会格局、社会景观。

当然，在所有的人物中，主人公心娃是一个性格意蕴最为丰富的人物，他是整部小说的"焦点"，整部小说主题、内容、意蕴的丰富性、深刻性，都在他的身上得以体现：他的故乡虽然是中国传统文化根基深厚的晋南乡村，但他从小因为父辈对故乡的出逃，出生在西安的现代商业文明圈子里。正是在人生情感形成最为敏感的儿童时期，他回到了故乡。现代商业文明的光彩，中国传统农耕文明对现代商业文明的所有的排斥、蔑视、打压，都通过他身边的亲人与他人，施加在他的身上，让他对此有了具体的情感、生命体验，并因此而再次逃离故乡。当他再次因为参加葬礼而回到故乡时，他面临着一个让他感到尴尬的处境：两个葬礼同时出现：一个是他的亲奶奶，但却是给他一家带来致命伤害的亲奶奶；一个是在其一家处在最危困时，给他一家以温情安慰与呵护的乡亲——三奶。作者让他的主人公在听到这两个葬礼讯息时，即决定只参加三奶的葬礼，并在实际中，也只参加了三奶的葬礼，虽然他最先遇到的是其亲奶奶的葬礼，并因此受到家人的期待与恭迎——但他却最终未予理睬而直接走进了三奶的送葬队伍。小说在结尾时，让他的主人公"并非出于感情而是出于理念"，去了其亲奶奶的坟头，认真却又是毫无表情地磕了一个头，"完成了一个传统的大礼"。中国传统文化在极端成熟的没落之后，其出逃之后的鲜活、幼稚、不成熟，这种鲜活、幼稚、不成熟，在中国传统文化大地上的被排斥、蔑视、打压，这种飘零无依、没有归宿的漂泊感，这种逃离母体却又清醒地意识到自己来自于母体的尴尬等等，都使小说的主人公心娃及其父母具有了丰富的隐喻意味，并将这种隐喻意味做了个体的生命化情感化的体现。

山西的长篇小说，大多重视对重大社会现实矛盾、厚重历史内容的高度概括与呈现，以个体性的生命化情感化的方式，体现时代、文化转型期的文化冲突、生命冲突的，并不多见，王西兰的《送葬》正因此而显示了自己的意义与价值之所在。（傅书华）

▶▶ 田澍中的《五汉街》

田澍中，山西沁水人。文学创作一级。1978年开始发表作品，著有中篇小说集《碑文》，中短篇小说集《二十四级台阶》，长篇纪实文学《润城雄风》等。短篇小说《三凤告状》获1980年《汾水》优秀小说奖，中篇小说《碑文》获1989年—1993年《山西文学》优秀小说奖、《青年文学》第三届《青年文学》创作奖，报告文学《来自丹河的报告》获环保潮大型系列征文奖等。长篇小说《五汉街》是最能够体现其艺术创作成就的代表性作品之一。

《五汉街》写的是一个古老的内陆小镇上代表儒家文化的杨氏家族和代表极"左"革命文化的黄氏家族之间的殊死斗争。小说着重揭示的是这种殊死斗争在改革开放后的表现形态及其在新的经济形态、文化形态面前的必然灭亡，而对改革开放后所表现出的某种新的经济心态、文化形态也给予了无情的尖锐抨击，但在这种对消亡的真实揭示及评价的尖锐无情中，却并不让读者感到悲观失望而是让读者看到了历史的行进，而是给了读者一个不是平面地进入现实而是站在超越现实的层面来审视现实的立足点。

　　读这部小说，不禁会让人马上想到《白鹿原》，想到《白鹿原》中的白、鹿家族之争，想到白嘉轩、朱先生，或者说《白鹿原》从民主革命走到了新时期，走成了《五汉街》，抑或说，《五汉街》中的杨、黄家族之争是《白鹿原》中白、鹿家族之争的延续。读这部小说，不禁也会让人想到中国新时期文坛许多近距离关注社会现实的长篇小说的短劣优长，因之，虽然这部小说在新时期近距离关注社会现实的长篇小说潮流中还不能称之为黄钟大吕，但它还是给了文学界以较大的有价值的理论对话空间，并因之构成了其"典型"意味、"典型"意义。

　　《五汉街》的一个成功之处，是作品比较深刻地揭示了代表儒家文化的杨氏家族与代表极"左"革命文化的黄氏家族的尖锐冲突及这种冲突在今天这个新时代必然将要消亡的趋势。杨氏家族是一个历代出高官的大族，作品不厌其烦地多次介绍杨氏族谱，其意正在于告诉读者，中国历代占据统治地位的人，正是杨氏家族这样的人。这是些什么样的人呢？他们有过辉煌的过去，他们也曾创造过灿烂的文化，所有这些，曾经被社会众人信奉因而久居统治地位而成为不容怀疑的理所应当，因之，也被被统治者所认可。黄家不就立碑发誓世世代代甘心服侍杨家吗？但是，在历史的发展过程中，他们渐渐走向了自己的反面。

　　为民申冤的义举变成了可以任意奴役他人的特权，杨一坤一次侮辱了六个黄家女伶，而灿烂的文化则成了暴行的遮羞布，成了阉割人灵魂的软刀子，杨一坤对黄家的赔罪即是如此。因之，被统治阶级被欺压者——黄家的反抗就是天经地义的事。但这种反抗，由于发生在物质贫乏精神愚昧的下层，所以，天然地带有很多杂质。黄福太革命的动机就是能不能替被侮辱的六个黄家女伶报仇，而报仇的形式之一就是能不能睡杨家的女人。这让人一下子就想到了阿Q在土谷祠向往革命的梦。这样的杂质，在半封建半殖民地土壤上的中国革命中，是时时必不可免的，所以，鲁迅多次告诫革命者，不要把革命想得那么完美、纯净，革命当中必然掺杂有"污秽和血"。对掺杂在革命中的这种封建色彩的杂质失去警惕性、批判性，正是酿成极"左"革命文化的最深厚的温床。作品中掌握村支部书记大权三十年之久的黄福禄就是这样的一个代表，他在对杨家的全面镇压中，也就把在杨家中所包含的建筑在一定物质基础上的精神文明果实——如对知识、人性、物质利益的尊重等等，一并镇压掉了，而这，恰恰又被极"左"革命文化视为是革命性坚强的表现。但是，根据马克思的辩证法，历史往往是沿着否定之否定的螺旋而上升行进的，在这种行进中，被推翻的杨家自有其存在的理由，如对知识、人性、对个人物质利益的尊重等等，其存在的合理的萌芽在历史螺旋的上升行进中，渐渐地又旋进到一个占据主导的位置，所以，在作品中，杨家才能与黄家长期对抗下去，所以，在作品中，善于预测未来的锅风景才会劝杨复之对黄家的镇压采取忍让态度，才会劝杨复之培养成功后代就是对黄家的战胜。

小说对杨黄世仇描写的深刻之处在于，作品没把革命的过程做好坏是非的纯净简化处理，而是写出了这场革命的必然性、深刻性和复杂性，在这一点上，作品超过了以往那些革命历史题材作品，与《白鹿原》有异曲同工之妙。

但历史在否定之否定的螺旋上升时，绝不是简单地又回到原来的方位，而是产生了否定过去的新质、新的方位，杨黄家族新的一代就是这种新质、新的方位的体现者。在他们的面前，原有的杨黄冲突早已失去了价值，因之，随着他们的成长并逐渐占据社会主导位置，随着原有冲突者退出社会中心，这种冲突的消失也就成了历史发展的一个必然趋势。在作品中，如果说，杨复之，黄福禄的儿子辈杨承望与黄明旺在社会转型中，尽管由于新的经济形态的需要，已经开始消除前辈恩怨联手合作但毕竟还心存芥蒂的话，那么，随着新的经济形态的形成，在新的经济形态土壤上成长起来的杨复之黄福禄的孙子辈杨超俊、黄英妮们则早已在感官之欢欲望之乐中把这些恩怨仍在爪哇国中去了，杨超俊、黄英妮二人的床笫之欢是对此的最好的隐喻。如果说，杨复之、黄福禄斗了几十年不分胜负的话，那么，他们就共同失败在了他们所培养出的后一代身上。之所以如此，实在是因为新的经济形态的出现，实在是因为在这种新的经济形态面前，杨黄的后代只有不再接受他们前辈的恩怨，才能赢得自身的生存。可以说，杨复之、黄福禄的前辈，是下层的黄家自觉甘心臣服于上层的杨家的历史，杨复之、黄福禄是下层的黄家向上层的杨家进行斗争并推翻杨家的历史，是杨、黄互相斗争的历史；杨承望、黄明旺则是新旧经济形态转型期杨黄两家矛盾、冲突开始退出社会历史舞台的历史；杨超俊、黄英妮则是这种矛盾、冲突已经消失的现实。小说通过杨黄两家的家族史，让读者真切地听到了历史行进的脚步声，在聆听这种脚步声中，我们的读者当会深切地领会到马恩关于经济基础与上层建筑关系学说，领会到马恩辩证法思想的无比深刻性吧。

可贵的是，作品的这一深刻之处，不仅体现在对历史、对历史与现实关系的把握上，也体现在对新的经济形态及建立在这一形态之上的文化形态的把握上。许多近距离关注社会现实的小说，总是一味地歌颂市场经济如何使人们脱贫致富，或者是仍然塑造几位在经济风浪中的光辉形象、道德楷模、人格神，以此来满足一些读者在伦理本位、人治土壤传统中形成的传统的审美需求，但这却是以牺牲直面历史真相、以牺牲建构现代审美需求为代价的。《五汉街》不是这样，这是《五汉街》比许多近距离关注社会现实小说都优秀、出彩的地方。在作品中，作者对新的经济形态及建立在这一形态上的文化形态也做了深刻尖锐无情的批判。

在作品中，我们看到，资本在积累过程中，是多么的残酷，充满了血腥气。牺牲女色以建立供销关系，绑架人质以索回被骗贷款，利用乡间无赖的恐怖手段以维持乡镇企业的治安，动用女色、行贿、风水迷信等一切手段来换取行政权力对资本的支持，以及行政权力与金钱资本的相互利用相互支持等等。当然，这其中也不乏牺牲精神，譬如黄明旺为了乡镇企业劳碌奔波终于牺牲了自己的健康甚至生命，但是，当这种牺牲被置于杨承望捞取政绩职务升迁的天平上而成为砝码时，这种牺牲也就被染上了一层滑稽的色彩。作品也无情地批判了建立在这种经济形态上的文化形态。不仅年轻的新一代如杨超俊、黄英妮们，一切为了瞬间的感官享乐满足，一切包括人的情感都成了消费对象，就是长他们一辈的杨承望、白梅们，也在这种市场经济激活的物质浪潮中，拼命地要补回他们在过去年代里所被牺牲、压抑或未能满足的感官享乐、欲望需求。上帝死了，也没有了"传统爸爸们"的管束，于是，剩下的只是"孩子们"的放纵与狂欢。作品对此在揭示中给读者以深深的忧虑，并以此显示自己不加虚饰敢于直面现实的彻底的批判精神。这种批判精神，在今天，仍然是十分难能可贵的，正是这种批判精神的存在，才使读者在面对历史与现实时，不会消沉，不会悲观，而是获得了一个超越历史与现实的价值立足点，而这，也

正是这部作品在今天特别值得让人称道之处。（傅书华）

▶▶ 彭图的《野狐峪》

《野狐峪》是彭图的第一部长篇小说，讲述了晋西北一个名叫野狐峪村中一家人的悲欢离合故事。彭图说，这部小说的原型在山西省阳曲县翠峰山里的一个独家村（一个自然村只有一户人家）。这家人独处深山，过着与外面世界隔绝的生活，种的地多，粮也打得多，仓里存粮，陈陈相因，三年五年也吃不完；可他们过日子却十分艰苦，每年吃的都是前几年的旧粮，有的已发霉变味，仍要吃。家里养着三四十只羊，有人去买，一只给他三十元，他认为能买四十，给他四十，他认为能卖五十，给了五十买走了，他仍认为上当，带上钱追上买主，说什么也不卖了。自家又不吃，羊群里便常有老死的羊，便将死羊埋了。一年又一年，竟埋出一片羊坟来。1980年代后期，这家人仍穿着千补万纳的衣服。自家舍不得吃，舍不得穿，待人却十分厚道，每有客人上门都宰猪杀羊招待。若出山办事，总背一背干山柴给人。

这个故事触动了彭图的创作灵感，他感到这里边有些深层的东西值得反复咀嚼。俄国的蒲宁写过一个著名中篇《乡村》，说俄罗斯就是一个大乡村。中国的情况与俄罗斯十分相似，这个独家村是否浓缩了中国许多深层的东西呢？因此他构思了一部表现生存状态的中篇小说，写了两三万字后却搁置起来了，因为他感到单纯的生存状态表达不出他的思考。后来，彭图认识了一个农民企业家。此人20世纪60年代曾被培养为县里的革命事业接班人，"文化大革命"中由于派性斗争，被判了八年徒刑，坐牢期满后，已经改革开放，他回来买了辆卡车搞运输，包煤窑，发财后经常做好事，比如给学校捐款，帮贫济困，出资修公路，但是，他的三个儿子却先后吸上了毒，最终家破人亡。和这个农民企业家的交往打通了彭图的思路，特别是企业家讲自己的经历时说"我自己的胡子怎么老不由自己拨拉"给了彭图很大震动，于是，他从简单表现生存状态跳到了存在与命运的思考上。小说主人公亢二恨不动，在读书后，将自己的名字改为亢一公，他要跟上时代的节拍，做一个一大二公的人民公社新人。他动员家里入社，他将奶奶辛辛苦苦捡来的粮食交公，他带人把自己家里的存粮起走充公。他在中学毕业后，放弃升学回到村里要改变家乡的面貌，他终于被培养成为县里的革命事业接班人。当他走到更广阔的天地时，才发现社会并不是他所想象的那样单纯。在生活的困境中，他思考社会、思考人生，他自己也变得不再那样单纯了。

《野狐峪》的一系列故事，都是围绕亢一公的命运浮沉而发生的。亢一公的个人奋斗史，从社会发展方面看，其实是几十年中国农村社会风云变幻的产物，从人生道路方面看，则是新中国成立前后出世的那一代人的轨迹。概括起来说，彭图是要写出亢一公他们那代人的生存困惑。他们接受的理想教育和奋斗目标，与现实社会总是难以一致，满腔热情被复杂的生活现象一点一点地泯灭，自己无法把握自己的命运，困惑一个接一个，生活得很累很累。尽管亢一公人生道路坎坷曲折，但他毕竟积累了丰厚的人生经验，能够以成熟的处世方式生存下去。事实上，像亢一公那一代人，如今正是中年时代，是社会生活的主体，负荷着繁重的家庭与社会责任，家庭与社会不允许他们逃避。

从《野狐峪》中，可以感受到彭图是把多年的生活积累都动用了，写得非常厚实，非常真诚。彭图曾经写过一副对联：人生境界真善美，文章气韵日月星。由此可以看出，他要求自己在物欲横流、世风日下的社会环境中，为人为文都要做到一个"真"字，要真诚、真实、真挚、真切。（杨占平）

第五章　2000年代

第一节　概述

从1990年代起始，中国文坛进入了一个长篇小说的时代。与中国文坛的总体状况同步，山西颇具创作实力的作家，也都纷纷把自己的主要精力投入到了长篇小说的创作之中，这样一种良好的长篇小说创作态势，一直顺延到了新世纪的2010年代。

从题材的角度看，这个时期山西长篇小说的创作成就主要体现在历史与现实题材两个方面。其中，历史题材方面表现最突出的两位作家分别是成一和李锐。

成一于2000年代之初推出了长篇小说《白银谷》。在这部小说的"后记"中，一向追求"不可改编"的成一明确表示自己的创作初衷是"想努力写一部好看的小说"。尽管说何为"好看"肯定是一个仁者见仁智者见智的问题，但毫无疑问地，一部小说要想做到"好看"，一个关键性的因素恐怕就是一种曲折紧张的故事情节的成功营构。一部长篇小说，一旦拥有了曲折紧张的故事情节，想不被改编也不可能了。事实上，成一的《白银谷》出版不久，就被改编成了长篇电视连续剧，并且在播出后产生了不小的社会反响。如果说1980年代、1990年代的《游戏》《真迹》突出地表征着成一小说与西方现代主义文学资源之间的一种内在联系，那么，他这部明显地向"好看"回归的《白银谷》，所充分显示出的，就是成一的小说创作与中国传统叙事资源之间的一种紧密联系。无论是更多地让人物的性格在自我的言行中做自我呈现，还是结构上的草蛇灰线却又自然得不着痕迹，类似于章回小说式的情节的起承转合，或者是叙述语言的娴熟自如不温不火，既通俗却又别有蕴藉，等等。以上种种，都可以明显看出中国传统叙事资源与《白银谷》之间的联系来。某种意义上，这种写作趋向的出现简直可以被认为是一种小说叙述艺术上的革命，它对已有近百年历史的中国现代小说叙事艺术的成熟有着十分重要的意义。

　　与成一叙事方面所作出的跨度极大的艺术努力相比较，更加值得注意的是《白银谷》对于晋商的关注与表现。尽管说晋商的存在确实曾经是中国经济史与中国金融史上的奇迹，但这一重要历史事物的被关注，却是1990年代中国进入经济社会之后的事情。对于这一点，成一自己在小说"后记"中有着足够清醒的认识："明清时代的西帮商人，是未被彰显过的商界传奇。尤其是他们独创的票号，更是清代的一个金融传奇。"也正是因为这"西帮商人"的故事是从来"未被彰显过的商界传奇"，所以成一《白银谷》的写作在某种意义上就具备了一种拓荒的性质，虽然是小说，是绝对有着艺术虚构的小说，但因了成一创作态度之严肃严谨，我们殊几也可以在某种程度上把《白银谷》当作"信史"来加以理解对待的。

　　《白银谷》中先后登场的人物有几十位之多，其中个性鲜明能给读者留下深刻印象的便有大约二十位左右，人物塑造的成功，也是《白银谷》突出的艺术成就之一。在这些人物中，最重要的一位，当然是康府的老太爷康笏南。出现在《白银谷》中的康笏南，是一位集商人的精明圆熟老到与封建家长的专横残暴伪善机诈于一身的具有复杂人格构成的人物形象。在成功地塑造展示康笏南复杂性格的过程中，可以看出作家成一对康笏南这一人物的态度也是非常复杂的，其中既有对其所代表的晋商的智慧精明与积极进取精神的充分肯定，也有对其作为封建家长的专横冷酷伪善一面的强有力批判。

《白银谷》之后，成一另一部同样以晋商为表现对象的长篇小说，乃是《茶道青红》。这部晋商小说最为突出之处有二：一是其所具备的经济史价值，如对晋商管理制度、体制改革的展示；一是对中国传统叙事资源的有效征用，如对小说情节结构的特别设定。

只要简略地回顾一下，就不难发现，李锐除了与夫人蒋韵合作完成的那部"重述神话"的《人间》之外，李锐的小说创作基本上是沿着两个路向展开的。一个是对当下时代中国乡村现实的关注，如他在1990年代相继完成的长篇小说《无风之树》与《万里无云》。另一个路向，则是对于逝去已久的历史时光的捕捉与打捞，体现在这一时期的则是《银城故事》《张马丁的第八天》。不容忽视的一种倾向是，伴随着时间脚步的推移，李锐的这两个路向似乎越来越呈现出了一种渐次合一的迹象。与此同时，另外一点也需要引起我们的高度注意，那就是，无论李锐面对着怎样的一种写作题材，从根本上支撑着其小说写作的，恐怕都是作家自己在"文革"中那样一种极其惨痛难忘的生存经验。

同样应该引起注意的，是葛水平的长篇小说处女作《裸地》。这部以20世纪上半叶的北中国乡村为主要表现对象的作品，无论是在对于宗法文化的思考表达上，还是在乡村景观的形象呈现上，抑或是在人物形象的刻画塑造上，都有不少可圈可点之处。《裸地》呈现在读者面前的，可以说是民间意义上一个本然的乡村世界。在本然的民间意义上思考表现着人与土地、与命运之间的复杂纠葛关系。

除以上几部代表性的作品之外，毛守仁的《天穿》与《北腔》、刘维颖的《水旱码头》与《血色码头》等，也都属于历史题材方面值得引起关注的长篇小说。

现实题材方面，我们首先关注的，就是张平那部篇幅长达七十多万字的《国家干部》。早在1990年代，张平就已经对于以小说艺术的形式表现中国当代政治文化发生了浓厚的兴趣，既然国家干部乃是中国当代政治文化中非常核心的构成元素，或者如张平所言："他们同是政治的产物，然而他们中间的不少人并不真正了解政治，以至于有些人常常在拒绝和瓦解着政治，以至于常常在政治的巨轮之下粉身碎骨。"那么，在进入新世纪之后，干脆以一部篇幅多达七十万言的厚重长篇小说《国家干部》来继续深化自己。对于当下时代中国社会政治文化的思考与表达，也就很自然地成了作家张平一种必然的创作选择。

就对于现实生活的关注和表现而言，李骏虎的长篇小说《母系氏家》也是不容忽视的。这是一部以当下时代的乡村生活为表现对象的长篇小说。面对公众早已熟视无睹的乡村生活，李骏虎特别睿智地选择了对女性命运的关注与透视来作为自己的艺术聚焦点，且与其他乡村小说中的同类人物形象相比较，其笔下的女性形象，都表现出了一种特别的人性深度。

张平、李骏虎之外，在现实生活的透视表现方面，还有一位不容忽略的作家，就是老作家焦祖尧的长篇小说《飞狐》。进入2010年代之后的中国长篇小说创作，从题材构成的意义上说，一个值得我们思考的问题，就是所谓工业题材长篇小说的严重缺失。而焦祖尧的《飞狐》，则在很大意义和程度上填补了这个创作空白。在《飞狐》中，焦祖尧以强烈的责任感对于当下工业体制改革的问题进行了相当深入的思考。应该承认，在当下这个时代，中国的国有企业普遍地陷入了一种空前的困境之中。虽然从理论观念的形态上，我们早已经解决了由传统的计划经济向现代市场经济转型的问题，但从真正的操作实践层面来看，当下许多国有企业面临的困境其实正是这样一种艰难转型过程的具体反映。值得肯定的是，焦祖尧不仅以极大的艺术勇气直面了这种困境的存在，而且还尝试着做出了如何才能走出这种困境的探索性思考。在故事情节渐次展开的过程中，焦祖尧鲜明地提出了必须打破旧的观念框架，必须在飞狐岭煤矿进行全面改制这样一个问题。在某种意义上，《飞狐》的总体故事情节都是在围绕着改制问题这样的一个叙事聚焦点而旋转运行的。具体来说，飞狐岭煤矿的改制问题又集中体现为所谓"劳力股"的问题。事实上，小说中最主要的矛盾冲突也正体现在如何对待劳力股的问题上。余大中、靳玉、庞根生、邢风仪、刘天生等自然是劳力股的积极拥戴者，另一位副矿长陆震云与市煤管局局长方国柱则扮演了劳力股的反对者角色，而老矿长邢耀始则忧心忡忡，但最终还是接受了这样一种新生事物。虽然在小说中是余大中提出了劳力股的想法，但问题的真正提出者很显然更是小说的作者焦祖尧。他通过劳力股问题的提出，实际上提出了一个更为根本的谁才应该真正地成为工业领域改革主体的问题。从小说所展示的具体情形来看，虽然说在当下这个时代，来自于市委何一民书记的坚决支持还是十分必要的，但更为重要的其实还是因为劳力股的想法得到了广大矿工的衷心拥护。所谓工人阶级主人翁的思想，恐怕也只有通过诸如劳力股这样一些具体方案才能够真正地落到实处。我觉得，《飞狐》这部长篇小说中所传达出的焦祖尧对于工业体制改革问题的深入思考，实际上正落脚于这个地方。在这样的一种思考背后，所潜藏着的是作家焦祖尧一种相当难能可贵的民本主义思想。

在现实题材的长篇小说写作方面，进入2000年代之后，山西其他值得关注的作品尚有钟道新的《巅峰对决》、张不代的《草莽》、晋原平的《生死门》、韩思中的《死去活来》、张行健的《古塬苍茫》等。

在以上历史与现实的两类长篇小说之外，从性别的意义上说，在2010年代，需要引起我们注意的长篇小说，还有关注表现女性精神世界的两部长篇小说，它们分别是蒋韵的《隐秘盛开》和张雅茜的《此生只为你》。说到蒋韵的《隐秘盛开》，就必须与同样出现于2005年的韩东爱情小说《我与你》略作比较。同样是对爱情的表达，但蒋韵的《隐秘盛开》却走向了与韩东的《我和你》情形完全相反的另外一个极端。如果说《我和你》是冷静的，那么《隐秘盛开》就是极度狂热的。如果说《我和你》是对"爱情"神话的一种极其尖锐有力的消解与颠覆，那么《隐秘盛开》则是对生命中所可能产生的爱情奇迹的一种极为充分的证明与展示。导致这种对于爱情的大相径庭的理解与表达情形的原因当然可能与韩东、蒋韵不同的性别有关，但更为关键的原因恐怕却在于两位作家对于爱情的理解有着堪称天壤之别的体验与认识。

我以为，在当下这样一个物质主义时代，如蒋韵《隐秘盛开》这样以"爱情"神话故事的讲述而出示自己高远精神立场的小说文本的出现其实有着特别的意义。小说文本的内在品质与时代阅读语境之间因巨大反差的存在而形成了格外特别的张力，并使得《隐秘盛开》具有了某种横空出世的意味。

或许是因为自己身为女性作家的缘故，与其他一些总是在小说的题材上四处出击的作家有所不同，张雅茜的小说创作可以说是数十年如一日地始终探究表现着女性在婚姻爱情问题上所面临着的种种困境。粗略地说来，与那些总是习惯于把自己的艺术关注视野投射到更为重大的社会政治问题上的男性作家形成鲜明区别的是，女性作家总是更多地把自己的艺术关注点聚焦到与女性自身更为密切的婚姻爱情问题之上。张雅茜的小说创作所明确体现出的正是这样的一个突出特征。而且，更进一步说，对于张雅茜来说，当她在以小说艺术的形式探究表现着女性所面临着的种种婚姻爱情困境的时候，却又总是要情不自禁地将作家自己在现实生活中的婚姻爱情体验融入她笔下的女性形象之中。在张雅茜所真实展示描绘着的女性在婚姻爱情方面的烦恼与苦闷后面，我们可以明显地感觉到作家一种形而上意义上的对于人类存在问题的深度关切与思考。在某种意义上，我们完全可以说，张雅茜婚姻爱情类小说的写作，实际上是一种将自己的真切生命体验全部投入于其中的写作。也正因为如此，为了能够与那些所谓的"身体写作"区别开来，我更愿意把张雅茜的这样一种生命投入特别突出的创作现象称之为"生命写作"。这一点，在她的这一部多少带有一种集大成意味的长篇小说《此生只为你》中的表现同样非常突出。这部长篇小说另一引人注意的地方，是通过对女性形象在情爱领域的集中描写而完成的对于女性精神世界的充分展示和深入思考。从某种意义上，真切的爱情对于作品中的女性来说，简直就是可以替代一切的宗教信仰。甚至于，我们也完全可以说，张雅茜小说中所刻意探究表现着的爱情问题，其实也只是应该被视作某种人类精神的载体而已。只有那些执着地追求着真切爱情的女性，才可以被看作是有着真正精神追求的女性。很显然，只有在这样一种意义上理解张雅茜的这部长篇小说，理解她的小说标题，方才算得上是真正切中了张雅茜的精神脉搏。从根本上说，我们既可以把张雅茜的《此生只为你》解读为一首关于爱情的颂歌与悲歌，也可以解读为一首关于女性精神的颂歌与悲歌。

以上，我们主要从历史、现实以及女性命运的思考与表现这样三个方面对于山西2000年代长篇小说创作的总体情况，进行了一番相对深入的考察与研究。通过以上分析，基本可以确认，2010年代的山西长篇小说创作，在1990年代业已奠定的坚实基础之上，经过作家们的不懈努力，确实取得了不俗的创作实绩。但是，在看到成绩的同时，我们也得意识到，与其他一些在长篇小说的写作方面取得了突出成绩的省份相比较，我们的差距也还是非常明显的。在一篇题名为《文化开放意识与文体多元》的文章中，我曾经写过这样一段话："在文体的层面上，尽管我们强调小说依然是现阶段山西文学一个非常重要的组成部分，但如果与全国的文学创作相比较，我以为，山西文学一个非常突出的缺陷，恐怕就是那样一种浑然大气具有经典意味的长篇小说作品的匮乏。这一点，与周边省份比较一下，就可一目了然。虽然说如同《白银谷》《张马丁的第八天》《国家干部》《裸地》这样的小说，也算得上是比较优秀的长篇小说了，但与那些真正具有时代标高意味的长篇小说，比如《秦腔》《古炉》《白鹿原》《古船》《你在高原》等作品相比较，你就可以明显感觉到山西这些作品思想艺术格局的相对狭小。一方面。如前所言，陕西、山东相当于山西而言有着鲜明的文化保守色彩，但在另一方面，可能也正是这样一种文化保守色彩，才使得这些作家心无旁骛，最终写出了堪称时代黄钟大吕的长篇小说。那么，导致此种情形的原因何在？要想写出优秀的长篇小说来，首先必须具备突出的思想能力。但山西作家的情况，却很显然不是思想能力缺失的问题。山西作家创作的一系列作品之所以具有鲜明的批判性特征，与他们思想能力的突出显然存在着紧密的内在联系。这就说明，仅有思想能力的突出，并不就保证可以写出好的长篇小说来。长篇小说一向被看作时代的里程碑，要想成为时代的里程碑，作家就必须具备一种整体层面上理解把握时代的能力。当然，也还得同时具备把这一切都包容表现在小说作品中的艺术构型能力与语言表现能力。对于山西作家而言，特别值得注意的，就是思想与艺术能力之间的关系问题。'小说中的思想深度表现为作家对生活的艺术敏感，它是有趣味的发现和有滋味的叙述……但艺术的敏感是属于美学范畴的东西，它是思想，但不是抽象的思想，是在小说形式控制之下的思想感情有序表现……这是小说区别于其他思想类型的存在方式。'很显然，只有把深刻的思想能力、对于时代的整体把握能力以及带有巨大包容性的艺术表现能力有机地结合在一起，方才有可能创作出足称优秀的长篇小说来。我们殷切期望，确实能够有山西作家聚精凝神，创作出够得上时代里程碑式的长篇小说来，以弥补山西作家群在这一重要文体上存在的缺陷。"如果我们从根本上摆脱一种文学本位主义思想的控制与束缚，实实在在地从2010年代山西长篇小说的创作现实出发，那么，你就应该承认，我以上的一种对比性看法，肯定是能够成立的。所以，我们只能寄希望于山西文学的未来，希望在未来的日子里，山西作家能够在长篇小说的创作领域取得更为突出的思想艺术成就。（王春林）

第二节 扛鼎之作

▶▶ **成一的《白银谷》《茶道青红》**

成一的《白银谷》是作者继其《真迹》之后的又一部通过晋商而写了中国近代历史风云人物命运变迁的力作，也是中国新世纪长篇小说的重要收获之一。对不见经史记载的晋商形态的揭秘，对社会转型期近代社会风俗画的再现，对晋商世界近代风云中个体生命价值的关注，是《白银谷》引起读者阅读兴趣的主要原因，上述三个价值支点又是以康笏南、杜筠青、六爷与云生、何老爷这些人物为凝聚点的，通过对这些人物的具体分析，是我们把握作品这三个价值支点的主要途径。

首先我们来分析康笏南。

可以将康视为一代晋商的代表人物，其命运轨迹让人看到正在远去的老中国的背影。传统中国社会等级的划分是士农工商，商排在末位。但随着中国传统的自然经济的缓慢发展，在中国传统社会的内部，也终于渐渐滋生出了与自身对立的对商业、金融业的经济要求，这一经济要求，首先由晋商得以体现，从而构成了对中国传统社会等级观念的颠覆。积习千年之久的传统的价值观念之所以被晋商消解，其因概出于"利"也。"山右积习重利之念，甚于重名"，"由儒入商的山西商人，再不济也能顶到一厘二厘生意，有一两代的小康可享"。这就是发自民间的，从切身的生存、利益要求出发而形成的物质/经济的力量，它足以瓦解雄踞千年之久的传统的社会价值观念。

经济基础决定观念形态，此言诚不谬也。

这样的一种经济力量、价值观念，当其发展到一定程度时，就构成了对原有社会权力结构的颠覆趋势。我们看到，不仅疆臣重镇的张之洞因借用过晋商的三万两银子而不得不对康笏南另眼相待，不仅朝中重臣岑春煊等为晋商所不甚看重的五千两银票就"甚好巴结""容易拉拢"，即使朝廷，也只能几次三番"乞求西帮接济"，即使皇太后皇上，也不得不在晋商的财势面前，破了朝制、大礼，将朝廷行宫设在了百姓商号家，向百姓商号"低了一回头"。至于作为地方政府的县衙，在晋商的财势面前，就更是只有低头哀求的份了。难怪晋商几位首领敢于"秘密议论起'驱銮'之策"，难怪康笏南在面见皇太后皇上前，会在心里冷笑："总算要亲眼一睹天颜了，看一位如何无耻，另一位又如何无能。"这分明是民间经济力量对神圣皇权的无情冷笑与嘲弄。朝中重臣王中堂等向西商借钱的尴尬之状，则是一幅生动形象的曾至高无上的皇权面对民间经济力量的无奈图像。

但晋商作为传统社会结构内部新生长出来的经济力量，一方面，作为民间经济力量是对传统封建皇权的一种颠覆；一方面，又是由儒入商是为传统文化的汁液所滋养而成，这就从根本上制约了晋商的发展。这样的二重性，特别是后一方面，在康笏南身上得以淋漓尽致地体现，也使康笏南这一形象具有了更深刻厚重的文化意蕴。

儒家以人伦关系作为社会结构的基本构架，并以善于处理人伦关系来显示、代表治理社会的才能，从而使之成为传统中国高度发达的一种智慧。在康笏南身上，我们就看到了这样一种智慧：他不顾高龄，冒酷暑巡视江南票号，是怎样的一种人格魅力；几遇风波，屡遇劫难，却临危不乱，洞察全局，是怎样的一种魄力与洞察力；用仁义之心使孙北溟等下属尽心竭力为之效力，堪称人心所向众望所归；用恩威并施之技规诫邱泰基，却又是何等的令人叹服。而个人生活表面上的正人君子表象与实质上的极端荒淫无耻，则让人看到了传统文化所谓言德不言欲的极度虚伪，如此等等。可以说，中国传统文化所推崇的人格特征，所追求的御人之术，所实际存在的虚伪的生存之态，都被康笏南发展体现到了极致，都被康笏南得以杰出的发挥。正因此，晋商作为一种新生的民间经济力量，才得以在传统社会中生存、发展。实际上，也正是康笏南这样的人，才得以支撑中国传统社会代代相传。

但他们作为传统社会的代表者越是杰出、完善，越是强大、成熟，对现代社会新生力量的萌发的压抑、窒息力越强。在作品中，我们看到，尽管康笏南也能走出封闭的太谷，来到弥漫开放风气的江南会见了现代金融业的体现者英国商人，会见了具有开放革新意识的洋务派重臣张之洞，但传统的力量在他身上积淀得太强大了，或者说，他身上得以体现的传统力量太强大了。这种强大，使他看不到也不能接受现代的金融观念，使他在社会转型中，只能丧失晋商通过进入国家银行完成现代转换的时代机遇。这是传统文化也是晋商衰落的根本原因。相较之下，戴膺、陈亦卿等较为年轻一代的晋商，虽然因为走出了封闭的太谷，呼吸到了现代气息，具有了一种现代变革意识，但在具有悠久历史力量支撑的强大的康笏南面前，现代历史太短太短的戴、陈们，是根本不具备变革之力的。

还不仅仅止于此。上述社会、时代、文化特征、作用在康笏南身上体现得越强烈，从个体生命价值考察，康笏南的个体生命的悲剧性也越强烈。从表面上看，康笏南的个体生命价值得到了充分的实现，但若深一步看，则不然。康笏南的安身立命处在晋商，但他在人生晚年，在人之生命趋于归宿时，越是将生命投于此，越是因其内在的影响与威权，窒息了晋商新的生机与发展，而他却不觉于此，否定之否定终于成为其生命历程的螺旋。

其次，我们来分析杜筠青。

在中国的社会转型中，与西方的关系是最为密切最为微妙的了。

杜筠青无疑是一个受西式文化浸润长大的女子。当她最初出现在太谷城时，整个太谷城及康笏南为之倾倒，标志着中国传统社会对西方文明不乏倾慕的新异感、好奇感，但这种新异感、好奇感最初只在社会、人生表层得以发生，所以很快就会成为过去：太谷大户人家在竞相邀请杜氏父女做客、观看杜筠青的佳人步后，杜氏父女带给太谷城的冲击波不是很快就趋于消失了吗？杜氏父女在太谷城成了无根的美丽的飘零，唯有与西洋教堂才有所来往的孤单身影无聊脚步正是这种无根的美丽的飘零的写照。

正因为无根，所以，要想扎下根来，就只能依附于这块土地。杜长萱想也没想就把自己的女儿嫁给康笏南，正是这种依附的体现。但这种美丽的飘零在试图落地生根时，早已被这块水土从根本上改变了颜色与质地。

杜筠青的天足、杜筠青对现代性爱的渴望，无疑都是健康人性的体现，但是，所有这一切，都在康笏南当着下人对她的天足把玩中，对她美丽身体的占有中，被亵渎、改造、糟蹋得面目全非。这或许是中国社会转型期，西方现代人性文明被中国传统感官文化改造的第一步。

而这样的一种水土，有时又是那样得强大，你对它简直似乎是无可奈何。杜筠青对康笏南的反抗就是如此：杜对康最激烈的反抗方式是与男仆三喜的私通。作者在小说中写了两个男女私通的故事，一个是邱泰基妻子与男仆的私通，一个是杜筠青与男仆的私通，二者形式相似，实质不一。前者是对金钱压抑人性的扭曲反抗，是商人重利轻离别所造成的哀怨商妇追求私情的传统故事；后者则是对传统文化吃人的疯狂报复，是现代个性维护自身尊严体现自身价值而对传统文化吞噬人性进行疯狂报复的现代故事，但这样的一种现代报复，却终于仍然只能借用了传统商妇勾引男性的方式，这或许正说明了传统那种不可挣脱的强大，说明现代反叛只能从传统中汲取资源。这样的一种报复，对被报复者几乎不发生任何作用。杜筠青一次一次想把私通的事实张扬出去并让康笏南知道，但一次次却如入无人之境，找不到任何对象，激不起任何反响，直到最后，也仍然未能给康笏南造成任何触动。从这其中，你分明可以具体感受到中国传统文化那种让你对其的反抗，因失去对象，不能正面冲突，从而失去效用的阴柔性、包容性的强大，分明可以具体感受到西方个人式对中国传统社会反抗的极端软弱无力，这或许是中国社会转型期西方现代文明进入中国本土的又一特征。

但无论如何，西方的现代文明之风也就在这样的一种极度扭曲、软弱无力中，渐渐吹拂了传统中国的土地。在杜筠青的身体言行示范下，太谷城终于第一次有了女浴室，一种远远脱离中国民众实际生存需求的沐浴/文明之风毕竟在有钱的上层社会中慢慢播散开来，特别是在有钱的上层社会的下一代中受到了欢迎。社会转型期传统中国大地上的西风就是在这样的一种关乎生命质量享受需求的状态中，首先在有钱阶层慢慢刮起来的吧！君不见"五四"时代最火爆的时代命题是自由恋爱？而争取自由恋爱者又有几人不是因为有钱（不管是自己的还是借贷的）才得以读书识字者？虽然这样的一种西风的弥漫最初与中国下层民众实际生存需求脱节甚远。杜筠青的女仆吕布每次陪杜筠青去沐浴就从没有走进女浴室一步的要求，而是急匆匆慌忙忙地去探望她垂危的父亲。杜筠青的男仆三喜也视沐浴为身外负担，能少洗一次就少洗一次，似乎少洗一次就可以节约下些许力气，而力气是可以干活儿用的，那才是最当紧最实际的。如此，我们也就可以明白，为什么"五四"时代最火爆的时代命题是自由恋爱而不是饥寒交迫的衣食之忧了。西风东渐，最初毕竟是从文化思想层面吹来并在生活形态上得以具体显现的。

但西风这样的一种渐渐吹拂，却也慢慢地消融着中国传统大地的冰冻僵硬。尽管六爷的奶妈不断地给六爷灌输是杜筠青逼死了六爷的生母，但六爷却对杜筠青有着一种天然的敬慕与亲近，以至于信任地把自己的婚姻之事托付给杜筠青，认为杜筠青看中的人，也必然地与杜筠青有相同的可爱之处。而实际上，六爷的妻子孙小姐从各个方面看也真可以视为是杜筠青所培育出来的下一代传人。不仅六爷，即使何老爷，给六爷举亲时，不是也直言仿照杜筠青样子择选吗？即使三爷、四爷，不是在杜筠青假逝时，也争先恐后地给杜筠青当孝子吗？在康笏南与杜筠青的对抗中，一方是康的强大完满，一方是杜的软弱病态，但最终却以杜赢得未来而告终。这是一个强大成熟时代的悲凉结束，这也是一个幼弱新生时代临盆的充满血污的开始，西风之所以能慢慢地消融着中国传统大地的冰冻僵硬，最根本的，还在于地气自身的升温变化。

但康笏南与杜筠青的对抗，还有着更深层更复杂的宏阔背景。与杜筠青所携西风相关联的，是西洋新式银行对晋商票号的威胁，是洋教的进入中国腹地，是洋寇的攻陷京津。西方的现代文明就这样与掠夺、强权、欺侮交相混杂一道进入中国。而国人，或者如康笏南对杜筠青，或者如义和拳对洋教、洋寇。如果说，杜筠青引起了三爷、四爷、六爷的仰慕及孙小姐一代的效仿，那么，太谷的福音堂教案带给太谷民众的则是奇耻大辱。作为老中国代表的康笏南的恐慌，正是这二者作用下的结果。这就是近代史上中西相撞的微缩景观，且这一景观有着深邃幽隐的景深。

与康笏南将个体生命充作传统社会价值规范的木偶相比较，杜筠青的个体生命可谓充溢着鲜活与流动。她向往着生命的自由，青春的活力，那一次次的沐浴之旅，那一次次的私自游玩，正是她对生命禁锢的叛离。但所有这一切，却又是与痛苦、无奈、悲伤、处处碰壁、绝望相始终，又始终因与社会历史规范相冲突而使个我从不能得以真正地实现。这不能不令人深深地感叹，个体生命价值的实现与生命社会价值的实现，是怎样的一个无法挣脱的悖论啊。

再次，我们来分析六爷与云生。之所以将六爷与云生排列在一起，是因为他俩同属下一代，却是价值指向截然相反的下一代，而这两种价值指向，在中国社会转型期，既深隐不为人察却又意义深远。

与六爷相似的还有五爷，与云生相似的，则是雨田及三喜。

就六爷及五爷说，经商对他们来说，是最具备条件最有可能也是最易成功的，但五爷及六爷，却偏偏厌倦商务而痴于男女之情。五爷终日与五娘缱绻，最后因五娘遭绑架遇害而失疯，六爷则将与六娘的情缘视为人生的第一要义，而商家原本是"重利轻离别"的，是将利高置于情之上的。如此，五爷与六爷堪称传统社会的叛逆，堪称新的时代的萌芽。

云生、雨田、三喜呢？不论是什么原因促成，他们本都与女主人有着一份情缘且都一度痴情于此甚至连死都不怕的，但一旦有了经商的机会，他们均毫不考虑欢天喜地地弃情而去，云生甚至连自己的亲儿子也无心再去多看一眼就远走他乡。一度愿意为杜筠青而死的三喜，在经商后，也早将杜筠青置于九霄云外去了。他们都可以视为是传统社会传统人生的忠实追随者。

是什么造成二者的巨大反差呢？

原因固然很多，但物质与精神的关系，社会形态嬗变的内在规律，无疑是其中值得探讨的两个要素。

五爷与六爷，都能不为衣食所忧，都有着极为充裕的物质生活条件，且又目睹了物质积累过程中的种种艰辛丑陋，在这样的基础上，他们才有着对新的人生形态精神生活的追求，并且，也才有可能将这种追求去付诸实现，构成了对原有社会规范社会价值体系的叛逆。就是说，是商界的成熟形态给自身孕育成长起来的叛逆者的叛逆准备了充足的条件与温床。

云生等人呢？一向为衣食所迫，谋取一定的社会地位，保证自己的物质生活，是他们生存的当务之急，在这种当务之急的迫使下，情爱生活就只能等而下之了。要在既定社会格局中谋取一定的社会地位，忠实地追随传统社会传统人生的价值尺度也就是必然的了。就是说，他们要想成为原有社会规范的叛逆者，还要走完长长的一段进入原有社会规范成熟形态的路程。

总之，一定的精神追求只能产生于相应的物质基础之上，而我们在过去，却曾一味地美化下层的物质贫困者，没有看到他们不可能是新的精神力量的产生者；新的精神力量，只能产生在相对充裕相对发达的物质基础物质结构之中。近现代以来中国社会转型期中的革命领导者，就是从物质发达的欧美来盗取输入新的精神火种精神力量的。

总之，对原有社会形态的率先叛逆，只能在这一社会形态的极致处成熟处产生，所谓物极之后才会必反。而我们在过去，却曾那么性急地、未等一种社会形态形成，并因其发展至成熟处，其内在矛盾引发出新的变革要求，就急于不断地人为地进行着种种变革，其结果，只能是上演了一出"十年浩劫"的荒诞戏。

诚然，五爷六爷所体现的男女情爱是对人性价值的认可，是人的个体生命价值的实现，云生等人弃情从商是对社会价值的认可，是人的社会价值的实现。就个体生命的价值选择来说，答案是前者而不是后者似乎是不言白明的，但深究下去，却又并非如此。譬如云生等人，没有弃情从商对社会价值的认可，他们就永远不可能具备一定的物质基础，而没有一定的物质基础，那对人性价值的认可与实现也就失去了前提与保障，他们与女主人的私情，毕竟是以自己的人身依附为代价的。但在对社会价值的认可中，又是以对人性价值的放弃做代价的，而人就在对社会价值的认可过程中，耗尽了自己的生命，终于来不及到达人性的彼端，云生们就是终其一生，也走不到六爷们生命形态的这一人生驿站的。手段原本是为了目的，但最终，手段自身成了目的，并在这种颠倒中使人远离、背弃着自身，这就是摆在云生等人面前的困境与宿命。

五爷六爷似乎没有面临云生等人的困窘，其实不然。五爷五娘失去社会规范的保障，人性的自由只有毁灭一途。六爷呢？似乎可以凭借他人放弃人性价值依托社会价值给他创造的条件与六娘暂且人性自由一时，但诚如康笏南对六爷所说："不能以游历天下为业吧。"一旦他必得要取得一定的社会位置独立自身时，他也就只能程度不同形式不一地步云生等人后尘了。个体生命人性的自由，也许只能在人的个体生命价值与人的社会价值的冲突的裂缝、缝隙中，得以短暂的、瞬间的存在吧。

要之，个体生命在面临社会价值、人性价值的抉择中，在实现人的个体生命价值与人的社会价值抉择中，顾此失彼，左右为难，这种困境，不仅在社会转型期，既如现代社会，也是每个个我所不免的吧。

最后，我们再来分析何老爷。

何老爷极具经商志向经商才华却又偏偏鬼使神差地误入科举之途，一生不能得其志终以疯癫之状出现在世人面前，他的形象值得评说处有三：

第一，中国虽为官本位，商虽居于四行之末，但商家才智却丝毫不逊于官场中人，何老爷的轻易中举，实在是在不经意地比试中，让商家大大地嘲弄了官场一回。看不到、不重视商家的人才、才智，只是因为传统社会一向轻视排挤商家罢了，这正是中国传统社会的一大缺陷。轻视排挤的结果，使商家始终在社会上没有相应地发言权，不能在社会政治生活中发挥自己应有的作用，也使一个看重知识的民族，因为偏见，始终把政治伦理知识及其相应地表现形式、诗词、策论置于首位，始终在知识观念中，将商家付诸阙如。何老爷的轻易中举又说明着随着商业经济的发达，商家的观念正在从社会边缘走向社会中心，社会的权力结构，正有着让商家参与、进入的内在要求，正有着倾听商家声音的需要。惜乎何老爷这样见识出众的人物，也仍然被官商相隔的传统所拘囿，未能走出商家参政的第一步。究其实，这仍然是社会转型期的中国，商业经济尚未发达、成熟到具有参政意识的程度，尚未有参与政权保护自己商业利益的自觉意识。

第二，也正是由于对官的看重，对商家的轻视所形成的官商相隔的社会规范，使大批在官场有才干的人不能在商界一展抱负。何老爷中举后，不能再在商家经营商务，正由于此。中国的官本位、科举制度，使大批有才干、有头脑的读书人流入官场，但这官场却又只看重只研习政治伦理，不注重经济实务，从而造成了大量的高智商的浪费，也使整个社会因为极为缺少经济管理型人才，使国力大大受损。气候学有语云：太平洋西岸的蝴蝶扇一下翅膀，就会引起太平洋东岸的狂风阵雨。将何老爷中举的悲剧置入大清王朝走向衰败的背景中，会让我们看到了一个政权的衰败与轻视商家的关联性。

第三，读完小说，几乎每个读者都会对何老爷的经商才干留下极为深刻的印象：譬如五娘在津遭难前后何老爷事事未卜先知，料事如神；譬如在朝廷从西安回銮之际，何老爷慧眼识透商机，又能见微知著，从一张京号小票上，把握住票号的存亡关口。诸如此类，绝非常人所及，他似乎天生就是经商良才。但命运偏偏与他开了个玩笑，一个偶然的善意的玩笑、撺掇，使他客串了一回科举，却因民家不能支使官人社会规则的必然，从此难回商界。及至得以插手票号时，票号早已步入下衰之途，即使何老爷有天大的本事，怕也难以尽展抱负，无力回天了。在偶然与必然相互编织的命运之网的覆盖下，个体生命显得多么渺小、无助，徒然被命运随意抛掷、摆布、折腾，却又无可奈何。这样的生存境遇，这样的人生感慨，是每个个体生命都会因与个我相通而唏嘘再三的。

《白银谷》中值得评说的人物还有许多，譬如当家而终于未能做主的少壮派的三爷，沉迷于民间武术之中的二爷，工于心计、手腕的管家老夏，甚至那着墨不多的汝梅也蕴含着丰富的时代、文化、人生信息可供破译，正是这些信息含量丰富的林林总总的人物，构成了晋商世界、近代风云、个体命运的面面观、世相图，给今人以耐人回味的阅读魅力。

《茶道青红》是成一在《白银谷》之后的又一探索，这部小说，与《白银谷》一类小说一样，可以姑名之为"新民间历史小说"。

传统中国，一向是文史不分，文史互证，文史相辅相成，即如《史记》中的文学虚构手法，即如《水浒传》《三国演义》及各种"演义体"，就都给了后人对历史的鲜活、生动、形象的想象，虽然《史记》的作者色彩要浓一些，各种"演义体"的民众集体色彩更重；虽然前者是以史为本，敷以文学笔调，后者则是以文学演义历史。"五四"新文学后，至少在当今的文学史家笔下，知识分子的纯文学成为文学之正宗之主潮，文学对历史的想象、印证，渐次成为知识分子为着社会政治现实价值之需要而对历史的言说，最典型的莫过于郭沫若的历史剧，如《屈原》等等。新中国成立以来，对历史的文学叙说、意识形态色彩日重，直至1980年代中期以来，新历史小说的出现，才对原有格局有所改观，但也仍然是对原有历史之形态的重新叙述。就是说，"五四"新文学后，特别是新中国成立之后，在文学与历史的关系中，在文学对历史的叙述中，是存在着一个"盲区"的，那就是对非政治非时代主流的历史形态历史事像叙述的缺失，如对"晋商"文学叙事的缺失，即是如此。

"晋商"虽然是中国近代商业活动的典型形态之一，也是山西区域文化的典型形态，但由于长期以来传统中国的重农抑商，由于山西区域的内陆的地理位置，"晋商"在历史的岁月风尘中，渐被湮没，直至近年，才又重新为人瞩目。但其历史的面目，曾经的风貌，远去的形神，生动的故事，坎坷的命运，浑朴的气势，却早已踪影全无，成为"失忆"。于是，文学叙事，就成为对这样的一种"失忆"历史的打捞，对这样一种踪影失去的历史图像的重绘。这样的一种打捞与重绘，是对原有历史叙事格局的补充与重构，是对残缺的历史记忆的一种修复，是对传统中国文史不分的文史关系的一种螺旋形上升，这样的一种补充与重构，这样的一种修复与上升，至少在其刚刚出现时，是超出于"庙堂"的"正史"范畴的，是与"庙堂"相对之民间的。但也唯其是民间的，才更具有一种"回到事物本身"的本真与活力，是它让我们通过文学，感受到真实的有生命温度的历史的存在，又让我们通过历史的真实存在，品味到了因为深植于"厚土"而精气神儿充溢四射的文学之花的芬芳。可以说，《茶道青红》就是这样的一种成功的文学叙事。

读《茶道青红》很容易令人想到西方的新历史主义。西方的新历史主义自1980年代中期被中国学界引入后，极大地影响了中国文学界历史小说的写作。但这种影响的实绩，还更多地体现在对原有历史形态的重新叙述上，而不是对原有历史版图的重新构建上。而在某种意义上，《茶道青红》则体现了对原有历史版图重新构建的努力。传统中国文史不分，是认为文学与历史，都是对客观世界的真实揭示，所以，二者是一致的，因之，就特别强调史官秉笔直书的品格，强调文学家敢于揭示生活真实的勇气。西方新历史主义，则是从二者都是一种话语叙述这一点上，指出文学与历史的一致，因之，就特别指出话语权力的重要性，强调重要的不是话语讲述的时代，而是讲述话语的时代。正因此，我们也就会明白，《茶道青红》得以在今天讲述的现实意义——那是站在现代化进程中的今天，而对传统历史的一种重新回望，并力图在回望中，发现那曾被遮蔽的历史存在，打通传统历史与现代化进程中的今天，这二者之间的有机的逻辑关联，正如同胡适在"五四"时代，用现代文明重新整理国故之努力。西方新历史主义又认为，在这种话语的重新构置重新讲述中，只有整合那些边缘的碎片的，才能构成对中心的整体的挑战，也才能改写历史的既定版图。也正因此，我们也才会明白，《茶道青红》的写作，就体现了因为相对于"庙堂"的民间，相对于中心的边缘的存在，从而形成了对当今重新叙述历史的话语权力的一种再分配，并因为这种再分配，而出现了对原有历史版图格局的重构与对原有历史版图形貌的重绘。

但这种重构与重绘，却并不是由着作者的情感愿望随意进行的，而是在对那些边缘的碎片的长期的耐心的艰苦的寻找、证实、整合中进行的，只有这些边缘的碎片的真实性实在性可信性，才能让读者回到曾经失去的历史现场，也才能使文学避免沦为语言的游戏。在《茶道青红》中，我们看到，大到中俄当时的国力、中俄之间关系的紧张程度、张弛形态，茶叶贸易对中俄经济实力的影响；中到茶叶在俄人生活习俗中的地位、作用，中国当时生产茶叶的基地、方法、种类，营运的方式，销售的途径，晋商营销茶叶的主要商家；小到当时中俄边境的贸易城形态，各种茶叶的价格的升浮，茶叶保存的方式，银两的运送形态等等，作者都力求符合史实的真实，并给以详尽、生动、具体入微地描写。这样的文学对历史事像的打捞、重塑，与传统中国"演义类"小说多有不同，倒是与巴尔扎克的"编年史"写法，多有一致之处。

但尽管恩格斯可以在巴尔扎克的小说中，"甚至在动产与不动产的分配的细节上"得到的"比经济学家还要多"，然而，一般的读者，在读小说时，关心的却还是那特定的历史情境下，在活生生的生活故事中，所体现的人物的性格、命运，并因为在其中看到了自己生活的影子，从而对写历史的小说，产生无穷的兴味。西方新历史主义所谓"自我塑形"之谓也，所谓"一切历史都是当代史"之谓也。

《茶道青红》之耐看，是与其对商战残酷、多变、跌宕的描写分不开的，正是在这一描写中，让人物关系的复杂——忠诚、算计、宽容、利害、义利、相知、信任、猜忌等等；让人物性格的丰富——智谋、勇气、担当、厚道、偏狭、懦弱等等；让人物命运的难测——天运、时机、人谋、性格、人际格局、现实条件等等，尽显其中。我们知道，商场如战场，战场中双方或多方激烈对抗的程度，将平时日常生活常态生活中所不能显露的各种矛盾、性格、才能、勇气、命运的多变性，机遇的瞬间即逝等等，体现得淋漓尽致。譬如：晋商从事对俄茶叶贸易之整个过程的一波三折、柳暗花明；中俄双方在茶叶贸易中的斗智斗勇；康家在长期闭关且不知何时开关的巨大压力下，戴夫人等人决策的英明果断，胆量过人；康家西院上下一致的节衣缩食共渡难关；康乃骞遇事的惊慌失措，在自己威信受到挑战时的心理失衡；吴家瑜的误入歧途；曹祥的迷途知返并重建功业；王夫人在失势面前对戴夫人的诬陷；康全霖的成长；康乃懋在新旧交替中的一代才尽；叶琳娜的热烈多情；几位经验丰富的大管家对主家的忠诚尽责等等，所有这些，都在以一种异质同构的形态，都在以一种"熟悉的陌生人"的姿态，呈现、生活在今天的我们的身边，从而让我们在阅读中"入迷"。

这样的一种与公众与民众人生形态、生活经验、人生价值需求的贴切性、吻合性，是此类小说其"民间"属性之基本。

但之所以将这一小说在"民间历史小说"之前冠之以"新"字，是因为其中有了作者作为知识分子角色的价值引领，以此来不同于对民众价值的完全认同。对民众价值的完全认同，一是受传统中国"演义类"小说的影响，因此类小说是在民众的不断的参与中完成的，所以，基本上是以民众的价值取向作为作品的价值取向。一是受中国革命中民粹主义的影响，在为大众喜闻乐见的旗帜下，迎合于大众。

在《茶道青红》中，其知识分子的价值向度、知识分子之意识，最集中的体现，是在对女主人公戴夫人的塑造上。在小说中，我们看到，男性人物相对失色，女性人物却熠熠生辉。你看，原有的男掌舵人康乃懋，已然一代才尽，新接班人康全霖尚在成长之中，东院的男掌门人康乃骞，懦弱无能，几位大管家如冯得雨等尽管在商战中确实能干，却又有失于人生鲜活之处。唯有女主人公戴夫人，在大难临头之际，从容自若，随势应变，且既如在艰窘沉重的茶旅之中，也不忘情于山川江河之灵秀，也将人生体验超越于事功。特别是在小说之收束部分，面对自己在所建之巨大功绩下的名节受辱，情感受挫，却能够不为男性视之为性命之重的功名所累，不为传统女性视之为性命之重的名节、情感所囿，坦然面对，自在自然，实乃新的生命形态之风姿也。男女之易位，绝非性别角色之转换，其所隐喻的，则是以女性为象征的鲜活生命活力的步入历史舞台，以男性为象征的社会现实法则所面临的置换危机。这让人不由得想到了《红楼梦》那也正是以贾宝玉远离父辈亲近女性而标志着旧的时代的结束，新的时代的开始。只是在《茶道青红》中，我们看到，小说的结尾，是以女主人公戴夫人的退出，以成长起来的子一辈的男性康全霖、康全魁的接班，再掌大权，来作为故事的结局的。而子一辈的男性代表康全霖，是在女性是在其母戴夫人的培养下成长起来的，当他们成长起来，女性则必然地退出了历史舞台，在新旧时代交替中，其转换的应然性、复杂性，是很耐人寻味令人深长思之的。

这样的一种知识分子的价值向度，其在价值引领中的作用，在新民间历史小说中，是不可或缺的，这也是成一小说的一个重要的艺术成就。（傅书华）

▶▶ **李锐的《银城故事》《张马丁的第八天》**

李锐的长篇小说《银城故事》给我们讲述了一个关于历史的新故事。

这个新故事可以分为两个层面来解读，这两个层面又是互为表里的。

第一个层面是对历史事实进行描述的层面，这是写历史的小说所不可或缺的层面，但作者对此却做了新的描述。描述之新不在于对历史事实的置换，如以市井琐事、日常之情来置换在历史进程中对历史发生重大影响的历史事实，而在于对这些历史事实做了新的讲述，并在这种讲述中表达了一种新的历史观念。

小说中所描述的对历史发生重大影响的历史事实是什么呢？是中国封建社会末期临近崩溃前的新旧时代交替的风雨飘摇及在这飘摇中

的几种主要社会力量的代表形态：以聂芹轩为代表的已经腐朽了的旧时代的维持者；以刘三公为代表的民间的商业经济力量；以刘兰亭、欧阳、刘振武为代表的接受西方新学并试图变革旧时代的革命者；以岳天义为代表的反抗旧时代统治的传统农民武装；以旺财为代表的底层百姓；以秀山次郎为代表的西方现代强势文明等等。如此，作者就为我们复映出了一幅历史、时代的缩影，且作者用以绘制这缩影的色彩与众不同。

我们看到，聂芹轩作为已经腐朽了的旧时代的维持者，连他自己对这个旧时代也已没有了信心，明白自己只是一个末世的遗臣，但就是这样一个连自己也丧失了自信的末世遗臣，却使所有对末世的反抗者——不论是传统农民武装，还是本土自生的商业经济力量，抑或是以西方现代新学为武器的革命者，都败在了他的脚下，于中你不可以感受到成熟到了腐朽的旧时代因其在成熟过程中积聚了无穷能量而显示出的力量的巨大吗？聂芹轩尽忠、智慧、善感所形成的人格魅力，不也像一个时代的远去一样让你感到叹息吗？末世在其成熟过程中所形成的美好毕竟不能挽回末世的最终的腐朽与崩溃。

刘三公呢？作为民间商业经济的代表，他出自本能地与海外的现代社会有着一种天然的亲和力。他最早把自己的后代送到海外学习，在与聂芹轩的冲突中，又过分地迷信金钱的作用，忘记了传统文化在聂芹轩身上的深厚积淀，最后终于落得个惨败结局。欧阳朗云所习得的西式文明，诸如人性、人道、勇气等等，终于敌不过聂芹轩所代表的充满血腥的中国传统文化的十八个站笼与凌迟刑法；刘振武那支外貌雄壮实际不能与聂芹轩作战的新军及刘振武的武略面对聂芹轩的谋略的命运，则是西式文明进入中国本土面对中国传统文化的象征；刘振武与岳天义父子的相互杀戮及其各自结局，隐喻了西式文明与中国民间传统力量的对抗关系；而无论各方的怎样的拼死厮杀，以旺财为代表的下层民众却依旧满足于自己的老窖酒与酱猪蹄而无动于衷；以秀山次郎为代表的西方强势文化却依旧只将其作为观赏的对象。这就是作者通过作品给我们勾勒出的中国传统社会末期几种主要的社会力量形态及其相互关系的简影。

应该说，历史大势是必然的，但偶然对历史来说绝非小可，或者说必然往往通过偶然来得以体现。在《银城故事》中，我们看到，整个故事中处处体现出来的错位状态，都是从欧阳刺杀知府的一时冲动所引发的，历史的运行有时就是这样的变幻莫测。

这个历史新故事的第二个层面是在第一个层面上给以深入与展开的，那就是人、生命之于历史的意义，正是在这样一个层面上，作品构成了对历史的更为有力的质询。

我们看到了什么呢？我们看到了在上述历史形态、运行中，人的力量的渺小与无助，生命的被摧残与无谓地轻易地消失。你看，刘兰亭阴差阳错地与刘振武失之交臂，刘三公又阴差阳错地充任了聂芹轩的人质，他们真诚付出的努力所致的效果恰恰与自己的初衷相悖，人生就是如此不可理喻，如此荒诞不经，恰如刘三公所说："天命的账哪里就算得清楚？"你看，充满人格魅力的聂芹轩为了一个腐朽的必然消亡的时代而徒然浪费着自己的生命；充满青春活力的刘兰亭、欧阳、刘振武为了一次毫无事功的暴动而丧生，历史如钢铁一般冷冰冰地坚硬有力，人的温软的血肉之躯又哪里能够与它抗衡？但历史对于人来说，应该是人的历史，在历史的不可阻挡不可预测的默默前行中，只有人的生命是最值得珍贵的。如是，银城故事中的一场搏杀成了过去，留下的只有刘三公的"如雪的白发"，那是生命沧桑的凝聚与存证。而对各种主要社会力量代表人物生命的如歌诉写，秀山芳子面对城楼悬挂的欧阳之头的长跪不起，正是血肉铸就的生命对冰冷坚硬的历史的抗议与质问。

传统的历史小说重在对历史规律、历史形态的揭示与描绘，新历史小说重在以生命本质、生命形态成为历史的本体，《银城故事》则在其上述两个层面的设置与相互依存中，构成二者的张力，所以，作品给我们讲述了一个新的历史故事。

李锐的《张马丁的第八天》体现了李锐通过个体生命与历史关系，追问人类普遍的存在困境的新的努力。

在历史沧桑的社会既定格局中，由于精神家园的失去，终极价值的迷失，个体生命对信念的执着，并为之而牺牲而献身就都成了一种无意义的存在，并构成了对自身追求的反讽，构成了生命的破碎感、荒谬感，构成了个体生命存在意义、价值的虚无，并因了这种虚无，使社会、历史的形态，成了一种毫无理性的荒诞存在，这是李锐小说的经见主题，这一主题，在《张马丁的第八天》的人物形象塑造中，得到了更为鲜明更为彻底的体现。

小说的主人公之一，是西方传教士莱高维诺主教，他对天主教有着虔诚地信奉，为传播天主教教旨而充满了牺牲、奉献的精神。这种信奉与牺牲精神，小说是通过莱高维诺主教与其他天主教徒的"互文"关系及莱高维诺主教的自身言行来体现的。先说"互文"关系：小说写他将张马丁收为自己的孩子，之所以如此，是因为张马丁"脸上那种像羊羔一样率真无辜的神情"，是因为张马丁多年来一直坚持要"赤脚站着抄写经文，所以冬天常常会冻伤"——"正在消退的冻疮在肿胀的脚上留下累累疤痕，紫红的脚后跟瘀满了血，好像马上就要破裂开，马上就会有鲜血从里面流出来"。这是在写张马丁对天主教义的虔诚，但这又何尝不是在写莱高维诺主教最初入教时的昨天呢？小说中另外一个西方修女玛丽亚的种种善行，也同样可以视为是莱高维诺主教品格的外化与延伸。再说莱高维诺主教的自身言行：莱高维诺主教是带着为自己打做的棺材，抱着有去无归的牺牲精神不远万里漂洋过海来到中国传播教义的，后来也果然死于对天主教义的捍卫之中。从莱高维诺主教在义和团攻打教堂时，不顾个人安危，拒不放弃对躲避在教堂中教民的庇护中，也不难看到他举善为义的壮举。至于他把在中国历来不被视为人的女性视为人的存在，用"同情心""家庭救济""医药治疗"赢得她们的拥戴，在大灾之年赈济灾民，也可见出他初衷的诚恳与实施的善行。还有他那为了实施教义而历尽坎坷，艰辛备尝，也无不令人感动。那险逢狼群，只是这坎坷与艰辛的精彩一幕而已。如此等等，不一而足。但他对教义的虔诚信奉及为着实施这种信奉而体现出来的牺牲、奉献精神，而体现出来的能力、才干、品格，却因了其所信奉的教义的"虚妄"而走向了自己的反面，成了一种对自身的反讽、否定、嘲弄，且让人感到了荒诞的存在。之所以说莱高维诺主教所信奉的教义是"虚妄"的，并不是从当今世界的已然形态作论，而是从小说中所欲追问的人的精神归宿、价值皈依出发：第一，当他把自己所信奉的教义视为唯一的存在并因此而否认他人信仰追求的合法性时，这一"教义"就成了剥夺、压制他人自由的专制主义，这就是小说中所反复描写的莱高维诺主教对天石村村民民间信仰的摧毁性灭绝性打击。第二，当为着实施这一教义而不择手段并赋予这些手段以合法性时，这一专制主义就演化为了暴政行为。在小说中，就是莱高维诺主教隐瞒张马丁未死的事实，采用瞒天过海借刀杀人的伎俩。第三，这一专制与暴政只能给不服从其教义者带来灾难与损害，从而使这一教义充满了血腥的气味。这就是莱高维诺主教借用孙知县的力量，杀害了张天赐，并在其后用血腥手段镇压了天石村村民的反抗。对教义"虚妄性"的揭示，还来自小说中的一个让人感到意味深长之处的描写，那就是莱高维诺主教与张马丁遇到狼群时对《圣经》的焚烧。狼群之所以不敢接近二人，是因为焚烧《圣经》的火光所致。在这里，《圣经》的作用，只是作为"纸"的物质性存在，并因为其所产生的火光让狼群不敢靠近二人。但在莱高维诺主教对此的解释及众人的接受中，此时的《圣经》，却是作为"神"的体现而存在。由之，"观念"遮蔽了"物质"，"教义"的"虚妄性"也因此而暴露无遗。

与莱高维诺主教极为类似的是张天赐，只是具体的表现形态有所不同而已：在张天赐这里，其所信奉的女娲娘娘，只是这女娲娘娘并不能保佑其子民的温饱生计，而是听凭大饥饿没顶而来，将其子民推向死亡的深渊。因之，同莱高维诺主教几乎一模一样，张天赐对女娲娘娘虔诚信奉，为护卫女娲娘娘而付出的牺牲精神、奉献精神，其勇气，其能力，其品格，其"恶祈"的悲壮，其对莱高维诺主教所代表的天主教义的敌对，就都统统失去了意义，而成了一种无以言说的荒诞所在。

如此的双方，如此的双方所构成的敌对与冲突，就构成了社会、历史的一种荒诞性的存在形态。譬如，这样的一种来自双方的敌对与冲突，其最突出最激烈的表现形态，就是武力的冲突，就是暴力的冲突，这就是对张天赐的杀戮，这就是天主教堂门前的暴力冲突，这就是对天主教堂的武力攻打。这种武力冲突暴力冲突的最高形式，就是战争状态。小说中对此有着精彩的描写，这就是西方的西摩将军与中国的聂提督在交战时在望远镜前的威严对视，这就是聂提督在炮弹横飞时连换四匹战马岿然不动最后战死沙场的惨烈。这样的描写，如果说，在其他作家的笔下，往往让读者看到的是正义与非正义下的悲壮及这悲壮下的感动，那么，在李锐的笔下，由于西摩将军与聂提督的惨烈战争，是在莱高维诺主教与张天赐冲突的背景下而发生，所以，让读者感受到的，就只能是无意义破碎下的悲凉。

在如此的荒诞性冲突中，一向被视为先进的科学技术、典章规范，其被引进也就只能让读者感到哭笑不得的莫名，这就是小说中天保形象的塑造。天保虽然从聂提督所引进的西方的军事科技中，有了先进的武器，学到了先进的军事技术，且以此而在攻打教堂时，一举打败了其所师从的军事经验丰富的西方军人，但当这种攻打本身是一种荒诞性冲突时，其所凭依的先进科技又有什么意义呢？"道"之不存，"器"又何为？而天保所受到的那些先进的典章规范的训练，其现代军人素质的养成，在这样的荒诞性冲突中，也就荡然无存。这就是小说中所写到的，天保作为现代军人，在聂提督的西式军人训练中，在聂提督痛打其屁股的惩戒下，不再随意自己的屎尿行为。但在其攻打进教堂后，却又如同那些敌视西化的义和团弟兄们一样："解开自己的缅裆裤，掏出黑乎乎的阳具，对着院子里残缺不全的尸体，哗啦啦地射出尿液。"虽然在这种行为中，天保也会"觉得自己的屁股一阵疼得钻心"，但西式的军事教育，在天保的身上，只留下了如此"痕迹"，你又能对百年来中国对西方典章规范、科学技术的引进说什么好呢？

在如此的个人的生存、存在的价值虚无中，在如此的社会、历史的荒诞性的存在形态中，人间的瞬间的美好形态也就变得非常的偶然，非常的可疑，非常的脆弱，这就是小说中的葫芦、莲儿的故事。葫芦本来已经被官府作为暴民即将处决，只是因为"偶然"遇到了身在官府的大表舅陈五六，从而化凶为吉，在人吃人的大灾之年，得以衣食无忧，并几乎得以成为陈五六的女婿。小说对葫芦所处的瞬间的美好形态，做了非常生动的描写：那在如诗如画的田园景色中，青年男女之间的亲昵调笑，宛如人间仙境一般。但最终在义和团的暴力面前，莲儿惨遭轮奸，葫芦抱着莲儿双双跳井而亡。类似葫芦与莲儿瞬间的美好情境的描写，在小说中还有一处，就是张马丁与修女玛丽亚类似母子的情谊，譬如张马丁在去找孙知县说明真相之前，张马丁与玛丽亚的晚餐情景，温馨而又迷人，但最终也只能如昙花一现般美丽，张马丁最终只能孤孤单单一人独自行走在那寒风刺骨的旷野之中。

小说中还写了作为政府形象的孙知县的圆滑、软弱与无能，写了作为孩子的柱儿对血腥暴力的羡慕与向往，写了有着良好的职业素养的儒勒上尉与马修医生，其良好的职业素养在暴力冲突中走向了自己的反面等等。

如是，小说就对中西方的信仰、价值体系、人的生存形态、存在方式、品格追求、种种努力，对社会、历史中的战争行为、知识形态、现代科技与文化的发明与引进，对中西方孰优孰劣族裔之争等等，做了全面的批判与价值拒绝。这种全面的批判与价值拒绝，集中地体现在张马丁对上帝给人间的既定形态——"七天"的否定上，而执意要让自己从第八天重新开始。从第八天开始，就意味着对以往的既定的全面否定，意味着如王德威所说的，要开始"一个"人的创世纪，一个"人"的创世纪。在这里，我们分明听到了周作人的"辟人荒"的呼声，听到了鲁迅用"吃人"二字概括以往历史的呐喊。

在小说中我们看到，张马丁在走出了自己曾经信奉并曾经立誓为之献身的教堂之后，得到的是教徒与非教徒的所有人的唾骂与抛弃，在他濒临死亡之时，他被失去理性而近于疯癫的张王氏误将他作为转世的丈夫所收留，而张王氏是因他而被砍头的张天赐的妻子。于是，我们看到，张马丁在试图以一己之力对抗整个世界时，在其告别旧的世界走向一个新的世界之时，这新的世界是并不存在的，他只有在旧的世界系统对他的接纳中，才能够得以存活。但旧的世界系统对他的接纳，却是一种错位的接纳——是将他作为张天赐而接纳的。于是，在这种错位的接纳中，我们看到的是真正的"鸡与鸭讲"式的错位交流与错位沟通，是双方的错位式存在。

在这种错位式存在中，真正的实质性存在，是"物质"的存在，是"生命"的延续，这就是小说中所写到的张马丁与张王氏的肉体交流及其后张马丁与类似张王氏的另外的女子的肉体交流，交流的结果则是五个中西混血的婴儿。在这里，我们得以再一次地看到，"物质""生命"再次地去除了种种"观念"的"遮蔽"而彰显了自身，只是当我们面对这样的"物质"存在"生命"延续时，我们无言以对。

于是，我们看到了张马丁、张王氏在绝望中对绝望的抗争。张马丁的墓志铭这样写道："你们的世界留在七天之内，我的世界是从第八天开始的。"张王氏则坐着木盆沿着河水漂向不知何处的远方。这就是鲁迅式的李锐：在对整个世界价值虚无的彻底批判之后，在对绝望的反抗中，书写"个人"生命的"悲凉"。

有什么样的内容，就会有什么样相应的表现形式。内容即形式，形式即内容。李锐小说独特的内容意蕴，形成了李锐小说的独特体式，《张马丁的第八天》在这方面，也颇具代表性。

第一，瘦硬。李锐的短篇小说，都很简短，三五千字而已。他的长篇小说，一般也都在十五六万字左右，不超过二十万字。但在这样有限的篇幅内，却包含着丰富、饱满、深刻的思想、精神、情感含量。这与鲁迅的小说相似。

李锐的小说，不以再现社会历史事实的博大、厚重、丰富见长，而以揭示人类精神、思想的深刻、丰富、博大取胜，这后者又以揭示人类的某种生存、存在形态作为其载体与依据。所以，如果用前一个标准来衡量李锐的小说，你或者会觉得他的小说，确实很深刻，但却不够厚重，不够大气，似乎有些单薄——譬如相对于贾平凹、陈忠实、莫言等人而言。但你如果明了了他的小说的长处并不在这里，而在后者，那么，你不得不佩服他的小说是大作品而不能以优秀作品称之。一方面，有一类作品，是以各种现实与非现实的手法，揭示一个历史时段的社会形态、人生命运的丰富多彩；另一方面，还有一类作品，是以人类的多种生存、存在形态做载体，揭示人类思想、精神的气象万千。李锐的小说，无疑是属于后者的。

这是李锐小说文体"瘦硬"的根本所在。

"瘦"是因为他的小说，不对事件、环境、民俗、人物的行动、故事的展开等等做充分的描写、情节性地展开，而只撷取其对揭示人类某种思想、精神、生存、存在形态最具代表性的片断来给以展示。譬如，在《张马丁的第八天》中，对张马丁如何被教徒与非教徒所抛弃、攻击、敌视，对张马丁与作品中众人物的交往，对天石村村民的生活，对葫芦与莲儿的情感交流形态等等，都不做充分的描写与展开，而只用典型片断能够体现就足矣。这是李锐小说篇幅短小亦即文体之"瘦"的原因所在。

"硬"是因为其小说在上述短小的篇幅之内，蕴含了巨大的思想、精神含量，让我们得以看到人类的某种生存、存在形态。譬如，对既有的中西方价值体系的全面的批判与拒绝；譬如"个人"在"觉醒"之后的孤独、绝望及无望的反抗的悲凉；譬如人与人命定的不能沟通的错位；譬如，无意义牺牲所导致人的生命的破碎性、悲剧性；譬如，美的存在的脆弱性、虚幻性等等。

正是因为重在精神、思想的深刻，且读者的情感激动、感动，是因为这种精神、思想的深刻，让读者得以对自身生存、存在形态的洞穿而发生，所以，李锐的小说，是以理入情，而不是以情入理。他的小说，达到的不是如《三国演义》那样的"闻刘皇叔胜则喜，闻刘皇叔败则悲"的情感效应，而是如同读鲁迅小说《狂人日记》《孤独者》那样的因思想受到震动而情感久久不能平静。

第二，"诗"的特质。如果我们对李锐小说文体"瘦硬"的特点有真正的实质性理解，那么，我们就会进一步地看到，李锐的小说，虽然是作为叙事艺术而存在，但却有着"诗"的特质。譬如，他的小说的细节及场面描写，更多地不是具备叙事性，而是具备情感性、思想性。我们不妨对此略举两个例子：第一个，柱儿所看到的攻打教堂的场面，与其说是对战斗场景的客观描写，毋宁说是柱儿对血腥、暴力的向往与盲视的揭示。第二个，莱高维诺主教与张马丁遇到狼群时，一页一页点燃《圣经》以吓唬狼群的描写，与其说是描写一个客观场景，不如说是一个更多地具有一个喻义的片断。类似这样的例子，在李锐的小说中，可谓比比皆是。这样的一种"诗"的特质，还时时地表现在李锐小说中文字的抒情性上。譬如，作者写张马丁与玛丽亚修女的温情："一面说着，张马丁把哭泣的玛丽亚修女拥抱在自己的怀中。就在那一刻，晚祷的钟声舒缓地响起来，当当作响的钟声从高高的钟楼上传出来，沉稳地向着炊烟升起的村庄和空旷的田野散去，持续舒缓的钟声，把人的身心整个包裹在微微的震荡之中，包裹在温暖的劝说中。"如果是叙事写实，那么，作者就应该去写拥抱时双方的感受之类，但在这里，李锐着重的却是"爱"与"温情"这些情感性在乡间的传达。类似这样的"诗"性的文字，流淌于李锐小说中的字里行间。这样的写法，我们在鲁迅的小说中，也时时看到。

第三，散点透视。诚如李锐在与傅小平的对话中双方所谈到的，《张马丁的第八天》中几乎没有一个特别中心的人物，李锐的笔墨，几乎洒落在小说中的每一个人物上。李锐在与傅小平的谈话中说："散点透视本来就是中国人把握世界的一种方式。"作者的这种写法，与鲁迅小说中多视角叙述所构成的复调写法有着异曲同工之妙。在鲁迅小说的复调性中，构成了对各方存在意义的消解。李锐的《张马丁的第八天》则通过散点透视，在对人物的透视及人物之间的"张力"关系中，构成对各自存在意义的消解。譬如说，不仅仅如莱高维诺主教与张天赐、西摩将军与聂提督、张马丁与张王氏这一组组人物及这一组组人物之间，即如葫芦与莲儿这一组似乎有些游离于小说主要故事之外的人物，也是由于上述几组人物的存在，在与上述几组人物的"张力"关系中，才可以更加突出其"美"的瞬间性与脆弱性，并从另外的侧面，共同体现了对现存秩序全面拒绝的主题。

自从莫言获诺奖之后，上下左右，一片欢呼。诚如19世纪西方艺术哲学家泰纳所说，从文学史发展实际考量，一个大作家的出现，并不是一个偶然的现象，其必有相应的土壤，其周围必定有相应的旗鼓相当的作家群的出现。莫言的获奖，标志着中国作家整体的写作水准，达到了一个相当的高度，而李锐，就是其中最为优秀的代表之一，我们不必总是要到西方对我们的作家给以肯定之后，才有底气肯定我们的作家，我们应该对自己的作家有及时的充分的肯定与科学的研究。（傅书华）

▶▶ 钟道新的《巅峰对决》

长篇小说《巅峰对决》由钟道新、钟小骏父子合力完成，但这一合力完成，却有着悲壮的意味于其中：钟道新在写到第十五章时，因病突然离世。四个月后，其子钟小骏为了让读者看到一部完整的《巅峰对决》，含悲执笔，续写六章，完成全书。用作家李锐的话说："鉴于种种的限制，长篇小说的续写是一件很难做好的事情。但公允地说，钟小骏的续写是成功的。"

全书以公安局刑事侦查处心理侦察室主任邢天为主人公，围绕着邢天为侦破、处理一系列案件为故事线索，一方面，是在贪婪的深渊中，投毒、绑架、跳楼、谋杀、银行抢劫，在国际期货市场上尔虞我诈，不断引发骇人听闻的血案；另一方面是为社会安定和人民财产的安全，不畏风险而与那些丑恶和犯罪做殊死的搏斗，且在这种搏斗中，尽显夫妻、情侣、朋友、同学、家人、职场各种人情事态，从而生动地描述了在商品经济大潮中，两种人生观、价值观的巅峰对决。小说比较全面地体现了钟道新一贯的小说风格、特点，且又有新的突破。

丰富的知识信息。由于知识的丰富而对社会、人生形成的透彻的洞察，且在这种洞察中，体现出来的高智商、科学理性，是钟道新小说的一贯风格、特点，这种风格、特点，也流淌于《巅峰对决》的字里行间，时时出现，处处可见，从而让读者在阅读中，时时有着因为对人生、世事的发现，产生智力被激发的愉悦。譬如，在《巅峰对决》一开篇，我们就看到，当"众人纷纷起立，排成了长队"准备登机时，邢天"却安坐不动：根据对乘客人数的估算，运送车一次送不完。而封闭的飞机客舱内空气质量差过地面许多。所以，他绝对第二车走"。但"这时候，他看见了江夏。因为持有头等舱票，江夏被优先安排通过。他后悔了：普通舱的旅客，要经过头等舱，才能抵达自己的座位，这样就很可能被江夏看见"。而紧接着，作者写江夏与邢天在对话中说及自己所办的医院，虽然医护人员只有二十个工作岗位，但为当地提供就业人数却绝不止于此时说"医院之外，还有洗衣工、打字员、食品加工者"，邢天则马上做了"知识性"的补充："破窗理论！""'破窗'是一个著名的经济学理论：一个人打破一扇玻璃窗，就会给挖土、烧制、运输等许多人制造工作机会"。如果说，钱锺书在其小说中，以时时、处处可见的妙喻，形成了其小说一道亮丽的风景，那么，钟道新的小说，则以时时、处处可见的知识信息，同样让自己的小说，风光无限。山西的文学创作，甚至不唯是山西的文学创作，甚至就中国的文学创作而言，对社会、人生意蕴的揭示，一贯注重的是，在生活的艰难、沉重中，所体现出来的人的坚韧的生存毅力、吃苦精神、负重勇气、牺牲品格等等，但对知识、科学理性、建筑在物质比较丰裕基础上的对生活的更细微、深入的体察，则基本上是处于缺失状态。钟道新的小说，却正因此，而成为在这方面的必要补充、积极建构，且这样的风格、特点，将伴随着中国人物质文明、精神文明程度的提高，成为中国读者在阅读中越来越具普遍性的精神需求、心理需求。

上述特点，一定是建立在物质文明、精神文明程度较高的人群中的，这也形成了钟道新小说在人物塑造上的一个显著特点，那就是他的小说中的人物系列，基本上都是那种知识型的人物，是那种富于较高的人生教养的人物，是那种对于人生内容有着较高程度的文明要求的人物。譬如，《巅峰对决》中的邢天就是如此。即以我们上节中所引邢天在准备登机时的想法为例，那种对"空气"的要求程度，就绝非普通老百姓所具有。这样的人物群体、人物系列，体现的是一种对生活的优雅的人生态度，更多地具有"上层人"的性质。如果说，山西的"山药蛋派"作家，是以写"中间人物"而著称，是以写农村的"下层人"而著称，且以此形成了自己的作品风范的话，那么，钟道新则在自己的文学创作中，通过上述独特的人物形象系列，形成了自己作品中的一种新的作品风范。山西乃至中国的革命文学，一向缺乏对"上层人"的正面描写，一向缺乏对物质文明精神文明程度较高的人群的正面描写，但中国社会，伴随着历史的进步，生活的物质文明程度、精神文明程度的提高，乃是大势所趋。钟道新的小说，是这一大势所趋中的引领潮流者，这一点，学界对此还没有给以相应的肯定，更不要说是高度的肯定了。

情节的曲折引人、环环相扣，是钟道新小说的又一特点。这一特点，伴随着钟道新对影视剧创作投入力度的加大，在其小说中，是越来越突出了。这一点，在《巅峰对决》中，也得到了充分的体现。在小说的逐步展开中，骗钱骗色贩人、国际市场期货交易的鏖战、银行抢劫案、多年前军工厂的血案真相，渐次浮现，数条线索激烈纠缠，而在这一纠缠中，人物的命运，心理的冲突，情感的复杂，性格的丰富，水乳交融于其中，从而让这小说"好看"，且这"好看"不仅仅是一种"刺激"，更是一种不断的"深入"。中国新世纪的小说创作中，重新又普遍地注重了故事性、情节性，但钟道新将故事性、情节性与人物命运、情感的变化、内容意义上的渐次深入做有机的融合，并因此使故事性、情节性不仅仅是在表面上，而且是在实质上，显得曲折、引人，堪值称赞。

诚如李锐所言："'钟氏对话'成了他（钟道新）独此一家的名片。"写人物的对话，是钟道新小说创作中的一绝。他小说中的人物对话，不仅仅使对话者的性格彰显，在性格彰显中蕴含丰富的社会意蕴，还在对话中，充满着"智性"因素。我们不妨在《巅峰对决》开篇中挑一段对话以"一斑窥全豹"：当邢天对飞机上的机务人员违背规定讨好王副市长提出指责后，机务人员给邢天与江夏送来一瓶人头马："1998年"，江夏拿起酒瓶端详"这恐怕是这个飞行单位中最好的酒"。邢天拿起压在瓶子底下的一张卡片看：本机机长张诚表达对您的敬意。"这是贿赂"，"应该说是礼物"。江夏熟练地打开酒，"我在一本书上，看到了一个有关周总理、小平同志和罗瑞卿将军三位领导人对待礼物的态度"。他先给邢天倒了一点酒，"收到地方上领导送来的诸如茶叶之类的礼物后，总理就说：礼收下，要付钱。而小平同志则说：礼收下，事不办。罗大将则很绝情地说：礼退回，人处分"！说着他给自己倒了半杯酒，意味深长地说："性格即命运啊！""人的命，天注定。"邢天拿起茶杯，与江夏相碰，"我是酒不喝，状要告！""也不失为一个路子。棋圣聂卫平，就喜欢给航空公司提意见，有些时候，甚至会惊动高层。后来航空公司就把他列入了黑名单"。"黑名单？"邢天喜欢下围棋，聂在他心目中的地位很是神圣。"是一张好的黑名单：航空公司只要见到旅客名单中有他，不管他坐什么舱位，一律按照头等舱对待，剑走偏锋，不失为一条路子。"邢天说："商人是永恒的机会主义者。""我是医生。"江夏纠正道："一个有着医生资历的商人。"邢天补充道。

如果说，以上几个特点，是钟道新小说中一贯的特点，那么，《巅峰对决》中邢天形象的塑造，在钟道新的小说创作中，则有着某种对自身创作进行突破的味道。钟道新的小说中，少写英雄人物，即使对其所喜爱的"高智商"人物，钟道新一般地也总是要对其性格中的某些缺陷、局限给以批评，但在《巅峰对决》中，钟道新却更多地对主人公邢天给以肯定与赞扬。诚如李锐所说："作者不但塑造了一位勇于献身的英雄，更表达了一种道德的理想和人生的激情。"李锐对邢天这个人物，有着很到位的评析：生活中的邢天是个再普通不过的人物，普通到几乎是个失败者。二十年里，从外部看上去，他除过发表了几篇有关犯罪心理研究的文章，经历了一场失败的婚姻外，几乎一事无成。儿子的学费，房子的"月供"，让靠工资过日子的邢天捉襟见肘……在（对罪犯）一次又一次的描画之后，邢天所看到的都是丑恶和罪行，都是金钱和贪婪的深渊。连他自己的婚姻失败也是笼罩在金钱和贪婪的阴影之下。这让他不能不深感于世道的龌龊，深感于这龌龊对人心的淹没，不能不深感于铲除对于淹没的无力。但是，就是这么一个天天和罪恶打交道的人，却保持了强烈的人本主义的情怀，一定要把自己对生命的尊重遍及天下万物；一定要坚持"威武不能屈，富贵不能淫，贫贱不能移"的道德理想。作为一个擅长分析别人的专家，邢天对自己的处境看得格外分明，他知道自己注定了将要在理想中坎坷不平地生活……作为父亲、丈夫和情人，他处处流露出慈爱、宽容、豁达、强烈的责任感，流露出对自己的克制和牺牲，这一切会让你看到一个温暖善良的人，看到一种由衷的爱意。而这，却正是我们身边这个物欲横流的世界最为缺乏也最为宝贵的。李锐并且认为，小说中的邢天与陶渊明笔下的刑天，名字相同并非巧合，而是一致的：那个被砍了头的刑天，却拼了死命照旧以乳为眼，以脐为口，挥舞着手里的盾牌和斧头力战不止。那是一个怒目金刚般的勇者，那是一个连死也奈何不了的英雄。应该要补充的一句则是，邢天这一形象，也是一个鲁迅式的明明绝望但也要进行反抗的"反抗绝望"的英雄，只是他更少了些"冷峻"更多了些"智性"。钟道新正值创作盛期，很难预料他会达到一个什么样的创作高度，却遽然离去，殊为可惜可叹。（傅书华）

第三节 现实描摹

▶▶ **张平的《十面埋伏》《国家干部》**

继《抉择》以后，张平又奉献给读者一部惊世之作《十面埋伏》。这是中国当代第一部正面揭露司法腐败，展示司法队伍中权与法、正义与邪恶、光明与黑暗两种社会力量强力抗争、殊死较量的长篇小说。作品跌宕起伏，悬念丛生，一波三折，惊心动魄。《十面埋伏》在读者中的反响同样强烈，因为作品跟《天网》《抉择》一样，仍然是站在公众的立场上谴责腐败，说出了公众想说的话。

经过三年的潜心创作，张平于2004年春天推出了长篇新作《国家干部》。这部长达七十万言，被评论家称为"一部顶天立地的大作"的小说，依然走着为底层百姓代言的路线。作品讲述的是，在一个叫作嶂江的县级市，围绕一次即将召开的党代会和人代会，常务副市长夏中民与常务副书记汪思继之间进行了一场激烈斗争。夏中民在嶂江市工作了八年，群众极为拥护，上级也想提拔，但每次对他的升迁动议都招致干部中极大的阻力，以致五次考察都原地踏步。对于这一现象，也即夏中民对省委副书记所问的"领导说了都不算，老百姓说了也不算，那究竟是谁说了算"的问题的探究，成为张平在这部新作中的主要用力点，避免了单纯塑造"青天"的惯例，表达的是社会普遍觉醒的民众的力量。

《国家干部》直面我国干部人事体制改革，对现有的干部体制、干部政治、干部文化做了深刻的阐释和思考；对残存的计划经济体制下的执政理念、僵化保守的思想，给予了强烈的抵制和冲击。作品一经问世，仍然像《天网》《抉择》《十面埋伏》等一样，在社会各界产生了热烈反响，尤其在干部队伍中的冲击波非常强烈，成为当年最畅销的文学作品之一。

对于张平选择的创作道路，在文学界也有不同看法。那些表现当代人孤独感、性苦闷，或者设计痴男怨女情爱纠葛故事，或者想象历史名人逸闻逸事一类的作家，认为张平的作品根本就不是文学，是社会调查报告。在他们的意识中，反腐倡廉是纪检监察部门的职责，作家去写这类题材实在起不到多大作用；至于反映老百姓的心声、做普通群众的代言人，他们感觉那样写过于沉重，也难以展示艺术才华，而且还得付出很大的精力去接触普通群众，搜集素材，不像写身边琐事或个人隐私轻松。但是，读者并不这样看待张平的作品，《天网》《抉择》《十面埋伏》《国家干部》都能发行几十万册，在文学作品销售普遍低迷的情况下，能有这样多的读者购买他的小说，就说明他的创作是有价值的。

张平选择关注民生、做公众代言人的文学道路，虽然走得比较艰难，但他并不后悔，也不退却，这是非常可贵的。而文学却因为有了他的这种创作，显得更有意义，增加了更多的读者。（杨占平　孙钊）

►► 晋原平的长篇小说

晋原平是从基层成长起来的山西长篇小说作家，他1983年大学中文系毕业后，分配在基层党委部门工作，由科员、副科、正科做到地级市委副秘书长兼督查室主任，亲身经历了黄土高原上一个贫困地区改革开放二十年来波澜壮阔的历史。他的人生经历和职业特征决定了他的作品总是直面现实，关注变革，既能从宏观上把握大局，又能细致周全地抒写现实社会，具有浓郁的生活底蕴和时代气息，同时，也不乏人文关怀。他的长篇小说立体式地展示了我国改革开放二十年来，芸芸众生在汹涌的生活潮水中的沉浮起落，重点书写了官场社会生态的丰富复杂，揭示出改革开放的艰巨性和必然性。从1998年到2003年的五年间，晋原平陆续推出了长篇小说系列——《生死门》《权力场》《大欲壑》[①]和《权力的平台》[②]。

贾正明感到眼前的文字突然模糊成一片密密麻麻的蜘蛛网。他揉揉酸困的眼，依旧是无数杂乱无章的线。只好闭上眼睛，默默沉思着。

蜘蛛网不大，但织得很是细密，很是匀称，可以算得上是一件精巧的艺术品。

网。蛛网。密密的俘虏各种小生物的蜘蛛网。

"蜘蛛网"大约是《生死门》中最容易捕捉，最叫人印象深刻的意象了，它几次三番地出现，似乎表明作者想借助这一颇富象征意味的意象，揭示世象人心的纷繁复杂、官场社会的纷繁复杂、官场人际关系乃至整个社会的纷繁复杂，小说呈示给我们的正是这么一个纷繁复杂的世界。

小说的具体着眼点是一个工厂，这个工厂耗资近亿元上了一条新生产线，可后来，这条生产线的设备却被国家确定为不合格产品，于

---

① 均由作家出版社出版。

② 百花文艺出版社出版。

是只好进行技改。技改需要一大笔资金，资金本来就捉襟见肘，却还被蓄意挪用侵占。市长林志远乘新旧书记交替……以党政联席会的名义，把地方配套资金中的五十万元，全部挪到老营乡用于世行项目的前期费用，这样一来，这条生产线的缺口就更大了……后来，在厂长侯子清的催促下，林志远又决定把群众集资办学的二十万元借给厂里，结果也打了水漂。就因为缺乏资金，生产线不能启动，成了一堆"废铜烂铁"，全厂五千多名工人也因为资金而陷入焦急的等待中，就在这焦急的等待中，更大的困惑与迷茫又相继出现：拿到五十多万元的老营乡也并没有把资金全部用到世行项目上，乡里拿这笔款建了一个乡镇企业，这笔款中的一大部分不明不白地就不见了。市委派工作组下去调查，工作组又因吃了乡里宴请拿了乡里的烟酒被举报，调查不成反而受了处分，调查被搁置起来，五十万元资金成了悬疑案。由于办学资金被挪用，学道镇的市一中得不到搬迁，学校领导师生员工思想混乱……

围绕这笔资金（往深里说就是金钱），小说的主要人物陆续登场：市委书记贾正明、市长林志远、副书记许建国（老营乡检查组就是他带队的）、副市长白长生、张开、市委办主任张之正、经委主任郭中辰、老营乡书记林瘸子等大小官场人物；侯子清、孙杰、李拴牛、张丽华等企业领导和职工；校长石拴柱、教务主任赵雨宁、教师许知远、王忆君、左雅萍等学校教职工；周逸飞、林红雁、许加英等个体职业者以及皇甫松、病夫等文化界人士……

市委书记贾正明显然是其中最重要的人物，说他重要首先是因为他位高权重。按理说，他是有能力解决这些问题的，可事实上，他却力不从心。即便他亲自到工厂做调查，追查老营乡五十万元资金的下落，积极做着市一中搬迁的工作，然而，收效甚微。市长林志远手握财权且处处跟他捣鬼，他在老营调查失败后，躲到外地看病，一走就是半年多。他人在外地，手中的权力却从来没有放弃过，贾正明明知许多事情就是林志远蓄意捣鬼，可就是拿他没辙。虽然在这个市里"似乎只有他一人掌握着最后的推动力"，但"在他的感觉中，自己就像在一张网上跳舞，如杂技中的丑角演员"。虽然白长生、张之正、郭中辰、孙杰、林瘸子等人是贾正明的积极支持者，他们都尽着自己努力，希望古华的事情能得到解决，但林志远更有某副省长、地委姚书记的支持，在地方也有他的同姓异姓势力的支持，在他们的支持下，林志远有恃无恐，做着赶走贾正明的工作。贾正明一走，他在古华所做的一切背后隐情就再也不是问题了，他或许可以当书记，即便来另一个人当书记，古华也是他的地盘，这些事情怎么办还得听他林志远的。在贾正明和林志远之间便开始了一场明争暗斗，贾正明利用手中的人权，调班子，抓整顿，调整白长生当主管工业的副市长，逼侯子清辞职，让孙杰当了厂长，提拔计委副主任郭中辰担任了经委主任。人事调整中当然也得对林志远有所让步，林瘸子调回经委当主任，政府办副主任潘伟则被提拔为老营乡的书记。书记毕竟是一把手，做的又是光明正大的事，林志远明处不能阻拦，暗地里却让许建国等老干部整理材料告状，自己则借跑资金为名跑地委、省委找后台继续赶贾正明走，在资金问题上依然做着手脚……然而，天算不如人算，林志远机关算尽，却没料到省委书记派了自己的秘书来地委当副书记，摆好了接他后台地委姚书记班的架势，而自己同盟军张开在关键时刻从背后捅了他一刀——将他挪用救灾款的条子交给地委考查组，而他一手提拔的本家林瘸子也公开反叛他，在考查时揭出了老营建的那个厂和老营被挪用资金的隐秘——虽然因林红雁的抵死不认账拿不到真凭实据，但只凭张开那一张条子就足以将他击垮了——林志远被停职，古华前进的绊脚石被搬开了，垂死的厂子在代市长白长生的运作下实行了股份制改造，起死回生，市一中也顺利搬迁⋯⋯

小说的结尾似乎又陷入官场小说的俗套中去了，但这只是浅层次的印象，小说更为深刻之处在于它忠实于现实社会的全部丰富与复杂。小说名叫"生死门"，"原来古华的地形本来是一个八卦图，读书山就占在生门上，而现在城门的位置却在死门上"。按八卦的说法，从生门出你就可以生，撞进死门你就没了活路。那么生门何在？死门又在哪里？细读作品，似乎可以看出：改革就是生门，不改革就是死门。市一中搬迁了，学道镇的厂子进行了股份制改革，不是都活了吗？但作者的深意显然还不仅仅要证明改革的必要，在题记中，作者所引《华严经》里的一句话："堕大欲壑，入生死门。"这或许才是作者所要表现的更深一层的意蕴。什么是大欲壑？是权力，是金钱，更是世道人心，在这个物欲横流的社会，人的欲望就如同难填的欲壑。作品里一个不太重要的人物——病夫说了这样一段话："金钱使一切都在堕落，金钱正在对爱情、友谊、亲情、人格、海誓山盟的铁血弟兄，进行本质的检验和重新估量。""真正的庄严和崇高被漠视和嘲弄，而种种伪庄严、伪崇高却被一部分人很职业地装扮着。这部分人因为要粉墨登场，手中便总是持有绩优股票，可以经常收益红利。"看来作品的意蕴真可谓抽丝剥茧，一层深入一层。

《权力场》写了一个人在官场的奋发与沉沦，得志与失败、得意与堕落。这个人就是农家出身的大学生姬厚生。他从公社秘书起步，一步步攀上副省长的高位，又在一张看不见的巨网笼罩下，一头从权力的顶峰跌落下来。《权力场》中，没有出现我们熟悉的正面人物形象。但整部作品在倾向性上还是有所暗示的。只是善的力量一时找不到自己的理想人物代表和实现社会正义的具体途径。事实上，作者还是借助一些人物之口，表达出了自己对社会的殷切希望，这种殷切希望就是人类历史发展中，正义战胜邪恶的必然趋势。小说结尾姬厚生原来的秘书胡玉山对他说过这样一段话："不论您还是他们的做法，我都不赞成。所有那一切，都过时了，必须以一种凤凰涅槃的精神，革新这一切，创造全新的机制！现在您虽然下来了，但总有一天，他们……也必然要下来，而且可能更惨。而新的世纪，必须创造出新的政治与新的文化。"这些话让原本心情压抑的读者，眼前多少出现一丝儿亮光，这或许也正是作者要表达的意愿。

晋原平的小说叙述平实，但平实的背后又潜藏着热情与锋芒。官场小说隐约可辨的模式化套路与人性的污浊焦虑紧紧交织在一起，是其作品的总体特征。正如他自己所言："我并不完全是写官场小说，更不是什么单纯的反腐败题材。"他的努力应该说是成功的。（陈坪）

▶▶ 李骏虎的《母系氏家》

李骏虎，山西洪洞人，1975年出生。1995年开始小说创作，创作有多部中短篇小说与长篇小说。其中，中篇小说《五福临门》入选中国小说学会2009年度中国小说排行榜。《前面就是麦季》获第五届鲁迅文学奖。李骏虎的长篇小说，迄今已有《奋斗期的爱情》《婚姻之痒》《公司春秋》《北京的梦影星尘》以及《母系氏家》五部。如果从表现对象来说，前几部都属于描写都市生活的作品，而《母系氏家》则是描写乡村生活的作品。

《母系氏家》对于李骏虎的意义，并不仅仅只是意味着一种写作题材的转型。如果说，此前李骏虎的小说似乎总是晃动着自我的影子，难以从自我的经历中拔身而出的话，那么，到了这部《母系氏家》中，他就彻底地摆脱了自我生存经历的桎梏与束缚，将自己的创作视野转向了一个更为阔大的生存世界。但更为关键的问题却在于，从长篇小说所应该具备的思想文体特征来考察，与此前的几部作品相比较，李骏虎的这一部《母系氏家》很显然已经成熟了许多。毫不夸张地说，《母系氏家》乃是李骏虎迄今为止最值得肯定的一部多少已经传达出了某种深沉乖谬的命运感的优秀长篇小说。

毫无疑问地，李骏虎的这部《母系氏家》是一部透视表现中国乡村生活的长篇小说。说到对乡村生活的艺术表现，当下时代这一方面的小说家可谓多也。在这种情况下，怎样才能够以一种独特的方式切入乡村生活，并且能够对乡村生活有自己独到的感悟与发现，就自然成了衡量作家作品优秀与否的一个首要标准。李骏虎《母系氏家》之值得肯定，首要的原因正在于此。面对公众早已熟视无睹的乡村生活，李骏虎特别睿智地选择了对女性命运的关注与透视，来作为自己的艺术聚焦点。更进一步说，选择乡村女性世界的透视与表现，倒也还在其次，更为关键的问题在于，与其他乡村小说中的同类人物形象相比较，李骏虎《母系氏家》中的若干女性形象，表现出了一种特别的人性深度。而且，这样一种特别的人性深度，还能够让我们联想起西方的那位精神分析学大师弗洛伊德来。虽然弗洛伊德是一位心理学家，或者也可以说是一位哲学家，但他对于心理学领域或者哲学领域所产生的影响，恐怕却无法与他对20世纪以来人类的文学艺术产生的巨大影响相提并论。观察20世纪以来的文学发展趋势，尤其是小说创作领域，一个非常值得注意的事实，就是举凡那些真正一流的小说作品，其中肯定既具有存在主义的意味，也具有精神分析学的意味。应该注意到，虽然20世纪以来，曾经先后出现了许多种哲学思潮，产生过很多殊为不同的哲学理念，但是，真正地渗透到了文学艺术之中，并对文学艺术的发展产生着实质性影响的，恐怕却只有存在主义与精神分析学两种。究其原因，或者正是在于这两种哲学思潮与文学艺术之间，存在着过于相契的内在亲和力的缘故。一个不容忽视的明确事实就是，那些曾经获得过诺贝尔文学奖的作家作品中，有很多都明显地体现出了这样的两种特征。远的且不说，近几年来陆续获奖的大江健三郎、帕慕克、奈保尔、耶利内克、库切、凯尔泰斯、克莱齐奥等作家，他们的代表性作品，就很突出地体现着我们所说的这两个特征。即使是那些非诺贝尔奖的优秀作家，比如日本的村上春树、加拿大的阿特伍德等，他们的小说也都同样具备着这样的两个特征。我想，如上的这种观察结论，应该给我们当下时代真正有志于小说创作的作家以足够有力的启示。这就是，要想使自己的小说作品获得相对长久的艺术生命力，那就必须设法让自己的作品具有普世性的思想艺术价值。而所谓的存在主义与精神分析学的况味，则很显然正是普世性思想价值中极重要的两个方面。当然，更具体地，如果按照我们通常意义上的一种小说理解来说，存在主义主要体现在小说的思想层面，而精神分析学则主要体现在人物形象的刻画塑造层面。

很显然，之所以说读李骏虎的《母系氏家》，能够让读者联想起弗洛伊德来，也就是指李骏虎这部小说对若干乡村女性形象精神世界的透视与表现，的确在某种程度上体现出了精神分析学的意味。这一点，主要表现在兰英、秀娟等几位女性形象的刻画塑造上。

　　母亲兰英，本是一个漂亮标致的农家闺女，然而，这天公却偏偏就不作美，由于兰英家的成分是富农，所以，也就被迫无奈地嫁给了不仅家庭成分好，而且还当过兵的，"比土疙瘩多口气儿的矮子七星"。一方面，我们不得不感叹，这人间真的已经没有多少好故事可讲了。在兰英的爱情悲剧背后，所不时晃动着的，不就是潘金莲、三仙姑她们的影子吗？潘金莲之被迫嫁给武大郎，三仙姑之被迫嫁给于福成家，兰英之被迫嫁给矮子七星，从本质上说，都是一样的爱情悲剧故事。然而，另一方面，却也正是这相同的爱情悲剧故事，在无情地考验着作家的想象构型能力，从根本上挑战着作家的艺术创造力。正所谓，故事虽然相同，但由于叙述故事的方式各有不同，所以故事的基本走向与最后结局，自然也就大相径庭了。李骏虎所采取的，当然是不同于两位文学前辈的艺术处理方式。应该说，兰英并没有一味地屈从于命运的安排。面对不尽公平合理的命运，她以自己所能选择的方式进行了可谓是坚决的反抗。怎么反抗呢？那就是借种生子。

　　兰英是一个敢作敢为、大胆泼辣的乡村女性，既然已经决定了要借种生子，那她很快就付诸行动了。兰英选择的第一个对象，是萍水相逢的公社秘书。然而，谁知这种子虽然借成了，但公社秘书却实在算不上是一条响当当的汉子，其作为很是让兰英失望。既然公社秘书让兰英感到失望，那她就要设法再寻找一个真正具有男子汉气概的人。这回找到的"土匪"长盛，倒是个敢作敢为的血性汉子。然而，让兰英无法预料的是，正是她与长盛的相好，居然从精神深处极大地伤害了自己的女儿秀娟。那是秀娟六岁的时候，兰英和长盛正在金菊家炕上翻江倒海地折腾的时候，秀娟冷不防地出现在了他们面前，无意间撞见的这个场景，对于秀娟的精神刺激可真是太大了："秀娟受了惊，回来成了个小哑巴，发高烧，说梦话，病了五六天"，"秀娟病好后，再不肯沾她妈的身子，常常用黑黑的眼珠偷偷盯着她妈看，眼神怪怪的，看得兰英心里寒寒的，从此心里就对秀娟多了一份怯"。按照精神分析学的说法，一个人的精神创伤，尤其是幼年时期的精神创伤，将会在很大程度上对他后来的生活产生巨大的制约性影响。秀娟的情况很显然就是如此，成年后的她之所以从根本上拒绝婚姻生活，之所以与母亲之间形成了那样一种颇为畸形的母女关系，与她幼年时期的这次遭遇存在着直接的关系。

当然，兰英本人，也是一位有精神创伤的乡村女性。只不过她的精神创伤，不是来自于幼年时期，而是来自于她与矮子七星之间太不般配了的现实婚姻。小说中兰英先后两次的借种行为，当然是此种精神创伤作祟的缘故。但除此之外，李骏虎通过对兰英一些心理活动的描写，也同样很微妙有力地揭示出了她内在的精神创伤问题。比如，在对长盛动了心之后，有一次兰英忽然间看到了长盛："兰英正好路过，站在一边看，看到长盛的腰一沉，壮硕的臀部绷展了裤子，心中不由一荡，腿就有些发软。看了一会，站不住了，别别扭扭回到家，也没有去公婆那里要孩子来喂奶，躺在床上就是一阵恍惚，好一阵儿清醒过来，觉得大腿上凉凉的，把手伸进裤裆里一摸，湿湿的黏黏的一大片。突然就觉得心里一阵巨大的空洞，没来由地，一口咬住了自己的胳膊，嘴里一阵发咸，尝到了血的味道。"在面对着雄武有力的长盛的时候，兰英非常自然地联想到了自己的丈夫矮子七星。七星的矮与弱，一直是兰英内心中无法摆脱的一种隐痛。这种难言的隐痛，在面对自己心仪已久的长盛的时候，便无以自控地如火山喷发一般地爆发了。在此处，李骏虎虽然没有进行西方式的细致心理描写，但却此处无声胜有声地通过对兰英的一系列动作描写，把她内心中的精神隐痛淋漓尽致地表达了出来。

关于秀娟这个形象，小说中曾经有过这样的一段介绍："闺女秀娟是妈妈兰英的心头肉，也是兰英心上的一块疮，脸上的一条疤"，都说大姑子厉害，但红芳却打听到"这位大姑子性格虽然孤僻，人却比绵羊还善，只是不知道为什么，打定了主意一辈子不嫁，要老在家里真的当'姑子'"。小说中的秀娟，性格特征与母亲兰英形成了鲜明的对照，如果说，兰英的性格特征是胆大泼辣，为人处事既有心机又特别厉害，那么，秀娟的性格特征就是善良、大度而又略显孤僻，但在关键时刻却又十分执拗，特别有主见。如同兰英一样，秀娟也是一位具有极深精神创伤的乡村女性形象。对于这一形象的人性深度，同样可以从精神分析学角度来加以理解剖析。从精神分析学角度来看，小说中的如下几个场景就特别值得注意。一个场景，是兰英与秀娟在争吵状态下的激烈对话。兰英说："厉害死你吧！我还不全为了你们这些畜生，你们都长成了人样，我就成了龟孙！"然后，秀娟争辩道："你要真为了我们，就不做那些见不得人的事情了，我也不是现在这个样子！"另一个场景，是秀娟对红芳描述自己曾经目睹过的一场生娃娃惨剧。秀娟说："小妗子就是难产、大出血死的，第一天像杀猪一样叫，第二天前晌没了声音，后晌又叫，我们这些女子家在院子里听着，没把人吓死。我偷偷跟着姥姥进去看了看，没看到人，就看到一大盆血，我一下子就软到了地上。"再一个场景，就是在得到了弟弟福元要抱养孩子的消息之后，秀娟的出人意料的反应。秀娟将两个方便面纸箱子抱到了全家人面前："几双眼睛都跟着她的手去看，箱子打开了，满满当当都是月娃娃的小衣裳，最上面是几双小小的袜子和虎头鞋。"红芳惊奇地询问秀娟是啥时候做好了这么多小衣物，秀娟说："我地里忙，下雨天还要追肥料，这几件东西做了一年多。"把以上三个场景综合到一起，我们就不难看出李骏虎笔下秀娟形象的精神分析学深度来。很显然，秀娟之所以拒绝结婚，根本的原因，一方面在于她六岁时目睹了母亲与长盛之间的性爱场面，另一方面则在于她当年还亲自经历过小妗子的难产而死。前者使秀娟对于男女之间的性爱留下了极其丑陋可怖的印象，后者则使她对于结婚之后的生孩子场景充满了恐惧的感觉。正因为秀娟十分清楚只要结婚，就一定少不了性爱生活，就自然要怀孕生孩子。所有的这一切，都会触动她自己无意识世界中的精神创伤，所以，她才坚决地拒绝婚姻生活的。

然而，这只是问题的一个方面。在另一个方面，秀娟却又毕竟是一个内心世界中潜隐着丰富母性情感的乡村女性。既然是一种真实存在着的情感状态，那么，它就迟早会寻找到某一个突破口宣泄爆发出来的。而且，这样的一种情感，压抑得越长久，其喷涌爆发时的力度也就会越凶猛。秀娟的具体情形，正是如此。正因为秀娟早就打定了不结婚的主意，所以，她的注意力早就转移到了弟弟福元和弟媳红芳身上。她希望能够以这样一种补偿的形式来填补自己的情感空白。虽然从表面上看，福元和红芳两口子迟迟生不出孩子来，着急的只是身为婆母的兰英，但在实际上，内心中最着急最焦虑的恐怕应该是秀娟才对。在察觉到福元与红芳不大可能生孩子的情况下，"最早想让福元抱个孩子的，是秀娟，只是她没说出来。……没人知道她多么渴望弟弟能有一个孩子，前好几年她就想让他们抱一个娃了"。正因为如此，所以我们才能够理解，为什么秀娟早早地就为自己未来的侄子准备好了满满两箱小衣物。却原来，这正是秀娟内心中潜藏压抑许久的母性情结的一次大爆发。就这样，一方面，因为幼年时期的精神巨创而对婚姻生活充满了恐惧心理，另一方面，内心世界中却又有着一种本能而强烈温柔的母性情怀。二者错综有致地缠绕在一起，就自然地构成了秀娟人性世界的复杂性。

必须注意到李骏虎在小说第二部开头阶段一段叙事话语对于深入理解《母系氏家》的重要性。李骏虎写道："村子里的女人朴素，名字也朴素。二十多年流水一般过去了，'梅兰竹菊'和'叶'们渐渐熬成了婆婆，'霞玉芳红'和'雪'们就从黄毛丫头出落得有模有样儿，出嫁后自然成了人家的媳妇。两辈子女人不同，修饰'梅兰竹菊'和'霞玉芳红'的前缀或后缀可都是'英翠灵秀'和'香'，'凤琴萍花'和'娟'们更是混迹于两代女人之中成为通用。"很显然，李骏虎这部《母系氏家》的全部艺术奥妙与叙事哲学，实际上就潜藏在这一段叙事话语之中。在某种意义上，这一段叙事话语的重要性，乃可以与《红楼梦》中的"太虚幻境"那一章好有一比。细细地体察一下，就不难发现，小说中的几位主要女性形象，兰英、秀娟、红芳、金菊，其实都可以对应于这一段叙事话语中的所谓"梅兰竹菊""霞玉芳红""英翠灵秀"。这就明确地暗示读者，如果说曹雪芹的《红楼梦》是要为"千红一哭"的大观园中的闺阁女子作传的话，那么，李骏虎的这一部《母系氏家》就可以被看作是要为当代中国的乡村女性作传的长篇小说。中国的乡村世界可谓大也，关注表现乡村世界中女性形象的作家也不在少数。实际上，每一个作家从自己特定的思想价值立场出发，都会对乡村世界中的女性形象有一种自己的理解与表现。在这个意义上，李骏虎的这一部《母系氏家》，其实也就只是公众所理解的乡村女性形象的精神谱系之一种，带有十分明显的李骏虎个人的思想烙印。（王春林）

第四节　多彩生活

▶▶ **刘慈欣的科幻长篇小说**

刘慈欣，出生于1963年，中国科幻小说最主要的代表作家，被誉为中国科幻小说的领军人物。自1990年代开始发表科幻作品，曾于1999年至2006年连续八年获得中国科幻银河奖。在长篇小说领域，主要的代表作品是《超新星纪元》《球状闪电》等，而最重要的作品则是长篇小说"三体三部曲"：《地球往事》《黑暗森林》《死神永生》。"三体三部曲"被普遍认为是中国科幻文学的里程碑之作，将中国科幻推上了世界的高度。他的作品宏伟大气、想象绚丽，成功地将极端的空灵和厚重的现实结合起来，同时注重表现科学的内涵和美感，兼具人文的思考与关怀，创造出了一种具有中国特色的科幻文学样式。在中国久远的历史长河中，一向是特别注重现实生存，现实感极强，而缺乏超越现实的空灵想象，"子不语怪力乱神"也。在山西尤其如此。所以，刘慈欣科幻文学在山西的出现，是一个令人费解的奇迹。

《超新星纪元》看似少儿作品，其实不然。小说写在一个看似平常的夏夜，酝酿了上亿年的灾难从宇宙深处到达地球，世界上将只剩下孩子。怪异而血腥的游戏在都市近郊的山谷中展开，孩子国家领袖在游戏中诞生……最后的时光在大学习中瞬间即逝，当黑屏上的最后一点绿光消逝，地球上最后一个大人死去，公元世纪终结了……爆燃时代像一个阴森的征兆；惯性时代也在疲惫和失落中结束；网络绝对民主使几亿孩子陷入极度的集体疯狂之中；挥霍无度的糖城时代诞生了……最终，公元世纪留下的武器成为孩子们的玩具，在南极荒原上，浸透了杀气的童心在血泥中嬉戏……一部壮丽的未来史，一部文明浴火重生的宏大史诗，比梦幻更空灵，比现实更逼真。

《球状闪电》与《超新星纪元》有异曲同工之妙。小说写在某个离奇的雨夜，一颗球状闪电闯进了少年的视野。它的啸叫低沉中透着尖利，像是一个鬼魂在太古的荒原上吹着埙。当鬼魂奏完乐曲，球状闪电在一瞬间将少年的父母化为灰烬，而他们身下板凳却是奇迹般的冰凉。这一夜，少年的命运被彻底改变了，他将毕其一生去解开那个将他变成孤儿的自然之谜。但是他未曾想到，多年以后，单纯的自然科学研究被纳入进"新概念武器"开发计划，他所追寻的球状闪电变成了下一场战争中决定祖国生存或是灭亡的终极武器！当被禁锢在终极武器中的大自然的伟力被释放时，一轮冰冷的"蓝太阳"升起在大西部的戈壁滩上，整个戈壁淹没在它的蓝光中，这个世界变得陌生而怪异。一个从未有人想象过的未来，在宇宙观测者的注视下，降临在人类面前……

《地球往事》是"三体"系列的第一部。小说《三体》与三体问题有关。"三体"指的是浩瀚无涯的宇宙星空里面三颗恒星，因为引力而互相牵引，产生了一种新的、不同于地球的生存环境。在这个恒星系统里，有所谓"三体人"存在。因为引力的碰撞，三体世界没有定理可循，不像我们地球上春夏秋冬、起承转合。在那个世界里，它的时间只有两种分类，一种是"恒纪元"，就像我们所熟悉的，按照规律来的时间运作的方式；而另外一种叫作"乱纪元"。你不知道什么时候乱纪元就来了，或者什么时候恒纪元就开始了。三体人生活在一个超级不稳定的时间运作里面，所以他们养成了一种不断要应对各种变数的能力。他们必须冷静地应付随时要来的危机。对他们来讲，所谓的仁义道德完全是有闲的地球笨人想出来的东西。在三体世界里，理性扩张到了一个绝对犬儒的姿态，而他们的科技文明超过了地球文明不知道多少倍。《地球往事》作为"三体"系列的第一部，讲了一个关于背叛的故事，也是一个生存与死亡的故事，有时候，比起生存还是死亡来，忠诚与背叛可能更是一个问题。疯狂与偏执，最终将在人类文明的内部异化出怎样的力量？冷酷的星空将如何拷问心中道德？作者试图讲述一部在光年尺度上重新演绎的中国现代史，讲述一个文明二百次毁灭与重生的传奇。

《黑暗森林》是"三体"系列的第二部。三体人在利用魔法般的科技锁死了地球人的科学之后，庞大的宇宙舰队杀气腾腾地直扑太阳系，意欲清除地球文明。面对前所未有的危局，经历过无数磨难的地球人组建起同样庞大的太空舰队，同时，利用三体人思维透明的致命缺陷，制订了神秘莫测的"面壁计划"，精选出四位"面壁者"，秘密展开对三体人的反击。三体人自身虽然无法识破人类的诡谲计谋，却依靠由地球人中的背叛者挑选出的"破壁人"，与"面壁者"展开智慧博弈……"面壁计划"究竟能否成功？地球人究竟能否在这场你死我活的文明生存竞争中战而胜之？神秘的"黑暗森林"究竟意味着什么？这都是这部作品所要着重描述的。

《死神永生》是"三体"系列的第三部。三体文明的战争使人类第一次看到了宇宙黑暗的真相，地球文明像一个恐惧的孩子，熄灭了寻友的篝火，在暗夜中发抖。自以为历经沧桑，其实刚刚蹒跚学步；自以为悟出了生存竞争的秘密，其实还远没有竞争的资格。使两个文明命悬一线的黑暗森林打击，不过是宇宙战场上一个微不足道的插曲。真正的星际战争没人见过，也不可能见到，因为战争的方式和武器已经远远超出人类的想象，目睹战场之日，即是灭亡之时。宇宙的田园时代已经远去，昙花一现的终极之美最终变成任何智慧体都无法做出的梦，变成游吟诗人缥缈的残歌；宇宙的物竞天择已到了最惨烈的时刻，在亿万光年暗无天日的战场上，深渊最底层的毁灭力量被唤醒，太空变成了死神广阔的披风。太阳系中的人们永远不会知道这一切，最后直面真相的，只有两双眼睛。

面对刘慈欣的作品，传统的正统的文学评论界暂时没有发出有力的声音。倒是科幻文学界的评价比较到位。譬如《科幻世界》副主编姚海军评论说："刘慈欣用旺盛的精力建成了一个光年尺度上的展览馆，里面藏满了宇宙文明史中科学与技术创造出来的超越常人想象的神迹。进入刘慈欣的世界，你立刻会感受到如粒子风暴般扑面而来的澎湃的激情——对科学、对技术的激情。这激情不仅体现在他建构宏大场景的行为上，也体现在他笔下人物的命运抉择中。那些被宏大世界反衬得孤独而弱小的生命的这种抉择，从另一个角度给人震撼，增加了作品的厚重感。"著名科幻作家、《瞭望东方周刊》副总编韩松认为：首先，刘慈欣的作品，讲的都是些明明白白的故事，说的都是些人话，节奏很紧张，情节很吸引人。想象奇特，漫无边际，汪洋恣肆，像庄子。其次，刘慈欣的作品中，渗透了一股对宇宙的敬畏。他写一些技术味道很浓的科幻，但是，后面的东西，骨子里的东西，其实是形而上的。也就是有一种哲学上的意味，宗教上的意味。刘慈欣总是在悲天悯人，而且是一种大悲大悯，像佛陀。再者，技术、工业文化，其实是一种很神圣和很精致，很严格和很大气的东西，刘慈欣的小说满足了读者的这样一种欲望。刘慈欣有时像牛顿，却不很像爱因斯坦。另外，一眼就看得出来，刘慈欣肯定是一个军事迷，对武器有一种天生的热爱。这个时候，刘慈欣又像库兹涅佐夫，但不太像巴顿或者古德里安。他有一种执拗的、属于上上个世纪的英雄气质。复旦大学中文系副教授、《新发现》主编严锋评论刘慈欣说：刘慈欣的世界，涵盖了从奇点到宇宙边际的所有尺度，跨越了从白垩纪到未来千年的漫长时光，其思想的速度和广度，早已超越了"可上九天揽月，可下五洋捉鳖"的传统境界。但是刘慈欣的意义，远不限于想象的宏大瑰丽。在飞翔和超越之际，刘慈欣从来没有停止关注现实问题、人类的困境和人性的极限。这个人单枪匹马，把中国科幻文学提升到了世界级的水平。

在对刘慈欣的评论中，海外学者王德威的意见颇值得重视，他是从正统文学批评的角度，充分地肯定了刘慈欣在中国现代文学中的价值与意义。单单他的文章的标题就鲜明地体现了这一点：《从鲁迅到刘慈欣》。王德威是从乌托邦、恶托邦、异托邦这三个概念出发，来论述刘慈欣在中国现代文学发展历程中的作用的。在王德威看来，在现实世界里所不能实践的憧憬或是梦想，在乌托邦里有了实践的可能。尔虞我诈的现实世界，到了乌托邦里，成为和谐社会。恶托邦（又译"反乌托邦"）就像乌托邦一样，也是文学创作者介入现实、干预历史的一种手段。只是在恶托邦那里，所有的情境似乎都更等而下之，人类文明看起来一片纪律井然，和谐快乐，但事实上，在这只"看不见的手"的制约之下，往往让这个社会里的成员在进退之间失去了分寸。异托邦指的是我们在现实社会各种机制的规划下，或者是在现实社会成员的思想和想象的触动之下，所形成的一种想象性社会。这可能和乌托邦有一些关联。但乌托邦是一个理想的、遥远的、虚构的空间，而异托邦却有社会实践的、此时此地的、人我交互的可能。在王德威看来，刘慈欣作品的价值就在于，它以无限的科幻想象力，不断地在乌托邦和恶托邦之间，创作各种各样的异托邦。王德威认为，这是刘慈欣的作品之所以必然存在、必须存在的绝对意义。

如何看取刘慈欣科幻文学作品的意义与价值，不仅仅是山西文学界的困惑，其实，就全国文学界而言，也是如此。（傅书华）

▶▶ 张行健的《古塬苍茫》

张行健，1959年生，山西临汾人。著有长篇小说《天地之约》《古塬苍茫》，中短篇小说集《天边有颗老太阳》《秋日的田野》等。先后获得过"人民文学奖"、赵树理文学奖，山西省"五个一工程奖"等奖项。

《古塬苍茫》应该被看作是张行健的长篇小说代表作。之所以看重这部长篇小说，是因为这部小说的出现，不仅在一向重在关注表现社会现实生活变迁的张行健自己的小说创作过程中是一个异数，甚至于在山西当下时代的长篇小说创作中也属于一个明显的异数。具体来说，这部《古塬苍茫》的特别之处，主要表现在张行健借助于发生在偏远山区人狼之间的对峙冲突，而对于生态环境问题进行了自己相对有深度的艺术思考与表现。同样值得注意的，是表现题材较为特别的缘故及小说艺术表现方式上一种鲜明的传奇化色彩的体现。

小说的故事发生在太岳山区一个偏远的小山村古塬村。古塬村不大，人口不足三百人，在这年春二月的时候，忽然发现了野狼的踪影。先是杆子家一头已经长到六七十斤重的猪，活生生地被狼拖跑了。接着，羊倌青皮的羊圈又被狼在夜里偷袭，有二十几只羊被狼噬咬而死。然而，猪也罢，羊也罢，毕竟还是畜生，最令人感到震惊的，却是古塬生只有两岁的儿子宝儿，硬是在睡梦中不知不觉地被狼叼走给吃掉了。既然猪羊，尤其是人的生存都已经受到了来自于野狼的严重威胁，那么，人与狼之间的矛盾冲突就空前地尖锐起来。对于古塬村的人们来说，采取什么样的方式解决来自于野狼的生存威胁，自然就成了急需面对的头等大事。

这样，一场由村委会出面组织的人狼大战自然也就正式拉开了帷幕。由村长王社火出面，向上级武装部门讨要来两支步枪和一箱子弹之后，以王社火为组长，由杆子、青皮与古塬生三人为组员的"古塬村打狼小组"正式成立，打狼一事就此被提上了议事日程。打狼小组四个人，四个人都要打狼。张行健在这里所面临的一个艺术问题，就是采用怎样的方式才能够把这四个人各自不同的打狼过程呈现出来，同时也能够凸显出这几位人物形象各自不同的性格特征。应该承认，张行健不仅意识到了这一挑战的存在，而且处理的方式也还算得上是差强人意。杆子曾经有过当兵的经历，腿长跑得快，贪财小气但却特别能吃苦，可以说是杆子的性格特征所在。他的这种性格特征，在打狼的过程中表现得非常明显。在开了一枪未能使那头东山公狼当场死亡的情况之下，杆子硬是拼命追逐，一直到把公狼追死方才罢休。

与杆子的一味使用蛮力相比较，善于动脑子的古塬生就要心细许多"古塬生绝不会像杆子那样豁出身骨打狼，古塬生得琢磨一套猎杀野狼的办法，确切地说，古塬生要走一条既打狼又省劲的捷径"。那么，古塬生所找到的捷径是什么呢？"他想通过野狼的粪便和蹄爪印的蛛丝马迹，而一点一点摸揣到野狼的居住处——狼窝。"很显然，这就叫作，不入虎穴焉得虎子了。正所谓功夫不负有心人，细心的古塬生果然在涧沟里发现了狼窝，并且把两只小狼崽活抱回了村里去。

然而，尽管说古塬生已经相当心细了，但是，与古塬生相比较，在心计的运用上更加胜出一筹的，却只能是身为村长的王社火。古塬生本来想着要亲手处死小狼崽以解自己的丧子之痛，但却被王社火制止。王社火所设计出的是一个颇有些阴毒的一箭双雕之计。他把打狼小组的成员分成两拨："每组抱一只小狼崽，一组到涧沟北，一组到涧沟南，各寻一棵高大的树，把小狼崽一棵树上吊一只。……让小崽子不停地发出嗷嗷的叫唤。"在这里，王社火所巧妙利用的，就是涧沟母狼那种强烈到不可遏止程度的母爱。结果证明，王社火确实洞若观火料事如神，非常准确地把握住了母狼那样一种爱子心切的心理状态。在发现自己的两个小崽儿分别被吊在一南一北两个不同的地方之后，这条恋子心切的母狼，一夜的工夫就这么翻来覆去地奔走于自己的两只小狼崽之间，最后，不仅没有救出小狼崽，自己反而口吐鲜血累死在了黎明即将到来的时候。必须承认，关于涧沟母狼这一夜所作所为的描写，是张行健这部《古塬苍茫》最为动人的一个部分。当然，从这个一箭双雕计谋的运用过程中，所充分凸显出的，正是村长王社火的足智多谋与老谋深算。他之所以能够多年来一直担任古塬村的主要村干部，其根本原因显然正在于此。

打狼小组一共四个人，三个人都以自己的方式有所贡献，唯独羊倌青皮尚且毫无作为。当此情形之下，青皮自然非常着急。从性格层面来说，青皮不仅比不上王社火的足智多谋，而且比不上古塬生的心细如发，但也并不像杆子那样只知一味蛮干。眼睁睁看着独有自己没有作为，青皮先是守株待兔几日，还是没有收获。万般无奈之际，青皮只好跑到向来凶险万分的野驴脖儿，牵了山羊，背了门板，挖了深坑，于夜晚匿身其中。结果，青皮的这番努力果然奏效，不仅情场失意，而且腹内饥饿难耐的涧沟公狼，尽管诡计多端疑虑重重，但最后还是着了青皮的圈套，终于被青皮活生生地背回了村里。至此，张行健这部《古塬苍茫》中的人狼大战就此告一段落。虽然村人颇有损失，但毕竟人比狼强，最后在人狼冲突中占据上风者，终归还是人类。

但小说的可贵之处却并不在此，某种意义上说，张行健的这一切描写，其实都还是为了引出作家自己对于人狼冲突的另一种思考和认识。首先一个问题是，既然狼迹已经消匿多年，怎么会突然之间又猖獗起来呢？却原来，"在东山的更深处，东南方向约七八十里的中条山一带，专业研究人员在那里发现了蕴量丰富的矿石，那可是铜矿石，似乎一夜间就调配来十几万人，甚至还多。原本荒无人烟的大山忽然就成了一座大矿"，"那里原本是野狼与其他野兽们生活和出没的天地，忽然就被陌生的人群和可怕的炮声占据了。野狼们在万分惊惧与十分无奈下，被逼迫着开始了一批又一批的大迁徙，很自然地，一部分野狼就选择了东山一带，选择了古塬一带"。既然野狼来了，既然生存资源特别有限，那么，小说开头所描述的那一幕幕悲剧的发生，也就不可避免了。

更重要的是，我们必须注意到古塬村小学校长闵生灵先生的存在意义。首先是这个人物形象的命名问题。张行健之所以要把这个人物命名为闵生灵，显然有着自己的特别寄托。道理非常简单，闵生灵者，悲悯一切有生命的存在者是也。不仅悲悯人，而且要悲悯一切生物，包括一向被视为残忍之动物的野狼。那么，承载这一思想功能者

为什么是闵生灵而不是其他人呢？请一定注意张行健为闵生灵所特别
设定的具体身份："闵先生来村里当校长已有好些年，他早年间在省
城的大学里是学生物专业的，毕业后分到县城中学当生物教师，前些
年被戴上了'右'派的帽子，就被下放到古塬村里了。"不仅是接受
过高等教育的知识分子，而且在大学里所学专业还就是生物学，这样
的一种身份设定，就为张行健一种生态保护思想的有效传达提供了必
要的条件。闵生灵的存在，给这部小说提供了另一种思想维度。关于
这一人物形象，值得注意的有三处细节。一是在打狼小组成立的时
候，闵生灵讲了一番关于生态平衡的道理："大自然是一个物链，一
物降一物，讲究个生态平衡的，奇怪的是咱这里狐狸奇少，制服野兔
的任务就落在狼身上了，如没有狼，或少了狼，那野兔又会成群结
队，酿成祸患，我的意思是，对狼这种凶残动物，以恐吓和预防为
主，最好不要动用枪支，明火执仗……"二是当青皮要以特别残忍的
方式处死涧沟公狼的时候，闵生灵给村民们讲述了一个自己青年时期
一次真实的遭遇。那一次，闵生灵和自己的大学同学一起，由于偶然
救治了一只小狼的伤情，然后野狼报恩把迷路的他们送出大森林。当
然，更重要的是第三次细节，那就是到了小说的结尾处。这个时候，
贪财的杆子已经把涧沟母狼的三只小狼崽卖给了收货站。杆子卖了小
狼崽，但他却根本就没有想到，自己的小儿子大梁也已经被报复心切
的涧沟母狼给掳走了。在这个关键时候，还是敏感的闵生灵发现了问
题的蹊跷之处。闵生灵发现，本来母狼早就可以把大梁咬死逃走，但
母狼却不仅没有咬死大梁，而且还故意拖拖延延，似乎在和古塬村的
人们捉迷藏似的。如此一种发现，让闵生灵豁然开朗，意识到涧沟母
狼实际上是要以人质换狼质。这样也才有了最后那一幕更加带有传奇

色彩的人质和狼质互换的场景出现。伴随着这一场景的出现，张行健意欲传达的生态保护与生态平衡思想，自然也就昭然若揭，也就得到了相当有力的艺术表现。

需要指出的是，尽管我们肯定张行健在《古塬苍茫》中所传达出的生态环境保护的思想相当难能可贵，但也应该指出，或许是由于自身思想艺术能力有限的缘故，张行健还没有能够把生态思想的现代复杂性完全呈现出来。另外一点遗憾就是，从所谓的打狼要记工分，闵生灵身为"右"派，杆子卖了小狼崽只得到几十元钱这样一些细节来判断，小说的故事背景显然是在"文革"期间或者"文革"之前。假若我们的推断合理，那么，张行健就在小说细节的处理上也存在着一些问题。比如，张行健说王社火是古塬村的村长。这个细节恐怕就有问题。只要从那个时代走过来的人们都知道，当时的中国农村是没有村长的。只有村支书，或者村革委会主任。假若张行健把王社火的身份设定为村支书或者村革委会主任，显然就符合历史真实了。（王春林）

▶▶ 毛守仁的《北腔》

毛守仁，生于1949年，山西榆次人。先后发表中短篇小说一百多万字，出版有小说集《下河滩的女人》《抬山》，散文集《大河血性》，长篇小说《天穿》《北腔》等。作品曾经先后获山西省首届赵树理文学奖，第一、二、四届全国煤炭乌金奖，《山西文学》优秀作品奖，并获庄重文文学奖。以剑走偏锋的方式表现晋商文化的历史长篇小说《北腔》，可以被看作是毛守仁的长篇小说代表作。

从《北腔》的艺术表现层面来看，最值得注意的成功处主要表现在这样四个方面：

首先，值得注意的是小说的基本行文结构。从结构上看，《北腔》采用了一种将晋商与晋剧（亦即小说中一再提及的梆子戏）并置交叉描写以推动情节演进的结构方式。毛守仁之所以将小说命名为"北腔"，其实有着双重的意味。从写实意义上说，这"腔"当指与晋商的发展差不多保持了同步状态的山西最有代表性的地方剧种——晋剧（梆子戏）。关于这一点，毛守仁在小说所附《剩余的说法》一文中关于张之洞"随手推波助澜了晋剧的发展"的说法便是一个有力的证明。从象征的意义上说，这"腔"便隐指着一种以晋商与晋剧为突出外在表征的带有浓烈地域文化特征的晋商文化形态。我们注意到，作为一部表现晋商的长篇小说，《北腔》中却差不多有一半的篇幅是在描写晋剧。而且，更进一步地从读者阅读接受的角度来看，小说中关于晋剧的描写较之于晋商似乎还更显浓墨重彩也更具艺术感染力。然而，对于晋剧的描写在小说中占到一半篇幅倒还在其次，更为关键的问题在于，小说中的晋剧描写实际上承担着一种极为重要的结构功能。从小说起首处四福晋到来时四喜班演出的《满床笏》，到中间的《打瓜》《玉堂春》《断桥》《蝴蝶杯》，一直到小说结尾处的《窦娥冤》，这些晋剧剧目的选择不仅与整部小说情节演进的起伏涨落是同步进行的，而且也极明显地暗合于人物内在情绪的波动节拍。实际上，对于晋剧进行一种充分的展开描写也正是作家本人的一种自觉追求。在《剩余的说法》中，毛守仁曾经明确表示："我为小说起名《北腔》，就要浓重地写这方土地上的大戏。"而在小说文本中，也曾经出现过这样的叙述话语："连皇宫那样的道貌岸然处，也无非是一放大的院子，人心不差米粒。天下事无非是戏，他们也跑不到戏外。"在我看来，一句"天下事无非是戏"便一语道破了毛守仁以汪洋恣肆的笔墨尽情描写晋剧的根本动机所在。正因为"人心不差米粒"，正因为"天下事无非是戏"，所以毛守仁才舒展笔墨"浓重地写这方土地上的大戏"的。从历史的真实演进情况来看，晋商的崛起过程极有力地推动了晋剧的逐渐走向成熟，二者存在着极密切的依存关系，因此在《北腔》这样一部表现晋商的小说中，毛守仁以很大的篇幅展开对晋剧的描写，其艺术目的首先就是要成功地营造渲染一种所谓的晋商文化形态。这样，在《北腔》这样一部晋商小说中，不将自己的艺术重心放置在对于晋商经营活动的表现上，而是倾全身心之力致力于一种晋商文化形态的渲染与营造，则正可被看作是毛守仁关于晋商之文学想象的一个根本特征所在。通过以上的分析，我们不难发现毛守仁于《北腔》中充分展开的晋剧描写实际上具有一箭三雕的功能，其一是对于晋商文化形态的渲染营造，其二是承担小说的基本结构功能，其三则是从"天下事无非是戏"的角度来看，写戏其实也是在展示一种别样的人生。

其次，从其艺术的基本根源来看，毛守仁一方面继承了中国一些优秀的小说传统，另一方面也对西方的现代小说经验进行了有益的借鉴。实际上，在时间已经进入新世纪的今天，一个成熟中国作家的艺术经验已经不再可能一味单纯地只是依赖中国传统或者只是借鉴西方的表现技法，在一种个人写作经验积累的基础上将中国传统与西方表现技法有机地整合在一起乃是任一成熟中国作家的必然选择，写作《北腔》时的毛守仁在这一点上同样也不例外。我们先来看《北腔》对于中国小说传统的继承。从《北腔》中能够多少读出一些《红楼梦》的韵味来。让我们形成这样一种判断的首要原因当然是毛守仁在《北腔》中对于若干美丽且别具精神内涵的女性形象的鲜活刻画，这一点在下文中将有更深入具体的分析。此外的另一个原因则是艺术表现层面上毛守仁对于"藏"字诀的成功运用，它的意思是说作者在小说的描写过程中对于自己所欲凸现的艺术主旨往往采取一种极含蓄带有极强烈的暗示意味的表现方式，言有尽而意无穷，颇有一点中国古代山水画中写意留白的意味。作家在描写时绝不写足写满而只是点到为止，从而预留下极大的想象空间供读者去积极填充。《红楼梦》在这一方面有着突出的表现，毛守仁在《北腔》中也有着对于"藏"字诀的较为成功的运用。比如第二章写章昭著看到一场美丽的大雪而生发出了满腔诗意，兴冲冲地找到汪作业，结果汪作业却根本无法领受这种诗意，这时候作家只是极简洁地以一句"她额上的雪意化了"来表现章昭著失意之极的复杂心态。完全可以想象得见，如果作者在此处展开对于章昭著内心世界的细致描写，那么恐怕再有几百字的篇幅也难以将人物的复杂思绪完全揭示出来。毛守仁的值得肯定处就在于他以"雪意化了"这四个字而极其准确鲜明地捕捉并表现出了章昭著的复杂内心世界，并给读者留下了极大的想象空间，颇有一些"不著一字，尽得风流"的意味。然而，值得注意的是在对中国优秀小说传统进行创造性继承的同时，毛守仁在《北腔》中同样有对于西方现代小说表现手法的成功借鉴。这一方面最突出的表现便是作家通过对西方"意识流"手法的创造性转化而对于人物的潜意识活动进行了堪称准确到位的艺术揭示。小说对于二姨太方之玉这一人物形象的刻画就极有力地证明了这一点。由于在北京避难时遭逢了义和团与八国联军所制造的社会混乱，由于在这场灾难中为了保命而被管家将肮脏之极的粪尿倾倒在了身上，当然也由于在战乱中曾经因一匹红马而受到过极度的惊吓，此后方之玉的潜意识中便形成了一种无法摆脱的北京避难情结。这情结的具体表现有三：一是不能看到粪便，二是一紧张就要洗澡，三是不能看见红马。小说中对于方之玉潜意识中的这种避难情结曾经有过一段极为简洁传神的描写："双手一张，在水中扑腾，呛得鼻子眼里辣辛辛。喘着气，喷着水，一双手越抓越乱。马也不惊了，大火也不烧了，她怔怔地，总有个灵性儿丢在高处，她想跳起来够去。她也不知道怎么喊出声的，反正被人一把捞出来，湿漉漉地贴了那人壮实的胸脯，她张了嘴，像呕吐，又像发不出声，在脑门心游走着婉转的二音。"虽然较之于乔伊斯的"意识流"有了一种明显的理性化痕迹，然而从本质上看，毛守仁通过一种"意识流"手法的运用而达到对人物潜意识进行有力揭示的这样一种艺术意图还是表现得极为突出的。

第三，《北腔》在叙事方面的一个突出特征则体现为毛守仁对于一种第三人称主观限制叙事模式的成功运用。他一方面采用了第三人称，但在另一方面他又对第三人称进行了明确的限制。具体来说，《北腔》中的每一个叙事段落都是严格地按照故事中某一人物的视点来进行叙事的。这样，虽然并未采用第一人称的叙事方式，但这些不同的叙事段落却共同表现出了一种十分突出的主观化色彩。这也就是说，毛守仁的《北腔》在叙事上最值得注意的成功之处就在于作家极富艺术智慧地将第一人称与第三人称的叙事特点进行了极其巧妙的整合。应该承认，毛守仁的这种叙事整合取得了相当明显的叙事效果。一方面，第三人称的运用使得作家可以以一种冷静客观的姿态描摹社会上的世情百态，从而赋予了小说一种突出的客观化特征；另一方面，第一人称的叙述视点则为作家对于人物形象复杂微妙的精神心理世界的探究与表现提供了极便利的条件，从而使小说又呈示出了一种极明显的主观性特征。虽然从其基本的叙事功能来看，小说似乎更应该被理解为一种客观性的文体，但从进入现代社会之后世界范围内小说的总体演进趋势而言，一种主观性的渐趋加强却又的确正在成为一种普遍的文学现实。如此看来，建立在客观性基础之上的主客观融合恐怕正可看作现代小说的一个突出表征所在，而毛守仁的《北腔》则也正是这样的一部作品。同时，我们还应该注意到，在依循第一人称的人物视点方式进行叙事的时候，由于小说中存在着众多的人物，所以也就相应地形成了叙述视点频繁转移的这样一种叙事特征。从这个角度来看，毛守仁其实正是在这样一种人物叙述视点频繁快速转移的过程中逐步推进深化小说的故事情节演进的。

第四，从根本上说，小说是语言的艺术，毛守仁对于小说创作中语言的重要性有着足够清醒的认识，他总是在自己的创作过程中自觉地实践对于一种准确典雅而又及物的小说语言风格的追求。在某种意义上说，毛守仁的这样一种过于严格的语言追求甚至还多少带有了一点唯美主义的倾向。这一点在《北腔》中同样有着突出的体现。比如小说中描写祁掌柜唱戏时的一段叙事话语："这个腔新奇、俏丽，拖腔上高出半个字，似跑调却没跑出去，没跑调又在边缘滑。就像刀尖儿划着肉皮儿走，险则险，却又诱人。"这段叙事话语对于祁掌柜拿捏得恰到好处的唱戏感觉进行了极准确的描写，给予了充分的肯定。其中最精妙处便在于以"刀尖儿划着肉皮儿走"这样形象的语词将祁掌柜唱戏时对艺术分寸的恰到好处的把握生动地表现了出来。在某种意义上，我们也完全可以效仿毛守仁的说法，以"刀尖儿划着肉皮儿走"这样的语词来对毛守仁描写祁掌柜时的生动传神恰如其分做出高度的评价。正如同古代的诗人需要炼字一样，其实当下时代的小说家们在他们的写作过程中也同样需要下大功夫去炼字炼句。应该说，毛守仁在这个方面的表现从总体上看是相当出色的，类似于如上所分析的语词运用相当合理精妙的段落在《北腔》中是屡见不鲜的。实际上，也正是作家在小说语言运用方面所具有的这样一种非同寻常的艺术功力在相当程度上保证了《北腔》艺术成功的最终取得。（王春林）

▶▶ 刘维颖的《水旱码头》

刘维颖，山西临县人，生于1947年。主要从事于长篇小说创作，著有《滴翠崖》《相约在故园》《水旱码头》《血色码头》等。其中《血色码头》曾经荣获山西省"五个一工程奖"。《水旱码头》应该被看作他的长篇小说代表作。

或许是因为受到了"山药蛋派"小说潜在制约影响的缘故，或许更多地却是因为自身成长成熟于一个极具意识形态化色彩的特定时代的缘故。在《水旱码头》之前刘维颖的小说写作过程中，总是自觉不自觉地表现出一种突出的"政治化叙事"的特征来。对于这一点，刘维颖自己也有着足称清醒的认识："在中国，五十岁以上的作家大抵都是意识形态'化'了的一代。所谓'化'，即有深入骨髓、溶入血液之意。"而正是因为已经认识到了自我艺术经验的缺陷所在，所以刘维颖才不仅要进行必要的艺术调整，而且还特别强调："在这个调整中，我以为反复读读张爱玲，读读沈从文，读读废名，甚至读读张恨水，并将他们的创作放到当时的历史背景之下以对其文学观念、创作思想进行一番认真探索对我们是大有裨益的。"在以上的认识产生之后，刘维颖由此前一贯的"政治化叙事"而走向《水旱码头》中的日常生活叙事也就自然是题中应有之义了。因此，虽然从题材上看是一部描写清王朝由鼎盛转向衰亡时期山西碛口这一水旱码头上晋商生活的小说，其中自然少不了经商过程的点染介绍，但在实际上，作家却将更多的笔墨倾注到了诸如婚丧嫁娶、男女情爱这样一些极为普通的日常生活场景的描写上，同时还以浓墨重彩的笔触将极富地域文化色彩的当地的民俗民情有机地融进了小说的整体叙事过程之中。因此，虽然作者曾在后记中特意强调"这部小说是写晋商的"，刻意强调自己的写作目的乃是"要致力于发掘、彰显并提升晋商赖以生存发展的精神，也即我们这个民族所以能生生不息并走向繁荣的根本所在"。为此，作者还煞费苦心地"设计并通过'古会特行''粥场鞭子''年关送银''节庆分红''抢险救灾''入号学徒''运饷换引''为国筹募''打假绝伪'等情节的感性描绘进一步丰富、凸显了这方面的内容"。但在我看来，作者的这种刻意追求在小说文本中其实并没有得以完满的实现。在我的理解中，刘维颖之刻意强调这是一部晋商小说，甚至多少有一些赶时髦的意味。既然置身于市场经济时代，既然晋商文化又红极一时，而且山西省委省政府对一切与晋商相关的人与事都有着强烈的关注兴趣，那么为什么不搭上晋商这个顺风船呢！在这样的意义上说，其实刘维颖还并没有能够完全从旧的写作思维中解脱出来。事实上，在我的阅读过程中，真正吸引我注意力的其实并非刘维颖所刻意设计的那些经商过程，反倒是作者于经商的线索之外于不经意间渲染表现出来的那种种充满艺术质感的日常生活场景，给我留下了极深刻的印象。从这个角度来看，刘维颖《水旱码头》的创作再一次印证了这样的一种艺术铁律，那就是，凡是作家所刻意追求营造的部分其实往往会留下较为明显的理念化痕迹，往往在艺术上是不成功的。成功的部分反倒是那些并非刻意经营并未过度用力的部分，正所谓"文章本天成，妙手偶得之"是也。因此，在我看来，与其说《水旱码头》是一部晋商小说，反倒不如将其视之为一部较为成功的"世情小说"更为合理。而所谓"世情小说"云云，强调的也正是小说中表现很突出的日常生活叙事这样一种艺术特色的具备。其实，从中国小说的基本传统来看，其中很重要的一部分便是以日常世俗生活为主要表现对象的，从宋元话本到"三言""二拍"，从《金瓶梅》到《红楼梦》，基本上都可划入"世情小说"的范围之中。在这个意义上，则正可以说，刘维颖的《水旱码头》在不经意间契合了中国的小说传统。

《水旱码头》与中国小说传统的契合并不仅止于对日常世俗生活的关注，同时还表现为基本叙事方式上对中国小说传统叙事方式的熟练运用。虽然刘维颖接触阅读了大量的现代主义名作，虽然他曾经坦陈自己的艺术追求目标是"现实主义现代化，现代主义本土化"，虽然在《水旱码头》中确也留下了比如"杀麒麟"这样带有明显现代主义色彩的痕迹，但在我看来，从《水旱码头》所采用的基本叙事方式来看，其成功之处还在于对中国小说传统叙事方式的运用上。具而言之，《水旱码头》所采用的传统叙事方式乃主要体现在小说的结构方式与话语方式上。从结构方式来看，虽然小说并没有采用显在的章回体形式，但从文本的实际情形来看，这样一种讲完一个相对完整的故事之后再讲述另一个相对完整的故事，且故事与故事之间又是那样一种似断实连的连接方式，再加上往往在故事的紧要处暂告一个叙事段落，以上种种，都可以明显见出对中国章回体小说结构方式的传承与借鉴来。从话语方式来看，则可以发现，在《水旱码头》中，很少有一大段一大段静止冗长的心理描写出现，构成了小说叙事话语主体的

乃是对话以及对于行为动作的描写，而于对话和行为动作的描写过程
中不动声色地推进小说的叙事进程，则也正是中国传统小说叙事上的
一大特色所在。

除日常生活叙事之外，《水旱码头》的另一个成功之处乃是对于
复杂人性的触摸与表现。而所谓对于复杂人性的触摸与表现，其实也
正是在强调刘维颖在这部小说中较为成功地塑造出了若干充分地体现
了人性之复杂性的人物形象。

首先是盛书璧。盛书璧是盛氏家族中的长子，而盛氏家族乃是财
势最为雄厚的碛口商界的执牛耳者。盛书璧既是盛氏家族的家长，又
是碛口的商会会长。这双重身份的具备就使得盛书璧获得了一言九鼎
的威势。无论是在家族内部，还是在碛口商界，情形均是如此。作为
商人，盛书璧有极精明干练的一面，作为家长，盛书璧又有着极强烈
的责任感。如果说精明干练与强烈的责任感乃是盛书璧性格中的正面
因素的话，那么专横残暴与贪婪好色则构成了盛书璧性格中的负面因
素。他性格中的这些负面因素在他以强硬的姿态干预侄儿景涛的婚姻
大事，在他因通奸而致使女仆怀孕后将女仆悄然处死，在他逼奸弟弟
盛书瑜的恋人冯彩云，在他以灌大粪的方式对待结发妻子李秀珠等一
系列小说细节中得到了有力的凸现。一半是天使、一半是魔鬼的说
法，用到盛书璧身上是最恰当不过的。可以说盛书璧乃是刘维颖在
《水旱码头》中塑造出的最具人性深度的一个人物形象。从人物谱系
学的意义上说，盛书璧这一人物可以让我联想起张炜《古船》中的四
爷爷赵炳、李佩甫《羊的门》中的呼天成、成一《白银谷》中的康老
太爷等人物形象来。如赵炳、呼天成、康老太爷，如盛书璧这样的一
种人性构成极其复杂的人物形象，在某种意义上，无一例外地正是只

有在中国这样一种特定的文化土壤中才可能生长出来的文化精灵，是毋庸置疑的。在我看来，盛书璧这一人物形象在刘维颖笔下的最终出现，所昭示出的正是作家一种相当难能可贵的艺术水准的明显提升。

其次是盛书璞。盛书璞是盛书璧的弟弟，虽然出身于经商世家，但盛书璞的人生志向却与乃兄有根本性的差异分歧。盛书璧总是千方百计地试图更大规模地扩大盛氏家族的财势基业，而盛书璞却对读书科举以求取功名抱有更加浓厚的兴趣。应该说，盛书璞是一位带有一定正义感与理想色彩的知识分子形象。这种正义感与理想色彩既表现在当盛书璞了解到科举考试需向考官行贿的真相后毅然决然地退出乡试的行为之中，更表现在盛书璞面对着朝廷的日益腐败所做出的那样一种相对幼稚的反抗行为之中。然而，盛书璞又是一位精神世界极其脆弱的知识分子，在他因罪入狱后不久就难耐酷刑的折磨，精神迅速瓦解崩溃。这样，虽然大哥和三弟为救出盛书璞而搭上了自己的生命，但被救出之后的盛书璞其实已经不再是当初那位勇于为民请命的读书人了。在狱中吓破了胆的盛书璞在出狱之后实际上已经成为一具丧失了必要的精神支撑之后的行尸走肉了。

第三则是莺莺这位女性形象。莺莺是父亲李运旺的掌上明珠，既聪明机灵，又善良多情。然而只是因为生性活泼好动的莺莺曾经抛头露面在大庭广众之下唱过戏，所以她与景涛的婚事便遭到了盛书璧无情的拒绝。自此开始，由小说开头处"杀麒麟"这一荒诞细节所象征代表的噩运便降临到了莺莺头上。先是嫁到徐家饱受恶婆婆的虐待，之后便是被休之后的父母双亡。于是，孤苦无依的莺莺只好与弟弟相依为命，苦苦守护撑持父亲所遗留下来的那份家业。虽然刘维颖不无同情地让莺莺与景涛鸳梦重温，最终了结了一份孽债，但从总体的人生发展历程来看，莺莺其实更多地还是一个悲剧性的形象。但也正是在其悲剧性人生历程的展示过程中，莺莺的刚烈与疾恶如仇，莺莺的偏狭与感情用事，莺莺爱的执着与恨的绵长，都给读者留下了极其深刻的印象。以上三个人物之外，其他的一些人物形象，比如崔炳文、盛书瑜、李秀珠、盛景涛等，也都别具个性色彩，属于小说中塑造较为成功的人物形象。

总之一句话，正是依托于日常生活叙事特色的具备，依托于对若干具有复杂人性的人物形象的相对成功的刻画塑造，刘维颖才在《水旱码头》中切实地实现了一种难能可贵的自我艺术超越。或许在今后的写作历程中，顿悟后的刘维颖将会奉献给我们较之于《水旱码头》更为成功的优秀小说作品来。（王春林）

第五节　女性写作

在考察新世纪以来十年间的山西长篇小说时，令人颇为欣喜的是，在前述众多作家取得的成就之外出现了一批女作家的长篇小说，主要有：蒋韵的《我的内陆》《隐秘盛开》《行走的年代》《人间》（与李锐合著），张雅茜的《走出红尘》《依然风流》《此生只为你》，陈亚珍的《神灯》《十七条皱纹》《羊哭了　猪笑了　蚂蚁病了》，葛水平的《裸地》。

这个女作家群的崛起可谓山西文坛的一道新风景，她们提供了一种俨然不同于以往男作家笔下的东西，如果说以往的长篇小说多是采取男性视角叙写某种广阔的社会生活和人物事件，往往多有粗犷、宏大，甚至男权主义而不无对女性经验世界和意志的遮蔽，那么，这些女作家的笔下则多从女性视角切入，展示宏大之下的女性命运和生命悲情，充满了女性情怀和细腻的色彩。而从艺术品位上说，在这批女作家的小说里好像可以发现更多的"水性"波纹、艺术灵气。可能由于女性独特的生理心理特点，她们天然的要比男性耽于幻想、想象，富于艺术情韵，由是，这些女性小说创作往往呈现出传统叙事与现代艺术形式的交融变幻：主观性强烈、充满幻想与虚构，大量象征意象的运用，以致奇幻的、荒诞的、反讽的色彩……当然这可能与这些女性小说家多数曾经写诗或写散文的创作经历有关。统观这批女作家的长篇小说，可以说各具特色、各有千秋。

▶▶ 蒋韵的长篇小说

　　就 2000 年代蒋韵的长篇创作看，无论题材、主题，还是在艺术表现手段上都有较大拓展。如果说其 90 年代的《红殇》和《栎树的囚徒》都侧重于家族传奇的故事结构，而新世纪以来的几部长篇则打破了这一经典模式，伸展到更广的多样的叙事内容和形式结构。而且，在小说情调上也明显有所变化，过去一贯的调子是空冥而凄美，但在世纪之交，蒋韵有了一种天清地爽的感觉，主要反映在她的几部中篇《完美的旅行》《上世纪的爱情》《北方丽人》《鲜艳的季节》和长篇《我的内陆》《隐秘盛开》中。换言之，这些作品从长篇《红殇》《栎树的囚徒》那种家族叙事、有些华丽的表达，转向了个人经验的叙事，表达更草根了。在 2011 年《文学报》记者的采访中，她回顾说："我在多年前，也曾经非常迷恋现代文学'新'的形式和'新'的表达，至今，也还有人更喜欢我的那一类作品，认为我如今的小说是某种程度的妥协。其实，如果有比较了解我的读者应该能够发现，我小说的变化是在 2003 年，那是我在美国住了三个多月回来之后发生的，原因我自己也说不清楚。但我知道这二者肯定是有关联的。可能是纽约那个艺术之都让我看到了，在今天，无论怎样的'新'和'异'，都能够被迅速地克隆复制，然后淹没。这感觉是惊心的。那么，什么是你自己呢？还有，什么是你族群的呢？这种追问和思考自然而来，它使我的小说观不知不觉发生了变化，那就是：试着在更为隐秘的地方和深处小心翼翼埋下'我'的印记……"①文学界一般分为 1989 年前后两段，实际上，可以更细点分为三个阶段，即 80 年代"伤痕文

---

① 张滢莹：《蒋韵：生活在别处》，《文学报》2011 年 5 月 20 日。

学"思潮中的裹挟摸索，90年代家族传奇中的风格彰显，2000年后追求自我的成熟拓展。在蒋韵2000年代以来逐一问世的长篇小说《我的内陆》《隐秘盛开》《行走的年代》中，我们更多地看到了蒋韵摆脱任何一种带"潮"的色彩、凸显自我"印记"的小说世界。

2001年蒋韵《我的内陆》出版，这是一部有关人与某一特定地域关系的小说。"内陆"即中国大陆内地的黄土高原、中原大地，作家生于斯长于斯，故名"我的内陆"。与王安忆着重于一个中心人物的表现不同，蒋韵的《我的内陆》更像萧红的《呼兰河传》，均采用了一种散点透视的表达方式，描写了若干个并列着的主人公形象。但不同于《呼兰河传》的在于，《呼兰河传》是以旁者视角写20世纪初期活动在停滞、愚昧而又落后的东北呼兰城的小团圆媳妇、有二伯、冯歪嘴们；《我的内陆》则以"我"的视角让读者走进中原的一座历史名城——20世纪中叶以来的太原这座带有明显的封闭保守色彩的内陆城市中的"我"、林萍、程美、冀晓兰们；而且，不同于前者主要是批判"国民群体无主名无意识杀人团本质"[1]的愚昧落后，后者则主要在于表达对包括"我"在内的女性命运的生存混乱和主体精神追寻的悲悯与叹惋。茅盾曾以"一篇叙事诗、一幅多彩的风土画、一串凄婉的歌谣"评价《呼兰河传》，这似乎也适用于蒋韵《我的内陆》。

《我的内陆》共计七章，讲述了生活在这个特定地域里的大约十几位女性的生命故事。这其中当然首先是贯穿小说始终的"我"的故事。从"文革"那个荒乱时代所经历的"我"的家、"我"的城的厄运降临、"我"狂热盲动的"革命"意志而后胆怯到"伤心街巷"，从八九十年代"我"所住的街巷南华门到据说是五妹子的公馆楼院

---

①孟悦、戴锦华：《浮出历史地表》。

等，小说中几乎回溯、审视了"我"在这个内陆城市的整个生命历程和所见所闻的精神心灵历程。但小说并未仅仅停留在单个的"我"身上，而是透过"他（她）人"不同时代、不同性别的人生故事，拓宽到了与这个城市相关的现实的、历史中的诸多"他（她）人"生命故事。这里有林萍徒步去长征去延安、程美与母亲殊死抗争后终于成为声名赫赫的"一点红"或放纵或压抑的生命疯狂，有北京知青陆涛、吴光满怀激情理想却有始无终的漂泊流浪，有间或现代女性陈枝、红梅与上代女人玉枝、慧卿所遭遇的无一例外的女人爱情婚姻的悲凉的文化宿命，还有冀晓兰那彻肤的失乡之痛、老蒙娜永远被时代拒之门外的悲喜剧……所有这些，既掺进了一个成长中的少女的泪水和欢欣、经历和生命，也有一个身为60年代到90年代亲验者的知识女性的历史记忆、价值评判，此外也不乏对流落民间的传统文化的深情怀念和对当下人生境遇的冷静认识。可以说，蒋韵这部小说虽然名为"我的内陆"却并不只在写"我"，而是对一个内陆城市不同历史时空中女性命运、成长、精神等等的探测表达，此乃是《我的内陆》的基本题旨所在。

对人与某种生存环境的拷问，也是《我的内陆》的深刻之点。像蒋韵的诸多小说一样，《我的内陆》写到的几个女性几乎无一例外地都难以避免或死亡或不知所终这样的飘零失落的人生归宿，一种宿命式的悲剧氛围先定地笼罩在了这些女性身上。这些女性往往具有高远的独立的精神追求，而作为这些精神女性对立面的，则或是庸俗的世俗社会，或是物质化了的男性世界，是令人窒息的封闭、保守的一种文化土壤。在这样的意义上，蒋韵《我的内陆》中的内陆太原，除了其本身的实指意义之外，它所象征隐喻的就正如同《呼兰河传》中的呼兰城只是一种停滞、落后、愚昧的旧中国的象征一样便是如上所说的世俗社会、男性世界与文化土壤。虽说历史上的太原也曾经有过辉煌的生命阶段，比如唐代的晋阳城，比如明代晋王府那成千成万可以开为妖娆之海的杏树——写到杏花岭的过去时，蒋韵不由得感叹道："我们的城市，原来还有这样妖娆的时候，还有这样鲜艳妖媚的风情。"但到了蒋韵小说中故事发生的时代，内陆太原曾有的生命力却早已衰落了，晋阳不再，杏花不再，剩下的只是干涸了的难老泉与稠成泥浆的汾河水，是一大堆毫无生命灵性的钢筋水泥。在这样的地域这样的时代，作为精神存在的女性的生命枯萎便是自然的了。

另外还应看到的是，《我的内陆》在蒋韵创作历程中有着特殊的意义。有人说，《我的内陆》好比是蒋韵长期追寻中的一次精神着陆，是一部悉心梳理城市历史、借以找回自己精神源头的作品。这很有一定道理。比照她的一系列小说我们可以发现，以往频繁出现在她笔下的T城、河谷平原、吕梁山区往往只是一些背景，而在《我的内陆》中则内化为"我"的生命。当"我"进入这片内陆深处，内陆同时也进入了"我"的"身体"，融入了"我"的血脉和呼吸，它不但是我的血肉之躯的托生之地、更是"我"的精神"地母"——留下我的胎记、造就我的纹理，点点滴滴、千丝万缕，都与我有着错综复杂的关系。于是，一个人和一座城之间的关系，形成了某种精神历史以及文化本质上的对等同构：对一座城的历史的悉心梳理过程，同时也是梳理"我"的精神脉络、构筑"我"的精神世界的过程。因此蒋韵既是在完成对一座城市的书写，也更是在撰写一部女性精神成熟的历史。总之，小说的书写始于一个貌似崭新实则横扫一切的荒芜时代，在随之而来的后来岁月，城市渐渐显露出它的斑驳旧痕和历史苍古，作者在还原了它外在于主流叙述的民间形象的同时，也凭吊了"我"和这个城市交织一体的共同的生命，所以，小说最后一句话深有意味地回溯而写："五年后，我在这城市出生。"

这一时期蒋韵最引人们关注的是2005年出版的《隐秘盛开》（北京十月文艺出版社），由于小说成功的叙事和感人至深的艺术魅力，这部小说获得了第四届赵树理文学奖·长篇小说奖，并曾获第四届华语文学传媒盛典"年度小说家提名"。赵树理文学奖评委会对《隐秘盛开》的评语是："蒋韵的《隐秘盛开》，是近年来在国内具有较大影响力的一部长篇小说。作品以女性作家独特的视角、细腻的笔触、韵味十足的语言，讲述了出身、文化背景和个人性格迥异的几位女性的人生历程，折射出改革开放以来纷繁变幻的社会生活带给中国女性心灵的震荡与深刻变化，平凡的故事中蕴涵着深邃的思考，是反映女性生活不可多得的佳作。"

这部小说的主体故事是70年代末省城七七级大学生潘红霞在大学期间"无可救药"地爱上了北京才子刘思扬，但这份感情却从未被他知晓，只是在潘红霞心中隐秘盛开，穿越二十年的时空而不减分毫。这种爱是圣徒对主的爱，窒息、绝望而难以自拔，直到她生命终结之际仍至死不渝；而远在1969年的吕梁山乡下，有一个曾被知青启蒙的普通农家女子拓女子，她识字看书并有了人生的梦想，三次以命相搏，勇敢而激烈地反抗无爱的婚姻。她铁了心所要的爱情其实只是一个象征，是知青们让她"睁开眼"看到的那个非现实的、浪漫的、美好的乌托邦。这种在现实中难以寻觅的爱情使这个"乡村浪漫主义者"的一生悲壮而惨烈；拓女子把一切理想都寄托在女儿米小米身上，但作为村里开天辟地的第一个大学生，米小米却在南方的一个都市里以坐台陪酒自食其力。意外的是，这位以"自毁"的方式质疑和反叛着母亲的爱情信仰而同流于世俗化的米小米，却在去巴黎的自助旅行团中与爱的圣徒潘红霞相遇成友，这位"浪漫主义者的天敌"，血管里到底流的是母亲的血，最终她为潘红霞的故事所感动，在生命的无望的边缘处因爱获得新生，潘红霞和拓女子终生企盼追求的纯真爱情，在她身上最终得到了某种复活。

《隐秘盛开》也可看作是一条双线发展的长篇小说，一条是七七级一些人物命运和生活的故事，一条是他们的爱情故事。作者选择了怀旧型的叙述视角，同时把圆心锁定在潘红霞这个唯一留在母校和这座城市的人身上。她不仅是诸多人物相联系的纽带，而且她也是这些岁月和人组成的历史中最重要的一个环节。小说由潘红霞切入，用大量的篇幅描写了七七级当年上大学时的情景：大学快乐的时光，文学神圣的时代，小城纯朴的风尚，理想和激情、梦想和爱情的岁月……这些让人容易产生感动和触动心扉的故事，在作者清澈而热烈的文字中一一展现在我们面前。就像人们熟悉的歌曲《青春啊青春》那激昂清纯的旋律所唱的："青春啊青春，美丽的青春……"在那样一个拨乱反正、一切重新开始的历史新时期，人们的心是纯粹的，信仰是真诚的，理想是美好的，这样一个时代怎么能不让人刻骨铭心呢？而这样一个时代的精神特征不是空的、虚无缥缈的，它就在潘红霞这个人物的精神世界中，在她珍藏着的心理情感中。在她的眼里，爱情是一种宗教，这个柔弱而又敏感的、但又充满乐观和坚定的人，从她一开始直到生命的终结，她始终在寻找温暖（亲情友情）和美丽（爱情）。依蒋韵对爱的特别理解和一贯的精神立场来分析，完全可以把潘红霞解读为一位温柔且坚定的精神守护者，这样的爱情观在物欲横流的当下已鲜见了。总之，不管由潘红霞所带来的那种时代印记还是她自己清纯、神圣近乎宗教般的爱，都在复现着那个时代的精神气息。正像作者在"后记"中所说的，写《隐秘盛开》"是因为听了一个故事，那里面，有令我感动的温暖的东西：古典爱情，以及我们那个时代的精神气息"。尽管时代变迁是不以人的意志为转移的和历史的必然逻辑，尽管蒋韵的怀旧或许不无过多的恋旧，但当整个社会和知识界都对那样一个启蒙时代念念不忘，甚至提出"重返80年代"思考的时候，是否有很多的精神气息是我们建构现代中国文化应该保持下去的呢？这是一部让人体验80年代精神气息的小说。

其次是清醒的现实主义理性和新旧价值观的碰撞。尽管作者为潘红霞的"古典爱情"而感动，但不能不说，作者像当年恩格斯评价巴尔扎克的现实主义小说一样把她写成了"不配有更好命运的人"。人们都说蒋韵的小说是悲情叙事，主要就缘于理想与现实的矛盾性，这也是人类的普遍困扰，蒋韵很优雅、很精神化，但又是一个清醒的理性主义者，她的故事不是离开地球人间的，人物也都是生存在历史现实中的人，因而我们在她的小说中就看到：一面是对美的、善的、真淳的热情描写，一面却是现实的残酷、无情、凄凉。主人公潘红霞对男同学刘思扬的圣洁的爱是无果的，因为她只会真诚地默默地爱，而早已被另外的女同学以"活力四射"的激情占有，最终只能落得孤寂一生、酸楚离世；拓女子由知青启蒙而萌生的"爱"的梦想，非但没有为她带来幸福，反而由于她对世俗的抗争使人生变得异常惨烈，最终在婆家的威力捆绑下无奈生子、忍辱苟活。作品中的宿命感和沧桑感包含在一种充满无奈和忧伤的历史感中，所有人的命运几乎都是无力改变的。更有意味是小说设置的故事时间从80年代跨到了新世纪初，构成新旧时代的一种反差和张力。在市场经济社会中考上学校的米小米，不仅强烈地质疑母亲的浪漫主义，为了完成学业她去酒吧坐台、陪酒、自食其力，母女俩的价值观发生了激烈的冲突，拓女子在给女儿的遗书中写道："我亲眼看见我的来生我的下一世是美好的她有我没有的一切，过着我曾经梦想的日子。她会有爱情她会害羞地、真心地去爱一个人，和这个她爱的人过一辈子……可是光明，你这个狠心的、残忍的孩子，你眨眼工夫就把这些毁了，你把我的来生毁了！"米小米虽然很震动，但母亲的遗书并不能改变她，回到学校，米小米缠着黑纱就去坐台了——"人改变不了我，鬼魂也改变不了我！我是我自己的，我要吃，要穿，要交学费，我要面对的，是严酷无情的现实人生。"实际上，《隐秘盛开》揭示了潘红霞、拓女子那一代人和米小米这一代人所拥有的不同的生活和观念，并无情地写出了现实洪流的不可抗拒。

对"古典与现代"矛盾冲突的思考和对主体精神信仰的重构。很明显，《隐秘盛开》已经不仅仅是在凭吊一个爱情传奇，而还在于通过上述对立人物关系的设置，思考着古典精神的价值、有无意义和生命力。作者在谈及创作体会时就曾说："我让米小米用她犀利的眼睛，来审视与她完全不同的另一类人群，另一种人生，从而构成一种复调的效果。同时，这也是对我，一个书写者的审视，甚至是叩问。"①用格雷马斯的"矩阵分析"来说，就是有信仰与无信仰的对立。作者满怀深情写的"爱的天才"潘红霞、拓女子们，是蒋韵的"信仰化身"。潘红霞的精神意义就在于"她是一个不会妥协的人，爱一个幻影，为爱而坚守，就是她的宗教。她是一个信者。……而放

———————

① 蒋韵：《隐秘盛开》"后记"，北京十月文艺出版社2005年版，第233页。

弃，才是生不如死"；米小米则是"无信仰"的化身，是一个地地道道的现实主义者。就像有评论者说的，蒋韵一方面建构着潘红霞们的爱情神话，一方面又让米小米不断地解构着它。那么，在建构与解构中作者审视、叩问的结果如何呢？显然，尽管潘红霞们的古典精神有着不合时宜的凄美、悲切，但米小米的失却信仰却更为可怕，所以我们在小说结尾就看到了这样的结局：曾经是浪漫主义者天敌的米小米，在她面临死亡并邂逅了潘红霞后，"爱情"的信仰和纯粹精神重又回到她的身上，当杰米向她表白了爱意后，米小米"眼睛模糊了，有了泪光，泪光使一切都变得朦胧和美好"。至此，小说也最终完成了女性主体精神信仰的重构。就像有评论指出的，蒋韵的小说在女性精神主体意识的探索方面具有独到的意义，如果说当代一些女性作家林白、陈染、卫慧、棉棉们的"身体写作"更多关注女性生命主体意识的建构，主要写女性旺盛的生命感和生命欲望，蒋韵小说则更注重表现女性在逆境中的抗争精神和执着的精神信念，这也是获鲁迅文学奖的《心爱的树》和获赵树理文学奖的《隐秘盛开》的深蕴所在。

从艺术风格上说，这部小说仍然秉承了蒋韵一贯的悲情色彩与精神高格。小说中潘红霞的美好爱情随着生命死亡而消失了，但那种近乎宗教般的神圣、坚守的精神却足以动天地、感鬼神，因而，"凭吊"无疑是这个小说的总基调。为什么蒋韵小说总是塑造这样一种精神坚执追求的女性？前已述及，与蒋韵深刻的心理记忆趋向密切相关。除了"文革"中美的消失在作者的内心形成了刻骨铭心的忧伤外，还与作者在文学艺术熏陶中养成的超俗的、高雅的精神气质相关。作者说，她曾经看过一部名字叫《苦恼的女人》的苏联影片，影片的女主人公引起了她的情感共鸣。这名女主人公是一个和急功近利的时代格格不入、固执地生活在时代之外、固执地想走回精神家园的悲剧人物，这个女人的精神气质后来成了她小说的底色。[①]潘红霞、拓女子们不都是这样的吗？当一种纯粹的精神遭遇俗世的现实时，悲情色彩与精神殉道就成为不可避免的相随物。而也正因此，蒋韵的创作总是致力于表现美好生命进入社会后迷失、尴尬、磨难、毁灭的瞬间和过程，而其独特性、深刻性就在于以女性悲情书写来展现女性磨砺、抗争而不懈追求的精神史。

在叙事艺术和语言方面，《隐秘的盛开》既有蒋韵一贯的特色，又不乏新的探索和实验。这部小说的情节结构像以往一样呈现出多个不相关联的故事插入进来，但却是以一次旅行将两个女主人公扭结在一起，特别设置了引子和尾声，开头倒叙，由两个女人在遥远的巴黎乡村旅馆酒吧聊天引起整个故事，然后顺时讲述三个不相关联的故事，最后小说尾声又回到巴黎的两个女人中间完成整个叙事，既通过时空交错形成审美张力，又借助两个主要人物将时空贯穿一体，达到了艺术的整圆。在语言上，与小说人物情感相对应，除了蒋韵以往的鲜活优雅、明净坦诚外，增加了一种清沉的味道。小说的语言像一个女性的独白，低沉、绵密而坚定，这一特征也标识了小说的知识分子气质，那种纯粹的情痴使其在当下的叙述中凸显出凭吊的气息，它碰触了我们内心深处的一角："爱，也许，从来都和被爱者无关，爱永远是一个人的事"。小说中，潘红霞面对爱情的战栗与虔诚颇似茨威格《一个陌生女人的来信》的女主人公，只是不同于那个男性作家笔下的神话——"男人的一夜，女人的一生"，蒋韵宣告的是女性更为隐秘的爱情宣言——"爱他，是我生命的全部，那是比爱情更大的爱

---

① 蒋韵:《我们正在失去什么》,《当代作家评论》2005年第4期。

——打个比方吧，渥伦斯基爱安娜，是爱一个女人，而安娜爱渥伦斯基是爱世界，那不一样……"小说的语言、语气让人在文中体验到一份灵魂的安宁。

此外，仍然是意象的营造。不过，不同于《栎树的囚徒》大量写到"夕阳""落日"，在《隐秘盛开》中，最突出的是"河流"的意象。在小说的"引子"中，"河流"与两个女人交相辉映明显构成一种象征："一条河，在漆黑的夜里，缓缓流淌，流过一望无际的广阔麦田，流过森林、城堡和昔日的狩猎场，流过丘陵起伏的酣睡的乡村，流向大西洋。她们听不到那水声，可是能感觉到它就在近处，就在她们身边，安静、温暖、柔美，她们都是那种对河流特别热爱的女人。"河流女人乎？女人河流乎？在对潘红霞校园激情时光的描写中有围墙外的一条河："红钟社全体又在河边聚会了，他们总是喜欢在河边聚会。是啊，他们这样一群浪漫的青年怎么可能轻易放过河流这样的美景？他们翻过坝堰来到河滩，席地而坐……他们还嚷嚷着让'回忆'宣读新作。可是，'回忆'没有新作出笼，却说，'等着我吧！'大家期待地望着他，他又说，'等着我吧！'原来他在朗诵，那是西蒙诺夫的诗歌，卫国战争时期的诗歌……有人举起酒瓶，对着河流，夸张地喊道，'亲爱的，你为我们作证。'"这里，河流成为一个激情时代的见证。在对潘红霞"爱"的描写中也有河流意象："静静地，和他一起，只有他，这样站着，看河，这一生中，还有没有呢？"在潘红霞的生命寂寞时永有河的相伴："有时她会沿着这河，朝南走，从黄昏走到夜幕升起。灯一下子就亮起来，……这种时刻她就有些鼻酸，她使劲嗅着河水，可是这河水一点也没有腥气。新鲜的河水的腥气，是多么好闻啊。"显然，在小说的上述描写中，河流往往与生命、生命活动、生命情感构成对应，这在蒋韵的中篇小说《冥灯》中已直宣出来："河流在范西林心中的意象，是生命的象征，它的滔滔不绝，它的空冥孤独，有着一种地老天荒、地久天长的味道"，"她是一个看不透的女人。美丽而冷寂。如同一条荒寒的北方河流"。所以，潘红霞喜欢河流，她花高价在河边买房完全是为了能看见她的河，"现在她离河那么近，离往事那么近"。河在她心目中是一个可以缅怀她青春的地方，美好、孤独、苍凉。总之，河流不仅和女人之间有了同态对应的关系，河流还代表了时间的流逝，所以，河流成了蒋韵寄托情怀的一个核心意象，其小说中往往弥漫着一股河的腥气。

另外需要提及的是，在《隐秘盛开》后蒋韵在2000年代还有一部小说《行走的年代》，这个小说介于中篇与长篇之间，最初发表于《小说界》2009年第五期，后被《中篇小说选刊》转载，2010年由上海文艺出版社作为长篇小说出版。编者按说："《行走的年代》是中韩作家长篇小说联展之一。由上海文艺出版社、韩国子音母音出版社联袂推出。中韩作家长篇小说联展是上海文艺出版社与韩国子音母音出版社于2010年联袂推出的一套介绍两国当代作家最新创作的长篇小说的丛书。本次出版的是第一季的两本，中国作家蒋韵的《行走的年代》和韩国作家朴范信的《流苏树》。"

《行走的年代》故事发生时间写的也是在80年代。从主基调上说，在对于陈香、叶柔、莽河等成长于20世纪80年代青年人生经历的书写中，仍然是向那个浪漫、天真、激情似火的年代致敬。小说描写了那个充满激情、理想和文学热的时代，年轻人对作家和诗人大都崇拜有加，陈香，叶柔都是热爱诗歌崇拜诗人的女青年，所不同的是，陈香在对诗人狂热的崇拜里迷失了自我，把自己尊贵的初恋毫不犹豫地献给了一个自称是"莽河"的诗人，并且用超乎寻常的爱心去哺育儿子——那个因她和"诗人"文学的一夜情而来到人世的"周小船"。同样热爱诗歌的叶柔却幸运多了，本来是研究"社会学"的她在陕北米脂古老的街市邂逅诗人莽河，从此她的命运就和他连在了一起。机关小职员的身份不能束缚诗人自由放怀的性情，何况是在那个到处充溢着诗意图腾的年代。于是便有了莽河与叶柔在西部荒漠的那段绝唱般的情爱，便有了这个读来让人感到荡气回肠的故事。幸运的叶柔在荒漠的西部死于不幸的宫外孕，死在一直和她相亲相爱的诗人莽河的身边，所以读者在悲情的同时，能够感受到叶柔的幸福。但对于陈香来说，命运却和她开了一个残酷的玩笑，支撑她胸怀爱意的诗人原来是个伪诗人或者说"诗人"的符号！当陈香几年后在书店看到诗人莽河诗集里的照片，恍然大悟彼莽河非此莽河时，她顿时像个被抽空的空心人，一切在此刻轰然倒塌。然而，就如《隐秘盛开》的潘红霞，陈香同样是那种将信仰看作神圣的人，她把"周小船"当成青春、爱情和时代一个甜美的馈赠养大成人，在一切真相大白后，陈香最后南下落脚在北方的一座小学。小说的结尾极富深意，现在已经是房地产商的真莽河听说陈香的故事后在一个乡村小学找到了她，而此时的陈香隐忍安静，岁月淘洗的是她身上的虚矫，而那份对于生命的认真与郑重却从未陷落。虽然做房地产的莽河某种意义上确实背叛了那个陈香为之献身的纯真年代，陈香也由一个凌空蹈虚的文艺青年、受伤害者到严肃的自省者、默默劳作的乡村教师，但时间没有磨灭爱，诗也不曾萎谢。在送行莽河时，从孩子们的嘴里再度响起了莽河那首作于80年代的诗歌："也许，我是天地的弃儿/也许，黄河是我的父亲……"诗歌不死，爱与美不死，如此，蒋韵从这个功利与实用的现时赎回了80年代。

对于这部小说，当代著名评论家孟繁华给予了这样的评价："近年来，对80年代的重新书写正在学界和创作界展开。就我有限的阅读而言，《行走的年代》是迄今为止在这一范围内写得最好的一部小说。它流淌的气息、人物的面目、它的情感方式和行为方式，以及小说的整体气象，将80年代的时代氛围提炼和表达得炉火纯青，那就是我们经历和想象的青春时节：它单纯而浪漫，决绝而感伤，一往无前头破血流。读这部小说的感受，就如同1981年读《晚霞消失的时候》一样让我激动不已。"这部小说名为《行走的年代》，其实与作者独特的"行走"的生命体验是分不开的，作者创作谈中讲到铭刻于心的叶赛宁诗句"我离别了出生时的老屋子，告别了天蓝色的俄罗斯……"，说它就像是一个命运的隐语，而2002年在美国爱荷华时常常就像回到了20世纪80年代，审视心灵、尊重和诗有关的一切，奇怪地在异国他乡完成了一次逆着时光的精神旅行，写这篇小说，就是为了留住这些对我而言无比珍贵的时刻、诗意的时刻。而这也正是《行走的年代》的独到价值，小说写出了那个时代的热烈、悠长、高蹈和尊严，它与世俗世界没有关系，它在天空与大地之间飞翔。诗歌、行走、友谊、爱情、生死、别离以及酒、彻夜长谈等表意符号，构成了《行走的年代》浪漫主义独特的气质。尽管当浪漫遭遇现实、当理想降落到大地时，留下的仅是青春过后的追忆，但毕竟是一个时代、一代人的精神遗产和精神财富。

大概也正因此，在2012年10月由浙江省作协《江南》杂志主办的第二届郁达夫小说奖中，蒋韵《行走的年代》在多部小说的角逐中最终获得了中篇小说大奖。前已说明，这部小说介于中篇与长篇之间，故而被作为了中篇参评。这个奖项的获得又一次表明了蒋韵小说创作的艺术高度。郁达夫小说奖每两年举行评选，是目前国内极具影响的针对海内外华语中短篇小说创作的小说类文学奖项，评选对象是海内外公开发表的中文中短篇小说，并采用"实名投票、评语公开"的方式。据报道，本届郁达夫小说奖征集了2010年至2011年间发表的大量作品，最后选出了十五篇中篇小说进行最终角逐。在五个月的时间里，评委会主任陈建功、王斑、李敬泽、刘震云、刘醒龙、麦家、施战军、袁敏、曹文轩、程永新等阅读了备选作品，并准备了各自推荐作品的评语，然后展开实名投票决选。在中篇小说的评选中，蒋韵《行走的年代》与鲁敏的《惹尘埃》、方方的《刀锋上的蚂蚁》等角逐经过三轮投票之后，《行走的年代》全票通过。这无疑是对蒋韵小说成就的一个巨大肯定。

统观来看，实际上，2000年代蒋韵的长篇创作一个共同的特点是对20世纪80年代自己这一代人的生活写照。不同于1990年代的是，她的书写对象不再是像《红殇》和《栎树的囚徒》对前一代人的追忆，而是更近的对自己这一代人的追忆。80年代，那是一个多么生命激情而充满希冀的时代，经过1990年代到2000年代，又一段沉沉的历史经验成为蒋韵为之感怀的东西，所以，此期创作基本上写的都是20世纪80年代以来的故事。尤其《隐秘盛开》到《行走的年代》，显然都是对80年代精神的一种凭吊。在2011年《文学报》刊登的一篇记者采访中，我们可以清晰地看到蒋韵的创作心路：

记者问：新作《行走的年代》中女子陈香的背后可以说站着整个80年代，而现实最终使她对于一个时代的信仰被冲撞得支离破碎。透过作品，您对于这一时代的祭奠之情也存附其中。对于这个年代，最值得记忆的是什么？是否有些东西是您认为最不该被遗忘，却恰恰随着时间逸散殆尽的？

蒋韵：《行走的年代》韩文版出版时，我为韩国读者写过一篇小文，现在我想摘录其中的段落来代替我的回答：

我用我的小说向八十年代致敬，对我而言，那永远是一个诗的年代：青春、自由、浪漫、天真、激情似火、酷烈，一切都是新鲜和强烈的，无论是欢乐还是痛苦，无论是身体还是灵魂。同时，它也是一个最虚幻的年代，因为，生活似乎永远在别处。

我不知道韩国读者能否了解这样一个'80年代'，但我想，人性和禁忌的永恒冲突、青春的美与壮烈、谎言和信守、毁灭和至痛的生命悲情、对自由的渴望，这一切，是无处不在的。尽管今天的世界发生了翻天覆地的巨变，'诗'所象征的一切似乎已成为遥远的绝响，但，我是一个固执的人，我固执地逆着时光行走。于是，就有了陈香，有了叶柔，有了莽河。如今，我的陈香、叶柔，我的莽河、老周们，还有令人心碎的周小船，千里万里，从中国的黄土高原来到了美丽的汉江边，我又一次将他们放逐到了路上。我不能预知他们将有怎样的命运，但我毫不怀疑，在某一个秋天的黄昏，如洗的蓝天下，'江南'或者'江北'，山上或是路边，一定也有一棵叶子金黄的银杏树或是什么别的美丽的树，会和他们突然遭遇。那种纯粹的、辉煌的、善意的美，一样会使他们深深感动：这就是我的期待。

能够感动陈香们的东西，我想，是应该永恒的。

记者问：在不断有作品问世，开始回望这个激越年代的同时，也有作家提出，随着一个年代的远行，文字形式的复现，会离当时的现实越来越远，而更多地融入个人特质，并在更大意义上成为一种向外界的昭示：这样一段历史,已不可重现,也无法重建。您是否认同这种观点?

蒋韵:我非常认同。我从来不认为,我的"80年代"是客观的,在文学作品中,所有的真实其实都是"主观的真实"。每个人都有他记忆历史的方式,也有他"真实"表达的方式。任何"真实的记忆"其实都是选择性的记忆。我不是"80年代"的代言人,我已经说过了,那只是我自己的"80年代",那只是我自己的青春记忆。

记者问:在您的许多作品中,人物塑造上会存在这样的特质:他们心中有着刻骨铭心的精神追求,对自由、对理想或者爱情,这种追求不为外界变动所挪移,敏感、执着,甚至不惜以生命为代价。这种决绝在当下的物化社会中显得格外突出,甚至有些突兀。面对已经丧失这种对生活的极致敏感的人群,您为何一直选择坚守的姿态?

蒋韵:很简单,我尊敬这样的人,我凭吊他们。正因为现实生活中这样的人日渐稀少,所以我创造他们,是想让他们成为我们精神的翅膀,代替我们飞翔。①

这段对话,可以说真切地道出了蒋韵小说的一种写作情结,那就是作者清醒地意识到人对自身认识的困惑、现代人精神的饥渴以及现实中爱与美的缺失,作为特定历史时期的那一代人的蒋韵,经历了生活的磨砺、凌虐后,仍保持童贞与坚韧,她渴求人能够诗意地栖息于世,能够真正地、精神性地生活。所以,蒋韵小说不归潮入流,她固执地生活在时代之外,固执地想坚守自己的精神家园。换言之,她对"当前的""实际的""具体的"形而下的问题并不投以热情关注,她关注的是透过这些社会景象与日常生活景象穿越时空领域的"人性"、人的"精神困境"、人类的痛苦与解脱、人的存在意义等永恒的

① 张滢莹:《蒋韵:生活在别处》,《文学报》2011年5月20日。

形而上的问题。这个时期无论《我的内陆》中的陈枝、林萍，《隐秘盛开》中的潘红霞、拓女子，还是《行走的年代》中的陈香、叶柔、莽河们，都是在这样一个主线上展开的。蒋韵的独特性和深刻性在于以其"悲情"书写，展示女性遭磨砺、凌虐的生存状态以及她们坚执信仰、追求理想的坎坷历程，并将这种生存形态、精神追求提升到一种形而上的人类普遍存在。人在面对与自己对抗的无法完全认知、把握的外部世界时，人要遭受苦难、孤独，甚至是死亡。那些最大限度地接受痛苦的人，以顽强的毅力坚守着人类的精神的家园，真正诗意地审美地生活着，他们就最大限度地享受着生命的快乐。正如作者所说"写作对于我，不仅仅是谋生的方式，它还是我的信仰我的家乡，它使我在苍茫而纷乱的人世间，在躁动迷狂的时代，拥有了一个踏实的故园，无论何时何地，我想我都找到了回家的路"①。这在急功近利、追求功名利禄、人文精神逐渐萎缩的新世纪商业主义的背景上是难能可贵的，因为作者以自己的小说和人物赋予世界以意义，显示出人之为人的崇高，正如著名作家福克纳所说："作家的天职在于使人变得崇高，使他们的勇气、荣誉感、自尊心、同情心、怜悯心和自我牺牲精神———这些情操正是人类昔日的光荣———复活起来。"

总之，如果说蒋韵的中短篇小说更偏重于写意、用意念来结构小说，由于艺术手法上的空间多维性、象征主义等，使作品空白点增多以至不无晦涩难懂，那么，她的长篇创作则呈现出一种酣畅淋漓的叙事，一方面选用凡俗的、形而下的材料叙述相对完整的故事，另一方面融合一贯的空间多维性、象征、荒诞、变形等艺术手法进行审美提升，从而在形而下的材料中深藏和暗示着形而上的意蕴。像《红殇》

---

① 蒋韵：《悠长的邂逅》，新世纪出版社2007版。

《栎树的囚徒》《隐秘盛开》等等均是如此。不管前期还是后期，蒋韵小说从多个维度、多个层面反映自己对生活、对整个世界进行的哲学思考，其主题都高度抽象、高度概括，有哲学化、寓言化的倾向。同时，蒋韵作为山西女作家群的领军人物，作为一个三十多年勤奋笔耕的作家，其对文学的真诚以及所取得的成就令人感佩、赞叹。诚如著名评论家杨占平所说："蒋韵对文学写作的态度，可以用虔诚、执着、甘于寂寞、不断探求、宠辱不惊来评价。几十年里，她不去刻意宣扬自己的作品，更不去文坛热点凑热闹，她总是认认真真地从生活体验中寻找最能表达自己感受的素材，按照自己的艺术追求表现出来。"①她在鲁迅文学奖颁奖仪式上的感言是："这世界上，总有一些东西是亘古不变的。那养育君子、侠士、剑客和诗人的文化故土，对我而言，将是一个永恒的吸引，也是一个永恒的承担。"在赵树理文学奖颁奖仪式上，她的获奖感言中表达出的真情更是令人感动，她说道："写作是寂寞的，寂寞而尊严，需要我们付出一生的激情和爱意；写作又是无限幸福的，代表了最美状态中最富于创造性的生命。"（侯文宜）

▶▶ 张雅茜的长篇小说

张雅茜是一个创作起步早而又耕耘不懈的作家，至今已有二十多年创作经历。其1950年生于西安，长在甘肃，1962年随父母遣返原籍山西芮城。现为中国作协会员，一级作家，是山西省作协全委会委员、山西女作家协会副会长、运城市作协副主席。1988年开始创作，曾在《十

---

① 杨占平：《蒋韵的小说：为同龄人塑像》，《太原日报》2009年4月1日。

月》《中国作家》《上海文学》等刊物发表小说多篇。已出版长篇小说《依然风流》《烛影摇红》《走出红尘》《此生只为你》，中短篇小说集《红颜三重奏》《净土》《五里一徘徊》《角儿》，另有散文集《掀起我的盖头来》、长篇报告文学《超越财富——李海仓的情怀》《增华岁月》等。作品被《新华文摘》《北京文学》多家杂志转载，中篇小说《角儿》获得第三届赵树理文学奖。

每个作家无疑都在追求自己的突破。对于张雅茜来说，新世纪之际由中短篇向长篇小说的拓展，无疑成为她创作的一个重要转折点。在此之前的中短篇创作，大多写一两个人物，简短的故事情节与单纯的主题，而1999年出版的第一部长篇创作《依然风流》（原名《洷津渡》）就大不一样了。这部小说主要叙述了地处黄河古渡口一家四代女人百年的历史命运和悲情故事，不仅生活容量大、人物众多、情节复杂，而且涉及漂流回归、家族历史、地域文化、民情风俗，主题意蕴可以说广泛而深刻。这部小说展示了张雅茜的文学才华，也凸显出她的长篇构筑能力和某些个人风格：善于编织跌宕起伏、缜密绵长的人生故事；对女性生存状况、终极命运的关注与探索；女作家那种细腻的、抒情的、娓娓道来的叙事笔调；特别是人与地域的关联，对富有晋南地域文化象征的一些自然或人文遗存景物的引入，像《依然风流》中的"洷津渡"。这部小说原名《洷津渡》在《太原日报》连载，百花文艺出版社为了市场效益改名《依然风流》出版。但其实对作者来说，却将她魂牵梦绕的文化象征意象给遮蔽了。从这部长篇开始，张雅茜似乎就有一种状态，或者说找到了自己的创作向度，试图通过长篇体裁的宏大篇幅表现一种历史性的女性的命运史、精神史，并以自己脚下的地域生活为根基——将女性的命运、女性自主意识泯灭与觉醒的嬗变过程放在晋南文化风俗的生活场中去表现。如果说《依然风流》中"我的姥姥""我的母亲""我",都处在传统文化规习的包围圈中而或就范于悲凉命运的安排或奋力抗争闯出一条血路,其后无论是写关蓉凄苦一生、自我救赎的长篇小说《烛影摇红》,还是表现慧能、广智超度出家、以求解脱的长篇小说《走出红尘》,作者始终着眼于对女性生存、命运、情感和整个精神世界的观照与探索。正是这样的一种女性视角、女性立场、女性关怀的创作情结,使作者在2000年代创作出了长篇新作《此生只为你》①。而对于这部作品的看好,评论界给予了极高的肯定:"张雅茜新著《此生只为你》,的确是2009年山西文坛一部不可多得的重要长篇小说……"②"它代表着张雅茜几十年创作的一个高度,是我们山西女性写作的一个丰美的硕果,也是山西文坛近年来一部珍贵的、有着独特芬芳的重要的长篇小说"。③

《此生只为你》乍看上去像是很私人化的写作,从表层结构看,小说也就主要叙述了20世纪中叶一个小城女性"我"——宋梅影充满艰难与坎坷的爱情婚姻故事。宋梅影出生于一个所谓有历史污点的家庭之中,她的特别富有诗意的名字来源于私塾先生的姥爷,当她降临到人世的时候,自家院子里的那株蜡梅正含苞待放,于是姥爷便袭用宋代诗人李重元"月笼明,窗外梅花瘦影横"的诗意,给她起了这样一个诗意沛然的名字。其中所寄托的,自然是姥爷及整个家族对宋梅

---

① 大众文艺出版社,2009年出版。

② 王春林:《女性精神世界的展示与思考——评张雅茜长篇小说〈此生只为你〉》,《运城学院学报》2009年第4期。

③ 蒋韵:2011年8月28日在《此生只为你》研讨会上的发言,可参见杨丽、马重阳《女性精神的高度与追求——张雅茜长篇小说〈此生只为你〉研讨会综述》,《运城学院学报》2012年第1期。

影的美好祝福，但实际上她的一生却是异常的曲折坎坷。宋梅影的情感经历开始于她情窦初开的十四岁，此后一直到她突然遭遇不幸车祸的四十年时间里，宋梅影这位美丽、纯真而多情的女子曾经先后与她的老师洪流、丈夫潘解放以及情人高扬这三位男性经历了复杂的情感纠葛。最终，就在令宋梅影失望的高扬去世之后，就在洪流的妻子也几乎同时离开了人世，而且，一直坚持不肯在离婚协议书上签字的丈夫潘解放也终于签了字，眼看洪流老师与宋梅影长达四十年之久的情感就要有一个美好的归宿的时候，一场突如其来的车祸却发生了。不仅洪流命丧车祸现场，同车的宋梅影也成了终身的残疾与轮椅为伴。

　　如果仅仅是这样，那么这个故事也就平淡无奇了，甚或还会流于人们批评的"私人化""欲望化""身体写作"。其实，这个小说的深度意蕴在于透过上述故事和故事中的所有人物及其心理、伦理、情感、行为对于人的灵魂审视和精神拷问。就如有评论家指出的那样："如果说那些'身体写作'的作家们只是在出于自我炒作的市场需求而一味地兜售着自我的隐私，他们的写作应该被归属于以对个人的情欲描写为核心的欲望写作的话，那么，张雅茜的写作所始终集中关注思考着的却是女性在婚姻爱情问题上的精神困境问题。在张雅茜所真实展示描绘着的女性在婚姻爱情方面的烦恼与苦闷后面，我们可以明显地感觉到作家一种形而上意义上的对于人类存在问题的深度关切与思考。……从根本上说我们既可以把张雅茜的《此生只为你》解读为一首关于爱情的颂歌与悲歌，也可以解读为一首关于女性精神的颂歌与悲歌。"①那么，具体说，小说中是如何表现出这些内容的？小说中的

①王春林：《女性精神世界的展示与思考——评张雅茜长篇小说〈此生只为你〉》，《运城学院学报》2009年第4期。

多层次、深度意蕴又有那些呢？这里可结合小说文本来稍作分析。

首先是小说的复调叙事与形上思考。对于一个好小说而言，它不仅仅是要写出我们生活世界的一种经历、体验，还须写出对这个世界的一种观照，即在故事之外还应有象外之象、味外之旨。张雅茜的《此生只为你》呈现出来的，正是这样的一个复合性形象结构。小说的故事如前所述，而不同于一般的女人与男人故事的，或者不同于一般女性悲情叙事的，在于作者将这一切置于自我敞开、自我解剖、自我思索、自我反省的艺术结构中，使整个小说充满了一种艺术张力和深度意味。小说的主体是由女主人公的"日记"构成的，它巧妙的就在于这一"日记"是女主人公敞开给女友、然后又借女友的作家身份敞开于公共世界的，这就构成第三人称叙事的外视点与第一人称内视点的双重线索，故事"本事"与"日记"摘抄交互映现，形而下的讲述与形而上的省思跌宕起伏，就在这种双声复调的间离效果中，不仅宋梅影的曲折一生形象地展现出来，其内在的精神思索亦时时回荡于其间，从头到尾散发着自我生命的搏斗和灵魂的拷问。假若没有深厚的生活积累，没有对人生命运的长久思考，是不可能达到这样的深度的。其中最为打动人的是，小说对女性生活的思考也即对两性关系的思考，例如"外来的爱情"一节的日记摘抄：

我深信不疑，只有夫妻，没有血缘关系的夫妻，当初可以用一纸婚书把他们拴在一起，现在仍然可以用一纸离婚证，让他们"孔雀东南飞"，事情就是这么简单。

在"日子仍是日子"一节中的思考就比上述更纠结，节题本身就充满了一种无奈、麻木的认同与不满的控诉，故事的表层结构写出只要有婚姻在，一切都能继续，女人就能照常过生活；但在这个故事背后的另一层意义，则是对现实和习俗观念的怀疑、渴望从超越常规中寻求到幸福，即如著名小说家蒋韵所说："梦想比强大的生活坚韧，因为，它拥有使一个女人再生的秘密、绽放的秘密。"[①]但纵观整部小说，根本上却在表明现实的不允和最终给人生带来的痛，如果说前三章小说写的是一生的追求，那么尾声则写出了内心的矛盾和忏悔：

假若时光倒流，我会用毕生精力，去救赎自己的灵魂。去对所有我伤害过的人，说，对不起。

这就揭示了一个悖论：爱情往往成为女人生命的支撑，使女人的生命充满阳光雨露和泪水，但它简单却难如登天——能够自由、美好、尊严、浪漫地"生活"而非"过日子"永远是难以实现的，所谓"爱情和过日子，都逃不出那圈红墙……"。这里的"红墙"意味着什么呢？那就是道观中壁画上所传达出的文化伦理，是不可逾越的森严等级与秩序，是小说对人类生存的形而上思考。这便是《此生只为你》作为女性精神的颂歌与悲歌的一种揭示。

其次是河东文化与人物宿命的关系。河东文化是中华民族最早成熟的，作为中华文化发源地，这里不仅是尧舜禹故都，还出了中国大儒荀子这样的思想家，民众生活中形成一种威严规范的文化传统，妇道人家的生活方式是早已秩序化的，有其规定的职责义务，不用说大部分人没有怀疑反抗地习惯和遵从着这一点，就是有超越和反抗的意识也不允。对《此生只为你》中的女主人公来说，主要的精神文化基因有两个，一是大的文化环境，一是小的日常环境，前者如"敬德访白袍"一节将其所处的"戏文环境"写了出来：

我从没有吃过，那样甜的瓜。那瓜叫"敬德访白袍"，瓜皮翠绿底子，

---

① 蒋韵：《比生活更坚韧》，张雅茜《此生只为你》"代序"，大众文艺出版社2009年版，第1页。

一道道白色向两头舒展，瓜瓤金黄金黄。那瓜有一个典故，就是"敬德访白袍"，根本不像个瓜名，倒像一出戏。

其实就是一出戏，是说在唐朝，白袍将军薛仁贵，军中立下汗马功劳，然后，要荣归故里，去见他的妻——与他分别多年、独守寒窑的柳英环。这故事与一个叫王宝钏的相府三小姐，守寒窑十八年，等回丈夫坐了金銮殿，当了皇后娘娘的故事有相似之处。

后者是人物日常的职业环境，即"纯阳宫逸事"一节中写的伦理压抑：

也许，我与纯阳宫，冥冥之中，有着某种牵连，所以，我后来的一切，经历也好，磨难也罢，或者说，爱情和过日子，都逃不出那圈红墙。那搬迁过来的建筑，仍时时散发着原有的古老气息。那七百多年前的壁画，仍透露出中国传统文化中的等级森严，令人无法抗拒。

不仅耕读传家的传统是每个人的目标信仰，还有基本的处世风俗"怕造孽"也是他们不能挣脱的道德束缚。在如此强大的文化环境和伦理规约之下，女主人公的宿命是早已命定了的，所以宋梅影只能牺牲美好的爱情而选择维护家庭、维护他人，最终陷入孤寂、空虚的独守。

其三是写出了女性的浪漫情愫和殉道者精神。女人的天性往往有单纯、浪漫的一面，而正是女性的柔情似水和浪漫追求给这个世界带来了激情和诗意。小说中的宋梅影便是这样的一个女性，她对异性的"爱"的梦和对所从事的宗教艺术活动都是如此。虚幻的、浪漫的、神圣的、殉道者的执着——《此生只为你》，题目上的这种色彩是非常强烈的。从小说叙事中可发现，人物有一个弗洛伊德所说的心理情结，在她人生开始之初就早已在心灵中埋下了。小说中这样写道：

也许没有人知道,我为什么要细细"勾勒线条",要"重彩浓墨",要"沥粉贴金",还要"作旧",像临摹一幅纯阳宫壁画一样,少不了每一道工序。这是我进纯阳宫以后,人生的最大转折。也许,是因为我的中学老师洪流,每天爬在大殿地砖上,临摹那幅捧灵芝玉女的不厌其烦,唤起我对那些元代壁画的热情?或者,从14岁的那个下午,老师用他手中的铅笔,把我的姿势与神态,永远定格在那张16开的图画纸上时,我就冥冥之中,与绘画结下不解之缘?

显然,是艺术浸染的浪漫性、超现实欲望形成了主人公理想的神圣性,而"永乐宫"宗教艺术的心理影响又使她无限虔诚地临摹着《朝元图》里那个"捧灵芝玉女",这个她心中至美至善的女神,浸染和照亮了她生命中每一天。而其实还不仅此,河东的戏文文化在训示着伦理规范的同时,也教给了她浪漫的想象,蒲州梆子《西厢记》的爱情戏是女主人公经常看的,她知道扮演崔莺莺的旦角是伍秀映,她欣赏那高亢中的缠绵与韵致,她会常常想到越剧《黛玉葬花》、昆曲《牡丹亭》,这些缠绵悱恻的爱情戏怎会不打动她对爱情的幻想?所以,宋梅影"常常在夜里,想入非非,想象自己跳出这圈红墙,这个道观,这群庸俗平凡的人群"。在这样超世俗的精神理想中,只有"爱情是战胜一切的武器",小说由此建构起了一种纯粹的女性主体想象和殉道者精神。正如蒋韵所论:"作品中有作家比生活更坚韧的梦想和追求,她想活得自尊、活得浪漫和诗意一些,而且怀着这个诗意的梦想,她不顾一切地扑向了生活的怀抱,尽管最终她遍体鳞伤,但是她让人感到了力量,梦想的力量和悲壮。"[1]

其四是小说的自传色彩和女性史的审视。张雅茜的《此生只为

---

① 蒋韵:《比生活更坚韧》,张雅茜《此生只为你》"代序",大众文艺出版社2009年版,第1页。

你》在一定程度上可以说是一部自传性小说，作者曾谈到这部小说的触因："上帝还是怜悯我，让我在四十年后的一天撞见我的老师，让我从他保留的绘画作品里看到十五岁的自己：单纯的如同一张白纸，目光清澈如水，灵感就在感叹命运多舛的一刹那间又一次降临。……曾经的朋友，曾经的感觉，曾经的喜怒哀乐，曾经的悲欢离合，如同黄河的桃花汛，汹涌而至。那一刻我充满感恩之心，藏在心底多年的长篇终于可以动笔了。净手焚香，虔诚至极，在键盘上敲下《此生只为你》几个字。心里那么明白，'你'的所指——生命的终极追求。"[1]这段话，清楚地表明了作者是在借艺术的虚拟世界以达到对"自我"一生的再度体验和审视。诚如女权主义作家、批评家伍尔夫所说："妇女写的小说大部分是自传性质的。导致她们写小说的动机之一，就是渴望揭露她们自己遭受的苦难，为她们自己的事业辩护。"[2]如果说男性作家是偏外向的、粗犷的、更关注广阔的社会生活，相比之下，女作家则是偏内向的、细腻的、更关注两性情感生活，这是两性的天然区别，虽然谈了一个世纪"女性解放"的话题，在相当程度上中国的女性享有了"半边天"，但女性如果真变成与男性一样，社会无"性"化了，那这个社会也就失序失范了，所以自然的、动物的法则是不以主观意志为转移的，因而，一个女性再强即使"女强人"也还是女人，是女人的心灵、女人的感情、女人的世界，所以我们就看到，女性作家中最多写的还是爱情婚姻题材和情感世界，张雅茜的《此生只为你》是这样，从张爱玲的一系列小说到张洁当年轰动文坛一时的《爱是不能忘记的》，都是如此。而且我们还可

①张雅茜：《我的道观》，《山西日报》2011年9月5日。
②伍尔夫：《妇女与小说》，《论小说与小说家》，弗吉尼亚·伍尔夫著，瞿世镜译，上海人民出版社2009年版，第56页。

发现，在上述女作家的小说中一个共同特点是，往往写到家族内部两三代女人的相似命运或后代子女的悄然反抗，例如张爱玲《金锁记》中的长安与其母亲七巧、张洁《爱是不能忘记的》中的"我"与母亲钟雨，在张雅茜的《此生只为你》中，同样写到年轻的宋梅影与她娘、奶奶。对于娘和奶奶两代人的奴顺委屈，小说既寄予了同情、理解，又企图抛却那种旧的生活方式和伦理束缚，去探索和创造一种新的生活，然而，依旧逃不脱"人生如戏，戏如人生"的荒诞悲凉。可以说，张雅茜的婚姻爱情小说，实际上是将自己的生命体验全部投入其中的亲验性写作，小说中的"我""娘""奶奶"形象地展现了一家三代女人的生存历史，而这种人类经验很少会出现在男性作家笔下。著名女权主义作家伍尔夫对女性小说这一点是很看重的，她说女性为什么要写小说呢？因为在过去的时代，妇女们的形象只能被淹没在了古老的历史记忆中，"是男性的历史，不是女性的历史。关于我们的父辈，我们总能知道一些事实、一些特征，他们曾经是士兵或者水手，他们曾经使用过这个办公室或者制订过那条法律。但是，关于我们的母亲、祖母、曾祖母，又留下了一些什么印象呢？除了某种传统之外，一无所有。……除了她们的姓名、结婚日期和子女数目之外，我们一无所知。"[1]从这点上说，《此生只为你》无疑有着独特的女性传记史、女性心灵史价值，它不仅是张雅茜创作道路上一部里程碑式的作品，也是山西女性作家长篇小说创作的重要收获。

此外，从艺术创新上说，无论对张雅茜还是对山西女性长篇小说，这部小说都有着重要的价值和地位。作为一部探讨女性爱情婚姻

①伍尔夫：《妇女与小说》，《论小说与小说家》，弗吉尼亚·伍尔夫著，瞿世镜译，上海人民出版社2009年版，第49页。

的作品，这部小说显示出通常虚构小说少有的写实价值，将女性精神世界的裸露和自我灵魂的拷问零距离地展现于读者面前。但它又不是报告文学，不是生活实录，是虚构与逼真的浑一。这一方面与作者自己人生经历的悄然嵌入有关，而更重要的是与其独特的叙事视角、叙事结构分不开——这就是小说开头设置的纪实性引子、其后友人的如实讲述和不断的日记体插入。小说借助于从京城来到纯阳宫的一个女作家的视角引出了关于宋梅影的故事，而据这位作家的交代，读者所读到的正文其实全部来自于宋梅影的"日记"。既然是日记，那么第一人称的自述也就是必然的。所以，尽管小说整体上采用了"她——我——她"交叉的旁知叙事方式和第一人称的限制叙事方式，但实际上作为小说故事主角的"我"是整部作品主要的叙述声音，私人声音的公开化便于主人公对过去发生故事的还原和内心世界的袒露，造成了一种真实的现场感，在叙述层面上拉近了作品和读者的距离。应该说，能够充分地发挥女主人公自己的内心独白优势正是这部长篇小说获得艺术成功的一种必要保证。同时，小说又借以时空交错的结构先写"浪漫之旅"、最后以"假若时光倒流"构成追叙与归宿的完成，一方面突出了叙事重点构成过去的"我"的故事与现在的"我"的审视、忏悔，另一方面使小说的叙事节奏获得了张弛有度的审美效果。

再就是人物形象的刻画及人性幽微的触及。这部小说对几个人物形象的鲜活描写，可以说给我们留下了深刻的印象。宋梅影着墨最多，她的多情、善良、对艺术的热爱和对生活的幻想与诗意追求，在晋南文化传统束缚下对丈夫潘解放的隐忍、对意中男性欲爱不能的焦灼以及最后的原罪反省；其他如洪流幽默风趣而又才华横溢，潘解放的憨实、粗鲁和小肚鸡肠；对高扬的描写尤其细腻深刻，一方面塑造了一个摆脱了农籍的困扰而显出踌躇满志、顾盼自雄的剧作家形象，另一方面写出了这个依然保留着很多无法彻底根除的农民意识有几分才华的小文人形象。

《此生只为你》在小说语言方面有新的探索和大胆尝试。作者考虑女主人公宋梅影的内心独白与情感倾诉，选择运用了一种节奏明快、断句短促的叙事语言，比如"期待着那一天，我正式成为，高扬名正言顺的妻子。不，爱人"。本来是完整的一句话，作者有意突出情感节奏，打破汉语规范的限制，表现出创造的自由和探索。这是这部小说语言的特别之处，作者此番匠心，确实有利于内心情感倾诉，但不能不说，频繁的、大量的断句不无碎片化感觉，一定程度上影响了小说的语体整一性和悲沉美。

特别值得一提的还有晋南文化意象的描写和诗情画意之美，这也是张雅茜小说的一个风格特色。像《依然风流》中"湽津渡"黄河古渡口的意象一样，《此生只为你》中的"纯阳宫"成了女主人公生命中挥之不去的文化象征。河东文化意象，这是张雅茜长篇小说中的一个核心纽结，大概与长篇创作的深广度有关，从《依然风流》开始，地域文化的符号成为其人物故事生命的一部分，张雅茜也成了山西乃至中国女作家中独特的这一个。正如她在创作谈《这一方水土》中所说："我小说的色彩和气味，始终弥漫着黄土高原的尘嚣和黄河水的泥腥，语言难以摆脱夏日河水的激情和冬季河谷的荒凉，想象的世界，总是走不出富足而又贫瘠的晋南乡村和飘散着乡村味道的小城。"在《依然风流》中，整部小说的精神根脉、生命历史就像"湽津渡"的沧桑存在，"湽津渡"神秘而冷淡，四代女人跨越百年的悲欢离合都与渡口有着割不断的联系，正是这个古渡口，成了主宰和见证人的命运的一个隐含着古老的黄河文化的意象，没有了"浢津渡"，小说中的人物也就成了无所依托、无魂之鬼了；而在《此生是为你》中，"纯阳宫"是小说中人物的依托，其整个一生都是由"进纯阳宫后十四岁的那个下午"定格的，从此，"我就冥冥之中，与绘画结下不解之缘？"可见，河东文化意象成了张雅茜创作的一种底色和标志。（侯文宜）

▶▶ 陈亚珍的长篇小说

陈亚珍，女，1959年出生，山西昔阳人，笔名小草。现为中国作家协会会员，山西晋中市作协副主席、影视协会副秘书长，国家二级编剧，《乡土文学》副主编。1982年开始发表作品。著有长篇小说《碎片儿》《神灯》《十七条皱纹》《羊哭了 猪笑了 蚂蚁病了》，长篇纪实文学《陈荣桂与陈永贵》，中短篇小说、散文若干，电视剧剧本《苦情》《路情》《唢呐魂》等。长篇小说《十七条皱纹》获第二届赵树理文学奖，《碎片儿》获2000年北方"六省一市"优秀图书二等奖，《神灯》获2002年"八省一市"优秀图书一等奖，《唢呐魂》获中国戏曲电视剧"灵芝奖"二等奖，《苦情》《路情》分获华北地区第六届、第八届电视剧三等奖。

由上可见，陈亚珍的创作，笔触涉猎不可谓不宽，但让她最感伸缩自由、书写尽兴的还是长篇小说。陈亚珍走上文学道路是偶然的，"我开始没有想到我会走上文学这条路，我只想给我母亲写封信。因为我有太多的话需要对娘诉说。……更确切一点，就是我与母亲之间的隔膜需要疏通，所以，这封信一写就写长了，写了长达十年，受寻根文学的影响，最后竟写成了一部长篇小说《碎片儿》，从此文学也就成了我生命的需要。我记得那时我已调入文联工作，我写了十封信，摘取小说的精彩篇段随信寄出，后来河南文艺出版社李恩清先生打来电话，索要全部稿件要看，几天后回信说，此作社里将以精品推出。"①她曾自诩是野地里不惧贫瘠、茁壮生长的蓬蒿，的确，她的创作可以说是一种非常个人化的野路子，已有评论家谈到陈亚珍的特立独行，指出她"在山西作家长篇小说中的边缘化状态和个人化写作方式"②，并以近年来文坛上一种为人注目的现象——诸如陈染、林白、韩东、朱文、海男等人小说创作中的个人化倾向来比照，认为：近年来的所谓"个人化"写作，其共同的特点是以边缘化的立场抒写自身的生活经验甚至个人隐私的内心世界，一般以为这种创作方式是北京、上海、广州等大都市特定的文化氛围和地域土壤才会产生，殊不知在山西这块缺少都市文化氛围、现代化程度不高、以煤炭和农业经济为主的土地上也会产生如此个人化写作的作家作品。其实，对于陈亚珍来说，正因生活于小城榆次，正因写作的激情和冲动来自自己刻骨铭心的个人人生经历和体验，没有什么框框，没有什么参照和模仿的标本，完全是自发的一种野路子写作，才越发显示出率性的、真切的，甚至是朴拙的笔墨。

从1999年的长篇处女作《碎片儿》开始，已经显露出其独有的一些个性特点，如抒写身边真实的生活并直指人性、灵魂深处，对社会现实和人间伦理的诘问，对历史和传统的思考，到2001年出版的《神灯》、2005年出版的《第十七条皱纹》，都可以说是在这一主题根系上的延伸。这与前面的蒋韵、张雅茜是颇不同的。蒋韵、张雅茜多从女

---

① 陈亚珍：《文学从爱好开始》，曾刊于晋中《文化周刊》。

② 杨占平：《山西文坛30年作家掠影》，三晋出版社2009年版。

性立场出发聚焦于女性命运和精神的探索，陈亚珍的性别意识则不那么强烈，她更多是从边缘化的、公共的人的角度出发对社会关系中"人"的思考，这可能与她个人儿时被托养于山乡百姓、曾经当过八年卡车司机等边缘粗犷的社会化阅历有关，她的《碎片儿》叙述的本是一个很个人化的故事——一个不向现实妥协、最终成为农民企业家的女人将自己少女时被扭曲的灵魂和成人后强为人妻时被玷污的情感撕成碎片儿撒散的历程，但同时又是对社会世相、人情冷暖的一种反观，一方面凸显出个人性体验乃至自传的色彩，另一方面则拓展到了广泛的社会关系和社会关怀。所以，在蒋、张的小说中，我们看到的主人公、中心人物几乎都是女性，男性只是配角，且充满了女性幻想和浪漫的诗情画意，而在陈亚珍的小说中，主人公则既有女性也有男性，更富于对卑微者的关怀和犀利的社会解剖。正如著名评论家杨占平所说："从《碎片儿》等三部长篇小说所体现出的创作价值取向看，陈亚珍是自觉地以边缘化的立场，抒写自身的生活体验和个人隐私的内心世界，这一点与陈染、林白等作家的特点相似……但是，这种方式往往容易忽略作品的精神力量，导致对人生现实缺乏反讽和批判的品格。近年来，一些个性化作家的作品引起争议，主要就是因为存在这个问题。陈亚珍在写作《碎片儿》时，可能已经注意到了作品应当给人以力量，也试图加强批判的力度，却做得还是不够；到了《神灯》，就做得比较好了，具有了很强的精神冲击力；而《十七条皱纹》对社会现实的诘问，是那么尖锐，让人们不得不对现实社会中的某些所谓道德规范、某些对人对事的所谓评价尺度产生怀疑，进而思考更多人生与社会存在的问题。"①

————————————

① 杨占平:《山西文坛30年作家掠影》，三晋出版社2009年版。

2000到2010年间陈亚珍的长篇创作主要便是《神灯》和《第十七条皱纹》，这两部小说都已走出《碎片儿》的强烈的个人色彩，完全转向了对社会广袤和众生灵魂的关注。

《神灯》写了一个古老乡村的强大传统和时代变迁，反映的是北方一个农村的经济改革。地处深山的神灯村，虽然有着数千年的历史，还有一盏村人心中至高无上的神灯，但神堂沟的人却都处于极度贫困中，人们封建思想严重，长期以"乞讨"为生，把自己的命运寄托在神灯庙的"三皇姑"身上。后来，在时代变革和万治穷的带领下，终于走上了脱贫致富的道路，但这个过程也是极为曲折的，遇到了种种力量的阻挠和困难。作者在历史与现实娴熟的转换过程中，展现了中国农村自新中国成立以来政治、经济、文化、社会风尚、伦理道德的风雨变迁。小说中的人和事、宗派之间的矛盾冲突、人与人之间的爱与恨、男女之间的悲欢离合写得非常真实，作品揭示的是一场人性的较量，是文明与愚昧的冲突，是传统与现代观念的大搏斗，是金钱与精神、集体与个人以及生与死的抉择。

《神灯》成功地塑造了万治穷、万元成、万有善、香姑等人物形象。作者在描写这些人物时，总是用性格化的语言和细节把他们刻画得惟妙惟肖。万治穷，神灯沟唯一的一个有文化的男人，从呱呱坠地后他娘就离开了人世。从此，喝着一村女人的奶水吃着百家饭长大的他就有了一个美好的愿望：报答。神灯沟自古以来因土地稀少而奇穷，穷得全村大部分人都出去要过饭，穷得跪在别人家门口等待施舍。解放后，神灯沟虽然在万有善的带领下造了一些土地，但仍然改变不了贫穷的面貌。万治穷从小在这么一个环境中长大，改变家乡贫穷的面貌也就成了他一生中的梦想。他想法引水，历经磨难，引水成功了；他又想法利用引来的水建鱼池养鱼致富，却受到了重重阻力。首先冲他而来的是万元成的报复心态。万元成是香姑的儿子，是香姑为报答救她命的男人主动投身的结果，但村里却依照万恶的封建礼教把香姑定为一个不守规矩、败坏门风的女人，不仅给香姑以严厉的惩罚和不洁之名，而且将万元成视为孽种，成了全村唾弃的人物。由于扭曲了的心态，在万元成这里就变成了疯狂的报复！万治穷就是他报复的最主要的对象。因为万治穷从小就是孩子王，而他在万治穷的眼里却是一个令人嗤鼻的孽子。万元成出去挣了钱，他首先想到的是复仇。他要用钱来拉拢人，他要用钱把神灯沟全村人所敬奉的三皇姑庙重新修起，让全村人对他感恩戴德，让全村人跪拜在他的脚下。因此，也就有了拿修庙来对抗建鱼池的举措。贫穷惯了的神灯沟人，在万元成一袋白面的施舍下，都跟上万元成修庙去了，而万治穷养鱼致富的计划受到了冷落。但万治穷不甘心失败，一次次地劝说村民不要上当受骗，修庙是致不了富的。谁知，村民们却说他不该指责修庙，说他惹恼了三皇姑，三皇姑会给全村带来灾难。村民们让他给三皇姑下跪，万治穷不跪，他知道神灯沟的人外出乞讨跪得出了名，在今天，他是坚决不能下跪的。他厌恶这个跪，他悲哀这个跪，他一听跪就痛彻心扉！跪是什么概念？是乞讨的概念！跪是什么感觉？是卑微的感觉！在他有生以来只跪过一次，那就是全村人供他上学因交不够学费，他跪下让学校给减免学费。那次跪，他是为了全村人！这就是万治穷，一个倔强的山里汉子。这就是万元成，一个扭曲了心态的孽子。这就是香姑，为了爱，宁肯自己背上不洁之名，遭受惨无人道的折磨，也不愿将自己所爱的男人说了出来。这些人的性格，作者写的是那么的栩栩如生、活灵活现，使人读后回味无穷。

　　《神灯》突出的创作特点是小说语言的变化，它从开始到结尾都包容着极丰富的想象力，而且写得冷峻、精炼。作者无论是对环境的描述，还是刻画人物的性格及叙述人物的心理流动，都可以说应用得很准确。而在一些情节和细节的描写中，看似很简单的一个片段，但作者通过精细的雕刻，味道就有了："男人正沉浸在非常时刻，思想着女人与女人之间的差别，面前的女人像一个巨大的磁场，一经融入，全身的灵性都鲜活起来，眼里飞出满世界的黑蝴蝶，条条筋骨都噼噼啪啪地炸响，他得到了一次真正的享受！"这是小说中对性爱的一段描写，在这段描写中，作者用了非常含蓄而又极富想象力的语言描述，写出了令人出乎意料的效果。再如，描写保柱婶的一段语言："保柱婶很美同时也很瘦。瘦虽瘦却瘦得很有神韵，身段正是那种真正的水蛇腰，虽然那时的饰式并不能完全体现她的优点，但天生丽质却无论如何也掩藏不住她出众的体态。保柱婶的脸白皙而光洁竟是无一点皱折，茂密乌黑的头发，挽了一个精干的骨朵水样的光滑。"这种细腻而富有想象力的语言将人物形象刻画得生动鲜活。此外，《神灯》的语言还特别富有乡土气息，尤其体现在人物的对话中，如万治穷的口语："我落那好，砍鸡巴，只要证明'开放'后万治穷也不是孬种就行！"像这样有方言特色的语言在《神灯》中比比皆是。另外，《神灯》的叙事方式也匠心独运，采用时空互换交错的形式，用倒叙、插叙的手法实现情节的转化，在现实与历史之间不断切换，营造出跌宕起伏、引人入胜的审美效果。

　　在新世纪的第一个十年里，陈亚珍较有分量的长篇小说应该说是《十七条皱纹》。这部小说以一个中学生成长过程中的悲凉遭际为主线，表现了其复杂的心灵历程以及灵魂形成之中的扭曲、坚持和渴望。小说一问世，便受到读者和专家的好评，被一些书评家认为是近年来书写少年儿童和心理分析颇为深刻的一部长篇小说。尤其在叙事结构上，小说大胆创新，打破了传统的单线或双线结构，呈现为三足鼎立的立体结构。全文分A、B、C三条线索，在阅读过程中，如果读者想知道映入孩子眼中的社会缩影，那便可先看B线；如果读者想知道映入孩子眼中的校园缩影，则可先看C线；如果想知道社会和学校给孩子造成的一切后果，那就将A、B、C全文关注。

前面已经说过，陈亚珍的长篇小说具有突出的"个性化"写作特点，呈现出非常个人化的生活经验和对社会世相的观察、思考与展现。《十七条皱纹》从发生在校园里的一次殴打事件讲起，主人公叶雨枫被无辜卷入，虽然他是这场"战争"的局外人，但他却被派出所判定是"黑势力萌芽状态"的犯罪嫌疑人，随之被校方逐出大门。叶雨枫搞不清自己怎么突然变成了"坏人"，因此不敢回家面对父母，而当他搞清缘由之后更不敢回家面对父母，从而一个人离家出走，由此生发出一连串的坎坷经历和内心不平，有难解的疑问、痛心的回忆、愤怒的呐喊，读来让人感慨万千。小说从一个孩子的视角出发，深刻剖析了花样年华在成长过程中极易出现的有关家庭的、学校的、社会的以及人与人之间的种种问题；用抒情化的散文笔触、蒙太奇式的意象语言，将一个十七岁少年跌宕起伏的人生、复杂苦闷的灵魂对白，缓缓铺展开来；在叩问与探讨中，让"十七条皱纹"生发出种种的感慨而成为当今社会值得思考的大问题。作家的体察之细、用心之苦渗透纸背。读陈亚珍的小说一般都是这样，让人总感觉有种亲历的东西在人心灵深处挠挖，同时触动和引发一种痛定思痛的人性共鸣，究其原因，一方面大概是陈亚珍在挖掘自己生命历程那纠心难忘的

"历史"时捕捉到了人类永恒的寓涵，另一方面是陈亚珍坚持在自己个性感受的阵地上不懈开拓誓守家园的努力。正如著名评论家雷达在论及她的《碎片儿》时指出的："小说中许多情节和细节都是陌生的，新奇的，不可重复的，是名作家大作家未必能编出来的，因为它们来自作者的生命和生存的体验"，"很难说归属于哪种思潮、门派和流派，它是质朴的，甚至是笨拙的……我无意于无原则地夸大和抬高这部作品，我也知道作者没有什么名气，技术上还有许多问题，但当一个作者写出了深刻的真实、整体的真实的时候，他就有可能揭示别人不一定能揭示出来的东西"。①《第十七条皱纹》的独到价值主要有以下几点：

首先，陈亚珍的《第十七条皱纹》像她的《碎片儿》一样，依然是在人性与社会的冲突这一主题上的观照和思考。过去伤痕文学也写人与社会的冲突，但更侧重社会，对人性怎么受摧残并不看重，不太在意个体的感受和生命在社会中的真切体验。而陈亚珍写了人的天赋和自然需求的东西。社会自有其规律（真善美与假恶丑的并存），人性与社会的冲突是永恒的主题，进入文学的命题就是人在社会之中个体的生命体验。《第十七条皱纹》的价值，正在于写出了人性在现实中如何受摧残的东西。而我们过去的作品在写这种人性方面学西方的路子，大多写一些知识分子或城市比较敏感的人和有自我意识的人。陈亚珍则从自己的身边人、身边事出发，写自己眼睛中的人和事，因而将一个中学生在社会上所受的摧残和心灵的扭曲写得淋漓尽致、令人深思。一方面，社会是要按本身的规律运转的，那么人性就肯定要付出代价；另一方面，按人性本质的要求，要尊严、合情合理。对于

---

① 雷达：《〈碎片儿〉与新乡土女性小说》，《小说评论》2002年第6期。

叶雨枫来说，他有无自己的尊严、需不需要关爱和认同？写出这种人天赋中需要的东西，提醒和提出人格尊严、平等的问题，是文学对社会的题中之意。陈亚珍曾在《受人滴水之恩，当以涌泉之报——致恩师雷达》的一篇文章里说到雷达对她影响最深的一段话："文学与时代的关系毕竟是一切关系的根本，不管用何种方法，何种流派，没有哪一部伟大的作品不是表现它时代的重大的精神问题。人是中心，人是太阳，没有哪一部大作品不是书写着灵魂的历史，只要能尊重生命，尊重精神，反抗物化，小说的前景就依然是广大的。"由此，她坦率地说："我觉得我书写的就是灵魂的历史，我尊重生命，尊重精神，反抗物化。"[1]

其次是对灵魂扭曲的关注和探索。陈亚珍曾说过："人的身份的重要标志就是：爱与信念、思想与灵魂，丧失了思想与灵魂，人还是人吗？"[2]这部小说是作者书写"苦感文化"的作品之一，是她对人类的生存家园与精神健康进行的终极拷问，其中深切的人性关怀和作者对灵魂扭曲根源的深思，使其独具强劲的根部力量。例如，小说中透过叶雨枫内心的痛苦和质疑折射出来的这样一些社会问题：孩子与孩子之间的沟壑；孩子与老师之间的沟壑；孩子与家长之间的沟壑；"穷"孩子与"富"孩子之间的沟壑……这一切关乎"人"之生存家园和健康成长的阻碍，凸显出现代中学生在精神与物质面前的种种困惑，发人深思。

再就是情感的真挚和以情动人的力量。陈亚珍认为写作最大的意

---

[1] 陈亚珍：《受人滴水之恩，当以涌泉之报——致恩师雷达》，见《红袖添香》散文。

[2] 陈亚珍：《信札一束》，见新浪网：http://forum.book.sina.com.cn/thread-4151567-1-1.html"读书论坛.文化漫谈"；或张莉芬：《浴血重生的荆棘鸟——陈亚珍》，中国大学网：http://www.unjs.com/zuowen/duhougan/20111107090815-712647.html.

义是为人类提供感情激素，以优秀的作品、健康的审美改善人的心性，支撑起人类的精神纬度、净化人的灵魂，因而她的作品总是给人以震撼和反思。《第十七条皱纹》及其主人公叶雨枫的心灵呼唤正是给人这样的一种震撼和反思。借用河南出版社编辑李恩清推荐其小说《碎片儿》时所说的话：它是一株小草在暴风雨中摇曳挣扎的身影，是一只被风吹离巢穴的小鸟在旷野中的哀鸣，是一个被扭曲少男在山城中的哭泣，是一棵小松挣破贫瘠显露的峥嵘。叶雨枫对亲情的渴望、对理想的赤诚和对邪恶的抗争，事事以真善美撞击着人们的天性，向假恶丑发出决绝的怒吼！

相较于上述作品，还应特别提到的是2012年陈亚珍刚刚出版的长篇新作《羊哭了　猪笑了　蚂蚁病了》，这是她在2005年《第十七条皱纹》之后沉默六年之久的力耕，可以这样说，真正代表陈亚珍目前长篇小说创作高度的，还是荣登2012年度中国小说排行榜长篇小说第四名的《羊哭了　猪笑了　蚂蚁病了》。这部小说的实际写作时间显然是在新世纪第一个十年后期，它是集陈亚珍对人世间独到观照和更深思考的一次艺术呈现，作者称，这部作品是自己书写"苦感文化、乡土命运"的巅峰之作，是她对人类生存家园与精神取向进行的终极拷问。小说书名便是一个反讽意味十足的隐喻意象，天地间万物的生态、生命本是自在的，所谓"万类霜天竞自由"，然而面对人世间的一切混乱、失序、无奈和缺失安宁快乐的生存环境，那些普通人就像羊、猪、蚂蚁般弱小无助，只能是一幅哭笑无常、病快快的状态，这是多么富有意味的讽刺！可以说它隐喻了一个民族的深重灾难和在当下困境中的突围之难。这部作品也得到众多专家的高度评价，著名评论家雷达认为这是一部忠实地反映了民族的质朴精神和富于人性情思、苦源深思的力作："她的灵魂思辨的犀利与滔滔不绝，她在艺术表现上的大胆与叛逆，尤其是她对中国封建的节烈与假革命之名义的节烈对于中国乡土女性的荼毒，对历次政治运动对人性的伤害之深，以及对属于中国经验的、渗透到民间底层的政治文化形态的反思，应该说都是独特的，罕见的。她似乎是与我们津津乐道的所有女作家都不一样的一位女作家，她基本没有进入过研究者们的视野。但她是雄强的，她是沃野上的一棵大树。"①赵树理文学研究专家董大中亦说道："这是一部需要一边读一边想的高品位的书，小说苦难的描述鲜为人知，达到撕心裂肺的程度，同时作品中为人类面临永恒的疑难问题寻求解答，表现出了艺术的活力与独立的见解。"②

《羊哭了 猪笑了 蚂蚁病了》是一部带有魔幻色彩的写实小说，它以梨花庄为中心，描绘了生活在这方土地上的人们从抗战时期到改革开放后的新世纪的生存状态、苦难历程。小说中，作家采取虚幻的手段——即以一个死于非命的纯真女子因生前其身世为灾难性荒诞运动所淆乱，为弄清身世，追寻爱与真情，于二十多年后灵魂重返人间，从而展现了长达半个多世纪纷纭弘阔的社会历史画卷，审视了一个村庄、一群女性、一个民族的悲剧性命运。在这里，我们看到战争给抗日军属寡妇们带来的苦难及她们应对苦难的善良无助和迷信、愚昧；土改中的开明地主及其过火斗争的骇人场面；公社化、"大跃进"、饥馑年月、"文化大革命"中的狂热、荒诞及其民族性的苦

---

① 雷达：《亡灵叙事与深度文化反思》，《羊哭了 猪笑了 蚂蚁病了·序》，北京燕山出版社2012年版，第3页。

② 董大中：《难得一尝的美味"慢餐"》，《羊哭了 猪笑了 蚂蚁病了·序》，北京燕山出版社2012年版，第11页。

难，乃至市场经济下拜金主义腐蚀灵魂、迷失家园的种种畸形世相。在这些标志性的重大历史片断中，小说凸显出生活于其间的人们复杂而异化的人性、人生，展示了不同的个体遭遇、命运，塑造了众多意涵丰富、性格独特的典型形象。小说叙事似虚幻却真实，虽世俗却超绝，借亡灵叙事的技法和一个村庄的命运折射出一种巨大的时代跨度下的人文关怀和历史反思，显示了味之不尽的思想蕴含和振聋发聩的震撼力量。很显然，人性的复杂、扭曲与社会苦难是这部小说描绘的重心，小说中二者表征不同，实则渊源相通，甚至互为因果。我们看到，人性扭曲有政治的、文化的、宗教的、心理的原因，苦难则往往与愚昧、战争、苛政、灾异有关。然而异化、非人性常常可以促成苦难，而苦难既能彰显人性的高度，也能造成人性的扭曲、畸变。所以，作者审视苦难，写"运动"给人们精神与肉体造成的巨大创伤，但作家写苦难最终还是为写人，苦难赋予人性嬗变以张力，在坚韧、脆弱、变异间呈现复杂性，显示人的心性的多样和歧异。其中，观念、信念制约着人性，在这个意义上人性比苦难更其重要，我们看到，许多时候苦难不能使人变异，信念则足以使顽廉懦立抑或使人卑鄙、邪恶。所以，要有健全的人格，就要有健全的人生理念，有至真至纯的灵魂，就像尼采说的，真正的哲学不是救世而是救人，如何做一个健全的人，"真正的人"，探寻人之为人的根本，呼唤人性的全面复归，这是作者在这部小说中念兹在兹的诉求所在。而由此，也使小说具有了强烈的社会批判力量和唤醒民族记忆的警示作用。

这部作品的突破之处尤在于试图对一个民族秘史的解密。不难发现，被民族历史和宏大叙事所遮蔽的民间话语，其实是这部小说的叙事秘密所在。在评价历史的过程中，作者把"我"寻根问祖、寻找父母亲情的情感经历放置在那个革命和阶级斗争的语境中，来反观革命、阶级话语以及由此形成的"精神父亲"对世俗亲情的压抑。"我"对父亲的精神依恋和对亲情的渴望总是被父亲"革命不是一家一户，一儿一女的事，而是普天下的事""革命不相信眼泪"等集体话语所淹没；梨花村人的饥饿也被久妮"我们连日本鬼子都不怕，还害怕饥饿吗"所吞噬。这样，个人的情感、欲望完全被战争、革命的乌托邦所遮蔽，这也是作者试图要回答的女性生存悲剧的一个重要原因。当然，也因为作者选择了自由穿梭文本的叙事者，以致使部分章节中浓烈的女性意识和批判精神过于情绪化甚至浮泛化，往往借"我"的叙事者身份直接"说"出来，使得人物形象和叙事者带有很浓的说教气息、议论色彩，影响了叙事节奏和小说的文学性。但瑕不掩瑜，无论从叙事的角度还是从女性立场的价值评判，无论是从进入历史的姿态还是从反思社会、反思政治文化的角度，陈亚珍的《羊哭了 猪笑了 蚂蚁病了》都是一部难得的厚重深沉之作。它通过亡灵视角，观照像羊、猪、蚂蚁一样弱小者们以及"无告者"们的生存悲剧，并从历史的背面进入了历史，反思了半个多世纪以来的中国社会历史及其深重的文化征候。它代表了复兴中华文化的大背景下的新一轮反思小说的先锋，也不妨看作是新历史主义观念影响下的一块厚重的文学基石。

而就陈亚珍的小说艺术来说，虽不能说是很娴熟，但她的每一部小说都是很讲究艺术匠心的，在语言、结构和叙事手法上都显示出自己独到的特色、原创性。

陈亚珍的小说语言朴实、率真而不无细腻，往往将乡土方言融于行文之中，散发出扑面而来的地方色彩，新颖别致。特别是她的叙述语言，简洁明快，不乏诙谐，表现人物内心活动或借人物抒发作者之思时富有锐气、铿锵有力。当然，在她的几部小说中语言上尚有稚嫩、不成熟的痕迹，在一些情节中的人物语言与其年龄、身份、口吻还不是很相符合，这在最初的《碎片儿》中就有，到《第十七条皱纹》中仍不无此瑕。例如《第十七条皱纹》写到叶雨枫与警官"瓦刀"对峙时的心理活动："最先刺激瓦刀神经的，也许不是法律的尊严受到损害，而是警官们自身的尊严受到威胁。……片刻的呆木之后，他们不得不用武器来捍卫尊严了，那就只得下最后通牒。一根并不可怕的警棍非常温情地指向我瘦薄的身体……"前面几句话显然不符合小孩子、中学生的话语口吻；到了小说的第二部分之后，作者似乎才找到了符合人物身份的恰当的话语感觉，使人读之觉得合情合理。

值得特别提出的是陈亚珍对长篇小说叙事结构的探索和营造。陈亚珍认为，创作就是创造出独一个自己来，人物、视角、语境、结构、思想、精神、气质都是独特的，故而她的小说总是凸显出独自的、原创的叙述方式与结构。从叙述人称上看，只有《神灯》是第三人称叙述，《碎片儿》《第十七条皱纹》和《羊哭了 猪笑了 蚂蚁病了》采用的都是第一人称的叙述方式，这其实很受焦点限制，但也便于发挥作者个性，可称道的是，作者在采用第一人称的叙事中并不让人觉得单调、刻板，作品往往非直线式地简单呈现故事，而是嵌入童年的、成人的、作家的多种混合视角的变化，构思新奇。如《碎片儿》在采用第一人称的叙事模式描绘不同年龄段"我"对于时代变化的理解和看法时，将书信穿插其中，以第三者的视角对同一事件进行描述，深化了时代印记；作者还采用倒叙的写作手法，开篇写"我"

衣锦还"城"失意而归，进而叙述自己从出生到成为女企业家的历程，尾声部分笔锋一转，将小说内容再次回归到探亲失败的情节上，首尾呼应，最终在结尾将故事真相大白于读者。到《第十七条皱纹》，在叙事结构方式上进一步做了大胆的探索和创新，呈现出一种开放的、别致的风貌：A章由孩子自我的焦点叙述写起，讲述被学校开除和离家出走的起因；B线以焦点和转换的混合视角叙述孩子走入社会的坎坷和孩子眼中的社会缩影；C线以焦点和转换的混合视角及书信的加入叙述孩子眼中的校园缩影和孩子的心中信仰和渴望。整部小说以核心人物为焦点形成A、B、C不同的叙事射线，现实与回忆穿插，真实与梦幻交织，有自我的心理展开，有与他人的对话，有童话、歌谣、书信等等，作者就这样营造出一个丰赡而耐人回味的镜像世界。

这里尤其要谈到的是《羊哭了 猪笑了 蚂蚁病了》的艺术探索。这部小说在采用第一人称时大胆地引进超现实手法，将之设置为一个已经死去的幽灵般的人物，重新回到现实关系中，并作为焦点叙述者连接起了历史与现实中所发生的一切。小说的大背景是从历史的战争到社会的改革开放，但却又选择了女性主体的叙述视角和家长里短的日常生活，有意强调一个女性偶然的强大"功能"，同时又回避了宏大叙事，从而使得女性"功能"的偶然性带上了悲剧命运的必然性。小说一开始，由"我"的身份扑朔迷离、与父亲和"祖根"的血缘亲情和"我"一生的困惑、憾恨引出，这使得"我"的寻找和渴望接近"父亲"的过程也是一个漫长的讲述过程。作者以魔幻现实主义的手法讲述了"我"（胜惠）的出生——"抗战"爆发的一天，花蛇像梨花庄的守护神一样警告一场灾难的到来，但蛇的出现也促使了"我"

的早产由属马变成属蛇。自从"我"降临人世后,那条花蛇就不见了,所以,"我"的出生被奶奶指认为"花蛇转世",并带上了神气和妖气的双重性,随着村里的福与祸成了战争年代全庄人心目中的保护"神"或不祥的"妖"。当胜惠的父亲带着全庄三十多个男性去"抗战"、女人希望胜惠的灵性为她们的丈夫保平安时,"我"成了众人眼中的"神";而当男人们阵亡的消息一个个传来时,"我"又被认为是比蛇蝎还毒的不祥之物,因为从抗日战争到解放战争再到抗美援朝战争,被胜惠父亲带出去的"兄弟"们几乎全部阵亡了,梨花庄三十多个女人成了寡妇、梨花庄也成了寡妇村,由此展开了整个村庄的生活叙事。尽管整个故事发生在战争、革命、社会剧变的大背景下,但作者显然对宏大的历史背景做了虚化的处理,甚至直接让历史退到故事的后面,而是旨在这一背景下,以"我"—— 一个女人死后的灵魂来讲述另几个女人的故事。因为故事不在战争的正面,而在战争的背面或侧面,从而使得"我"能够随意出入故事,"我"几乎是全知全能的叙事者,也是推动故事的核心人物。这样一来,这个全知全能的视角与叙事者的身份常常交融为一,因为"我"是胜惠的灵魂,故而可以幻化为各种观察者,可以自然、自如地变换视角,比如幻化为萤火虫、护庄狗等身份观察,这就消除了限制性视角带来的局限,对其他女人的讲述也就能够自然地纳入叙事的合理范畴。正是在这样的焦点叙事与自由叙事中作者完成了对梨花庄两代女性遭际和命运的讲述,使亡灵叙事和女性视角的批判意义因此自然而强烈地显现出来。

由上可见,陈亚珍的小说叙事往往是形式上的第一人称与实际上的第三人称的双重结构,即焦点叙事与非焦点自由叙事的混合展开,前者特别容易与强烈的情感融为一体，让读者觉得作品中所写都是现实真实的自然延伸，把私人性、隐秘性的生活事件、心理体验和情感特征坦率地展示出来，达到了小说人物、叙述人物以及小说家本人合而为一的境界；后者则偶或超越出来，以非聚焦型的全知视角与小说人物、事件拉开距离，既获得了叙事自由和拓展故事的余地，也便于形成悠远的、形而上的引发人无限联想的思想空间。

此外，作者所有长篇小说不仅每每构筑一个独特的故事，而且，鉴于故事情节的特殊性，对比手法在小说中应用最多也最为精妙，例如《碎片儿》："我"从农村奶妈家回到城市，面对新环境新生活，作者从简单的吃饭、穿衣进行了比较，深化了"我"自小寄养于外与家人产生了难以冲破的隔膜。作者大量采用了对比的手法，不仅让"我"在不同情节下的情绪得以真实，更给读者以深刻的对比感受。又如《第十七条皱纹》：A章中富有深意地描写了学生与老师的对比、"穷"孩子与"富"孩子的对比、警察的威严与父亲的懦弱的对比。另外，全书以B、C两条线的章节间隔交替，有意识地构成了学校与社会的对比、叶雨枫内心渴求与外在现实的对比。再如《羊哭了 猪笑了 蚂蚁病了》，整个小说结构即是以对比交叉的形式构成的，一方面是亡灵潜入现实中所看到的一切，另一方面是亡灵记忆中所呈现的历史，亲见与回忆、现实与历史、消费时代的人心不古与战争年代的人性木然形成强烈反差，使渗透于中的反思和叩问跃然而出。这些对比手法的运用，有效地形成了小说的一种艺术张力，给人以巨大的信息量和 $1+1>2$ 的想象空间。

总之，陈亚珍从汽车修理工、司机到柜台售货员，始终坚守着文学这块净土，在不断磨炼的纸笔下，终于走向了一个成熟的作家。她曾说："对文学我是虔诚的，文学是我的心灵归属。"①她把自己心灵深处的种种生活印象和人世体验，通过组合、拼切，创造性地挥写出来，把情感在社会背景、家庭背景、人性背景中的跌宕起伏，形象地展现出"人""人类"在各种际遇中的心灵位移、情感错落和执着追求。每个字符，都像抑扬顿挫的乐谱，在高低缓急的演奏中进行着游刃有余的表现。（侯文宜）

▶▶ 葛水平的长篇小说

葛水平的出现是山西文坛女性创作的一个奇迹，因其2004年小说写作的井喷现象和轰动效应，有人干脆把2004年叫作"葛水平年"。2004年，她的小说与知名作家蒋韵的小说同时被《北京文学·中篇小说月报》第三期选入"中国中篇小说排行榜"中，这可视为山西女性小说家的一次集中亮相，也是山西女性小说创作实力在全国的展示。蒋韵的影响力前已述及，而葛水平作为一个初涉小说的新人，她在2004年第一期《黄河》上发表的处女作《地气》与蒋韵的作品一同进入"排行榜"，意料之外让人惊喜。葛水平原是长治戏研所创作员，而尤以写诗和散文为人熟悉，出版有诗集《美人鱼与海》《女儿如水》和散文集《心灵的行走》，她的诗和散文写得漂亮是颇受赞赏的。但正像有论者所言："葛水平写小说是迟早的事。"此言甚切，葛水平所具备的写小说的种种因素果然让她出手不凡，不仅《地气》被选发于《北京文学·中篇小说月报》"排行榜"中，同时《甩鞭》被全国性权威刊物《小说月报》选登，之后在2004年第三期《黄河》上又刊出荡气回肠的《天殇》。由此，足见这位女性小说新秀的创作实力

---

①见《红袖添香》，http://article.hongxiu.com/a/2007-9-14/2330984.shtml。

及其魅力，以至于有评论家称赞其"创作出一种融现实主义与现代派为一炉的作品"，让人"看到了多种艺术表现方式所共造的瑰丽"①，还有评论指出"给省内外文坛带来清新的空气"，"给相对较弱的山西女作家队伍增添了活力，令人耳目一新"②。如今她已成为一个享誉全国的著名女作家，其乡土文化小说获得了广泛认可和研究。

葛水平，女，1966年出生，山西沁水县人。系中国作家协会会员，国家一级作家，享受国务院特殊津贴。现为山西省作家协会副主席，山西长治戏剧研究院编剧、长治市文联主席。创作有戏剧剧本多部；出版诗集《美人鱼与海》《女儿如水》，散文《心灵的行走》《河水带走两岸》，小说《喊山》《守望》《官煤》《陷入大漠的月亮》等，有著名中篇小说《甩鞭》《地气》《天殇》《狗狗狗》《喊山》等和长篇小说《裸地》。葛水平的创作凸显出一种太行山风格，她立足于自己脚下的土地，从民间乡里汲取了大量历史传说、人物故事，用生花妙笔将晋东南太行山脉、沁河流域的人文地理形诸笔端，不论是"太行山走到这里开始瘦了，瘦得只剩下一道细细的梁，瘦得肋骨一条条挂出来，挂了几户人家"，还是"太行山绵延千里的山脉，河流密布，山岭纵横，一沟一壑间就有了人家"，一方地域硬是让作者写活了，而作者也以写太行山厚重的乡土世界著称于当下文坛，葛水平说："我首先尊重我生活的这片土壤，它给了我大气、磅礴，给了我厚重，让我一出生就看到了朴素、粗粝的生活本质，而不是简单的明山秀水。"③其小说往往掷地有声，被《小说月报》《小说

①段崇轩：《求索之旅——读葛水平的中篇小说〈甩鞭〉〈地气〉》，《黄河》2004年第2期。

②2005年第2期《黄河》编者按语。

③葛水平：《面对一条河流的两岸——〈裸地〉研讨会上的发言》，《五台山》2012年第1期。

选刊》《新华文摘》《中篇小说月报》《中篇小说选刊》多家知名选刊转载，引起广泛关注、好评并屡获殊荣：《地气》《黑雪球》《连翘》《比风来得早》连续四年荣登中国小说学会年度"中国小说排行榜"；《甩鞭》曾荣登2004年度当代中国文学最新排行榜、《中篇小说选刊》2005年度优秀小说奖以及《黄河》2004年"雁门杯"优秀小说奖。《喊山》[①]先后获"人民文学奖"、《小说选刊》优秀作品奖、山西省第二届赵树理文学奖、"鲁迅文学奖"第四届中篇小说奖。正如人们所公认的，葛水平获得这一具有中国文学发展水平标高意义的大奖，对于自古以来文风厚远的山西文坛是意义重大的，她的出现，使曾经名闻华夏文坛的"晋军"增添了新的力量，使太行山乡土文学自大师赵树理之后又一次引来全国文学界的注目。如今，在爆发式的三十余部作品之后，葛水平已经步入到一个创作的更高境界。

而目前作为葛水平小说创新和长篇标志的，无疑是2011年由作家出版社推出的《裸地》，它给当代中国文学提供了一部新的史诗性乡土小说文本。

《裸地》讲述从清末民初到"土改"这一动荡的历史时期山西省暴店镇的移民史和盖氏家族的兴衰史。小说的主干故事是讲一个叫聂广庆的山东人逃荒到山西，半路捡了老婆女女，在河蛙谷安家。有四房姨太太的暴店镇大户、族领盖运昌，看上了女女。盖运昌只有一个傻儿子，时时为其缺少健壮的子嗣后代而苦恼，因为女女的美丽、也因为她的良好的生育能力，遂使计聂广庆，使聂广庆签了典妻合约。女女就带着儿子到盖家做针娘，后来让儿子认盖运昌为干爹，圆了盖家想要个"带锤锤的"梦。其实，小说的内涵远不只此。在表层故事

---

①刊于《人民文学》2004年第11期。

之下，作者更表现了我国广阔农村土地上的人们的生活哲学，渗透着作者对生活、对善恶、对社会、对历史、对生命和命运的严肃思考。《裸地》的深层主题意蕴，就像作者自己说的那样："我想写一个男人，写那份误入人间的无奈，他永远都清楚日头翻阅不过四季的山冈，他却要用生之力搏那山之高不过脚面的希望；想写一个女子，或几个女子，走过青石铺就的官道上留下的那份弥久的清香；想写一个村庄街口的老槐翻阅秋风的繁华，那粉细的红绿花朵，那一生都行走在路上的寻找，他们都是奔向了光明的地儿吗？"①这也正如著名文学评论家胡平在《〈裸地〉的厚重感》所指出的："《裸地》是写生命和繁衍的。"的确，葛水平的小说写出了我们民族精神中的一种东西，这就是生命之路再坎坷也须生生不息奋力向前，这就是我们民族的活命哲学。同时《裸地》还折射出作者深深的感伤和思考——在某时某地的某种繁华之后或苦苦追寻着奔向的地儿为何竟是走向衰萎？有学者说近年很多长篇小说的一个特点是"在时代的天平上发现民族之'力'"，就是经过种种的浩劫后我们的民族为什么能够坚持下来且还能以更为雄健的姿态走向世界？——在我们的民族肌体上，肯定存在着什么根底性的东西。而葛水平的思考则是反着来的：为什么往日的那样一种民族繁华后来陨落了？——在我们的民族肌体或社会逻辑上，这种根底性的东西是什么、又哪里去了？其实，它们都在指向一点——如李准所指出的"是想在时代的天平上，重新估量一下我们这个民族得以生存和延续的生命力量"②。而具体到《裸地》中，就是

①葛水平：《长篇小说〈裸地〉创作谈：投向苦难的黄土地》，2011年11月23日《光明日报》第14版。

②李准：《黄河东流去》，百花洲文艺出版社1998年版，扉页。

乐观、积极、顽强的生存精神，如女女、聂广庆的生命意识以及精神史是在"苦难—死亡"的维度上展开的，他们的"活着"时刻遭受着命运带来的苦难与诱惑，他们没有向苦难的人生低头，他们采取忍耐、承受的方式，即取"不争之争"的方式，与苦难与死亡进行抗争。再如盖运昌，他积极奋斗、以自己的生命实践去与命运抗争，他从来不信神，有敢于破旧、敢于改革的创新精神。这一切，都使这部小说成为太行山民间社会、生活情状的史诗性写照。

无疑，一部小说的成功不是有了生动的故事、深刻的主题就行，而是有赖于小说整体艺术世界的创造和美感魅力。《裸地》在艺术风格、艺术形式上可圈可点之处甚多，其独到的艺术特色和丰赡的审美价值，尤在以下几点：

首先是小说的民间立场和浓郁的乡土气场。如果说中国现代的乡土小说有文人乡土小说与民间乡土小说之分，比如鲁迅的《故乡》、茅盾的《春蚕》与赵树理的《小二黑结婚》、马烽的《村仇》之不同，那么，山西可以说是中国现代民间本色乡土小说的源发地，学界公认本色乡土小说的源头可以追溯到赵树理。从1940年代赵树理的长篇小说《李有才板话》《三里湾》、马烽和西戎合著的《吕梁英雄传》到五十、六十年代的"山药蛋"派，本色乡土小说成为中国文学中的重要板块。陈思和在《民间的沉浮》中曾特别谈到赵树理："原生的民间叙事的形式来点活他笔下的人物，作品呈现出鲜明的戏剧式的叙事风格。"这用在葛水平身上也是再合适不过了。一是葛水平与赵树理的地缘关系，两人是地道的太行山沁水同乡，共同的民间生活、乡土文化养育了他们的精神世界；二是当地共同的民间艺术、戏剧文艺对他们的艺术熏陶，这使得葛水平的小说成为当今中国乡土文学中独特的"这一个"。最突出的表现便是叙事者的乡人身份和写照视点。乡土小说是表现乡村生活的,认识乡土的途径就是通过乡土和作家对乡土的言说,本色乡土小说采用的是完全的民间标准,作家是"站在农民自身的立场看农民、写农民的"。葛水平的本色乡土小说由于采用了乡土民间立场的叙事方法,对日常生活的叙事加大,乡土生活审美化加强,叙事相对缓和,内在紧张感减弱,最明显的特征就是乡土风情叙事的回归。《裸地》中,透过土地生活、山水风光、骡马庙会、家族纷争、农人感情和方言土语,展现了太行山乡间民众的生存斗争,像作品中的女女一家,她在被洋人强奸怀孕后又被父亲抛弃,在绝望轻生中遇见了聂广庆,这个山东汉子在逃荒中用独轮车将她带到太行山这个肥沃的土地上,就在一处水草丰盛的山洼地里安家生存下来,其中对其美妙的自然状态的生活描写让人咂舌;又如对盖云昌一家的描写,这个拥有暴店最多土地权的大户靠收租过着富足生活,但不是陷入乡人争霸、亲戚关系的麻烦就是陷于子嗣不旺、家业难继的哀怨中。这样的一种乡土世界、人物感情、生活样态,是只有在民间叙事立场下才有的审美风格。同时,《裸地》的民间立场和本色乡土还突出表现在对乡间情韵的展示、对性的大胆自然的表现。如聂广庆在小庙中初遇女女,晚上两人为了取暖相拥而眠时的性爱描写:"他翻了身起来开始解燥热的衣裤,什么也不想了,赤条条在谷草堆中,喘着粗气把自己的根器摸索着埋入了女女的腿中央。"他们的性爱直接鲁莽、大胆自然,体现出浓浓的乡土色彩;而盖运昌遇见女女后不仅喜爱得情欲大发,而且用手段弄到自家做了针娘暗地做小,为盖家生子养育后代。在这部乡土小说中,我们看到的不是净化提纯的纯美洁净的乡村世界,而是既有自由自在的令人向往的精神,又有痛苦尴尬美丑杂陈的原味生活，将视线投入到了边缘乡村的庸常人生，真正展现了乡村世界的真实生存场景。

其次是《裸地》中一系列乡土人物形象的塑造。小说中，最动人心弦、娇小可爱的无疑是女主人公"女女"，这样一个富有乡土气和女儿家品味的名字，加之作者对女女谷水草丰盛、美不胜收景色的反复描绘，女女在读者心目中自然难忘。这样一个姣好美丽、温柔贤惠的女性，却有着悲酸、曲折的命运——被洋人强奸、被父亲遗弃、被难民捡回做了老婆、被丈夫典妻做了针娘，而她不抱怨、不自弃，忍辱负重，珍爱生活，只是坚韧、勤劳、自足地过着每一天的日子，从不奢求什么。这是一个典型的中国传统女性形象，寄予了作者明显的歌赞和同情。其实，相比于小说中的男性塑造，这个人物一直偏被动地被描写，主动性行为、心理活动偏少，似乎更多做了衬托，自己的性格倒有些模糊。而小说中的男主人公盖运昌则写得生动鲜活、熠熠生辉，这个人物既不是肯定性人物，也不是否定性人物，而是一个中性人物，既有人性中恶的一面，也有不少善心和善举，是一个性格丰厚的"圆型人物"。在家族地位中，他是盖家的掌权者，却实为盖家下人吴老汉所生；在信仰上，他既不相信羿神的存在，却用羿神来治理百姓；在社会上，他狡猾精明，为了"想要的结果"在暴店镇导演了一出出的"戏"，他设计聂广庆，欺骗洋鬼子，在与原家的矛盾斗争中游刃有余；在个人感情上，他既有封建社会里男尊女卑的思想，又对女女百般不舍。可以说，他是一个复杂的矛盾结合体。作家写这么一个人物，不在于揭露和批判，而在于呈现和探索——活生生的这样一个人物，与他人构成的乡土社会关系及其对周围人和环境的影响。这个人很类似于当代学者王一川所说的"卡里斯马人物"。王一川认为，在文学作品中，卡里斯马人物具有神圣性、原创性和令人服膺、景仰、跟从的感召力和凝聚力，在小说人物结构中一般处于结构中心，对其他人物具有仰视、威慑和驯化作用，甚至是其他人物故事的动力源泉，盖运昌正是这样。在整个暴店镇都有他的气息，他不仅包括传统的文化桎梏，也包括作为"人"的恶魔性因素在内，他有时能够适应社会情势与时俱进地变革若干陈腐、落后、惰性的"人性"因素，不无"守正""守公"的胸怀和"做世界有用之人"的抱负，但某些痼疾和"根性"又左使其整个下沉，在其钱财万贯、妻妾成群、生龙活虎的面孔后面，包藏着他对人性的压抑、对世道人心的践踏和极端的自私、冷酷、不近情理。面对这样一个人物，我们仅仅以道德判断是不行的，而更应取"人学"意义上的价值判断和审美判断，即在一个区域性的乡里社会中他所带给社会的价值是什么？他的可爱可恨之处及人性魅力又是什么？小说中的另一男主人公也写得真实、可信，同样显示出人性的复杂和丑陋，这就是救回女女性命的聂广庆。他是老实的农民，在自然灾难中失去了妻子和女儿，他逃荒到女女谷开荒种地，踏踏实实地过着自己的日子。但是后来被盖运昌玩弄于股掌，抽大烟、典妻、种大麻。老实、善良而又狭隘、愚蠢，也就注定了其悲剧的一生，最后在和秋锦组建的家庭家破人亡后当兵死在了战场上。正是这一系列具有复杂性格的人物形象，使得小说的审美价值丰赡而耐人嚼味。

再次是不无女性主义色彩而又超越女权视角对人生命运、社会关系、历史变迁的思索深度。葛水平的小说具有女性作家的气质和特点，这是为人们所公认的，《甩鞭》即为代表，写王引兰一生命运为男人摆布最后终于觉醒反抗，其强烈的女性意识、女性立场、女性关怀和女性自我救赎表现得淋漓尽致。但不难发现，在葛水平的小说中并非偏执于女性主人公，为人们看好的《地气》就主要刻画了一个留守山村、令人敬重的小学男老师王福顺，所以有人说葛水平小说凸显出女性意识不无道理，但我们还应该看到葛水平所具有的社会公民性视角和无性化的价值意义，有学者就认为葛水平的小说表现出"从女性克制到男性归来"。著名女权主义代表人物伍尔芙《妇女与小说》中已经看到妇女小说后来发展出的公共思考的品质：即"从一种动摇不定、含糊暧昧的难以捉摸的影响，转化为一名选举人，一个挣工资者，一位负责的公民，这种变化使她在她的生活和艺术中都转向非个人化。她和外界的各种关系，现在不仅是感情上的，而且是理智上的、政治上的。因此，她的注意力，就从过去局限于住宅的、个人的中心，转向非个人的方向，而她的小说，自然就具有更多的社会批评和更少的个人生活分析性质。……她们将会超越个人的、政治的关系，看到诗人试图解决的更为广泛的问题——关于我们的命运以及人生之意义的各种问题。"在葛水平的《裸地》中，作者无疑渗透着女性关怀的立场，如写了前已述及的女女的悲惨命运，还写了盖运昌四房太太的悲剧人生：大太太原桂芝作为盖运昌明媒正娶的妻子，因为没有生出儿子默许盖运昌纳妾、孤独终老，心里却想着"她是盖家的长媳，没能给盖家续接上香火，这里她有责任，有生之年看着盖家兴盛，活着就也很是满足了"；二太太武翠莲因进了盖府后也未开怀便遭到冷落，最后只能寄托于梦境以致精神恍惚而摔死；作为戏子的三太太六月红虽受宠爱却还是被盖运昌冷落，作为盖府的家财被分给别人当了老婆；四太太梅卓因其"腰身和屁股是生儿子的料"而被娶入盖府充当着生育工具的角色。显然，小说中对女女为首的这一群女性的同情不啻是一曲女性命运的挽歌，但这只是一个方面，更重要、更深刻的是小说超越了女权视角，写出了对人生、命运、社会、历史变迁的一种反观和思索。应该说，"裸地"所包含的对农民与土地密切关系的描写，对一个村庄、家族由繁华而衰落如"秋天落叶"的描写，都寓意深刻。例如作者在小说中借女女的心思写道："对于一个经历了什么叫活命的人，该知最重要的是土地，是年成。……人是土性的，只有土里刨食的人，活着才结实。"这是普通农民对土地的深切眷恋，对于农民，填饱肚子才是最重要的。再如小说借盖运昌家族史、暴店镇兴衰史写出的形而上反思，人世一切都敌不过岁月的侵蚀，就像小说中盖运昌说的："绿的绿了，红的红了，山川长河承万物滋润云气蒸腾，草木绿叶伸开根系彼此相连，可惜啊，一切都是枉然。红与绿到底会一起凋敝，果与叶到底会一起衰老，肉与魂也同样会一起灭亡。"而在人类与岁月的斗争中唯一可以留下来的就是子孙后代，是生生不息的生命之延续。

还有就是《裸地》的小说叙事艺术及整体结构上戏剧化、诗情意象的多文体交织特色。从叙事艺术上说，山西的小说创作一向有传统写实的特点，葛水平受到地域文化的熏陶，但并不同于赵树理那代人的现实主义写实，而是接续上了中国传统小说的传奇写法，常常以中国传统式叙事、说书的口吻讲述民间那些富有传奇色彩的故事。一方面小说情节跌宕曲折，另一方面又特别注意场景场面的写实、逼真，与此同时达到对人与历史的生动描绘。如《裸地》开头的叙事就很富传奇色彩，一个逃荒的农民在逃难中路遇一个无处可去的女子，并用独轮车带至太行山一个山洼地里安下家来，女子名"女女"，于是就把此地叫作了"女女谷"，多么传奇而美丽的故事。第二章嵌入"女女谷"所属的暴店镇及其庙会描写，沿街的青石板路小店林立，有钱铺、当铺、斗铺、饭铺，有做骡马牛羊交易的，有做药材交易的，还有前来助兴的盐店、布店、杂货店，人声鼎沸，繁华至极，一幅乡村庙会的写真图。第三章之后接着庙会展开暴店镇几家大户间的矛盾冲突以及与女女、聂广庆家的关系纠葛。就这样，整个小说的叙事结构在情节的自然推进与场面的逼真描绘中张弛有度。但葛水平之所以是葛水平，又并不在于上述传统写法，而还在于融入了她早年学戏做编剧的艺术感觉，融入了她曾是诗人擅写散文的艺术感觉，融入了一个女作家更多的"水性"灵气、现代艺术表达方式：充满幻想与虚构、大量的诗化描写、象征意象和意境的营造。例如《裸地》中的戏剧化色彩。小说中有一段描写宋代暴店镇富户田家因修建小开封被疑谋反而遭满门抄斩后田家老太太的死，其描写便有鲜明的戏剧化特征："老太太硬是在死前走到一耳佛爷面前，高喊：'我要让黄河水淹了你丈八身子，我田家敬奉你，你让我田家灭门，求的什么神，敬的什么奉！田家灭，你也灭！'老太太撞向佛身倒地而死。"写到盖运昌在见到女女之后的回忆："他突然觉得这个女人不是人，是打入凡间仙女：我情愿打入红尘去，宁肯丢去千年修行，换一个自由身！"这里戏剧化的煽情因素也是很明显的。此外小说中具有很多带有表演性质的描写，如写盖运昌之女盖秋苗临死的时候：

　　盖秋苗下了炕，脱掉身上的外套、裤子、鞋子，卸了头上的花儿、朵儿，打开地上的竖柜，找出出嫁时镶着绲边的大红嫁衣，换好穿戴，一双粉锻红绣鞋落在地上，她弯腰穿上，在屋子里走了两步。一边走，一边脱下手里的金镏子，一只金镏子含进嘴里，下咽的时候她看到月季花散落在地上的花瓣，紧闭了一下眼睛。又一个金镏子含进了嘴里，从古到今男欢女爱,未有穷尽,不想低下也得低下。倒头躺到炕上的时候,她最后睁了睁眼睛,看到窗外的暮色把她和屋子揽入怀中,一切就都暗下来了。

作为解开女女之子"大"的身世之谜的关键一幕——女女在过年的时候企图刺杀神甫,这一举动也很有戏剧化的倾向。再看《裸地》的诗化描写和意境营造。小说开头作者对沟头溪的一段描写完全是诗化的、散文的笔法:

雨水下得密时,积了洼,洼里生了小虫、小鱼、小虾,有鸟落在上面觅食。水积的冲,积成了一片沼泽地。岸上长了芦苇,山一般的芦苇在洼中铺漫开,夕阳下打远处看过去闪耀着墨黑的光。风走到沟头溪时被凝固了,阳光照到沟头溪时被凝固了。芦苇横陈在洼边,光很难透过墨黑的苇子照进去,风一动能听到荡碎阳光的声音。

这里犹如一幅水墨画,展现出世间万物的生命感、灵动感。作者用精细的笔尖勾勒出沟头溪迷人的、生机勃勃的景象。像小说中描写主人公盖运昌的这一段也颇富诗情:

门外的风裹着从裸露的土地上搜刮来的树叶和尘土,弥漫在窑洞外面。天空,只一小会儿就变得昏黄模糊了。盖运昌突然有泪汪在眼眶里,鼻头一酸,看到太师椅上的这个人,他的脸和眼睛在一段时间的兴奋后又一起松弛进了胸脯里。这个人给了他"运"却没有给他一个健全的性格。这个男人一生本身就隐藏着一种悲悯,一种哀痛,那是一些无以历数的令人痛楚的关于时间和空间的印记。……他用它换来了荣华,却没有换来富贵。富贵是什么?是子孙满堂,是夕阳西下后的朝日升起,是福祉绵绵的香火缭绕。……他突然害怕自己有一天从这个世界上消失了,从这条官道上消失了,没有人来祭拜,甚至没有人还能想到他曾经的存在。

像此类诗意的语言、诗意的意境、诗意的哲理在小说中随处可见。另外是《裸地》中的象征意象。"河蛙谷"显然象征着一种生命和生机所在。作者反复描写那里的土地、河流和所养育的水草、鱼虾、鸟类等植物动物的跃动，其实是在写土地、河流给人带来的养分和生命，后来"河蛙谷"因女主人公"女女"居住改叫"女女谷"，作者实有深意，"女女"像"河蛙谷"一样是很有生养能力和生命活力的，反之，"河蛙谷"又像"女女"，而在古代"女"与"大地"皆为"坤"意，阴性，具有生养功能，所以，"女女"和"女女谷"就成为一种富有生机、可以养育和延续生命的象征。小说中还大量选取天地间造化自然的种种物象和民众生活情景构成系列意象——大山、岭上、山凹、河谷、旷野、村庄、田地、人家，象征着一种天地自然与人合一的宇宙世间。最突出的是小说名"裸地"，本身就是含有象征意象的"意图标记"，那其实就是这部小说想要写出的东西——人们只有依赖土地才能劳作、孕育生命，然而，土地给了人养分，人却对它万般的蹂躏，到最后，也只能是土地裸露着，日子过去了——"裸地"即是作者对生存、生活、生命的乡村哲学的一种阐释。应该说，正是这种多文体、多感觉、多技艺的运用，成就了葛水平小说世界的独特魅力，使其在乡土这个广阔的舞台上对乡村的人、事、物、情、景的叙述实现了成功的艺术转换，在写实中富有诗情画意和象征意义的隐喻。

此外，小说语言的太行山乡土风味也值得注意。将方言入文是现代乡土小说的写作传统，不同地域的人们往往有着独特的语言体系，如韩少功的《马桥词典》是马桥特定的语言体系，马桥人将"醒"称为"糊涂"，将"糊涂"称为"醒"，将美丽的女人称为"不和气"。《裸地》中常用到一个"日怪"的词，这是太行山老百姓的方言俗语，具有多重含义与意味，在不同语境下有其特定的含义；其他如"家具""旮旯""思谋""作怪""稀罕""活泛""倒腾"等等，作者正是通过对民间活话语景致生动的再现运用，将太行山一带的地域风情、乡土味道带着声、情、气、味生动地呈现出来。由此，也使《裸地》的语言具有了丰富性、生动性和传神色彩。一方面是故事叙述人的说书式语言并不时杂有作者文人情怀的诗化语言，另一方面是人物语言的乡土口语、俗语、俚语，整个小说语言丰富多样而又灵动鲜活，流畅性、节奏性、口语化、性格化是很突出的，显示出很强的语言质感和表现力。如聂广庆在签典妻合约时说的话："老爷俺这字一个箩筐能装亻，这名字俺也不知道咋写啊？"完全是地道的乡土口语，一句话就表现出了一个憨厚老实的农民形象。再如盖运昌在嘱咐吴老汉时的话："上不着天、下不落地的黑里，走路小心了，不是青壮年了，慢走几步不误啥，胳膊肘和膝盖骨经不住磕碰。"如此等等。

当然，《裸地》也不无遗憾之处，比如小说中场面情景描写多、矛盾冲突描写少，作为一部长篇小说似乎主、副线情节设置上还不够繁复饱满；有时行动描写少、心理抒情多，且不无重复感，特别在女女与聂广庆、盖运昌的情感纠葛上，影响了情节推进和整体艺术效果。但瑕不掩瑜，小说中那广袤山野、自然天籁、村夫村妇的故事给人留下弥久的回味，在形而下的描写中饱含了象征、反讽、隐喻等诸多耐人寻味的丰富蕴涵，并有一种民族性和民族精神的东西溢出来。《裸地》无疑是葛水平在创作了众多中篇小说之后的跨越性拓展，是她创作道路上一个新的里程碑，也突出代表了葛水平大气浑厚的本色乡土小说特色。正如著名作家陈世旭在一篇评论葛水平的文中所写：

"葛水平行走在北方。北方对于葛水平不止是一种地域,更是一种气质和格调。北方的大地磅礴而血性。她生于斯,长于斯,她的表达从一开始就充满了一个健全生命的强大底气与活力。没有献媚取宠,没有搔首弄姿,没有张扬跋扈,没有无病呻吟。沉着静默的外表下涌动着激越的弦歌,平易质朴的乡土化叙述中闪烁锤炼和诗意的锋芒。这是葛水平的力量所在,也是这一代作家带给我们文坛的希望所在。"①

综上所述,就这一时期的山西长篇创作来看,以上四位女作家的作品无疑是其中重要的一个板块,显示了山西女性文学的崛起和女性长篇创作的实力。就像英国女性主义代表人物伍尔芙在《妇女与小说》中概括的:"如果你试图总结当前妇女小说的特征,你就会说:它是大胆的;它是真诚的;它是忠于妇女的感觉的。它并不痛苦,它并不坚持其女性气质。然而,与此同时,一本妇女的书,决不会像男人的书那么写法。这些品质,在妇女小说中,已经比过去普遍得多,它们甚至赋予二、三流的作品以真实的价值和真挚的趣味。"显然,上述女作家群给我们提供了一种迥然不同于男性笔下的小说、故事、人物、情感,一幅只有女性眼中才可能描绘出的世界图景。而比较四位女性的长篇创作,她们又体现了题材、主题、风格的多样化,具体可以说呈现出两种类型:一种是乡野性的,张、陈、葛属于与乡村接壤的小城作家,她们都从小在乡下长大,有着浓郁的乡土风情和风味,姑可归为底层小说或民间性小说;另一种是文人性的,蒋韵是地地道道的都市作家,从小在城市长大,又有着中文系的大学学历,文化情韵明显不同于其他三人,是典型的文人小说。

因而,读蒋韵的小说,我们更多感受到的是蒋韵的优雅细腻、柔

① 陈世旭:《行走在北方》,《创作评谭》2005年第11期。

壮高远，偏于生活叙事和文化色彩，写知识女性的独立个性、高远追求、精神悠游和不甘于命运下沉中的悲情抗争；而在另外的乡野性的三人中，陈亚珍的小说偏重于社会小说，关注社会现实问题，多写底层生活和普通人的苦难及其超越，旨在揭示人性与社会的冲突，艺术上真实自然、直情开阔、偏于白描；张雅茜的小说偏重于女性人生小说，写小城普通女性爱情、婚姻、命运和情感历程，深情饱满而富于体验；葛水平的小说偏重于历史人生小说，写民间社会世俗生活及历史变迁，充满山野逸趣、奇崛大气，富于史传传说和人性抒情；而张、葛的共同点是都明显受到山西戏曲文化的影响和陶冶，往往强化情感命运的变故，故而在人物故事、作品结构以至整体小说艺术上都不无戏曲的痕迹、韵味。

另一方面，由于上述女作家共同处于黄土高原的三晋大地，三晋大地的风土人情、习俗气质孕育了她们的生命和文学，所以她们又都共同具有一种真淳、沉郁、悲凉的格调。并且，这个山西女作家群虽然具有女性视角、女性关怀和多写女性命运情感的特点，但她们的小说又都体现出博大的社会关怀。蒋韵往往是从"人"的精神、存在意义着眼的，一如有评论家指出的，蒋韵"属于独特存在。……蒋韵也写女人，但她不刻意去写女人，更不拿女人的隐私当宝贝去卖。她的着眼点一直是'人'，小说关注的是'人性'，反映的是人的'困境'"①的确，蒋韵的小说题材广泛，她往往透过一定的生存环境和社会历史变迁去探寻人的命脉、拷问人的灵魂，从而超越了女性经验达到"人"的一种普遍认识。例如其中篇小说《想象一个歌手》着力表现一个追想中的伞头秧歌手热爱自由、率性乐观的人生方式；长篇《我

---

① 王巧凤：《走在路上——读女作家蒋韵》，《今日山西》2001年第5期。

的内陆》则伸展到了对人同某一特定地域关系的关注和思考。难怪大部分评论家都反对把蒋韵的小说看成是单纯的女性文学，而认为她的创作是一种无性别写作。陈亚珍、葛水平也是如此，陈亚珍三部长篇中两部主人公都是男性，关注的是社会问题；葛水平的《裸地》也主要是以盖运昌为核心人物展开故事主题的。应该说，山西女性长篇小说创作是一种在女性书写与社会关怀之间的写作。她们写女性，但并不偏执于女权主义的女性世界，更不把自己的情感拘囿于"自恋"的狭小天地，而是同时拥有博大的社会、现实、民众关怀，关注和表现着更广大的社会群体。就如蒋韵在谈及张雅茜小说时所说的那样：在"女作家"几乎就是"个人化""隐私化"的代名词而盛行于文坛和市场的今天，她坚持着她可贵的"草根"立场，她坚持着她女性的仁厚、宽容和悲悯善意。这一点，也可以说正是以蒋韵为代表的晋域女作家全部小说创作的共同本质。（**侯文宜**）

后　记

　　经过几年的努力，《山西长篇小说史纲》终于跟读者见面了。这部书是山西省作家协会长篇小说委员会，组织省内部分评论家撰写的。从讨论提纲，到具体写作，再到反复修改，每一位参与者，都是诚心诚意，认真对待，当作总结山西长篇小说创作经验，推动优秀作家和优秀作品不断涌现的事业来做。编写一部地域性专项文学体裁发展史，在山西还没有过，在全国也不多见，属于探索性工作，因此，必然会遇到不少问题，诸如怎样划分章节，怎样分配论述作家作品篇幅，怎样使用语言文字叙述，等等。大家多次研究，拿出了解决办法，尽管还有争议，也只能做到现在这样。

　　由于是多人合作著作，行文结构和风格很难统一，全书的统稿傅书华先生下了很大工夫，付出了不少精力和心血；责任编辑陈学清女士一直跟踪，对书稿非常熟悉，提出了许多建设性意见，向他们特别表示感谢！

主编　杨占平